DE VROUW DIE IK NOOIT WAS

MAJGULL

AXELSSON

De vrouw die ik nooit was

Uit het Zweeds vertaald door Janny Middelbeek-Oortgiesen

DE GEUS

De vertaling van de strofen uit het gedicht 'The Rime of the Ancient Mariner' (1798) van Samuel Taylor Coleridge op p. 41 is afkomstig uit *Het lied van de oude zeeman* in de vertaling van Rik van Steenbergen, uitgeverij Ridderhof, Rotterdam, 1979

De vertaalster ontving voor deze vertaling een projectwerkbeurs van de Stichting Fonds voor de Letteren

Oorspronkelijke titel *Den jag aldrig var*, verschenen bij Prisma
Oorspronkelijke tekst © Majgull Axelsson 2004
Nederlandse vertaling © Janny Middelbeek-Oortgiesen en De Geus BV, Breda 2005
Omslagontwerp Robert Nix
Omslagillustratie © Bettman/Corbis/TCS
Foto auteur © E. Ohlson
Druk Koninklijke Wöhrmann BV, Zutphen
ISBN 90 445 0604 8
NUR 302

Verspreiding in België via Libridis NV, Industriepark-Noord 5a, 9100 Sint-Niklaas

'ik durf niet op te houden
te zijn wie ik nooit was'

— Alejandra Pizarnik

'De liefde vermag helemaal niets
wanneer ze niet in praktijk wordt gebracht'

— Kristina Lugn

Premisse

Zijn onderbroek was wit en van een uitstekende kwaliteit.

De verpleegkundige die hem vond, kon het niet laten zijn onderbroek aan te raken. Ze streek zachtjes met haar hand over het tricot en hield haar wijsvinger stil bij het grijze etiket: *Björn Borg underwear*. Dat zei haar niets. Ze had nog nooit van Björn Borg gehoord.

Het was een koude ochtend en even overwoog ze of ze haar mantel zou uittrekken om die over hem heen te leggen, maar in een flits zag ze voor haar geestesoog hoe er mensen zouden opduiken wanneer de ambulance arriveerde, en hoe iemand – waarschijnlijk een Russin – de mantel naar zich toe zou grissen met de bewering dat die van haar was. Ze kon het zich niet permitteren haar mantel kwijt te raken. Daarom deed ze haar geruite sjaal af en legde die over zijn borst. Ze mocht die niet om hem heen slaan: hij mocht niet worden verplaatst. De geringste beweging zou hem voor altijd kunnen verlammen. Als hij al niet verlamd was.

Ze streek met haar vlakke hand over zijn arm. Die was zwaar behaard. Hij was een mooie man, dat kon je wel zien, hoewel zijn spieren al zo verslapt waren dat het leek of ze van zijn botten af zouden glijden. Hij was erg bleek, maar zijn halfgeopende ogen waren donker. Misschien was hij bij bewustzijn.

'Het komt allemaal wel goed', fluisterde ze. 'Dat zul je zien. Wacht maar.'

Een knallend geluid. Ze keek langs de gevel van het huis omhoog. Een open raam klapperde in de wind.

Herinnering

De derde nacht begon ik te dromen.

Toch sliep ik niet. Ik zat met open ogen in de bezoekersstoel naast Sverkers bed toen ik mezelf opeens onder een straatlantaarn in het park van het ziekenhuis zag staan. Ik had de kraag van mijn schapenleren jas omhooggeslagen en verborg mijn kin in het witte bont. Het was erg koud. Misschien zou mijn adem bevriezen, dacht ik, misschien zou die in de lucht blijven hangen als een dotje gesponnen suiker. Op hetzelfde moment kreeg ik de andere vrouw in de gaten. Gekleed in een dunne zomerjurk met groene stippen kwam ze over het grasveld aanrennen; de hakken van haar sandalen boorden vierkante gaatjes in de sneeuw. Eerst herkende ik haar niet, ik had immers al jaren niet meer aan haar gedacht; ze had zich slechts aan de rand van mijn bewustzijn bevonden, even vertrouwd en vanzelfsprekend als de littekens van de wondjes uit je jeugd en even weinig de moeite waard om over na te denken. Ze zal het wel koud hebben, dacht ik alleen terwijl ik mijn kin dieper in mijn kraag boorde, ze heeft niet eens kousen aan. Op hetzelfde moment bleef ze voor me staan en we keken elkaar aan.

'Marie', zei ik. 'Ben jij het echt?'

Ze antwoordde met een grimas.

'Mary', zei ze. 'Ben jij het echt?'

'MaryMarie', zei een gedempte stem. 'Zou je niet naar bed gaan?'

Een verpleegkundige zat gehurkt naast mijn stoel en streek voorzichtig over mijn arm. Ze was jong en blond, gekleed in blauw en wit. Appelfris. Ik keek haar even aan, waarna ik met de punt van mijn tong over mijn voortanden ging. Die waren een beetje stroef. Wanneer had ik voor het laatst mijn tanden gepoetst? Ik wist het niet meer. Ooit.

De verpleegkundige droeg een naambordje op haar borst.

Jennifer. Hoi Jennifer, dacht ik. Sverker zou je wel hebben zien zitten. Wat jammer dat hij niet de gelegenheid krijgt je te ontmoeten. Of gelukkig maar. Gelukkig maar voor jou en mij.

Jennifer hield haar hoofd een beetje schuin en probeerde het met een glimlach: 'Je hebt slaap nodig, MaryMarie. Het wordt er allemaal heus niet beter van als jij ook ziek wordt.'

Dat was een standaardfrase en zoals in de meeste standaardfrasen zat er een kern van waarheid in. Het werd er allemaal niet beter van als ik ook ziek werd. Anderzijds werd het er allemaal ook niet slechter van. Het maakte niet uit.

Ze wachtte een paar tellen op antwoord, maar toen dat uitbleef sloeg ze opgewekt een sommerende toon aan.

'Luister eens', zei ze. 'We hebben genoeg patiënten op deze afdeling, we hoeven er niet nog eentje bij te hebben... Nu sta je op, dan help ik je naar je bed.'

Ze schoof haar arm onder de mijne en trok me omhoog. Ik werd duizelig van die snelle beweging, maar verzette me niet. Ik haalde een paar keer diep adem en bleef roerloos en met gesloten ogen staan wachten totdat de vloer niet meer zou deinen en ik me kon losmaken. Ik had geen steun nodig. Ik kon zelf wel lopen. Bovendien stond het veldbed zo dichtbij dat ik maar een paar stappen hoefde te zetten.

Toen ik ging liggen voelde ik hoe moe mijn lichaam was. Ik had pijn in mijn rug. Mijn nek was gevoelig. Toch wist ik dat ik niet zou kunnen slapen. Daarom pakte ik Jennifer bij haar uniform toen ze de gele ziekenhuisdeken over me heen glad begon te strijken. Maar ik had mijn spraakvermogen verloren; ik had de laatste etmalen niet meer dan één woord weten uit te brengen, en dat was niet voldoende om uit te leggen dat ik iets wilde waardoor ik zou kunnen slapen. Een slaaptablet, bijvoorbeeld. Of een schot in mijn hoofd. Toch kon ik dat ene woord niet onderdrukken, het viel uit mijn mond als een eitje, tegen mijn wil.

'Albatros?'

Angst flakkerde op in Jennifers ogen, maar ze wist die snel de kop in te drukken. Er was immers niets om bang voor te zijn. Als pas afgestudeerd verpleegkundige wist ze hoe ze moest omgaan met gekken, en met slachtoffers die in shock verkeerden. Ze was er nog niet helemaal uit tot welke categorie ik behoorde, maar dat deed er niet zoveel toe, omdat de bejegening toch dezelfde was. Vriendelijk, maar beslist. En kalm natuurlijk. Onverstoorbaar kalm.

'Ziezo', zei ze slechts.

Ze had het niet begrepen. Weer wachtte een slapeloze nacht. Ik zuchtte.

'Zucht maar, mijn hart, maar breek niet', zei Jennifer. 'Wie je bemint, die zul je niet krijgen.'

Ik begon met mijn ogen te knipperen. *Uh?*

Het had eleganter geformuleerd kunnen worden, maar het was voldoende om Jennifer te doen beseffen wat ze gezegd had. Ze sloeg haar hand voor haar mond en zette grote ogen op.

'Sorry', zei ze. 'Neem me niet kwalijk. Het floepte er gewoon uit. Het is een riedeltje dat mijn grootmoeder altijd opzei wanneer iemand zuchtte... Ik bedoelde er niets mee.'

Zo druk maak je je alleen wanneer je beseft dat je geheel onvrijwillig de waarheid hebt gesproken. *Wie je bemint, die zul je niet krijgen.* Alsof ik dat niet wist. Alsof ik dat niet altijd had geweten. Daarom schudde ik even mijn hoofd om haar gerust te stellen. Niets aan de hand.

Toen ze wegging, deed ze het nachtlampje uit. Dat verbaasde me. Hoe zou ze al die slangen en apparaten in de gaten kunnen houden als het donker in de kamer was? Hoewel, helemaal donker was het niet, zag ik daarna. De straatlantaarns buiten veranderden het raam in een grijze rechthoek midden in het zwart. Bovendien kwam er een zwak schijnsel van de instrumenten en bedieningspanelen naast Sverkers bed. Rode lampjes, en groene. En een geel stipje dat ritmisch over een zwarte display danste. Het kloppen van zijn hart.

Hij leeft, fluisterde een stem binnen in me. Hij leeft nog.

Ik knikte stom naar de duisternis. Ze had gelijk. Hij leefde nog.

Mogelijke berichten (1)

URGENT
De ambassade is vandaag door de Grigirische overheid benaderd i.v.m. de Zweedse staatsburger Sverker Sundin, die in een ziekenhuis in Vladista is opgenomen. De artsen delen mee dat hij na een val van grote hoogte zijn nek heeft gebroken. Hij is buiten bewustzijn. Hij werd vrijdagnacht opgenomen, maar het heeft tot maandagochtend geduurd voordat de ambassade op de hoogte werd gesteld. Dit gebeurde nadat de reisgenoten van Sundin (Anders Simonsson en Niclas Rundberg), die aangifte van zijn verdwijning hadden gedaan, hem hadden geïdentificeerd.

Zij delen mee dat Sverker Sundin algemeen directeur is van het reclamebureau Ad Aspera in Stockholm. Naaste familie is zijn vrouw Mary Sundin (NB! Simonsson en Rundberg noemen haar Mary-Marie, maar wij denken dat dit een bijnaam is en niet haar echte naam), hoofdredacteur van *Aftonbladet* en wonend aan Treriksvägen 87 in Bromma. NB! Het is zeer belangrijk dat de echtgenote zo snel mogelijk op de hoogte wordt gebracht. De toestand van Sundin is kritiek.

De verzekeringskwestie dient zo snel mogelijk met de echtgenote besproken te worden. De Grigirische artsen delen weliswaar mee dat vervoer naar huis de komende dagen uitgesloten is, maar deze zaak dient niettemin besproken te worden met SOS International in Kopenhagen.

Fax van de ambassade in Vladista aan de directie
Consulaire Zaken van BZ, 30 november 1997

Albatrossen *Diomedeidae*, familie van de stormvogels, 14 soorten in alle zuidelijke zeeën en in de Stille Oceaan ten noorden van de Galapagos-eilanden, Hawaï en Japan; tijdens trektochten kunnen ze ook andere zeeën bereiken, waaronder de Noordzee en het Skagerak. De grootste soorten hebben een spanwijdte van meer dan 3 m en een tot in de perfectie ontwikkelde vliegtechniek, waarbij gebruikgemaakt wordt van de verschillen in windsnelheid in de buurt van het zeeoppervlak en hoger. (...)

DE NATIONALE ENCYCLOPEDIE

STOCKHOLM (HET ZWEEDS PERSBUREAU) In Vladista is vrijdagnacht een ernstig gewonde Zweedse man aangetroffen. De politie denkt dat hij mogelijk uit het raam van een huis van enkele etages hoog is gevallen of geduwd. Er zijn tekenen die erop wijzen dat de man vóór zijn val mishandeld is. Toen hij werd gevonden was hij bovendien zwaar onderkoeld, omdat hij slechts ondergoed droeg.

Een verpleegkundige die op weg was naar haar werk vond de Zweed en zorgde ervoor dat hij in een ziekenhuis werd opgenomen. De artsen delen mee dat zijn toestand kritiek is.

De man was samen met twee collega's in Vladista op zakenreis. Ze logeerden alledrie in een hotel in een ander deel van de stad. Zijn collega's zeggen niet te weten hoe het kwam dat de man zich op de plaats van het ongeluk bevond. In de loop van donderdag keren zij naar Zweden terug.

DAGENS NYHETER, 1 december 1997

Verdacht overlijden
in Karolinska-ziekenhuis

DAGENS NYHETER, 16 december 1997

Daarom heb ik hem vermoord

De wrekende echtgenote spreekt

EXPRESSEN, 10 januari 1998

We hebben gelogen. We hadden geen verdriet om Sverker.

Toch trilden onze stemmen wanneer we aan onszelf en anderen probeerden uit te leggen wat er was gebeurd. We begrepen het niet. Het was een raadsel. Maar laten we elkaar geen Mietje noemen. We hadden geen verdriet om Sverker. Niet echt. We hadden verdriet om onszelf en om de eenzaamheid die wachtte.

Daarom kan ik alleen maar constateren dat ik eigenlijk totaal niet verbaasd was over datgene wat heel deze keten van ongelukken in gang heeft gezet. Sverker heeft altijd al duidelijke hoerenlopersneigingen gehad. En jij...

concept voor een brief van Sissela Oscarsson
13 januari 1998 (Nooit verzonden)

Het is te laat, MaryMarie. Ik kan je geen troost bieden.

Maar toen ik vannacht wakker lag en aan je dacht, toen meende ik even dat ik iets had gevonden. Herinner jij je *Gemist universum* nog? Dat zou mijn eerste dichtbundel zijn geweest als hij niet overal was geweigerd. Maar jij hebt hem een keer gelezen en volgens mij begreep je dat hij op een bepaalde manier eigenlijk over jou ging. Ik heb altijd al het vermoeden gehad dat niet alleen je naam dubbel was.

Het zit zo: alle elementaire deeltjes in het universum hebben een antideeltje. Ze worden in paren gevormd en zijn identiek, maar toch stoten ze elkaar af. Als ze te dicht bij elkaar in de buurt komen, worden ze vernietigd en veranderen ze in licht.

Bij het ontstaan van het universum werden er voortdurend deeltjes en antideeltjes gevormd en vernietigd. Daarom bestaat het universum hoofdzakelijk uit licht. Slechts een miljardste deel van de deeltjes van het universum bestaat uit gewone materie, de stof waarvan jij, ik en de wereld gemaakt zijn. Maar waar is de antimaterie? Waar is ons spiegelbeeld, dat zo op ons lijkt maar toch totaal anders is? Dat weten we niet. Dat is verdwenen, simpelweg. Buiten bereik van ons voorstellingsvermogen en ons verstand. En toch tonen alle berekeningen aan dat het ergens moet zijn.

Die troost dacht ik je dus te kunnen bieden: de gedachte dat er een plek is waar dit niet is gebeurd. En ik wenste je het vermogen toe om af en toe je ogen te sluiten en in die wetenschap te rusten.

Tegelijkertijd weet ik natuurlijk dat dit onmogelijk is. Wat gebeurd is, is gebeurd, het verleden laat zich niet uitwissen...

concept voor een brief van Torsten Matsson
1 februari 1998 (Nooit verzonden)

Test

Toen ze bij de ambassade arriveerden, ging zij de toiletten binnen om zich te verstoppen.

Eerst deed ze het licht niet aan, maar bleef roerloos in het donker staan met haar voorhoofd tegen de tegels. Misschien sloot ze haar ogen, ik weet het niet, ik weet alleen dat het om haar heen even donker was als om mij heen. Duisternis is erg rustgevend. Bijna troostrijk.

Ze wilde dat het ook stil was, maar de geluiden van de andere gasten kon ze niet buitensluiten. Anderzijds deden die er niet zoveel toe; het was een gedempt geroezemoes van welopgevoede stemmen. Dat kon ze wel verdragen. Als ze maar even een poosje in het donker mocht rusten, zouden de tintelingen in haar tong overgaan en zou die lichte gevoelloosheid in haar rechterhand verdwijnen. Evenals de hoofdpijn die op de loer lag boven haar rechteroog.

De tekenen waren er dus, ook al wilde ze die niet onder ogen zien. Niet dat dit mij iets uitmaakte. Mary heeft zich altijd heel erg op haar gemak gevoeld met haar illusies, en zelf heb ik me altijd het best op mijn gemak gevoeld met Mary wanneer ze die illusies koesterde. Jaren geleden had ze zichzelf er al van overtuigd dat ze veilig was, dat wat ooit met haar spraakvermogen was gebeurd niet opnieuw zou gebeuren, dat dit niet eens kón gebeuren. Het verleden had ze ondergaan en doorstaan, overleefd en achter zich gelaten. Alles was nu anders. Zij was anders. Dus hadden de tintelingen en de gevoelloosheid niets bijzonders te betekenen, en haar hoofdpijn, tja, die kon misschien verklaard worden uit het feit dat Håkan Bergman zich tijdens de reis over de Oostzee in hetzelfde vliegtuig had bevonden. Niet dat ze dat had gemerkt; pas toen ze na de landing opstond, kreeg ze hem in de gaten. Hij zat op de rij achter haar en wekte de indruk geduldig op zijn beurt te wachten. Hij leek geen haast te hebben; alles wees erop dat hij zeer tevreden was met de situatie zoals die was. De minister en haar gevolg konden alle tijd nemen die ze nodig hadden om hun paperassen en aktetassen bij elkaar te pakken. Toen Mary's blik de zijne kruiste, glimlachte hij een beetje en hief hij zijn rechterhand op tot een discrete groet.

'Hallo Mary', zei hij op gedempte toon. 'Hoe is het om terug te zijn?'

Mary deed net of ze hem niet hoorde, ze sloeg haar ogen neer en concentreerde zich op het aantrekken van haar mantel. Toch wist ze dat zijn ogen haar niet loslieten.

'Tot op de conferentie', zei hij. 'Het zal interessant zijn om jouw toespraak te horen. Heel interessant.'

Ik knipper met mijn ogen en sla ze open, word weer helemaal mezelf. De duisternis is niet helemaal ondoordringbaar, dat zie ik nu. De schijnwerpers bij de buitenste afrastering maken de nacht grijs; het lijkt alsof het weldra licht wordt. Het is heel stil, maar als je goed luistert merk je dat de stilte vol geluiden zit. Rubberen zolen fluisteren op het linoleum. Sleutels rammelen even. Stemmen mompelen wanneer Rosita voor de derde keer deze nacht uit haar cel wordt gelaten om naar het toilet te gaan. Af en toe hoor je een schel kreetje van Anastasia in de cel naast de mijne. Huilt ze of zingt ze in haar eigen taal? Het is onmogelijk vast te stellen.

Morgen al zal dit alles buiten bereik zijn. Een herinnering slechts, onmogelijk echt te bevatten. Misschien zal ik ooit betwijfelen of het waar is, of dit daadwerkelijk gebeurd is, of ik, Marie Sundin, dochter van Herbert en Renate, ooit getrouwd met Sverker, en verder hoofdredacteur en lid van Biljartclub De Toekomst, ruim zes jaar heb doorgebracht in vrouwengevangenis Hinseberg. Veroordeeld voor moord.

Nog steeds kan ik het niet geloven. Het is mijn laatste nacht in de gevangenis en ik kan het nog steeds niet geloven.

16

Het was veel waarschijnlijker geweest dat mijn leven vrijwel op dezelfde voet was doorgegaan en dat ik, na een poos van verwarring en vertwijfeling, gevolgd door therapie en een mentale grote schoonmaak, ervoor had gekozen om loyaal getrouwd te blijven. Misschien had ik mezelf in mijn werk begraven en had ik vaart achter mijn carrière gezet; toen het gebeurde was ik immers al een van de namen die steeds genoemd werden wanneer er werd gesproken over nieuwe leden van de regering. Jawel. Zo had het kunnen gaan. Als ik destijds mijn hand niet had opgeheven, als ik de stekker niet had gepakt en als ik er geen ruk aan had gegeven, dan zou ik iemand anders zijn geweest. Bijvoorbeeld die vrouw die ergens in een toilet van een ambassade met haar voorhoofd tegen de tegels staat, een minister die voor zichzelf een moment van alleen zijn steelt voor alles wat er later die dag gedaan moet worden. Elke minuut is natuurlijk vastgelegd. Eerst een lunch op de ambassade. Vervolgens vertrek naar de conferentie. De openingsceremonie. Haar eigen toespraak. De toespraken van anderen. Vertrek naar het hotel. Omkleden. Diner in het gemeentehuis in die stad waarvan ze zich de naam op dit moment even niet goed kan herinneren...

Volgens mij werkt Mary's geheugen niet echt zoals het zou moeten en baart dit haar zorgen. Ze denkt dat het haar eigen schuld is, dat het komt doordat ze zo bewust heeft geprobeerd de herinnering uit te wissen aan die dag, zeven jaar geleden, waarop Anna opeens op de drempel van haar werkkamer stond en alles in haar leven bestempelde tot 'Voor' en 'Na'. Natuurlijk heeft ze geleerd om haar gezicht in gepast verdrietige plooien te trekken wanneer iemand die dag ter sprake brengt, maar dat is slechts spel en huichelarij. Ze hoort eigenlijk niet wat dergelijke mensen zeggen; lang voordat de woorden haar trommelvlies bereiken, hebben ze hun betekenis al verloren. Even resoluut heeft ze haar eigen gedachten verdrongen. Na een paar jaar besefte ze pas dat dit een besluit was dat zijn prijs had. Vóór die tijd had ze naar eigen goeddunken in en uit het verleden kunnen glijden, maar nu zat de deur dicht. Ze kon een vervelende vergadering niet langer draaglijk maken door een herinnering naar boven te halen aan een midzomernacht met Biljartclub De Toekomst, ze kon het gelach en de stemmen van de anderen niet meer horen en zich ook niet herinneren hoe het voelde om laat in de nacht haar wang tegen een kriebelende wollen trui te vlijen, zonder te weten of zich er iets van aan te trekken of die trui gedragen werd door Magnus, Torsten of Per. Maar het waren niet alleen de midzomernachten die ze had verloren. Haar jeugd en tienertijd, haar werk en de eerste jaren met Sverker waren geen herinneringen meer, alleen nog een soort droge kennis. Ze wist dat ze was opgegroeid in een wit huis, dat haar moeder haar Mary had gedoopt en dat haar vader haar Marie had genoemd, en dat ze tot ver in haar tienertijd had gespeeld met de gedachte dat ze twee levens had, dat ze een ander ik had dat wakker werd wanneer zij in slaap viel, en in slaap viel wanneer zij wakker werd. Ze wist ook dat haar moeder was omgekomen bij een auto-ongeluk toen Mary net vierentwintig was en dat haar vader, die bij hetzelfde ongeluk ernstig gewond raakte, nog vier jaar in leven bleef, maar ze kon het zich niet herinneren. Het waren alleen maar woorden. Heel haar leven was veranderd in woorden.

Hoewel er misschien een verbetering was ingetreden. Vanochtend was ze heel nerveus wakker geworden omdat ze bang was dat ze Per niet zou herkennen wanneer ze elkaar weer zagen, want hoe ze ook haar best deed, ze kon zich niet herinneren hoe hij er eigenlijk uitzag. Hij was slechts een beschrijving: blond en blauwe ogen. Maar ze had zich voor niets ongerust gemaakt: toen de delegatie de vip-ruimte van de luchthaven binnenkwam, was er geen twijfel over mogelijk. De man die met een openhangende mantel en zijn handen op zijn rug helemaal achter in de kamer stond, was absoluut Per. Toch was hij niet helemaal de oude. Hij had nog steeds dik, haverkleurig haar, maar zijn gezicht was opgeblazen en zijn ogen waren smaller geworden sinds ze hem voor het laatst had gezien. Veel whisky, dacht ze. Veel whisky en veel nachtelijke processen.

Hij keek haar met een vaste blik aan, maar bewoog zich niet. Dat was een statement, dat wisten ze allebei; als ambassadeur diende hij vlak bij de ingang te staan om haar als eerste te verwelkomen. Misschien was dit ook weer een straf, al kwam die onhandig en laat, omdat hij haar en Torsten naakt had zien zwemmen in het Hästerumsmeer tijdens de laatste midzomernacht met Biljartclub De Toekomst.

'MaryMarie', zei hij toen ze voor hem bleef staan.

'Per', zei ze.

'Dat is langgeleden.'

'Inderdaad.'

'Gefeliciteerd met je ministerspost.'

'Dank je.'

'En hoe is het met Sverker?'

'Niet beter of slechter.'

'Dat is klote.'

'Ja.'

'Ontzettend klote.'

'Ja.'

'Zullen we dan maar gaan?'

'Ja.'

In de garderobe voor het toilet schraapt iemand discreet haar keel en Mary krijgt haast, ze gaat op de tast over de muur op zoek naar het lichtknopje. Even later knijpt ze haar ogen samen tegen het verblindende halogeenlicht. *Albatros*, schiet er door haar hoofd, maar zonder dat ze zelf begrijpt wat ze daarmee bedoelt. Ze kijkt om zich heen. Het is een chique, kleine ambassadetoiletruimte: de tegels met bobbelig oppervlak contrasteren elegant met de grove stenen van de vloer. Iemand – Anna misschien – heeft geprobeerd de modieus harde indruk te verzachten door een pastelkleurige waaier van gastendoekjes op de wastafel te plaatsen, maar dat helpt niet veel. Het bleke gezicht dat zich in de spiegel erboven vertoont, maakt het beeld er niet gezelliger op. Het is te vaag. Onscherp. Moeilijk te zien en te beschrijven.

Mary gelooft niet meer in haar spiegelbeeld. Soms ziet ze haar gezicht in de kranten, maar het lijkt helemaal niet op wat ze in de spiegel in de badkamer ziet. Het krantengezicht heeft dunne lippen en een argwanende blik, terwijl het gezicht in de spiegel lachrimpeltjes rond de ogen heeft en een bijna meisjesachtige glimlach. Mary heeft een enorme hekel aan haar krantenge-zicht, zo'n hekel dat ze haar persvoorlichtster heeft laten weten dat er geen foto's van haarzelf in de knipsels mogen voorkomen die op haar bureau worden gelegd. Ze heeft begrepen dat daar op het departement flink over wordt geroddeld. Nou ja. Ze zien maar. Het zou erger zijn als uitkwam dat ze geen dagbladen meer leest, dat ze het niet eens kan opbrengen die open te slaan. De waarheid is dat ze er moeite mee heeft haar naam gedrukt te zien staan. Ze verlaat zich al een paar maanden helemaal op de nieuwsbulletins van de radio. Dat kan zo niet blijven doorgaan, dat weet ze, maar ze weet niet wat ze eraan moet doen.

Opnieuw een kuchje. In één vloeiende beweging haalt Mary haar lippenstift uit haar tas, ze stift haar bovenlip, knijpt haar lippen op elkaar, haalt haar hand door haar haren en draait de kraan open. Ze laat het water stromen terwijl ze de seconden telt: *eenentwintig, tweeëntwintig, drieëntwintig,* maar ze steekt haar hand niet uit naar de zeep. Ze hoeft haar handen niet te wassen, maar dat kan die persoon aan de andere kant van de deur natuurlijk niet weten, dus maakt ze de geluiden die zouden ontstaan als ze haar handen wel had gewassen. Dan hoeven we daar ook geen discussie over te hebben, denkt ze. Alsof het Renate was die in hoogst eigen persoon voor de deur stond, klaar om alle handelingen van haar dochter te interpreteren, evalueren en bekritiseren. Maar natuurlijk is het Renate niet; die is immers al meer dan vijfentwintig jaar as. Het is Anna. Ze zet een stap achteruit wanneer de deur opengaat en spreidt haar armen uit.

'MaryMarie!' zegt ze. 'Wat leuk om je te zien.'

Ooit was Anna de boodschapper van het ministerie van Bui-tenlandse Zaken, zij was degene die met het bericht kwam over wat er met Sverker was gebeurd. Vóór die tijd was ze een vriendin zoals de anderen en als zodanig – de gedachte schiet even door Mary's hoofd – naar alle waarschijnlijkheid het onderwerp van Sverkers verleidingskunsten, althans, gedurende een bepaalde periode. Misschien kreeg hij zijn zin. Niet dat Anna of Sverker zichzelf ooit heeft verraden, er zijn maar een paar aanwijzingen en die vormen onvoldoende bewijs. Althans, voor Mary. Een blik telt niet. Net zomin als een haastige aai wanneer je elkaar toevallig in de deuropening tegenkomt en denkt dat niemand het ziet. Het zou een vriendschappelijk gebaar kunnen zijn. Theoretisch gezien.

Anna is nog even mollig en heeft nog net zulke eekhoornoogjes als vroeger, maar toch is ze niet helemaal de oude. Dat komt niet alleen doordat de jaren hun sporen in haar hals zijn gaan kerven, maar ook door iets nieuws in haar manier van doen, iets wat heel weinig te maken heeft met de Anna die Mary zich herinnert van Biljartclub De Toekomst. Dit is geen resolute idealist met een verfomfaaid kapsel. Dit is een bijzonder nette ambassadeursvrouw met een keurig gekamd pagekapsel en een jasje met een fluwelen kraag. Eindelijk in de gewenste vorm gekneed, denkt Mary, terwijl ze de vlaag van gemis die even door haar heen gaat verjaagt. Anna maakte deel uit van een leven dat ooit was. Een leven dat ze mist.

'O', zegt ze, terwijl ze haar armen spreidt. 'Anna!'

Anna ruikt zelfs als een ambassadeursvrouw; dat merkt ze wanneer ze de lucht naast elkaars wangen zoenen. Zoet en rins. Vervolgens zetten ze een stap achteruit om elkaar even op te nemen, waarna Anna haar hoofd schuin houdt en haar stem dempt voor de onvermijdelijke vraag.

'Hoe is het met Sverker?'

Mary haalt een beetje haar schouders op.

'Het is zoals het is.'

Anna schudt haar hoofd.

'Het is zo triest', zegt ze. 'Zo vreselijk triest.'

Natuurlijk zegt ze dat, want wat moet je anders zeggen. Anna heeft de juiste frasen altijd bij de hand, als een hamster draagt ze die in haar wangen en ze hoeft alleen maar even met haar tong te friemelen of ze vallen eruit.

Ik vraag me af welke frase ze zou hebben gebruikt als ze me nu had gezien. Waarschijnlijk dezelfde, alleen op een wat schellere toon. *Zo triest. Zo vreselijk triest.* Toch zou ze onder de oppervlakte vast behoorlijk tevreden zijn geweest. Een minpunt bij een van de andere vrouwen van Biljartclub De Toekomst heeft Anna altijd beschouwd als een pluspunt voor haarzelf. Toch denk ik ook dat ze ergens diep in haar hart in feite jaloers zou zijn geweest. Anna is altijd jaloers geweest op degenen die liefhebben en haten.

De groene cijfers op de oude wekkerradio naast mijn bed beginnen te trillen en slaan om. Het is al na drieën. Over een kleine vier uur zal de sleutel in het slot van mijn deur worden omgedraaid. Morgen gaat er veel gebeuren. Ik zou eigenlijk moeten slapen. Ik moet slapen.

Maar ergens op mijn netvlies gaat Mary aanzitten aan de lunch op de ambassade. Ze heeft natuurlijk een plaats ter rechterzijde van Per gekregen, iets anders zou een al te duidelijke inbreuk op het protocol betekenen. Eerst is het stil tussen hen, maar Mary haalt diep adem en begint te praten over het gebouw waarin de conferentie gehouden zal worden. Is het waar dat het een oude kerk is?

'Inderdaad', zegt Per. 'Maar ten tijde van het communisme is de kerk verbouwd tot een theater en tegenwoordig is het dus een congrescentrum. Het beste dat we hebben. Wat op zichzelf niet zoveel zegt.'

'Dus je bent er niet van onder de indruk?'

Per draait zijn hoofd om en doet net of hij haar aankijkt, maar richt zijn blik eigenlijk vlak naast haar linkerslaap. Hij glimlacht.

'Ik ben zelden onder de indruk', zegt hij. 'Ik dacht dat je dat nog wel wist.'

Mary trekt een vermoeide grimas. Een steek onder water, ze voelt hem. Er zullen er nog meer volgen, dat weet ze. Vrouwelijk succes heeft zijn prijs. Toch is ze zelf ook voldoende getekend door de pikorde van een andere tijd om even overvallen te worden door de neiging Per haar excuses aan te bieden. *Sorry! Het was niet de bedoeling om jou in je carrière in te halen!* Heel even is ze zelfs in de verleiding hem toe te vertrouwen dat ze elke dag besluit met het weg schrobben van de schaamte van haar huid. Ze weet zich op het laatste moment in te houden; het zou zinloos zijn, hij zou niet snappen waar ze het over had. Zelfs Torsten en Sissela, de verstandigste leden van Biljartclub De Toekomst en de enige die ze de laatste jaren nog gezien heeft, begrijpen niet wat ze bedoelt wanneer ze de schaamte probeert te beschrijven die haar heeft overvallen sinds ze minister is geworden. Zij denken dat het gaat om gebrek aan vertrouwen in politici, maar zo eenvoudig is het niet. Het gaat eerder om de schaamte die verbonden is met alle moderne publiciteit, het feit dat van iedereen die in de schijnwerpers stapt, verwacht wordt dat hij iets van zichzelf prijsgeeft, iets wat privé en persoonlijk is, iets wat heel intiem en diep gevoeld is. Dat is een voorwaarde en wie niet bereid is aan die voorwaarde te voldoen, moet zich erin schikken als hooghartig en verachtelijk te worden veroordeeld. De oplossing is natuurlijk om te liegen, een soort nepvertrouwelijkheid te presenteren en je er stilletjes in te schikken dat je in een cliché verandert, iemand wiens hele leven en persoonlijkheid in slechts een paar woorden kunnen worden samengevat. De minister van Ontwikkelingssamenwerking? Blond, blauwe ogen en plichtsgetrouw. Niet zo hip, maar goeie genade, wat kun je verlangen?

Aan de andere kant van de tafel klinkt onafgebroken Anna's stem; die glijdt op en neer in voortdurend nieuwe toonladders terwijl ze vragen, complimenten en reacties over de gasten rondstrooit. Dat zijn voornamelijk vrouwen, sommigen van hen opvallend eenvoudig gekleed, en hun blikken schieten nerveus heen en weer over het zilver en kristal op tafel.

'Vrijwilligersorganisaties', legt Per uit en hij pakt zijn waterglas. Hij maakt een gebaar naar de vrouw aan zijn linkerzijde om haar voor te stellen, en Mary steekt glimlachend haar hand uit. De vrouw heeft grijs haar, draagt een grijs mantelpakje en haar hand is warm en droog. Per zegt enkele woorden in de taal van het land, waarna hij zich weer tot Mary wendt.

'Dit is mevrouw hoe-heet-ze-ook-alweer, ze is voorzitter van de Vereniging voor Verdwenen Personen. Spreekt geen Engels.'

'Maar jij kunt wel met haar praten? Je hebt de taal geleerd?'

'Alleen een paar beleefdheidsfrasen. Anna is er veel beter in.'

Vanaf haar plek aan de overkant van de tafel heeft Anna hen zitten opnemen en nu leunt ze naar voren, terwijl ze elk woord dat ze zegt onderstreept door zachtjes met haar wijsvingernagel op het tafellaken te tikken: 'Je moet weten dat de Vereniging voor Verdwenen Personen fantastisch werk doet. Beter dan de autoriteiten. Ze doen zelf onderzoek, ze halen overal in Europa meisjes op uit de bordelen, regelen huisvesting, medische en psychische hulp... En toch hebben ze bijna helemaal geen financiële middelen.'

Haar tafelgenote legt haar hand op haar arm en zegt iets, Anna luistert met een schuin hoofd, waarna ze zich opnieuw tot Mary wendt en theatraal fluistert: 'Het zijn allemaal familieleden.'

De vrouw naast Anna knikt, alsof ze kan verstaan wat er gezegd wordt. Ze heeft heel grote ogen. Reeënogen in een kattengezicht.

'Hoe bedoel je?' zegt Mary.

Anna dempt haar stem, maar spreekt elk woord heel duidelijk uit: 'Ze hebben iemand verloren. Allemaal.'

'Yes', zegt de kattenvrouw opeens. 'Verloren. Wir haben alle jemand...'

Haar stem gaat over in gemompel en ze slaat haar ogen neer. Wanneer ze weer opkijkt, kijkt ze Mary recht in de ogen.

'My son', zegt ze vervolgens. 'Zwölf Jahre...'

Anna legt haar hand op die van de vrouw. Het is een dubbel gebaar, bedoeld zowel om te troosten als om haar het zwijgen op te leggen.

'Ze heeft haar zoon vier jaar geleden verloren... Een jongen van twaalf.'

'Hoezo verloren?'

'Hij was buiten aan het spelen... En toen is hij verdwenen. Gewoon weg.'

De kattenvrouw leunt achterover. Haar bruine ogen zijn vochtig.

'Wir reden nimmer', zegt ze. *'Never. Ever.'*

Anna werpt Per een snelle blik toe en zegt daarna met zachte stem: 'Haar man wil er niet over praten. Hij doet net of de jongen nooit heeft bestaan. Weigert zijn naam in de mond te nemen...'

De kattenvrouw legt haar beide handen op het witte tafellaken en luistert aandachtig. Het lijkt alsof ze van plan is op te staan. Ze maakt haar beweging echter niet af, maar trekt haar rechterhand terug en legt die op haar borst.

'Er lebt!' zegt ze. *'I can feel it. In here!'*

Haar stem doorklieft het gedempte geroezemoes. Het wordt stil, alle blikken zijn op haar gericht. Zelf lijkt ze dat niet te voelen, ze zit roerloos en met vochtige ogen, haar hand op haar borst. Mary slaat haar ogen neer, ze schaamt zich opeens voor de vrouw en schaamt zich evenzeer voor het feit dat ze zich schaamt. Maar dit is geen wereld waarin je het jezelf kunt permitteren je wonden te tonen, dit is een wereld waarin je met gedempte stem en afgewende blik over je verdriet praat. Als je het überhaupt al noemt, als je het niet zo diep hebt weggestopt dat je er niet meer bij kunt.

Pers beweging stokt even, maar nu heft hij het glas terwijl hij Anna een snelle blik toewerpt. Alles wijst erop dat er vanavond in de slaapkamer een proces zal plaatsvinden, dat hij Anna aansprakelijk zal houden voor het over de schreef gaan van de kattenvrouw. Ze had toch beter moeten weten dan dat labiele mens in de buurt van MaryMarie te plaatsen? Snapte ze niet dat dit tot pijnlijke situaties zou leiden?

Ik heb Per vele malen een slaapkamerproces horen aanspannen. Toen we heel jong waren, lagen Sverker en ik al elke midzomernacht wakker en hoorden we hem in de kamer naast de onze Anna ter verantwoording roepen. Vaak ging het over andere mannen, dat Torsten haar iets in haar oor had gefluisterd of dat Magnus haar nek had gestreeld tijdens het dansen, maar soms had ze zichzelf onmogelijk gemaakt, ze had te veel gelachen of te hard gepraat of chagrijnig en stil zitten kijken. Hij had zich in elk geval geschaamd. Hij moest zich altijd voor Anna schamen.

Niet dat je dat merkte. Zodra er andere mensen in de buurt waren, veranderden Anna en Per in het ideale stel. Als twintigjarige beheerste Anna al tot in de perfectie de kunst om haar arm in die van Per te haken en haar wang tegen de mouw van zijn colbertje te vlijen op een manier die gewoonweg een ontroerend vertrouwen markeerde, terwijl hij als het ware in een aanval van tedere verstrooidheid licht met zijn lippen over haar haren streek. Het kostte me bijna tien jaar om te begrijpen dat deze twee in feite vijanden waren, dat ze elkaar bestreden en bevochten, dat er zich een verborgen strijd tussen hen afspeelde, een strijd die werd uitgevochten met snelle zijdelingse blikken en een half onzichtbaar mimespel. Wanneer Per sprak over de behoefte aan een realistische Zweedse buitenlandse politiek, trok Anna haar bovenlip op in een gebaar van verachting – waarom maakte hij zichzelf wijs dat mensen onder de indruk waren van goedkoop cynisme? – en wanneer Anna omstandig zat te vertellen over allerlei schendingen van de mensenrechten, trok Per zijn wenkbrauwen op en wendde zijn blik af. Politiek correcte schijnheiligheid was pijnlijk. Buitengewoon pijnlijk.

Anna gaf zelden antwoord wanneer Per zijn slaapkamermonologen hield, je hoorde alleen zijn stem door de dunne muur heen.

'Misschien slaapt ze', zei ik een keer tegen Sverker. 'Of ze leest een boek.'

We waren na de midzomerviering op weg naar huis. Sverker reed. Er was nog niets gebeurd. Er was zelfs nog niets beginnen te gebeuren.

'Nee', zei Sverker. 'Ze slaapt niet. Ze gaan immers na afloop met elkaar naar bed.'

Dat had ik niet begrepen, maar de volgende midzomernacht kon ik horen dat het waar was. Het slaapkamerproces werd gevolgd door het ritmische gekraak van de versleten springveren dat even aanhield. Heel even maar. Verder hoorde je niets, geen stemmen, geen gedempte kreten van wellust of pijn, geen gesteun of gebonk. Toch leunde Anna de volgende ochtend met haar hoofd tegen Pers schouder en streek ze hem over zijn arm in een gebaar dat bedoeld moet zijn geweest om over te komen als een sensuele herinnering aan de vreugden van de afgelopen nacht.

'Misschien leest ze dat boek terwijl ze met elkaar naar bed gaan', zei ik toen we die keer naar huis reden.

Sverker gaf geen antwoord. Het bleef heel lang stil tussen ons.

Zingen doet Anastasia niet meer. Of huilen.

Ik hoop dat ze in slaap is gevallen; ze ziet eruit alsof ze behoefte heeft aan lang en veel slapen. Ze is een schim, een bleek schimmetje met donker haar en een lint van sproeten op haar neus. Misschien is ze gewoon ondervoed; ze eet niets. 's Ochtends drinkt ze samen met ons een kop koffie, maar als iemand een gebaar in haar richting maakt met het broodmandje of het vruchtensap deinst ze terug en schudt ze haar hoofd. Voor de lunch en het avondeten verschijnt ze nooit; zodra het eten op onze afdeling wordt gebracht, glipt ze haar cel in en doet de deur achter zich dicht. Niemand lijkt dat op te merken.

Ik vraag me af wat ze heeft gedaan.

Een of andere vorm van geweldpleging, vermoedelijk. In Hinseberg proberen ze de moordenaars en de voor doodslag veroordeelden te scheiden van de dieven en de drugscriminelen. Op deze afdeling heeft bijna iedereen iemand omgebracht. Een aantal is bovendien tot levenslang veroordeeld, wat betekent dat het geweld dat ze hebben gepleegd bijzonder grof moet zijn geweest. Ze hebben schedels ingeslagen, iemand recht in zijn oog geschoten en kelen doorgesneden met een grofheid waardoor iemand die slechts een stekker uit een stopcontact heeft getrokken, zich aangenaam rechtvaardig en normaal functionerend voelt.

Maar ik kan me moeilijk voorstellen dat Anastasia iemand heeft vermoord. Niet alleen omdat ze zo klein en mager is, maar ook omdat ze zo onderworpen overkomt. Ze trekt haar schouders op en houdt haar blik neergeslagen, heel haar houding straalt uit dat ze gewend is slaag te krijgen en dat ze niet iemand is die terugslaat. Maar je weet maar nooit. Soms kan het geweld ook als een verrassing komen voor degene die het pleegt. Vraag het maar aan mij. Of aan Mary.

Nu staat Mary met haar rug naar de andere gasten bij de terrasdeuren van de salon. Haar hoofdpijn is erger geworden, maar dat wil ze voor zichzelf niet toegeven. De laatste jaren heeft ze er met haar volle bewustzijn voor gekozen alle pijntjes en symptomen waarover ze zich zorgen maakte toen ze jong was te verdringen. Toen was ze een angstig iemand die vaak aan haar immuunsysteem dacht en daarom altijd met de dood op de hielen leefde, nu voelt ze niet eens dat ze zoveel pijn heeft dat ze haar ene oog moet dichtknijpen wanneer ze naar gezichten kijkt. Het is nu echt herfst geworden; buiten op straat haasten de mensen zich door een motregen en de bomen hebben een gele tint aangenomen.

'Dat komt door de bommen', zegt Anna achter haar.

Mary draait zich om en fronst haar voorhoofd, Anna reikt haar glimlachend een kopje koffie aan.

'Dat er zo veel parken zijn', zegt ze verklarend. 'Dat komt door de bommen in de Tweede Wereldoorlog. Ze hebben parken gemaakt van alle kapotgebombardeerde buurten... Daarom is de stad zo groen.'

'Heb je het hier naar je zin?'

Anna haalt haar schouders op.

'Tja. Het is in elk geval beter dan Islamabad.'

'Hoelang zitten jullie hier al?'

'Een jaar.'

'Nog drie te gaan dus.'

Anna haalt haar schouders op, maar geeft geen antwoord. Het wordt stil en Mary zet haar kopje aan haar lippen om een slok te nemen.

'Maar hoe is het voor jou om hier te zijn?' vraagt Anna op halfzachte toon. 'In deze stad?'

Als antwoord maakt Mary een geluidje. Ze voelt al wat er gaat komen, maar weet niet hoe ze zich daaraan moet onttrekken.

'Je zult de vorige keer wel geen gelegenheid hebben gehad om rond te kijken. En eerlijk gezegd zou het ook wel gek zijn overgekomen als jij als toerist op pad was gegaan terwijl Sverker...'

Mary knikt eerst en schudt dan haar hoofd, maar weet zelf niet wat ze daarmee bedoelt. Anna kijkt haar strak aan, terwijl ze zelf een slokje koffie neemt.

'Ik vind je geweldig', zegt ze vervolgens. 'Dat je bent gebleven. Dat je voor hem zorgt. Ondanks alles.'

Mary kijkt in haar koffiekopje, maar daar is geen uitweg te vinden.

'Zelf weet ik niet of ik dat had kunnen opbrengen', zegt Anna. 'Ik denk het niet. Ik denk dat ik hem had doodgemaakt.'

Mary werpt haar een blik toe. Zo is het wel genoeg, wil ze daarmee zeggen. Maar Anna merkt het niet of doet net of ze het niet merkt, want ze roert in haar kopje en vervolgt: 'Het was natuurlijk anders geweest als het een gewone affaire was geweest. Ik bedoel, affáires hebben de meesten van ons wel gehad of moeten verdragen. Maar dit... Ja, sorry dat ik het zeg, maar het was zo...'

Goedkoop! Ze onderbreekt de zin voordat hij is voltooid, maar het onuitgesproken woord blijft tussen hen in hangen. De tong in Mary's mond voelt gezwollen en vreemd aan, maar toch tilt ze haar kopje op alsof ze volkomen onaangedaan is, en ze neemt een slok koffie. De andere gasten beginnen langzamerhand te vertrekken; slechts enkelen zijn er nog, in afwachting van de auto's die hen naar het congrescentrum zullen brengen.

'Maar jij hebt hem vergeven en bent gebleven', zegt Anna terwijl ze haar fluweelwitte hand op de mouw van Mary's jasje legt. 'Ik vind dat weergaloos. Echt fantastisch.'

Mary trekt haar arm terug en werpt een blik op haar horloge.

'Oei', zegt ze dan, terwijl ze heel zorgvuldig articuleert met haar gezwollen tong. 'Ik moet opschieten.'

Dat is een goed excuus. Het enige acceptabele.

Misschien was het vanwege dat excuus dat Mary een regeringspost accepteerde. Hard werken en een volle agenda zijn een effectieve verschansing tegen de wereld. Toch klaagt ze vaak over al die afspraken en zegt ze te verlangen naar meer tijd voor andere mensen. Dat is niet waar. In feite is ze bereid om heel ver te gaan om zich te onttrekken aan haar leven.

Maar soms is er geen ontkomen aan. Vanochtend in het vliegtuig viel ze in een gat, het eerste in weken. Eerst had ze in haar agenda zitten bladeren en werd ze verrast door het feit dat ze aanstaande maandag verwacht werd naar Burundi te vliegen, vervolgens had ze haar toespraak twee keer doorgelezen en een type- en een verwijzingsfout gecorrigeerd, maar daarna was het tot haar doorgedrongen dat ze eigenlijk niets te doen had. Geen memo om te lezen. Geen probleem om op te lossen. Niemand om mee te praten. Dat laatste was opzettelijk. Toen ze aan boord gingen, had ze ervoor gezorgd dat Caroline, haar persvoorlichtster en voortdurende begeleidster, een paar rijen verderop terechtkwam. Caroline was tijdens een Atlantische vlucht eerder die week dronken en vertrouwelijk geworden, en haar sentimentele verhaal over de mislukkende relatie met haar vriend met wie ze samenwoonde, had Mary mateloos geïrriteerd. Ze had geen tijd voor overgevoelig gezeur. Ze was namelijk minister van Ontwikkelingssamenwerking.

Maar nu zat ze in een vliegtuig met tien lege minuten voor de boeg. Buiten scheen de zon op een wolkendek dat zich van horizon tot horizon uitstrekte. *Albatros*, dacht ze, maar ze verjoeg dat woord zo snel dat ze nauwelijks de tijd had zich ervan bewust te worden. Ze wilde deze stilte vasthouden, rusten in de hoop dat de wereld beneden niet meer bestond. Armoede bestond niet meer, geen geweld en geen duistere steegjes, geen vrouwen die geleerd hadden zichzelf te verachten en geen mannen die altijd gebrek aan alles hadden geleden. Het enige wat er was, was een blauwe hemel en een oneindigheid aan witte wolken. Het volgende moment vlamde een beeld op in haar herinnering; ze zag hem zoals hij was vóór de rolstoel en het beademingsapparaat: een lange man met fraai gevormde lippen, duidelijke wenkbrauwen en een lach in zijn ogen. Als een vleeshaak in haar rug sloeg het gemis toe, maar midden in de pijn lag opeens zijn naam op haar tong, die lag daar als een bes of een stuk fruit, half fijngekauwd en vol zoetheid, en ze was erdoor verrast zichzelf die naam te horen fluisteren: *Sverker. Van wie ik heb gehouden. Sverker.*

Zelf lig ik te draaien in mijn bed en boor mijn hoofd in mijn kussen. Ik wil al Mary's gedachten en herinneringen niet delen, daarom sluit ik mijn ogen en laat een uur van haar leven wegvloeien. Nu loopt ze het congrescentrum in met Per aan haar zijde. Hij kijkt niet naar haar, in feite heeft hij haar sinds ze is geland nog niet één keer in de ogen gekeken. Misschien is dat ook een straf, misschien beschouwt hij zichzelf werkelijk als Sverkers vice-algemeen-controleur van seksuele omgang, iemand die het recht heeft om in de plaats van de echtgenoot een ontrouwe echtgenote aan haar schuld te herinneren.

Zwijgend lopen ze over de geruite marmeren vloer naar een groepje hoogwaardigheidsbekleders van het gastland. Wanneer ze daar zijn aangekomen, pakt een vierkante man in een donker kostuum Mary's hand, en het duurt een paar seconden voordat ze beseft dat het de minister van Sociale Zaken is. Ze is blij: eindelijk begint het werk, eindelijk mag ze zich bezighouden met iets wat veilig onpersoonlijk is. Dus glimlacht ze en verklaart ze dat de Zweedse regering het echt waardeert dat hij het initiatief tot deze conferentie heeft genomen. Want mensenhandel, zegt ze terwijl ze de schouderriem van haar handtas verschikt, is immers niet alleen een probleem voor landen en gezinnen die hun dochters en zonen verliezen, het is minstens evenzeer een zorg van de ontvangende landen. Als mensen in Europa het recht menen te hebben om mensen te kopen en te verkopen, dan is dat een teken dat het respect voor mensenrechten...

Splash! Een witte flits slaat op haar netvlies en ze raakt de draad kwijt; even is ze stom en verblind, en de vierkante man pakt haar heel voorzichtig bij haar elleboog en dirigeert haar zo dat ze naast elkaar komen te staan en naar een fotograaf kijken. Het is een jongeman in een versleten spijkerbroek en met zijn haren rechtovereind; hij glimlacht en zegt iets in de taal van het land, waarna hij opnieuw een flits afvuurt. Ditmaal is Mary erop voorbereid, maar dat helpt niet. Bijna een halve minuut ziet ze niets anders dan witte vlekken die over haar netvlies glijden. Een licht gevoel van onbehagen roert zich in haar buik, dit doet ergens aan denken, maar ze weet niet goed aan wat. Haar hersenen onthullen slechts een fragment, ze herinnert zich dat ze ooit even hulpeloos verblind door wit licht is geweest, maar ze weet niet meer wanneer en waar dat gebeurde en ook niet dat ze daarna drie weken lang slechts één woord kon uitbrengen, een volslagen zinloos woord dat niets met iets in haar leven te maken had. *Albatros!* Waarom zou ze dat nog weten? Het was immers een eenmalige gebeurtenis, zeiden de doktoren, een manier voor het lichaam om met extreme emotionele belasting om te gaan. Dat heeft niets te maken met haar huidige leven. Haar onbehagen moet daarom zijn ingegeven door het gezicht dat bijna heel haar blikveld vult wanneer ze weer kan zien. Håkan Bergman gaat altijd net iets te dicht bij de mensen staan met wie hij praat.

'Je hebt geen antwoord gegeven', zegt hij.

De vierkante minister van Sociale Zaken laat Mary's elleboog los, mompelt iets en wendt zich tot nieuwe gasten. Honderden mensen verdringen elkaar in de foyer, maar zij is alleen met Håkan Bergman. Ooit waren ze collega's. Enkele jaren daarna werd ze zijn chef. Nu staan ze elkaar op een geruite marmeren vloer aan te staren.

'Sorry?'

Ze buigt haar bovenlichaam een tikje achterover, maar dat helpt niet. Hij volgt.

'Je hebt geen antwoord gegeven op mijn eerdere vraag.'

'Wat voor vraag?'

'Hoe het voelt om terug te zijn.'

Mary slaat haar ogen neer, maar niet lang.

'Dank je. Het voelt goed.'

Hij trekt zijn wenkbrauwen op.

'Goed?'

'Ja.'

'Mag ik je op dat punt citeren?'

Dat is een dreigement. Absoluut. Bergman is uit op Mary Sundins blonde haar, dat wil hij tussen de andere scalpen aan zijn riem hangen. Hij heeft een aanbod gekregen om voor het concurrerende avondblad te gaan werken en zij is zelf geen journaliste meer, dus kan ze niet rekenen op de collegiale clementie in de verslaggeving die haar en Sverker zeven jaar geleden heeft gered. Even meent ze de pagina die Håkan Bergman in gedachten heeft te kunnen zien. Vette koppen. Een foto van de steeg waarin Sverker werd gevonden. Een andere foto van haarzelf op het spreekgestoelte. Een derde van een onaangenaam getroffen minister-president. (Kop: IK WIST NIET..)

Anderzijds is ze er ook niet helemaal door verrast. Ze heeft altijd geweten dat deze dag zou komen, ook al had ze gehoopt op een andere executeur dan Håkan Bergman. Maar ook hij heeft zijn zwakke plekken. Hij is een schijnheilige vegetariër die zich aan vlees te buiten gaat zodra zijn vrouw uit het gezichtsveld is verdwenen. Bovendien wordt op alle redacties in Stockholm gelachen om zijn financiële situatie. Geld lenen aan Håkan Bergman is hetzelfde als het in het water smijten. En dan hebben ze het nog niet eens over die keer dat hij een reiskosten-voorschot van dertienduizend kronen verkwistte en geen enkel bonnetje had meegenomen. Toen kreeg hij een schriftelijke waarschuwing. Misschien hoopt hij dat Mary dat vergeten is. Maar dat is ze niet. Dus is ze redelijk vol vertrouwen wanneer ze glimlacht en haar hoofd schuin houdt.

'Denk je dat ik van plan ben je tegen te houden?'

Hij geeft geen antwoord, maar haalt een notitieblok uit de zak van zijn suède jasje.

'Het zou interessant zijn om te horen wat jij te zeggen hebt over hoerenbokken.'

Mary's glimlach wordt nog blijmoediger.

'Ik denk dat hier nu toch sprake is van een misverstandje, Håkan. Dit is geen conferentie over kleinvee. Dit is een conferentie over mensenhandel.'

Hij had zijn pen al in de aanslag, maar nu stokt zijn beweging. Echter niet voor lang.

'Leuk dat je je gevoel voor humor niet hebt verloren. Geweldig eigenlijk, wanneer je bedenkt... Maar ik bedoelde natuurlijk hoerenbok in de betekenis van prostituant. Of hoerenloper, zo je wilt.'

Ze heeft het gevoel dat haar tong een dier in haar mond is. Een vreemd voorwerp. Maar ze mag niet lallen, ze moet elk woord heel zorgvuldig uitspreken.

'Uiteraard begrijp ik wat je bedoelt, Håkan. Natuurlijk. En als je even wacht, dan zal ik mijn persvoorlichtster vragen je een kopie van mijn toespraak te geven...'

Hij laat zijn tanden zien in iets wat een glimlach zou kunnen zijn.

'Nou, ik zou liever een wat persoonlijker commentaar willen. Iets wat gaat over je eigen ervaringen. Want ik neem aan dat je niet van plan bent om in je speech je man te noemen...'

Albatros! Weer schiet het woord door haar hoofd en ze moet haar lippen stevig op elkaar persen om te voorkomen dat het naar buiten komt.

'Nou, wat zeg je?'

Ze schudt haar hoofd, durft niet te vertrouwen op het dier in haar mond.

'Dan niet', zegt Håkan Bergman. 'Jammer. Ik denk namelijk dat het heel belangrijk zou zijn als je bereid was om je eindelijk over deze zaak uit te spreken. Op een persoonlijke manier dus. Menselijk.'

Hij zwijgt en slaat een nieuw blad in zijn notitieblok op.

'Iets heel anders', zegt hij dan. 'Ik heb gehoord dat je lid bent van een gezelschap dat Biljartclub De Toekomst wordt genoemd?'

'Ik?' zegt Mary. 'Nee. Ik biljart nooit.'

Ze hoort zelf hoe het klinkt. Alsof ze aangeschoten is. *Ik bijjat noot...*

Håkan Bergman hoort het ook en trekt zijn wenkbrauwen op, maar hij geeft geen commentaar op het gelal.

'Vreemd', zegt hij slechts. 'Ik heb gehoord dat je lid bent.'

O, Mary, Mary, Mary. Domoor! Waarom heb je gelogen?

Je moet niet liegen tegen journalisten. Vooral niet tegen Håkan Bergman. Hij vindt het heerlijk om leugenaars te ontmaskeren, hen neer te halen en hun verderfelijkheid voor de buitenwereld te onthullen. Niet omdat hij van de waarheid houdt, maar omdat hij ervan houdt te triomferen. Dat zou Mary moeten weten. Zij was zes lange jaren zijn hoofdredacteur.

Bovendien is Biljartclub De Toekomst geen geheim, er is geen reden om het bestaan ervan verborgen te houden. Het is gewoon een vriendenkring, langgeleden door zeven middelbare scholieren opgericht, ieder van hen in zijn of haar provincie de winnaar van de grote opstellenwedstrijd 'Democratie en toe-komst'; een kring die later werd uitgebreid met echtelijke wederhelften. Doelstelling? Alles wat het leven opvrolijkt. Alles behalve biljart.

Ik mis hen. Ik zou willen dat ze elkaar nog steeds konden ontmoeten, dat Sissela elke oudejaarsavond een champagne-feest organiseerde en dat Maud elke Midzomer een lange tafel dekte op de steiger. Dat zou ik willen, ook al besef ik dat ik er nooit meer bij zal zijn. Niemand van hen is naar het proces tegen mij gekomen, zelfs Torsten en Sissela niet. Ook heeft niemand mij in de gevangenis bezocht, niemand heeft in al die jaren ook maar een ansicht- of een kerstkaart gestuurd. Toch denk ik nog steeds aan hen als mijn vrienden. De vrienden van Mary en mij.

En het is met oude vriendschap als met een oud huwelijk. Als de nood aan de man komt, help je elkaar, ook al heb je elkaar pas nog afgekat en boos aangekeken. Daarom redt Per Mary; hij stond ergens op de achtergrond en heeft het gesprek tussen haar en Håkan Bergman gevolgd. Nu openbaart hij zich aan haar zijde en glimlacht voorkomend, terwijl hij zijn arm om haar heen slaat in een gebaar dat zowel vriendschappelijk als respectvol is. Hij ruikt lekker naar zeep en mannelijkheid.

'Helaas', zegt hij. 'We moeten het hier afbreken. De openings-ceremonie begint over twee minuten.'

Mary laat zich enkele tellen ondersteunen, daarna recht ze haar rug en geeft Håkan Bergman een afgemeten knikje. Per heeft gelijk. De minister heeft geen tijd.

De conferentiezaal is donkerder dan ze had verwacht, ze moet een paar keer met haar ogen knipperen voordat ze het goud en de schilderingen aan het plafond kan onderscheiden. Ze blijft op de drempel staan en buigt haar hoofd achterover, maar Per pakt haar meteen bij haar elleboog en duwt haar voor zich uit, er is geen tijd, ze moeten zich haasten naar de voorste rij. Op hetzelfde moment dat Mary zich op haar stoel laat zakken, loopt de vierkante minister van Sociale Zaken het podium op en hij gaat achter het spreekgestoelte staan. Hij heeft een aangename stem, vol en vaderlijk. Even is Mary in de verleiding om de koptelefoon met de simultaanvertaling niet op te zetten en gewoon naar zijn stem te luisteren, maar op het laatste moment komt ze tot bezinning. Wanneer het haar beurt is, moet ze natuurlijk weten wat de gastheer heeft gezegd.

Het is Mary duidelijk geworden dat ze politiek talent heeft. Dat verbaast haar, maar het kan niet worden ontkend. Zij ziet openingen en mogelijkheden tot een compromis waar anderen alleen maar conflicten lijken te zien, zij kan vals spelen wanneer dat nodig is en is tegelijkertijd naïef genoeg om te denken dat er voor alle problemen een oplossing bestaat. Bovendien is ze een goede spreekster, zo goed dat ze zich af en toe door haar eigen woorden laat verleiden. Dat zijn haar beste momenten.

Een van die momenten zal weldra komen, en gezeten in haar rode pluchen stoel glimlacht ze daarom een beetje. Achter haar zitten een paar honderd mensen in dezelfde rode stoelen en zo dadelijk, het duurt niet lang meer, zal ze hen uit haar hand laten eten. Zij zal op het spreekgestoelte staan met al haar zintuigen wijdopen, haar lichaam zal elke ademteug en beweging van de toehoorders registreren, alles, van de lichte trilling van ongeduld die door de zaal zal gaan wanneer de vierkante minister van Sociale Zaken haar het woord geeft tot de eindeloze stilte die er zal vallen wanneer zij enkele minuten later hun aandacht gevangen heeft. In haar aktetas zit een goede speech, een speech die niet alleen gaat over het belang van het bereiken van de grootst mogelijke eensgezindheid omtrent het slotdocument, maar die ook de kwestie van de mensenhandel levend en werkelijk maakt. Ze zal vertellen over Zuzana, de veertienjarige die in ruil voor een paar zakjes heroïne werd verkocht, Anna, de zestienjarige die dacht dat Mooie Ivan echt van haar hield, en Daïva, die de fout maakte dat ze een lift probeerde te krijgen op een provinciale weg in Litouwen. Allemaal kwamen ze uiteindelijk terecht in een betonnen buitenwijk in Zweden, opgesloten in een grauw eenkamerflatje met een vieze matras op de grond en een keukenrol...

Nu is de vierkante klaar met praten. Nu is het haar beurt.

'*Your Excellency*', zegt hij. Hij legt het er dik bovenop met zijn gevlei, want Mary is helemaal geen excellentie, maar dat maakt niet uit want ze maakt zich op om de rol van zichzelf aan te nemen en alle beetjes aanmoediging maken dat eenvoudiger. Haar hoofdpijn is opeens verdwenen en haar tong weer van haarzelf. Ze schudt even met haar haren en pakt haar tekst, gaat staan en strijkt met haar vrije hand over haar rok. Die is kort, maar niet te kort, en haar hakken zijn heel hoog, maar dat is ze gewend; ze loopt met vaste tred het trappetje naar het podium op, glimlacht nogmaals naar de vierkante en schudt hem snel de hand, waarna ze op het spreekgestoelte gaat staan en de zij- kanten ervan vastpakt.

'*Excellensies*', zegt ze, terwijl ze over de zaal uitkijkt. De toe- hoorders vormen een muur van duistere lichamen. '*Ministers, ladies and gentlemen.*'

Op dat moment gaat de grote schijnwerper aan en ze staat eenzaam in een zee van licht. Op haar netvlies dansen witte vlekken, ze kijkt ernaar, en heel even heeft ze geen verweer tegen de herinnering die ze zichzelf eerder die dag niet toe- stond. Want hier is het immers gebeurd. Het was in dit land, in deze stad dat ze zeven jaar geleden haar spraakvermogen verloor en maar één enkel woord wist uit te brengen. Tijdelijke afasie, zeiden de doktoren toen ze thuiskwam. Een op migraine lijken- de toestand waarbij de aanvallen worden veroorzaakt door stress en fel licht. Uit een donkere gang stapte ze iets binnen wat op een operatiekamer leek, ja, zo was het. Witte tegels op de muren en de vloer. Wit licht uit een enorme lamp boven de brancard. Eén enkel woord in haar keel: *Albatros!*

Er gaat een beweging door het publiek, ze voelt die meer dan dat ze hem ziet, en ze begrijpt dat ze een paar tellen te lang heeft gezwegen. Daarom dwingt ze zichzelf terug naar het heden, kijkt in haar tekst en leest de eerste regels zachtjes voor zichzelf.

Wij zijn hier bijeen om te spreken over de slavernij van onze tijd... De woorden liggen op het puntje van haar tong. Ze haalt adem en maakt zich op om te beginnen.

'Albatros!' zegt ze dan. 'Albatros!'

Mogelijke berichten (11)

PERSBERICHT
Ministerie van Buitenlandse Zaken
Afdeling Ontwikkelingssamenwerking
13 oktober 2004

Minister van Ontwikkelingssamenwerking Mary Sundin is voor onbepaalde tijd met ziekteverlof.

Tijdens haar afwezigheid zullen haar werkzaamheden worden overgenomen door de minister van Buitenlandse Zaken. De reizen naar o.a. Burundi en Tanzania die voor de komende weken op het programma van Mary Sundin stonden, zullen echter worden opgeschort.

E-mail van Caroline Svantesson
aan persvoorlichtster Lena Abrahamsson,
Ministerie van Sociale Zaken

Weet jij iets over afasie? En is het waar dat Mary eerder afasie heeft gehad? Als je dat eenmaal hebt, kun je er dan van genezen? Op mij komt het heel vreemd over, maar Håkan Bergman van *Expressen* beweert dat. Hij werkte natuurlijk bij *Aftonbladet* toen zij daar hoofdredacteur was, maar nu zit hij hier in Vladista en hij is vreselijk lastig.

Uit de minister zelf valt geen zinnig woord te krijgen. Niet dat het zo'n groot verschil is met anders, maar nu krijg je op alle vragen hetzelfde antwoord: *albatros*. Dus stel ik maar geen vragen meer.

Waarom heb ik deze rotbaan aangenomen?

m.v.g.

Caroline

De tongen waren weggeschrompeld,
zo droog als leer en zonder bloed.
We spraken niet, we konden niet,
als stikten we in roet.

O God, de blikken die ik kreeg
van iedereen aan dek.
In plaats van 't kruis hing d'albatros
mij loodzwaar om de nek.
– SAMUEL TAYLOR COLERIDGE

E-mail van Anna Grenberg
aan Sissela Oscarsson
13 oktober 2004

Lieve Sissela,
Long time no see. Of beter gezegd: *hear.* Met enige moeite ben ik
erin geslaagd je e-mailadres te achterhalen. Ik schrijf je omdat
MaryMarie tijdens een bezoek hier in Vladista een terugval heeft
gekregen in de afasie waardoor ze na Sverkers ongeluk getroffen
werd. Ze kan helemaal niet praten (met uitzondering van één
woord, dat van alles lijkt te betekenen) en het is mij niet helemaal duidelijk hoeveel ze begrijpt. Ze logeert een paar dagen bij
ons thuis. Echter, ze gaat aanstaande vrijdag naar huis en ik zou
dankbaar zijn als jij haar op Arlanda zou kunnen ophalen en
met haar mee zou willen gaan naar haar arts. Weet jij nog wie
haar de vorige keer behandeld heeft? En zou je nu al contact met
hem/haar willen opnemen?

Het spijt me dat ik je dit moet vragen, maar je weet immers
hoe het met Sverker is en hoe eenzaam MaryMarie is. Ze heeft
helemaal geen familie en jullie twee zijn altijd zo close geweest.
Ik zou je ook heel dankbaar zijn als je over je afkeer van Sverker
zou kunnen heenstappen om hem (of zijn verzorger) te bellen
en te vertellen dat MaryMarie ziek is geworden, maar dat ze niet
in levensgevaar verkeert. Zodat hij zich niet onnodig ongerust

41

maakt, bedoel ik. Hij weet immers dat MaryMarie dit al eerder heeft meegemaakt en dat ze toen hersteld is. Waarschijnlijk heeft ze alleen rust nodig – het valt niet mee om in deze tijd minister te zijn.

Verder moet ik zeggen dat ik het een beetje triest vind dat we het contact hebben verloren; ik had gehoopt dat wij van Biljart-club De Toekomst ons hele leven bij elkaar zouden blijven. Behalve MaryMarie is Magnus de enige die we de laatste jaren hebben gezien; hij kwam hier vorig jaar op bezoek om – zoals hij zei – uit naam der solidariteit een beeld te geven van de seksmisère. Volgens mij moest het een soort fototentoonstelling over een prostituee worden. Of een film. Per heeft hem dat heel kwalijk genomen. Voor dat soort solidariteit heeft hij geen goed woord over, zoals je begrijpt. Bovendien bemoeilijken zulke dingen zijn contacten met de Grigirische regering. Dus we missen meneer Hallin niet zo erg als de rest van jullie. Ik begrijp uiteraard dat MaryMarie en Torsten zich de woorden van Per tijdens die midzomernacht erg hebben aangetrokken, maar jouw reactie van destijds begrijp ik niet goed. Ergens zul jij toch ook moeten toegeven dat het wreed was tegenover Sverker wat ze deden...

Maar ik denk dat we *bygones be bygones* moeten laten en moeten proberen weer vrienden te worden. Per en ik missen jullie. Vooral ik.

Je vriendin (hopelijk)
Anna

P.S. Heb gehoord dat het uit is tussen jou en die acteur. Jammer. Ik had het je werkelijk gegund om eindelijk een levenspartner te vinden.

Lieve Anna,

Bedankt voor je mail. Vooral voor je P.S. Het doet me deugd dat je nog steeds zo meevoelend en hartelijk bent. Ik heb met een van Sverkers verzorgers gesproken. Hij was al op de hoogte; iemand van BZ was langs geweest.

Verder kan ik je beloven dat ik MaryMarie vrijdag op Arlanda zal ophalen, vooropgesteld dat ik het vluchtnummer en de aankomsttijd nog te horen krijg. Ik heb ook een afspraak voor haar gemaakt bij haar neuroloog.

Sissela

Stiltes

Het is fijn om niet te kunnen praten. Je wordt met rust gelaten. Mag alleen zijn.

Mijn hotelkamer is geannuleerd en nu rust ik uit bij Anna en Per thuis. De logeerkamer is een droom van de directie Huisvesting. Op de vloer een kleed in zachte pasteltinten. Tegen de muur een bureau van goudgeel berkenhout. Voor de ramen witte vitrages. Buiten houdt een enorme eik de wacht, klaar om met zijn takken te zwiepen en te slaan als een onbevoegde – Håkan Bergman bijvoorbeeld – de residentie van de ambassadeur zou durven naderen.

Het is stil in huis, maar ik weet dat ik niet alleen ben. Zonet sluimerde ik even in, maar ik werd wakker van Anna's voetstappen op de trap. Misschien liep ze naar haar gele salon om te bedenken wat ze met me moet. Ik kan pas morgen of overmorgen terug naar Stockholm. De arts die me heeft onderzocht, zei dat het belangrijk was dat ik rust kreeg. Hoe hij dat nou kon weten? Ik kon hem immers niets over mijn toestand vertellen; het enige wat ik wist uit te brengen was de Zweedse naam van een stormvogel en daar had hij niet zoveel aan. Maar het was een man met een vorsende blik, misschien zag hij dat dit een patiënte was met een acute behoefte om aan haar eigen leven te ontsnappen. Of het moest zo zijn dat hij alle geheimen van mijn hersenen kon aflezen van de trillerige partituur die het e.c.g.-apparaat afscheidde.

Het was hetzelfde ziekenhuis waarin Sverker ooit heeft gelegen. Dat denk ik althans, hoewel alles er anders uitzag. Ze hadden nu echte lampen aan het plafond, niet alleen maar naakte peertjes, en de muren waren pas geverfd, ook al zag je nog steeds alle scheuren en oneffenheden. De felle kleuren verbaasden me: bloedrode plafonds met citroengele muren, de gangen in helderblauw en de onderzoekskamer in felgroen.

De kamer van de dokter zelf was een lichtblauwe kubus. Een aquarium, dacht ik toen ik in zijn bezoekersstoel tegen het licht van de bureaulamp zat te knipperen. Hij volgde mijn blik en deed de lamp uit.

Misschien was hij een van degenen die Sverkers leven zeven jaar geleden hebben gered. Niet dat ik hem herkende; de artsen die in de verblindend witte ruimte rond Sverkers brancard stonden, verborgen hun gezichten achter mondkapjes en spraken niet met mij. Ik had ook geen belangstelling voor hen; de Deense arts van sos International moest alle gesprekken in zijn eentje voeren. Ik had mijn blik en mijn aandacht op Sverker gericht, op zijn handen, die ondanks alle naalden en infusen nog steeds zo gewoon en vertrouwd waren. Zonder erbij na te denken pakte ik zijn rechterhand en ik ging er met mijn mond overheen, ik liet mijn lippen kietelen door de krullerige haartjes op de rug van zijn hand en streek met mijn tong over zijn wijsvinger. Hij proefde zout en zurig. Ik sloot mijn ogen en zag een vogel op witte vleugels boven grijs water zweven. Albatros, dacht ik voor het eerst, maar zonder zelf te weten wat ik bedoelde. Albatros, albatros, albatros!

Ditmaal is het gemakkelijker om te denken. De woorden zitten nog in mijn hoofd, ze kunnen er alleen niet uitkomen. De vorige keer fladderden beelden en herinneringen in mijn hoofd voorbij, maar zodra ik een gedachtelijn probeerde te spinnen kwam de witte vogel aanvliegen om die kapot te trekken. Misschien kwam het door de shock en doordat ik niet kon slapen. Nu verkeer ik niet in shock; ik voel me juist rustiger en tevredener dan in lange tijd. Mijn lichaam is warm en zacht onder de roze deken, af en toe sluimer ik weg. Dat komt misschien door de injectie die ik in het ziekenhuis heb gekregen. Iets kalmerends, zei Per toen de verpleegkundige de spuit naar mijn arm bracht. Ik deed mijn mond open om te zeggen dat ik niet gekalmeerd hoefde te worden, maar deed hem weer dicht toen ik besefte wat ik zou zeggen. Daarom sloot ik mijn ogen maar en glimlachte toen de naald binnendrong. Misschien, dacht ik, zou ik in de toekomst alleen met ornithologen kunnen praten. Misschien zou ik nooit meer hoeven praten met mensen als Anna en Per, Caroline, en Håkan Bergman of zelfs de minister-president. Dat was een prettige gedachte. Rustgevend. Want wie niet kan praten, hoeft ook niet bang te zijn.

Ik ben altijd bang geweest. Bang om lelijk te zijn en bang om te mooi te zijn. Bang om te intiem met een ander te worden en even bang om in de steek te worden gelaten. Bang om te worden bespot. Bang om ervan te worden beschuldigd dat ik me vergis en even bang om te worden veroordeeld als overmoedig wanneer ik gelijk heb. Het is heel vermoeiend om zo te leven. Uiteindelijk heb je helemaal geen energie meer over, alle bronnen zijn leeg en je wilt alleen nog maar uit je eigen leven stappen. Een gedaanteverwisseling ondergaan. Iemand anders worden.

Misschien begon het zo, misschien was het om aan mijn eigen angst te ontsnappen dat ik Marie uitvond. Of het moest Marie zijn die mij uitvond. Ik weet niet hoe het kwam of wanneer het gebeurde, weet alleen dat ze er in mijn hele kindertijd was als een schaduw. Daarom was het nooit moeilijk om mij naar bed te krijgen; ik was al lang en breed twaalf toen ik nog gewillig de trap naar mijn kamer op sjouwde zodra het tegen achten liep, erop gebrand mijn ogen te mogen sluiten om te zien wat er in haar wereld wachtte. Uiterlijk verschilde die niet zoveel van de mijne, we deelden immers niet alleen ons lichaam maar ook ouders en klasgenoten, lokalen en leraren, maar toch was die wereld totaal anders. Pas toen ik zestien was en Marie en ik waren gescheiden of versmolten, begreep ik dat het verschil in onszelf zat.

Eén keer, ik was toen nog echt klein, misschien pas vijf of zes jaar, vertelde ik aan papa over Marie. Dat moet vroeg in het voorjaar zijn geweest, de sneeuw was weg en de zon scheen, maar de bomen stonden er nog naakt bij en op de trottoirs lag nog het grind waarmee in de winter gestrooid was. Papa was op weg naar Rådhusgatan om zo'n nieuwe en bijzondere radio te kopen die je mee kon nemen naar het bos en het strand. Dat hij

46

dat ging doen verbijsterde me, weet ik nog, omdat mijn ouders nog nooit een voet in een bos of op een strand hadden gezet. Mama verliet zelden het huis, behalve om de al uitpuilende voedselvoorraad aan te vullen, en papa werkte zeven dagen in de week. Ik weet niet hoe het kwam dat hij die middag vrij was of waarom ik mee mocht. Misschien had de ambulance mama die dag opgehaald en misschien was deze aanval zo plotseling gekomen dat papa geen tijd had gehad om de Raad voor de Kinderbescherming erop voor te bereiden dat het weer tijd was voor transport naar het kindertehuis. Als het althans niet gewoon een buitengewoon gelukkige dag in de levens van ons allemaal was, een van die dagen waarop mama het had kunnen opbrengen om af te wassen en de planten water te geven, en papa de verantwoordelijkheid voor de stomerij een paar uur aan mevrouw Lundberg had overgedragen. Zulke dagen moeten er zijn geweest. Dat denk ik. Dat weet ik bijna zeker.

Wanneer ik mijn ogen sluit, zie ik hoe zijn hand zich om de mijne sluit. In mijn herinnering zijn zijn handen veel duidelijker dan zijn gezicht; de huid was rood en de nagels waren geel. Lange tijd ben ik er bang voor geweest, hoewel ik me niet kan herinneren dat ze me ooit pijn hebben gedaan, maar in deze herinnering, op dit moment van veertig jaar geleden, is er niets te vrezen. Ik ben gewoon met papa aan het wandelen. Hij loopt met verende passen naast me en vertelt over een tweeling die naar de stomerij kwam, twee mannen van zijn eigen leeftijd, vrijgezellen, een beetje wonderlijke en nogal zwijgzame mannen. Het bijzondere was dat ze hun kostuums op precies dezelfde plek vies hadden gemaakt: allebei hadden ze een grote mosterdvlek op hun rechtermouw en iets bruins en plakkerigs ter hoogte van hun borstzakje.

'En wanneer ze praatten,' zegt papa, 'dan begon de een en ging de ander verder.'

Ik luister zonder hem aan te kijken, ik word helemaal in beslag genomen door het kijken naar mijn bruine winterschoenen, want het is moeilijk om met papa in de maat te blijven lopen en ik wil niet achteropraken of struikelen. Maar ik vind het fijn om hem te horen vertellen, ik zie de twee mannen voor me, twee identieke oompjes die elkaars woorden en bewegingen herhalen.

'Ze waren precies gelijk', zegt papa. 'Eén mens. Maar dan twee.'

'Ik heb een tweelingzus', zeg ik.

Hij begint te snuiven. Het kan een lach zijn.

'Is dat zo?'

'Ja.'

'Waar heb je haar dan gelaten?'

Ik weet eerst niet wat ik moet antwoorden. Waar is ze wanneer ik wakker ben?

'Ze slaapt.'

'Slaapt? Waar dan?'

'Thuis.'

Hij blijft opeens staan, maar laat mijn hand niet los en kijkt me niet aan, hij blijft gewoon midden op het trottoir staan en staart recht voor zich uit.

'Jij moet oppassen', zegt hij dan. 'Het is niet goed om je dingen in je hoofd te halen. Je hebt dat van geen vreemde; denk daaraan.'

En zo was het natuurlijk. Ik had het van geen vreemde.

Toch is het nooit bij me opgekomen dat ik gek zou zijn, integendeel, ik ben er altijd zeker van geweest dat ik geen aanleg in die richting had. Ik hoor geen stemmen en leef niet in een wereld vol tekens en geheime boodschappen, ik doe alleen mijn ogen af en toe dicht om Marie te observeren. Mijn leven en toch niet mijn leven. Mijn wereld en een andere. Een andere werkelijkheid die af en toe – slechts af en toe! – meer levend en waar is dan die waarin ik zelf leef.

We waren elkaar jarenlang vergeten, maar tegenwoordig hoef ik mijn oogleden maar voor de helft te sluiten of ik glijd haar wereld binnen. Nu staat ze bij de deur van haar cel met de handdoek over haar ene arm en haar toilettas onder de andere en hoort ze hoe de sleutel in het slot van haar deur voor de laatste keer wordt omgedraaid. Toch past ze op dat ze niet direct opendoet. Eén keer had ze zo'n haast dat ze toevallig een cipier omverduwde. Dat was niet de bedoeling, maar wat maakte dat uit? Niemand vroeg naar haar bedoeling.

Buiten is het mistig. Het is inmiddels oktober. Ze werpt een blik op de halflange jas die ze voor haar vrijlating heeft gekocht. Misschien is die te dun? En misschien is die nu al uit de mode, misschien zal ze er in de ogen van anderen vreemd uitzien. Toen ze vorig jaar met verlof was, besefte ze dat haar smaak was bevroren op een moment vlak voor haar proces. Sindsdien waren de colbertjes smaller in de schouders geworden en de blouses waren zo getailleerd dat ze in ademnood kwam toen ze ze aanpaste, dus keerde ze in de gevangenis terug met slechts een trainingsbroek en een paar T-shirts. Hier trok niemand zich iets van kleren aan, zelfs de meest statusbewusten niet. Wie de meeste sieraden had, werd als de mooiste beschouwd; wanneer je je bewoog, moest het liefst rinkelen als in een metaalbedrijfje, en verder was de rangorde gebaseerd op het misdrijf dat je had gepleegd. Moord en doodslag stonden niet laag aangeschreven. Dientengevolge had Marie geen sieraden nodig om mee te rinkelen; ze kon haar ringen en armbanden rustig in de kluis laten liggen die haar advocaat in Stockholm had geregeld. Ze zal ze vandaag ophalen. Evenals het bewijs van haar spaartegoed, de sleutel van de meubelopslag en – het belangrijkst van alles – de sleutels van het rode huis aan het Hästcrumsmeer.

'Van mij', zegt ze hardop tegen zichzelf. 'Alleen van mij.'

Ze brengt haar hand naar haar mond en zet haar tanden in een knokkel. Dat is een gewoonte die ze in haar gevangenistijd heeft ontwikkeld; de pijn is een straf, en een herinnering aan de regels die ze voor zichzelf heeft opgesteld. Ze mag niet hardop in zichzelf praten, want wie hardop in zichzelf praat, trekt de aandacht, en Marie heeft genoeg aandacht gehad. Genoeg voor een heel leven.

Daarom heeft ze zo nauwlettend op haar gedrag in de gevangenis toegezien. Ze heeft niet veel gepraat, maar ze heeft zo vaak 'hoi' en 'goedemorgen', 'bedankt' en 'alsjeblieft' gezegd dat niemand heeft gemerkt dat ze eigenlijk zweeg. Zo heeft ze ook opgepast dat ze niemand tegen zich in het harnas joeg, maar er net zozeer op toegezien dat ze met niemand bevriend raakte. Verder heeft ze zichzelf ertoe gedwongen een poosje te wachten met de gang op gaan wanneer 's ochtends de deur van het slot ging; ze heeft achter haar deur de seconden staan tellen zodat ze niet te gretig zou overkomen, maar ook niet te onverschillig. Dat steekt heel nauw. Ook vandaag.

Precies op het moment dat ze haar hand naar de deurklink uitstrekt, begint buiten op de gang iemand te krijsen.

'Moet dit nou zo?' gilt een schelle stem. 'Nou? Moet dit nou echt zo?'

Maries beweging stokt en ze probeert de stem thuis te brengen. Het moet Git zijn. Goed. Haar ochtendhumeur zal iedereen wel een poosje bezighouden. Dus opent ze de deur en glipt ze naar buiten. Git staat in de deuropening van haar eigen cel; ze is bleek en gigantisch, en rond haar dikke bovenarm kronkelt een getatoeëerde bloemenslinger. Ze houdt haar po met beide handen vast. Hij is bijna tot de rand gevuld.

'De hele nacht heb ik gewacht!' schreeuwt Git. 'De hele nacht!'

'Nou doe je even rustig', zegt cipier Barbro. Haar stem is vast, maar de hand waarmee ze de sleutels vasthoudt trilt een beetje. 'Heel rustig!'

Zelf sluipt Marie met kleine pasjes en halfgesloten ogen langs hen heen, ze knikt slechts even groetend, alsof ze nog niet goed wakker is en niet begrijpt wat er gaande is. Maar Git laat haar er niet tussenuit knijpen; even vergeet ze haar po en ze begint te stralen: 'Hé, meid, de laatste dag! Gefeliciteerd!'

En opeens staat Marie precies waar ze niet wil zijn. In het middelpunt. Git glimlacht en Barbro glimlacht en ginds bij de deur van de doucheruimte blijft kleine Lena, de analfabete uit

Skåne, stilstaan om zich aan te sluiten bij Gits kreten. 'Gefeliciteerd!' En uit de cel naast die van Git stapt de mishandelde Rosita te voorschijn, de engel der wrake uit Hammarkullen, die haar verontschuldigende glimlach lacht. 'Vandaag is het zover! Proficiat!' Verderop in de gang klinken andere stemmen. Rosie uit Maleisië – 'Ploficiat!' – en de grimmige Agneta uit Norrköping. 'Vandaag? O. Nou, veel succes dan maar!'

Zo is het geweest sinds duidelijk werd dat Marie de volgende was die zou worden vrijgelaten. Bijna elke avond heeft iemand haar gedwongen in een stoel in de woonkamer plaats te nemen met een weekblad of een postordercatalogus. Wat zou ze aantrekken wanneer ze de gevangenis verliet? Zoiets of zoiets? Zou iemand haar bij de poort komen afhalen? En wat zou ze daarna gaan doen? Zou ze naar het noorden gaan of naar het zuiden, naar de grote stad of naar het platteland? Wat zou ze de eerste avond drinken en wat zou ze eten en was ze misschien van plan haar haren te verven voordat ze ertussenuit ging? Hun vragen waren verhalen over hun eigen dromen en ze probeerde hen van zich af te schudden zonder te veel los te laten. Niemand zou haar bij de poort komen ophalen, dat wist ze, toch mompelde ze iets waaruit opgemaakt zou kunnen worden dat er wel ergens iemand op haar wachtte. Ze zei ook niets over het geld op de bank of over het rode huis dat in Småland wachtte of over het feit dat ze al een hotelkamer voor vannacht in Stockholm had geboekt en betaald. Niemand anders zou er überhaupt over dromen een hotelkamer te boeken. Ze hadden niets. Geen woning en geen meubels, geen bankkluis en geen bankrekening; wanneer het zover was, zouden zij bij Hinseberg aan de poort staan met niets anders dan een tasje en de kleren die ze op dat moment droegen. Behalve Git natuurlijk, die een bakstenen villa had, en een man met een Volvo die onbegrijpelijk genoeg was gebleven tijdens de vier jaar dat zijn vrouw nu voor moord met voorbedachten rade in de gevangenis zat. Dat was heel ongewoon. De mannen die niet zelf in Kumla of Hall gevangenzaten, vroegen altijd echtscheiding aan zodra het vonnis tegen hun vrouw was uitgesproken.

'Hij zal wel niet anders hebben gedurfd', fluisterde Agneta een keer en daardoor moest Lena zo lachen dat ze het niet meer had. Maar Rosie sperde haar amandelogen open en hield haar adem in. Dat mocht je toch niet zeggen! Hij was immers haar man!

Daar moest Marie toen een beetje om lachen en ze boog zich dieper over haar werk. Ze zat schoenveters in te pakken. Dat was een prima klus, misschien wel de allerbeste. Wie schoenveters inpakte, mocht apart in een hoekje zitten, ze kon alles zien en horen wat er aan de naaimachines een stukje verderop gebeurde, maar hoefde zelf niet mee te doen. Het genoegen duurde echter meestal niet lang; wie al te vaak vroeg of ze schoenveters mocht inpakken, trok gemakkelijk de aandacht van de cipiers. Het was niet goed om je vrijwillig te isoleren, het was belangrijk dat alle geïnterneerden, ook degenen die hoofdredacteur of gewoon geweldige types waren geweest, samen met de anderen aan het werk deelnamen. Vooral wanneer ze zichzelf te goed vonden om te studeren of mee te werken aan de krant die door de geïnterneerden werd gemaakt. Dus zat er niets anders op dan af en toe achter de naaimachine te kruipen en de sociale vaardigheden bij te spijkeren.

'De minister van Justitie!' brult Git. Marie blijft abrupt staan. 'Wat?'

'Je moet voor ons contact opnemen met de minister van Justitie! Zeggen hoe het is.'

Barbro fronst haar voorhoofd.

'Laat Marie nou met rust. Ze heeft veel te doen.'

Git maakt een beweging met haar lichaam; die is zo heftig dat de inhoud van de po bijna over de rand klotst.

'Dat snap ik ook wel. Maar denk aan wat je hebt beloofd, Marie. Ga naar hem toe! Vertel hoe het echt is!'

Marie glimlacht vaag en begint opnieuw in de richting van de doucheruimte te lopen. Beloofd? Wat denkt Git dat ze beloofd heeft? De stem achter haar rug wordt nog scheller.

'Vertel hem maar dat er niks is terechtgekomen van wat hij ons allemaal heeft beloofd toen hij hier was. Een eigen douche en wc voor iedereen! Vertel hem maar dat we 's nachts nog steeds in de pot moeten pissen, als je tenminste niet de kont van de cipiers wilt likken... Zeg hem maar dat we alleen maar nieuwe deuren in de cellen hebben gekregen, en dat het godverdomme een schandaal is dat wij meiden niet hetzelfde krijgen als de kerels...'

'En nu hou je je stil', snauwt Barbro en tot ieders verbazing doet Git er inderdaad het zwijgen toe.

Marie neemt de tijd in de douche. Het is heel warm in de cellen, zelfs in de herfst en de winter, en zes jaar lang is ze elke ochtend wakker geworden met een dun laagje vocht over haar hele lichaam, een glazuur van opgeslotenheid dat ze met koel water heeft weggespoeld. Nu maakt ze van die alledaagse handeling een kleine plechtigheid. Voor de laatste keer in haar leven neemt ze een douche in Hinseberg.

Ze heeft zich al maanden op dit moment voorbereid; in haar toilettas zit een flacon shampoo van de duurste soort die er in Ellos' postordercatalogus te krijgen was, een onaangebroken cadeauverpakking doucheschuim, deodorant die ze afgelopen voorjaar tijdens een verlof heeft gekocht, en een bodylotion die hemels ruikt. Ze heeft geen van de flacons opengemaakt, ze hebben maandenlang in haar cel staan wachten. Daar ligt ook haar nieuwe ondergoed netjes op het bed uitgespreid, stralend wit en met veel kantjes. Wachtend.

Ze heeft haar lichaam in geen jaren bekeken. Het was er gewoon als een verpakking die weliswaar een beetje sleets was maar geen eisen stelde, maar nu opent ze haar ogen en onderzoekt zichzelf. Haar hand strijkt over haar voeten, waar de huid over dunne botjes spant, glijdt vervolgens omhoog over haar pas geschoren enkels en knieën, die met hun littekentjes een verhaal over haar jeugd vertellen, verder over de zachte kussentjes van de dijen naar de heupen omhoog, maar hij stopt bij de borsten. Het is meer dan zeven jaar geleden dat een man die heeft aangeraakt. Misschien zal dat nooit meer gebeuren, misschien is ze het vermogen om lust op te wekken kwijtgeraakt. Te oud, denkt ze. Te akelig. Eens en voor altijd veroordeeld als moordenaar.

Ze wrijft hard met de badborstel over haar linkertepel. Dat doet pijn, maar dat is ook de bedoeling. Enige straf moet ze toch wel ondergaan voor het feit dat ze dit moment met verboden gedachtes bederft. De laatste douche moest immers een genot zijn, ze heeft hier maanden en jaren naar uitgekeken. Maar ze kan de gedachte maar niet kwijtraken, die zit als een schreeuw achter haar slaap, hoe ze ook boent. *Nooit meer. Nooit meer. Nooit meer.*

Hoewel misschien toch... Ze stopt en kijkt naar haar borst. De huid is rood van het boenen en aan het uiterste puntje van haar tepel bungelt een pareltje bloed. Misschien is er een 'misschien', dat moet ze toegeven. Torsten leeft immers. Hij is er nog steeds. De laatste maand heeft ze zijn stem diverse keren gehoord. Zijn nieuwe roman is als radiofeuilleton uitgezonden en 's avonds laat heeft ze in de duisternis van haar cel liggen luisteren hoe hij voorlas. Zijn stem was bijna niets veranderd, hij is er nooit helemaal in geslaagd zijn dialectische, zuidelijke tweeklanken kwijt te raken, maar zijn toon was meer ingehouden en afstandelijker dan vroeger. Bijna kil.

We denken vaak aan hem, zowel Marie als ik. Zien hem in de lichte eetzaal van het parlementsgebouw een beetje terzijde staan, een donkere, enigszins gebogen achttienjarige met een pony die tot in zijn ogen hing. Ik wist niet wie hij was, geen van ons die diezelfde avond Biljartclub De Toekomst zouden oprichten, kende op dat moment iemand van de anderen. We kwamen uit zeven verschillende plaatsen in zeven verschillende provincies en geen van ons was ooit eerder in het parlement geweest. Nu stonden we daar met onze grove winterschoenen op het glimmende parket en wisten ons niet goed een houding te geven. Onze handpalmen waren klam en we durfden elkaar niet aan te kijken, we verlangden al naar vrijdag, wanneer alles achter de rug zou zijn en we naar huis mochten.

Sissela, de enige Stockholmer, redde ons door te laat te komen. Veel later zouden we begrijpen dat Sissela nooit gejaagder was dan wanneer ze ontspannen probeerde over te komen, maar op dat moment dachten wij allemaal dat ze gewoon zo zelfverzekerd en nonchalant was als ze leek toen ze opeens in de deuropening stond en riep: 'Is hier die lunch voor de opstelgenieën?'

De pas aangetreden pr-medewerker Gusten Andersson, die door de Dienst Communicatie van het parlement was gestuurd om ons onder zijn hoede te nemen, schraapte zijn keel en bevestigde dat hier inderdaad de lunch werd gehouden voor wat je de opstelgenieën zou kunnen noemen, dat wil zeggen de lunch die de vice-kamervoorzitter aanbood aan de zeven middelbare scholieren die als winnaars uit de bus waren gekomen van de opstellenwedstrijd 'Democratie en toekomst'. Zijn onzekere toonval was voor ons voldoende om ons zeker te voelen. Torsten glimlachte ironisch achter de rug van de pr-medewerker en stak zijn pijp aan, Magnus wendde zich tot Sverker, mompelde zijn naam en kreeg ook gemompel terug, terwijl Per ondertussen diverse keren zijn handpalm aan zijn broek afstreek voordat hij zijn hand uitstak naar een meisje dat dekking achter een stoel had gezocht. Zonder te weten dat ze daarmee haar lot bezegelde, legde Anna een slap bleek handje in de zijne. Zelf ging ik vlak bij Sissela staan en ik wilde haar net een hand geven toen de vice-kamervoorzitter zijn entree maakte.

Hij was een witharige gentleman die ons een voor een een hand gaf en een vaderlijke elastieken glimlach op ons allen afvuurde, een glimlach die – zo beweerde Magnus een paar jaar later – zes centimeter breder werd toen hij die op Anna richtte. Zij glimlachte alleen maar verlegen terug en keek weg, liet haar blik over de lichte meubels en de zware olieverfschilderijen aan de muren gaan.

'Een genoegen, een genoegen', zei de vice-kamervoorzitter. 'Ga zitten, ga zitten.'

Niemand durfde als eerste naar de gedekte tafel met de gesteven damasten tafellakens en het blauwe parlementsservies te lopen. Magnus deed net of hij het niet had gehoord, Torsten streek zijn haren van zijn voorhoofd, Per vouwde zijn handen achter zijn rug en wipte op zijn hakken op en neer op een manier die we later zouden terugzien bij zijn vader, de bisschop.

'Wat is dat nu?' zei de vice-kamervoorzitter. 'Willen jullie geen lunch?'

Sissela begon te giechelen: 'We zijn gewoon verlegen.'

De vice-kamervoorzitter nam haar met een glimlachje op. Haar mascara van die ochtend was uitgelopen en nu had ze een zwarte halve maan onder elk oog. Bovendien had ze een ladder in haar kous, een ladder die daar blijkbaar al een paar dagen zat, want ze had op verschillende plaatsen geprobeerd hem met nagellak een halt toe te roepen.

'Verlegen?' zei de vice-kamervoorzitter terwijl hij een stoel voor haar naar achteren trok. 'En waarom zouden jullie verlegen zijn? Ik dacht dat jullie net hadden bewezen dat jullie de besten waren.'

Sissela beweerde altijd dat we op die dag tot succes werden veroordeeld.

'De ene bevestiging na de andere', zei ze vaak, toen ze veel later in een uiterst goed geklede museumdirecteur was veranderd. 'Zo gaan die dingen. Je slaagt als iemand zegt dat je zult slagen.'

Misschien had ze gelijk. En misschien zagen we precies op dat moment voor het eerst welke kansen we elkaar boden. Hier stonden zeven tamelijk eenzame achttienjarigen, vreemde types, snakkend naar herkenning, en we beseften dat dit groepje iets nieuws betekende. Dit waren mensen met wie je kon praten. Mensen die iets snapten. Mensen die – heel handig – bovendien potentiële kandidaten waren om verkering mee te krijgen. Dat kwam ons mooi uit; de meesten van ons waren nog maagd en begonnen het gevoel te krijgen dat de tijd drong. Sissela was natuurlijk een uitzondering. Evenals Sverker.

Toch keek ik die eerste dag niet naar Sverker. Mijn blik volgde Torsten; niet omdat ik dat wilde, maar omdat ik mijn ogen niet van hem kon afhouden. Dat kwam niet alleen door zijn uiterlijk, door het feit dat zijn donkere haar en zijn bruine ogen zo mooi contrasteerden met zijn gezicht, of door het feit dat zijn kin en wangen waren bedekt met kuilen en littekens, hetgeen getuigde van een pas overwonnen acne. Dat flatteerde hem, vreemd genoeg; door die grove huid zag hij er volwassener uit dan de anderen. Toch werd ik het meest aangetrokken door zijn blik, die keer op keer een seconde of twee aan de mijne bleef haken, maar vervolgens onrustig werd en weggleed.

Ik was een domme gans, in die tijd. Een dom gansje dat te veel populair-wetenschappelijke psychologieboeken had gelezen. Ik was aangeschoten wild, zo hield ik mezelf voor, iemand die als gevolg van haar tragische familiegeschiedenis nooit zou kunnen beminnen en nooit zou worden bemind. Maar, dacht ik, toen ik aan de lunchtafel van de vice-kamervoorzitter ging zitten, als alles anders was geweest, dan zou ik iemand als Torsten hebben willen beminnen. Achter die gedachte zaten twee andere, rauwere en banalere gedachten, maar ik paste wel op dat ik die niet liet blijken. Ten eerste: ik was niet mooi genoeg. Ten tweede: als Torsten zijn ogen niet had neergeslagen, zou ik niet zo geïnteresseerd zijn geweest. Ik was zelden gesteld op jongens die belangstelling hadden voor mij. Die hadden een slechte smaak.

Toch wist ik destijds niets over mijn zelfverachting; ik onderdrukte slechts een zucht en bereidde me erop voor Torsten bij te schrijven op de lange lijst van jongemannen die ik had willen hebben als ik niet was geweest wie ik was. Kalme melancholie was niet alleen een toestand die ik prettig vond, ik stelde me ook voor dat die flatteus was. Ik was het teerhartige wezen dat ooit – ondanks het feit dat ze dus niet kon worden bemind – puur door de intensiteit van haar weemoed de belangstelling van een jongeman zou wekken. Toen had ik Sverker nog niet leren kennen.

Die had zijn verlegenheid snel overwonnen, was links van de vice-kamervoorzitter gaan zitten en had een gesprek met hem aangeknoopt. Wat vond de vice-kamervoorzitter van wat Sverker in zijn opstel had aangesneden, namelijk dat een groot deel van de nieuwe parlementariërs geen echt beroep had? Moest je dat niet als een probleem beschouwen? Wilde het Zweedse volk werkelijk een parlement dat uitsluitend bestond uit beroepspolitici? Hij pauzeerde even en liet zijn blik op Sissela rusten, alsof hij de juistheid van zijn eigen stelling in twijfel trok, maar zij ging helemaal op in het heen en weer wippen op haar stoel en zat door het raam naar buiten te kijken. De vice-kamervoorzitter gaf geen antwoord, maar richtte heel even zijn blik naar het plafond alsof hij over de kwestie nadacht, waarna hij een beetje glimlachte. Hij stond op met zijn waterglas in zijn hand – natuurlijk werd er aan jongelui geen wijn geschonken – en maakte zich op voor een korte toespraak. We waren dus hartelijk welkom in het parlement. Hij hoopte dat we plezier aan het programma zouden beleven en dat we begrepen wat een voorrecht het was dat we al op achttienjarige leeftijd parlementariërs in levenden lijve mochten ontmoeten en gedurende een hele week hun werk in de Kamer en in de commissievergaderingen mochten volgen. Misschien zou dit er zelfs wel toe leiden dat sommigen van ons besloten hun leven aan de politiek te wijden.

'Ha!' zei Sissela, die weer met haar stoel begon te wippen. 'Ik schiet me nog liever in mijn voet.'

Waarop Gusten Andersson, de pas bij de Dienst Communicatie van het parlement aangestelde pr-medewerker, van zijn stoel op de grond gleed en flauwviel.

Ik begreep niet waardoor Gusten Andersson destijds nou zo getroffen werd; zelfs in al die jaren waarin ik eerst verslaggever, later schrijver van de hoofdartikelen en uiteindelijk hoofdredacteur was, heb ik dat niet begrepen. Bij de krant was het een deugd om gezagsdragers uit te dagen, vooral als die een rok droegen. Daarom was ik eraan gewend dat types als Håkan Bergman – althans, voordat de Bedrijfsgeneeskundige Dienst aan haar programma was begonnen om de schade als gevolg van alcoholmisbruik te beperken – de deur van mijn kamer openrukten en zeiden dat ik naar de hel kon lopen, en ik was er net zo aan gewend dat dezelfde personen een dag later mompelend toegaven dat ze even hun hoofd hadden verloren, en dat dit, *ahum, ahum,* misschien niet helemaal nodig was geweest. Erger was het toen de redactie tijdens het ochtend-overleg in geteisem veranderde dat handtekeningenlijsten liet rondgaan om mij af te zetten, maar ook toen was het nooit zo erg dat ik vond dat ik er niet mee om kon gaan. Ik moest gewoon mijn kalmte bewaren, ook wanneer ik achter mijn rug woorden hoorde fluisteren als 'ijsmaagd' en 'ijzeren dame'. Dat was angstaanjagend en het kostte me veel doorwaakte nachten om mezelf ervan te verzekeren dat het eigenlijk niet zo erg was, dat geen van de scheldwoorden die me werden nageroepen erger was dan de beledigingen die ik mezelf altijd mompelend toevoegde. Toen ik na Sverkers ongeluk terugkeerde, ging het beter; het gefluister ging weliswaar door, maar was nu anders van toon. Aarzelend. Vragend. Medelijdend. De vernedering werd een pantser.

Op het departement was ik aanvankelijk verbaasd over de respectvolle beleefdheid waarmee ik werd omringd. Al op de eerste dag bleef een oudere directeur-generaal op de drempel van mijn kamer staan om een buiging te maken. Ik was zo verbijsterd dat ik in de lach schoot; niets in mijn leven had me erop voorbereid dat iemand ooit voor mij zou buigen. Ik was al even verbijsterd toen mijn secretaresse tranen in haar ogen kreeg toen ze mij in de pantry bij het koffiezetapparaat aantrof; ik begreep niet dat ze het feit dat ik van plan was zelf koffie te zetten opvatte als kritiek. Ik kon mijn glimlach evenmin onder-drukken toen ik een hele departementseenheid door de gang zag marcheren, zeven in kostuum gehulde mannen in de for-matie van een vlucht wilde ganzen. De directeur-generaal was de leidende gans, na hem volgden er twee afdelingshoofden, twee senior beleidsmedewerkers en twee heel jonge junior beleidsmedewerkers, die samen een perfecte V vormden.

En pr-medewerker Gusten Andersson leek eigenlijk ook op een vogel, zoals hij daar langgeleden een keer op het parket van de eetzaal van de kamervoorzitter lag. Een vogel met gebroken vleugels, bereid om de verantwoordelijkheid op zich te nemen voor dingen waarvoor hij redelijkerwijs niet kon instaan, namelijk Sissela's brutaliteit en de gemoedsrust van de vice-kamervoorzitter. Op de departementen heb je veel van zulke mensen.

'Die zijn in hun opvoeding kapotgemaakt', zei ik tegen Sissela toen we een paar weken na mijn benoeming samen gingen lunchen. 'Je kunt ze gewoon niet laten ophouden met gehoorzamen. En als je hun vraagt om iets te doen wat nog nooit eerder is gedaan, dan worden ze doodsbang en weten ze niet waar ze moeten kijken. Dan lijkt het wel of ze denken dat je ze vraagt te gaan jatten in een supermarkt.'

Sissela bracht haar vork op een paar centimeter van haar mond tot stilstand.

'Nee', zei ze. 'Dat denken ze niet.'

'O', zei ik. 'Wat denken ze dan?'

'Ze denken dat er ergens volwassenen zijn. Echte volwassenen, die alles een keer zullen rechtzetten. Deze figuren waren ooit de besten van de klas, en ze begrijpen niet waarom zij geen minister en museumdirecteur zijn geworden. Maar op een dag zullen de volwassenen uit hun schuilplaats tevoorschijn komen om rapportcijfers uit te delen. En dan belanden figuren zoals jij en ik helemaal achter in de klas, waar we thuishoren.'

Sissela sloot haar lippen rond haar vork en glimlachte. Door de aardappel stak haar linkerwang een beetje uit. Erg flatteus was dat niet, maar dat gaf niets. De rest was des te mooier: een zilverwit kapsel, rode lippen en een zwart mantelpakje. Aan haar rechterhand droeg ze vier brede gouden ringen, aan elke vinger een. Ik was er langgeleden al mee opgehouden te vragen hoe ze het toch voor elkaar kreeg om er steeds zo gelikt uit te zien, daarom onderdrukte ik een zucht en ging met mijn hand over mijn haar. Ik had geen tijd gehad om het te wassen, Sverkers verzorger was die ochtend te laat gekomen en ik had zijn werk moeten doen. Eigenlijk moest ik dat niet doen, volgens de psychologe van de revalidatie, eigenlijk moest ik Sverkers echtgenote zijn en niet zijn verzorgster, maar anderzijds wist zij niets over ons huwelijk en heel weinig over hoe doorweekte nachtluiers ruiken. Ik verdreef die gedachte en prikte zelf een aardappel aan mijn vork.

'Maar wij deden toch ook behoorlijk goed ons best.'

'Niet met alles', zei Sissela. 'Wij zijn eenzijdig begaafd. Goed in sommige dingen, oerstom in andere. Maar verdomd doortastend. Zo word je, als je in de steek wordt gelaten.'

Ik gaf geen antwoord, tilde alleen mijn arm op om een blik op mijn horloge te werpen. Sissela tilde haar wijnglas op.

'Zo', zei ze glimlachend. 'Krijg je opeens haast?'

Per is thuisgekomen. Hij is zelfs op mijn kamer geweest. Een minuut geleden hoorde ik hoe de deur openging en iemand naar binnen stapte. Dat moet hij zijn geweest, ik herkende hem aan zijn geur, maar toch deed ik mijn ogen niet open en ik bewoog me niet.

'Ze slaapt', fluisterde Anna vanaf de overloop. 'Maak haar niet wakker!'

Per gaf geen antwoord, maar de deur van mijn kamer ging heel zachtjes dicht. Een paar minuten later hoorde ik stemmen op de etage beneden mij. Of beter gezegd: een stem. Per was aan zijn exposé begonnen. Ik kon niet horen wat hij zei, maar dat maakte niet uit. Anna's misdrijven interesseren mij niet. Ik bekommer me alleen om die van mijzelf.

Marie is opgehouden met douchen en heeft een badhanddoek als een sarong om haar lichaam geslagen. Ze is bezig de doppen op haar geurende flacons te doen wanneer ze op de gang opeens een kreet hoort. Het is een schelle gil die ogenblikkelijk alle andere geluiden doet verstommen. Heel even is het doodstil, maar dan roept iemand weer: 'O nee! O nee! O nee!'

Marie recht haar rug en luistert waakzaam. Met echoënde stappen rent iemand door de gang, een voorwerp valt kletterend op de grond en een seconde later is de gang gevuld met een koor van stemmen, stemmen van cipiers en gevangenen dwars door elkaar heen.

'O nee! Wat heeft ze gedaan? O god, o goeie god...'

Marie sluit haar ogen en zoekt in gedachten naar mij, ze wil uit haar eigen werkelijkheid kruipen en in die van mij, maar ik ben niet van plan dat toe te laten. Dit is haar tijd en niet de mijne, dus daarom dwing ik haar een stap naar de deur te zetten en haar rechterhand uit te strekken. Ze moet de deur openen. Ze moet zien wat er is gebeurd.

Eerst ziet ze alleen maar een muur van vrouwenruggen, sommige in blauwe uniformblouses en andere in grote slaapshirts. Ze staan met gebogen hoofd te kijken naar iets wat op de grond ligt. De deur van Anastasia's cel tegenover hen staat wijdopen. Vanaf de grijze ondergrond stralen je twee handafdrukken rood tegemoet.

'Is ze dood?' roept Git. 'Jullie kunnen toch godverdomme wel zeggen of ze dood is!'

Marie slaat haar armen om haar toilettas en drukt die tegen haar borst; daarna loopt ze met kleine pasjes naar de andere vrouwen. Voorzichtig wurmt ze zich tussen Lena en Rosie. Lena ziet bleek en staart naar de grond, Rosie heeft haar gebalde rechterhand tegen haar mond gedrukt. Heel langzaam kijkt Marie naar beneden, ze weet wat ze te zien zal krijgen en wil niet, maar toch moet ze ernaar kijken.

Het bloed verandert in een zoekplaatje; ze moet een paar keer met haar ogen knipperen voordat ze kan zien dat Anastasia zich diep in beide armen heeft gesneden. Daarna lijken haar krachten haar in de steek te hebben gelaten, want de wond aan haar hals is oppervlakkig en gaapt niet; het is niet meer dan een dun rood streepje over haar keel. Haar gezicht daarboven is heel

bleek, haar geopende ogen staren naar het plafond.
'Is ze dood?' roept Git weer. 'Is ze dood?'
Maar niemand geeft haar antwoord.

Mogelijke briefwisseling

Hoi MaryMarie,

Ik wilde een paar regels schrijven om te horen hoe het met je is. Was alles in het stadje bij het oude toen je thuiskwam? Vraag me wel eens af hoe het zou zijn om in een kleine stad als Nässjö te leven. Is het een groot verschil met Stockholm? (Maar dat kun jij natuurlijk niet weten, omdat je nooit in Stockholm hebt gewoond.) Ik stel me voor dat het rustig, fijn en knus is. Denk dat ik het wel prettig zou vinden om het knus te hebben. Althans, een kwartier. Daarna zou ik waarschijnlijk beginnen te janken en het op een lopen zetten.

Heb je nog iets van iemand anders van Biljartclub De Toekomst gehoord? Van Sverker, bijvoorbeeld? Zou een kleine waarschuwing willen uitvaardigen, maar vermoed dat dit zinloos is. Je had veel te veel sterretjes in je ogen toen je naar hem keek... Pas op je maagdelijkheid! Achter de glimlach van die knul gaat een wolf schuil!

Op school gaat alles zijn gangetje. Ben niet alleen goed in de gammavakken, maar kwam gisteren ook met een 10 voor natuurkunde thuis. Wat zeg je me daarvan? Niet dat ik daarom met gejuich en gejubel werd binnengehaald, maar ik word deze week tenminste niet met mijn voet aan de keukenvloer vastgespijkerd. (NB! Grapje! Pa heeft tegenwoordig geen hamer of spijkers meer.)

De CP-leden op school hebben besloten dat ik een waardeloze reactionair ben en een verrader van de arbeidersklasse, omdat ik bij de vorige vergadering heb beweerd dat ook arbeiders klootzakken kunnen zijn. (Dat geldt bijvoorbeeld voor de alcoholistische timmerman zonder hamer en spijkers.) Ik kan elk moment geroyeerd worden. Denk dat ik toch wel gelukkig kan worden.

Heb jij nog iets gehoord van de anderen van Biljartclub De Toekomst? Denk jij dat Sverker de Wolf het serieus meende toen hij zei dat hij ons voor Midzomer in zijn zomerhuis zou uitnodigen? Dat zou toch leuk zijn. Dan hebben we allemaal eindexamen gedaan – en kan het leven eindelijk beginnen. Waar en wat ga jij studeren?

Laat wat van je horen – maar stuur je brief poste restante. In dit proletarische ideaalhuis hebben brieven de neiging om te verdwijnen.

Groeten,
Sissela

NÄSSJÖ, 15 maart 1971

Hoi Sissela,
Bedankt voor je brief. Ik was er zo blij mee. Bedankt.

Nou, hier is alles ongeveer zoals altijd. Misschien niet helemaal zo rustig, fijn en knus als het eruitziet. Mijn moeder is weer naar een 'rusthuis'. Dat betekent Ryhov, het psychiatrische ziekenhuis in Jönköping. Mijn vader schaamt zich. Zelf maak ik schoon en kook ik eten met de ene hand, terwijl ik met de andere mijn lesboeken vasthou. Toen ik klein was, stuurde mijn vader me altijd weg wanneer mijn moeder ziek werd. Wou dat er ook een soort kindertehuis voor middelbare scholieren was. Ik tel de weken tot het eindexamen. Ik ben van plan eerst te kijken of ik op de School voor de Journalistiek word toegelaten, Stockholm of Göteborg is me om het even, en als ik niet toegelaten word, dan ga ik ergens politicologie doen. Zullen we proberen onze aanmeldingen op elkaar af te stemmen? Alles wordt immers makkelijker als je een maatje hebt. Denk ik. Ik heb nooit echt een maatje gehad, eerlijk gezegd. Hang er meestal maar zo'n beetje bij in de groepjes van anderen. Denk dat dit komt door mijn naam; de mensen raken in verwarring wanneer je niet weet hoe je heet. En als je een moeder hebt die gek is. Wat iedereen in heel Nässjö weet, ook al probeert mijn vader dat stil te houden met gemompel.

Ik heb een ansichtkaart van Sverker gehad, maar verder heb ik van niemand van de anderen van Biljartclub De Toekomst wat gehoord. (Waar haalde jij dat trouwens vandaan, die Biljartclub De Toekomst? Hebben we onszelf zo gedoopt? Dat kan ik me niet herinneren.) Ik denk niet dat Sverker een wolf is. Hij schreef dat zijn ouders het oké vonden als hij de hele groep voor Midzomer uitnodigde. Hopelijk gaat het door! Dat zou toch leuk zijn?

Laat snel weer wat van je horen!
MaryMarie

Vrijlating

'Sorry dat je hebt moeten wachten', zegt Margareta terwijl ze een gebaar naar de stoel voor haar bureau maakt.

'Dat geeft niet', antwoord ik. Waarom weet ik niet, want natuurlijk maakt het wel uit. Ik heb de trein naar Stockholm gemist en ik weet niet wanneer de volgende gaat. Maar Margareta's gezicht is bleek en haar hand trilt wanneer ze zich uitstrekt om een ordner uit de kast te pakken. Iets wat op medelijden lijkt, roert zich in mijn buik. Ik ga deze gevangenis verlaten. Zij zal blijven. Ook al is ze dan gekleed in een blauwe blouse.

'Het was allemaal zo chaotisch', zegt ze. 'Nu met Anastasia.'

'Ik begrijp het wel.'

'Heb je vannacht iets gehoord? Uit haar cel, bedoel ik?'

'Ze was aan het zingen.'

'Aan het zingen?'

'Ja, volgens mij wel. Ergens rond drieën.'

'Wat zong ze dan?'

'Weet ik niet. Ze was gewoon aan het zingen. Of aan het huilen.'

'Huilen?'

Ik begin op mijn stoel heen en weer te wippen. Dat is een onwillekeurige beweging, maar al Margareta's zintuigen staan op scherp en ze denkt dat ik onrustig ben.

'Sorry', zegt ze weer. 'Je hebt al veel te lang moeten wachten. Het lijkt wel of er een vloek rust op jouw vrijlating. Eerst was er geen plek op de reïntegratieafdeling en...'

'Dat maakt niet uit. Ik vond het niet erg om op mijn eigen afdeling te blijven.'

'Ja, wij dachten wel dat jij je ook zonder verdere voorbereiding op je ontslag wel zult redden. Ondanks het feit dat je hier zo lang geweest bent.'

'Ik zal me best redden.'

Ze legt de ordner op het bureau.

'Ja, vast wel.'

Het wordt even stil en ze kijkt naar de ordner, ik vul de leegte door de jas die op mijn schoot ligt glad te strijken en kijk door het raam naar buiten. De ochtendmist is opgetrokken. Ik sluit mijn ogen en even zie ik Mary liggen in een kamer waarvan de muren in een heel zachte abrikoostint zijn geverfd. Ze slaapt zo diep dat haar borstkas nauwelijks beweegt wanneer ze ademhaalt. Wanneer ik mijn ogen weer open, zie ik dat Margareta de ordner niet heeft geopend; zwart en gesloten ligt hij voor haar. Ze kan Anastasia niet uit haar hoofd zetten.

'Ze was nog maar eenentwintig', zegt ze.

'Wat had ze gedaan? Om hier terecht te komen, bedoel ik.'

Margareta snuift even.

'Poging tot moord. Hoewel ik dat eigenlijk niet mag zeggen.'

'Ik heb niemand om het aan te vertellen.'

Ze trekt een stuk toiletpapier uit haar zak en snuit discreet haar neus.

'Is er niemand die op je wacht?'

'Niemand.'

'Wat ben je van plan te gaan doen?'

Ik recht mijn rug.

'Eerst ga ik naar Stockholm. Wat praktische dingen regelen. Daarna ga ik naar mijn zomerhuisje in Småland.'

Een beeld van het Hästerumsmeer in oktober schiet door mijn hoofd. Barnsteenkleurig water. Gele espen met trillende bladeren. De kreet van een vogel uit het donkere bos.

'Is dat geschikt voor bewoning in deze tijd van het jaar?'

'Jawel hoor. Er zijn elektrische kachels en er is een open haard.'

'Je moet het wel met de reclassering in Stockholm opnemen.'

'Dat heb ik al gedaan. Het is in orde. Zolang ik in Småland ben, moet ik contact met hen houden via het kantoor in Jönköping.'

68

Onze blikken glijden uiteen en het wordt weer stil. We denken allebei aan Anastasia. Ik kijk naar de zonneschijn en probeer zo onverschillig mogelijk te klinken.

'Wie heeft ze geprobeerd om te brengen?'

Margareta wrijft weer langs haar neus.

'Een kunstenaar. Er heeft nogal wat over in de kranten gestaan.'

'Dat heb ik gemist.'

Margareta werpt mij een snelle blik toe.

'Hij had een tentoonstelling over haar gemaakt...'

'Had hij haar geschilderd?'

'Nee. Gefotografeerd. En gefilmd. Die film komt morgen op tv.'

Ik reageer niet, knik slechts. Ze wil meer vertellen, dat voel ik, maar ik weet niet zeker of ik het wel wil horen. Toch zeg ik: 'Wist ze dat?'

Margareta zucht.

'Ik weet het niet. Misschien wel. Jawel. Waarschijnlijk heeft iemand het tegen haar gezegd.'

Ik krijg opeens een donkerbruin vermoeden. Zou het zo kunnen zijn dat... Jawel, dat zou best kunnen. Heel goed.

'Hoe heet hij?'

'Wie?'

'Die kunstenaar.'

Margareta begint met haar ogen te knipperen.

'Ik weet het niet.'

'Heet hij Hallin?'

'Misschien. Ik weet het niet meer.'

Ik wend mijn blik weer naar het raam en Margareta zwijgt een ogenblik.

'*Lichtekooi*', zegt ze dan.

Ik draai mijn hoofd naar haar toe en kijk haar aan. Ze heeft haar blik ergens op de muur achter mij gericht, starend.

'De film', zegt ze dan. 'En de tentoonstelling. Die heet zo.'

Hoe vaak heb ik dat traliehek achter mijn rug horen dichtgaan? Duizend keer. Tienduizend. Maar alleen in gedachten. Nu gebeurt het. Dit is echt.

Hoewel mijn vrijlating uren vertraagd is, vind ik toch dat het allemaal te snel gaat. De laatste keer opgesloten worden in mijn cel terwijl ze het lichaam van Anastasia wegvoerden. Het ontbijt waarbij we gebogen over onze koffiekopjes zaten te luisteren naar het geluid van knäckebröd dat brak tussen de sterke tanden van Git. Opnieuw een poos van wachten op de rand van mijn bed in de cel, maar nu met de deur open. Mijn blik die over de vertrouwde muren en het lege prikbord ging. De plotselinge oproep om naar Margareta's kantoor te komen voor het ontslaggesprek. De wandeling over dat asfaltpad dat ik tot enkele uren geleden niet mocht betreden. De stenen muren in het kantoor van de cipiers. Vriendelijke stemmen en gelukwensen. Een deur die openging en achter mij werd gesloten. Nog een paar stappen naar een hek en nog een. En daarna buiten. Vrij.

Ik zet mijn weekendtas op het asfalt en trek de rits van mijn jas dicht. Probeer iets te voelen, maar dat lukt niet. Het is leeg vanbinnen.

'Mary', zeg ik hardop, maar Mary geeft geen antwoord, ze slaapt nog haar chemicaliënslaap in Anna's logeerkamer.

Voor me ligt een grote parkeerplaats en daarachter ontwaar ik de witte barak waarin de reïntegratieafdeling is gevestigd. Binnen enkele seconden verandert de plek voor mijn ogen: de parkeerplaats wordt een appèlplaats waar honderden mensen roerloos liggen, de witte barak wordt een even witte bus. Dit is een heel andere vrijlating, dit is een herinnering die niet eens de mijne is. Toch behoort ze mij toe. Het zal nog zeven jaar duren voordat ik word geboren, maar mijn leven begint precies op dit moment. Daar staat Herbert met afhangende schouders, starend over de zee van mensen terwijl hij tracht te begrijpen wat hij ziet. Aan zijn voeten ligt een uitgemergeld meisje met haar mond wijdopen. Een lijk. Maar een levend lijk.

Ik haal diep adem en het beeld verdwijnt, de appèlplaats wordt een parkeerplaats, de bus een barak. Onwillekeurig schud ik mijn hoofd. Ik wil meer zien, meer weten over wat er gebeurde. Pakte mijn moeder hem met beide handen bij zijn pols en weigerde ze om hem los te laten? Of boog mijn vader zich over haar heen en tilde hij haar op, droeg hij haar in zijn sterke armen naar de witte bus?

Nee, dat lijkt onwaarschijnlijk. Aan de andere kant is het even onwaarschijnlijk dat hij haar daadwerkelijk meenam naar Nässjö en met haar trouwde. Hij was immers een man wiens enige streven in het leven was zo gewoon mogelijk te zijn. Normaal. Doorsnee. Zoals alle anderen. Daarom leefde hij zijn leven in stilte en deed hij net of wat er was gebeurd niet had plaatsgevonden.

Jawel. Hij had destijds gelijk. Ik heb het van geen vreemde. Van geen vreemden.

Terwijl ik me buk om mijn tas op te pakken werp ik een laatste blik op de barak met de reïntegratieafdeling. Mooi dat ze daar geen plek voor mij hadden; ik had die goedbedoelde oefeningen in de kunst van het kopen van melk en het lezen van dienstregelingen van de trein niet kunnen verdragen. Dit is beter: het ene moment dwang en tralies voor de ramen, het volgende volkomen vrijheid. Of althans zoveel vrijheid als de reclassering van plan is mij toe te staan. En fijn dat de zon nog steeds warm is. Ik wend mijn gezicht even op naar de hemel, daarna loop ik naar de brug. De Hinseberg-brug. In al mijn fantasieën ben ik daar midden op blijven staan, heb ik tegen de reling geleund om over het staalgrijze water van de Väringen uit te kijken, maar ik ben niet van plan mijn fantasie werkelijkheid te laten worden. Ik heb de gevangenis al verlaten; ik heb er geen behoefte aan verder afscheid te nemen.

Mijn tas is zwaar. Af en toe moet ik even blijven staan om de riem die diep in mijn schouder snijdt te verschikken. Het zijn die laatste acht boeken, waarvan ik geen afscheid kon nemen toen ik de rest van mijn bibliotheek aan de andere meiden op de afdeling uitdeelde. Een paar weken geleden realiseerde ik me al dat ze zwaar zouden zijn en ik heb overwogen om van een postorderbedrijf een reiskoffer op wieltjes te laten komen, maar liet me door mijn eigen sentimentaliteit weerhouden. Deze tas heb ik achttien jaar geleden in Latijns-Amerika gekocht, hij is een herinnering aan de jonge verslaggeefster die ik ooit was. Ik had in Montevideo mijn aansluitende vlucht gemist en had niets anders te doen dan wandelen in een hoteltuin met bloeiende hibiscus. In een boetiek bij de ingang werden goedkope tassen verkocht en ik kocht deze grote leren weekendtas omdat hij eruitzag alsof hij toebehoorde aan degene die ik wilde zijn. In die tijd kocht ik vaak spullen die eruitzagen alsof ze toebehoorden aan degene die ik wilde zijn; ik droeg mijn handgemaakte zijden blouses en truien van het zachtste kasjmier als een soort vermomming. Een degelijke leren weekendtas uit Montevideo vervolmaakte het plaatje. Toen ik een paar uur later op het vliegveld in een nachtelijk donker raam mijn spiegelbeeld ontwaarde, kon ik een glimlach niet onderdrukken. Daar was ze dan, niet Mary en niet Marie, maar die derde, zij die alleen buitenkant was en die we allebei zouden willen zijn.

De planken van de Hinseberg-brug trillen onder mijn voeten, maar ik weet dat het niet hetzelfde hout is dat wiebelde en piepte tijdens het gevangenentransport toen ik hiernaartoe werd gebracht. Een paar jaar geleden is de oude houten brug gesloopt en is er een nieuwe gebouwd. Dat geeft een goed gevoel. De brug is een andere. Ik ben een ander. Ik heb niets te maken met dat schepsel dat zes jaar geleden op een ochtend uit gevangenis Kronoberg hiernaartoe werd getransporteerd, zij die tijdens de hele reis roerloos bleef zitten en zichzelf wijsmaakte dat ze zich eigenlijk nog steeds in een kamer in het Karolinska-ziekenhuis bevond. Het verleden bestaat niet. Het enige wat bestaat, ben ik zoals ik nu ben. Plus de inhoud van een bankkluis en een meubelopslag in Stockholm. Mijn geld. Mijn spullen. Ik verlang daarnaar.

De riem van mijn tas snijdt steeds dieper in mijn schouder, ik moet blijven staan en hem even neerzetten. Wanneer ik weer opkijk, merk ik dat de wereld om mij heen volkomen stil is geworden. Geen wind. Geen vogels. Zelfs geen lawaai van auto's in de verte. Voor mij wacht Frövi. Dat betekent: Freyja's offerplaats. De eerste jaren vond ik die naam amusant, maar vandaag vind ik hem niet meer zo grappig. Anastasia zal nooit over de brug naar de schaduwrijke bomen op de andere oever lopen, ze zal zelfs niet eens met haar ontslagbewijs in een politiewagen worden vervoerd. Deze dag heeft zijn offer gehad.

Opeens word ik bang. Het is te stil. Onnatuurlijk stil. Achter het vergelende groen vang ik een glimp op van een paar witte huizen. Misschien staan die leeg, misschien is heel Frövi voor mijn vrijlating van leven ontdaan, misschien is er slechts één persoon over in het hele dorp, een dorre spoorwegbeambte die achter een ruit op het station klaarzit om mij een enkeltje Stockholm te verkopen.

Maar nee, Frövi is niet geheel van leven ontdaan, zie ik nu. Ik heb me voorovergebogen om mijn tas op te pakken, maar stop. Er staat een man bij de brugleuning, een man met een wit gezicht en donkere kleren. Heel even moet ik aan Sverkers gezicht denken, maar dat beeld knipper ik meteen weg. Dat is Sverker niet. Ik kan het gezicht van die man niet zien, maar ik zie wel dat het Sverker niet is; hij is te klein en te mager en zijn schouders hangen veel te veel af. Als hij al op iemand lijkt, dan is het eerder op Herbert Andersson uit Nässjö. Ooit buschauffeur. Vervolgens eigenaar van een stomerij. Al meer dan twintig jaar dood. En toch voldoende in leven om zijn dochter op te wachten wanneer ze wordt vrijgelaten uit de gevangenis.

Ik zet een aarzelende stap naar voren om te zien of hij verdwijnt, maar hij blijft staan wachten. Weer stop ik en probeer tot bezinning te komen. Doe niet zo belachelijk, zeg ik tegen mijzelf. Hij is het niet, hij kan het niet zijn. Hij is dood. En ook al was hij niet dood geweest, dan nog zou hij hier niet staan. Zijn dochter ophalen bij haar vrijlating uit Hinseberg zou totaal niets voor hem zijn. Herbert Andersson zou niets willen weten van een dochter die in Hinseberg heeft gezeten, hij zou haar uit zijn

73

bewustzijn wissen, hij zou zijn dochter in zijn herinnering doodzwijgen. Hij was een gewone man en dochters van gewone mannen belanden niet in de gevangenis. En minister worden ze ook niet.

Nog steeds kan ik niet begrijpen hoe het kwam dat zo'n man trouwde met een gevangene uit een concentratiekamp. En hoe kwam het dat hij niet van haar scheidde toen ze in de supermarkt conserven begon te jatten om een voorraad in onze kelder aan te leggen? Of wanneer ze wekenlang roerloos in bed lag om vervolgens gillend door het huis te vliegen? Misschien omdat ze wijs genoeg was haar verschrikkingen binnenshuis te houden. Als ze de straat op was gerend, zou hij haar hebben verlaten. Denk ik. Vermoed ik. Ik weet het immers niet. Geen van beiden heeft ooit met mij over Auschwitz gesproken, ik was al veertien jaar toen ik eindelijk begreep waarom mijn moeder altijd blouses en jurken met lange mouwen droeg. Toen ze allebei dood waren, kwam ik er pas achter dat mijn vader ook in Auschwitz was geweest, dat hij een van de witte bussen door het Polen van de oorlog had gereden. Enkele dagen lang maakte ik van hem in mijn dromen een held, maar daarna kon ik de herinnering aan hoe hij werkelijk was geweest niet langer onderdrukken.

De man bij de brugleuning doet een stap naar voren. Ik pak mijn tas opnieuw beet, slinger hem over mijn schouder en begin te lopen. Stap voor stap naderen wij elkaar, hij snel en ik langzaam. Het gezicht dat zojuist nog een witte vlek was, begint vorm aan te nemen, hij krijgt een paar donkere ogen, een smalle neus, een glimlachende mond. Het is Herbert Andersson niet. Natuurlijk niet.

'Dus nu is het tijd om te vertrekken', zegt de man wanneer hij dichterbij komt. Ik herken hem niet, maar hij moet iets met Hinseberg te maken hebben, dat hoor je aan zijn intonatie. Tegelijkertijd neerbuigend en bemoedigend.

'Ja', zeg ik ademloos, terwijl ik opnieuw mijn tas van de ene schouder naar de andere verplaats.

'Nou, succes dan maar', zegt de vreemde man terwijl hij mij met snelle stappen passeert.

Wanneer ik op het station op een bankje zit, kijkt er een andere man naar mij. Even word ik nerveus en weet ik niet waar ik moet kijken. Herkent hij me? Maar nee, er zijn zeven jaar overheen gegaan sinds ik op de voorpagina's van alle kranten stond; wildvreemde mensen kunnen mij niet herkennen. Vrienden misschien, en oud-collega's, maar een vreemde man niet. Maar het kan ook zijn dat dit een blik is die op alle vrouwen wordt gevestigd die alleen op het station in Frövi zitten, een koele blik van lichte verachting die meedeelt dat de kijker meent te weten waar degene die wordt bekeken vandaan komt.

Ik heb de doorgaande trein naar Stockholm gemist. Nu moet ik in Örebro overstappen, maar het duurt nog veertig minuten voordat de trein komt en daarom sta ik op en laat ik mijn tas onbewaakt achter terwijl ik naar de kiosk buiten voor het station slenter. Ik koop *Aftonbladet* en een appel, betaal met een nieuw biljet van vijfhonderd kronen en schud mijn hoofd wanneer de vrouw in de kiosk vraagt of ik niet kleiner heb. Ze reageert door even haar neus op te halen, onhoorbaar maar niet mis te verstaan. *Hinseberg!* Als antwoord wiegt in mijn hoofd een giftige opmerking haar gespleten tong. De vrouw is in de zestig, haar lichaam is jong maar haar gezicht gerimpeld en gegroefd. Wat zei Git ook alweer altijd wanneer iemand suggereerde dat het misschien tijd was om te proberen af te vallen? 'Ha! In het leven van iedere vrouw komt er een tijd dat ze moet kiezen tussen haar gezicht en haar kont!' Git had voor haar gladde vollemaansgezicht gekozen. De vrouw in de kiosk voor haar slanke kont. Wanneer ze me geld teruggeeft, moet ik me over mijn portemonnee buigen om mijn glimlach te verbergen, maar ik schaam me ook over mijn kinderachtige valsheid.

Nou ja, ik zal weldra mijn straf krijgen. Ik heb een appel gekocht en ben van plan die op te eten. Ik ben allergisch voor appels. Over twee uur zal ik over mijn hele lichaam zo'n jeuk hebben dat ik het toilet in de trein moet opzoeken om me met mijn haarborstel te krabben. Mijn verdiende loon.

Wanneer ik terugkom, keert de man in de wachtruimte me de rug toe en staart resoluut naar de dienstregeling aan de muur. Ik werp hem een vluchtige blik toe alvorens mijn tanden in de appel te zetten en de krant open te slaan, maar ik ben nog niet ver gekomen met bladeren of een paar vertrouwde gezichten staren me aan en voor mijn ogen trilt een kop: IK VERGEEF HAAR.

Ik verslik me in de appel en begin te hoesten.

Nu weet ik hoe hij heet, die kunstenaar die Anastasia gepoogd heeft om te brengen. Het is inderdaad zoals ik al dacht.

Het haar van Magnus Hallin is wat dunner geworden, maar verder is hij niets veranderd. Nog steeds heeft hij vreemde proporties: zijn gezicht is wat te smal, zijn mond wat te breed, zijn onderarmen zijn een tikje te lang. Naast hem staat Maud, zijn vrouw en de zus van Sverker, mijn vroegere schoonzus. Ze glimlacht met gesloten mond naar de camera. Ik herken de plek waar ze staan: de veranda van de Sundinse zomerresidentie, die sinds vele jaren hun thuis is. Achter hen ligt het Hästerumsmeer er glad en stil bij, ergens op de andere oever staat mijn huis.

Die eerste avond van de parlementsweek ontdekten Sverker en ik al dat we zomerburen waren. Drie jaar daarvoor was mijn vader begonnen aan de bouw van ons zomerhuis; dat was een van de vele doorsnee projecten die hij aanpakte. Aan het eind van de jaren zestig besefte hij dat gewone gezinnen niet langer met een vierpersoonstent in hun Volvo naar de westkust op vakantie gingen. Gewone gezinnen kochten een zomerhuisje, liefst een rood huisje ergens aan een meer. Dus moesten wij ook een rood huisje ergens aan een meer hebben. Dat noch mijn moeder noch ik daar belangstelling voor had, deed er niet toe.

Het probleem was dat het huis veel te ongewoon werd. Toen mijn vader eenmaal met het werk aan de gang was, was hij niet meer te stuiten; wat onder zijn handen uitgroeide, was niet de gangbare houten doos op een sokkel waar andere eigenaren van zomerhuisjes genoegen mee namen. Nee, Herbert Andersson bouwde een degelijk huis op een betonnen fundering met een kelder, een keuken en twee grote kamers op de begane grond, een badkamer en diverse slaapkamertjes op de eerste verdieping, en met – pijnlijk vloekend met de traditioneel roodbruine muren – grote panoramaramen met uitzicht op het meer. Drie zomers lang zaten mijn moeder en ik in het gras toe te kijken terwijl hij aan het werk was, maar hij strafte ons af met een blik die ons onmiddellijk deed verstijven als we een keer opstonden om te helpen. Dat was niet toegestaan. Het was ook niet toegestaan om op eigen initiatief de bouwplaats te verlaten om een wandeling in het bos te maken of een duik in het meer te nemen. We moesten koken en koffiezetten op een spiritusbrander die hij in het gras had gezet en af en toe mochten we op pad om boodschappen te doen, maar dat was dan ook alles. Verder moesten we gewoon stilzitten, toekijken en in de buurt blijven.

Wat mij betreft, was het die eerste zomer alleen maar uit te houden omdat mijn moeder in haar voorjaarsdepressie was blijven steken en hele dagen roerloos in het gras lag. Dientengevolge mocht ik afwassen en koken, de tent opruimen die tijdens de bouwperiode ons onderkomen vormde, en – als ik geluk had en mijn vader er genoegen mee nam zich uitsluitend te laten volgen door mijn moeders uitgebluste blik – bijna tien kilometer fietsen naar het melkwinkeltje in Grälebo. Het jaar daarop was ze kwieker; ze joeg me weg bij het spiritusbrandertje en begon schel zeurend te protesteren als ik mij stiekem het voorrecht probeerde toe te eigenen om op mijn knieën aan de waterrand het campingservies af te wassen. Ik deed het immers niet goed! Hoe kon ik nou denken dat de borden schoon werden als je er gewoon maar een beetje mee rond zwabberde in koud water uit een meer; ik was een incompetent en verwend meisje dat er geen snars van begreep...

Maar de derde zomer was anders. Toen kwam op een dag in

juni Sverker over het meer aan roeien.

Ik zag hem al toen hij in de boot ging zitten. Dat was niet zo vreemd: sinds er geen sneeuw meer lag, had ik elk weekeinde aan de oever van het meer naar de overkant zitten staren en me afgevraagd waarom hij nooit iets van zich liet horen. Geleidelijk had ik leren zien wat ik de jaren daarvoor niet had gezien. Achter de hoge esdoorns ging een groot huis schuil, groter dan dat van ons en veel ouder. Een oude boerderij. Maar de grond was verpacht, dat wist ik nu, en het huis werd alleen in de zomers bewoond, wanneer textielfabrikant Sundin met zijn gezin uit Borås overkwam.

'Nässjö?' zei Sverker toen hij die eerste avond van de parlementsweek naast me ging zitten. 'Zei je dat je uit Nässjö kwam?'

Ik knikte zwijgend. We zaten in de foyer van het hotel te wachten op de rest. Ik was zo bang geweest dat ik te laat zou komen voor het diner dat ik veel te vroeg beneden was. Sverker kwam vlak na mij de trap af. Hij ging zo dicht bij me zitten dat ik de warmte van zijn lichaam kon voelen. De witte puntjes van zijn kraag lagen als meeuwenvleugels over de boord van zijn lamswollen trui. Hij zweeg een poosje in afwachting van een antwoord.

'Mijn ouders hebben een huis in Nässjö', zei hij toen. 'Of eigenlijk buiten Nässjö.'

Ik draaide mijn hoofd om en schraapte mijn keel, zocht naar mijn stem.

'O. Waar dan?'

Hij wroette in zijn broekzak en haalde een pijp tevoorschijn, wroette daarna in de andere zak en diepte een zakje tabak en een doosje lucifers op.

'Aan het Hästerumsmeer. Dat ligt in de richting van Jönköping.'

'Dat is niet waar!'

Hij wierp me een schuine blik toe.

'Natuurlijk is dat waar.'

Ik beet op mijn bovenlip. Ik had me belachelijk gemaakt.

'Ach', zei ik toen. 'Zo bedoelde ik het natuurlijk niet. Ik was alleen zo verbaasd. Want wij hebben ook een zomerhuisje aan het Hästerumsmeer.'

Toen de anderen naar beneden kwamen, was de verlegenheid verdwenen. Sverker praatte luid en ik glimlachte op de achtergrond. Hadden ze het gehoord? Buren! Hoe groot was de kans dat een stel zomerburen elkaar op deze manier ontmoette? Jezusmina!

Toen Sissela opdook – een kwartier te laat en met dezelfde ladder in haar kous als eerder die dag – vulden wij de foyer met gepraat en gelach. Ze moest haar stem verheffen en schreeuwen om zichzelf überhaupt verstaanbaar te maken: 'Wees eens stil, boerenpummels! Stil!'

Iedereen staarde haar aan, maar toen zakte Magnus in elkaar en deed net of hij flauwviel. Per lachte en greep hem onder zijn oksels: 'Kijk! Nu heeft ze het wéér gedaan!'

Anna sloeg haar hand voor haar mond en giechelde, Per vuurde een gelukkige glimlach op haar af. Ik hoorde mijn eigen lach tegen het plafond weerkaatsen en zweeg snel. Sissela vertrok haar mond tot een schuine glimlach en gaf Magnus met de punt van haar schoen een por tegen zijn been: 'Hé knul! Slappelingen mogen 's avonds in Stockholm niet uitgaan...'

Magnus stond op, trok zijn trui recht en glimlachte. Voor het eerst nam ik hem eens goed op. Niet alleen zijn proporties waren eigenaardig. Zijn kleuren waren ook gek. Een licht olijfkleurige huid, lichtgrijze ogen en muiskleurig haar. Het was alsof hij uit de overgebleven onderdelen van verschillende personen in elkaar was gezet: een donkere, een blonde, een korte en een lange. Hij keek me aan en gedurende een seconde keken we recht bij elkaar naar binnen, toen wendde ik mijn hoofd af en sloeg mijn ogen neer. Magnus Hallin genoot iets te veel van de blikken van anderen.

'Eerst gaan we pizza eten', zei Sissela. 'En daarna verzinnen we wel wat.'

'De trein naar Örebro', zegt een stem in de luidspreker en hij herhaalt zijn woorden meteen. 'De trein naar Örebro komt zo binnen op spoor twee.'

Dat is mijn trein; bladerend in mijn avondkrant heb ik erop zitten wachten, maar toch ben ik volkomen onvoorbereid op de golf van warmte die ik opeens door mijn lichaam voel gaan. Eindelijk kan ik het voelen. Ik ben vrij. Zes lange jaren zijn er verstreken, maar nu ben ik echt vrij.

Ik sta op en pak mijn tas, opeens is die niet meer zo zwaar. Nou ja. Een beetje zwaar. Met mijn ene schouder opgetrokken haast ik me naar het perron, de lucht buiten is koel en helder. De rails zingen al, de trein komt eraan. En ik heb tranen in mijn ogen van blijdschap.

Wanneer ik in de lege coupé ga zitten ben ik al veranderd in een gewone vrouw die op reis is, een vrouw die weliswaar een tijdje is weg geweest, door ziekte of verdriet, of omdat ze een besluit moest nemen, maar die nu op weg is naar huis. Ik hang mijn jas aan een haakje en stouw mijn tas op het bagagerek, vervolgens trek ik mijn trui recht en ik ga zitten. Pas dan besef ik dat ik de krant in de wachtruimte heb laten liggen. Ik sla mijn benen over elkaar en leun achterover tegen de zachte rugleuning van de stoel. Het maakt niet uit. Ik ben alleen maar blij als ik Magnus Hallins lelijke tronie niet meer hoef te zien. Om nog maar te zwijgen van die van Maud.

Met een rukje zet de trein zich in beweging.

Ik had nog nooit pizza gegeten. Het was nog vroeg in de jaren zeventig en Zweden was nog een land van zuivel en burgerkost. Nieuwerwetsigheden hielden in Nässjö op bij pommes frites in Sigges cafetaria, maar daar had ik nooit een voet gezet. Nette middelbare scholieren gingen niet naar Sigges cafetaria; dat was een plek voor jongens met brylcreem in hun haar en meisjes met haarlak en getoupeerde kapsels. Zelf had ik een pony en een glad pagekapsel, net zoals de andere meisjes die op zaterdagmiddag theedronken in Thimons koffiehuis, en dientengevolge had ik slechts de warme geur van pommes frites ingeademd wanneer ik langs Sigges cafetaria naar huis fietste, maar wist ik niet hoe die smaakten.

De pizzeria aan Drottninggatan in Stockholm rook anders. Wij bleven dicht op elkaar gepakt voor de toog staan en zogen dit nieuwe in ons op, lieten de geuren beelden in ons hoofd scheppen. Versgebakken brood. De zachte ziltheid van gesmolten kaas die is gestold. Kruiden. Maar de prijzen... In mijn buik begon het een tikje te kriebelen van nervositeit. Zou ik me dit wel kunnen veroorloven? Mijn vader had bij mijn vertrek met grote ernst een biljet van vijftig kronen uit zijn portefeuille gehaald en me op het hart gedrukt geen geld over de balk te smijten. Dat betekende dat ik per dag tien kronen te besteden had. Op zijn hoogst. Een pizza kostte twaalf kronen. Maar ik had natuurlijk niet hoeven betalen voor de lunch... Jawel. Als ik genoegen nam met water bij het eten, kon ik het me heus wel permitteren.

We schoven twee tafels tegen elkaar en gingen dicht opeen zitten. Magnus zorgde ervoor dat hij naast Sissela terechtkwam en vuurde een verblindende lach op haar af; hij kon niet weten dat dit tevergeefs was. Per trok met een serieus gezicht de stoel voor Anna achteruit terwijl hij weer omstandig over de grondwetsherziening begon. Anna ging zitten zonder hem aan te kijken. Torsten ging naast mij op de met tressen versierde bank zitten. Aanvankelijk zweeg hij, alsof hij op iets wachtte, en pas toen de anderen om ons heen volop aan het roezemoezen waren, wendde hij zich tot mij en wierp me een snelle blik toe.

'Ik heb je opstel gelezen', zei hij. Hij sprak met gedempte stem.

Ik wist niet wat ik daarop moest zeggen. Het opstel dat ik voor de wedstrijd had ingestuurd, leek helemaal niet op het opstel dat ik had willen schrijven, dat alles zou verklaren over het verband tussen het verleden en de toekomst. In plaats daarvan was het iets geworden over de democratie en de absolute plicht om te herdenken.

'Het had beter gekund', zei ik met neergeslagen blik.

'Het was goed genoeg', zei Torsten.

Ik draaide voorzichtig mijn hoofd om en keek hem aan. Toen ik me voor de avond had omgekleed, had ik zelf de opstellen van de anderen gelezen. Ze waren heel verschillend. Sissela had geschreven over de positie van vrouwen in de politiek, Sverker over de toekomstige belastingpolitiek, Per over de herziening van de grondwet (natuurlijk), Magnus over revolutie en democratie en Anna over de voordelen van het reformisme. Maar het opstel van Torsten leek op geen van die van de anderen. Het was een exposé over de noodzakelijke balans tussen chaos en orde in een samenleving. Ik wist niet zeker of ik het wel goed begrepen had, maar er was me wel iets anders duidelijk geworden.

'Wil je schrijver worden?'

Hij streek zijn haren van zijn voorhoofd voordat hij antwoord gaf.

'Dat zou ik wel willen. Maar ik weet niet of ik het kan.'

Ik hief mijn hand op om die op de zijne te leggen, maar hield me op het laatste moment in en pakte mijn vork, waarmee ik over de rode ruitjes van het tafellaken ging.

'Je kunt het.'

Torsten herhaalde mijn gebaar. Zijn vork trok ook vier smalle sporen over het kleed, hij keek ernaar en ging er toen met zijn hand overheen zodat ze werden uitgewist.

'Dank je.'

Ik keek op. Aan de overkant van de tafel zat Sverker. Hij zat met samengeknepen ogen naar me te glimlachen, en er ging een rillinkje van verrukking door mijn buik. Sverker leek dat te weten, zijn glimlach werd nog breder en hij hief zijn glas.

'Op Hästerum!'

Ik hief mijn glas en we dronken, Sverker alcoholarm bier en ik water. Op het moment dat ik mijn glas neerzette, zag ik dat

Torsten zich van me had afgekeerd en met Per was gaan praten.

Als, denk ik. Maar dat is een gevaarlijk woord, daarom sla ik snel mijn ogen op om uit het treinraam te kijken. Er is echter niets te zien, alleen maar sparrenbos en een enkele berk met gele bladeren.

Als, denk ik weer en nu ben ik niet zo bang. Het is gemakkelijker om dat woord met open ogen te benaderen. Bovendien is het geen onbekende gedachte, ik heb die al zo vaak gedacht. Zou Sverker zich überhaupt iets van mij hebben aangetrokken als hij niet had gezien dat Torsten en ik elkaars gebaren herhaalden? Nee. Dat zou hij niet. We hebben bijna twintig jaar samengeleefd. Ik weet dat Sverker niet alleen wilde winnen. Hij wilde overwinnen.

Ik sluit opnieuw mijn ogen. De plicht om te herdenken is opgeheven. Ik heb het recht om te vergeten.

Maar ik vergeet niet. Ergens op mijn netvlies zie ik een roeiboot naderbij komen. Vier maanden heb ik zitten wachten en het enige wat ik tot nu toe gekregen heb, is een ansichtkaart en een gestencilde uitnodiging voor een midzomerfeest, maar nu zal alles anders worden. Ik sta op van de oever waar ik de hele ochtend heb gezeten en ren naar mijn kamer, die half voltooid is, die alleen nog maar uit bruine wanden van houtvezelplaat bestaat, en waar plastic in het raamkozijn zit in plaats van glas. Wroetend zoek ik in mijn toilettas naar mijn haarborstel en zwarte mascara terwijl ik een blik op mijn kleerkast werp. De deur staat open, maar het enige wat erin hangt, is een gekreukelde katoenen jurk en een witte korte broek. Ik heb niets om aan te trekken – O, lieve help! – ik moet Sverker ontvangen in een afgeknipte spijkerbroek en een gestreept shirt. Misschien vindt hij mij wel zo lelijk dat hij omkeert.

Maar hij keert niet om. Wanneer de boot een paar meter uit de oever is, staat hij op en stapt hij in het water, hij pakt met zijn ene hand de voorpunt en trekt de boot achter zich aan. Pas nu zie ik dat hij niet alleen is. Achter in de roeiboot zit een meisje. Ze heeft lang haar in dezelfde kleur als dat van Sverker en haar wenkbrauwen zijn even donker als de zijne. Zijn zus, denk ik, alvorens ik het water in ren. Sverker laat de boot los en spreidt zijn armen uit, ik val hem bijna om zijn nek.

'Ze komen', zegt hij. 'De hele club komt met Midzomer!'

Achter hem klinkt een schelle kreet van Maud. De boot begint af te drijven.

Mogelijke mail (1)

E-mail van Sissela Oscarsson
aan Torsten Matsson
14 oktober 2004

Amice,

Langgeleden dat ik van jou iets heb vernomen. Althans, persoonlijk – ik luister natuurlijk elke avond naar je nieuwe roman op de radio. Het is heel interessant om je te horen voorlezen, de tekst krijgt er een heel andere lading door dan wanneer ik zelf lees. Misschien moet ik maar helemaal overstappen op luisterboeken. Het probleem is alleen waar je je handen moet laten terwijl je luistert. Misschien moet ik borduren eens proberen. Zou jij een paar pantoffels met geborduurde tulpen willen? (Ik ga ervan uit dat je snapt waaraan ik refereer. Ik ben daar best een beetje trots op.)

Wat heb je met Midzomer gedaan? Zelf zat ik op een bankje midden in Stockholm medelijden met mezelf te hebben. Opnieuw. Had weliswaar een schriftelijke uitnodiging van Maud en Magnus gekregen voor een midzomerfeest, maar eerlijk gezegd kan ik geen van beiden verdragen. Snap niet hoe ik meer dan vijfentwintig jaar lang tegen die schijnheilige types heb gekund. Ik vermoed – gezien de polemiek vorig jaar in de culturele bijlage van *Dagens Nyheter* – dat jij er ook niet was. Laat me slechts zeggen dat ik jouw inbreng heb gewaardeerd. Vooral toen je Magnus een gehypete narcist noemde.

Ik schrijf je trouwens juist vanwege die gehypete narcist. Wil je er alleen maar even aan herinneren dat er de komende tijd twee dingen staan te gebeuren. In de eerste plaats zendt vulgo-tv (de commerciële zender dus) morgen Magnus' film uit. Hij schijnt na afloop in de studio te zitten. Dat zal wel een poosje verbaal amusementsgeweld worden van het soort dat ze debat noemen. Ik vrees braakneigingen oproepende huichelarij. Vandaag al verklaart Magnus in *Aftonbladet* dat hij die arme meid die hem messteken heeft toegebracht vergeeft. Geen woord over wat hij haar heeft aangedaan. Als je van plan bent de rotzooi te zien, dan stel ik voor dat je een kotszakje binnen handbereik houdt. Zelf neem ik er twee.

Het tweede waaraan ik je wil herinneren is dat MaryMarie deze maand vrijkomt. De precieze datum weet ik niet; ik weet alleen dat ze twee derde van haar straf heeft uitgezeten, en als ze zich goed heeft gedragen (en dat mogen we wel aannemen; ik kan me haar moeilijk voorstellen als leider van een gevangenisoproer in Hinseberg), dan moeten ze haar vrijlaten. Ik weet niet of jij deze jaren nog contact met haar hebt gehad, maar ik niet. Weet eigenlijk niet waarom niet. Ik schaam me een beetje. Wat vind jij? Zouden we eigenlijk contact moeten opnemen?

Vraag me verder af of we een keer samen zouden kunnen gaan eten. Buiten de deur dus. Je hoeft niet bang te zijn voor een herhaling van wat er gebeurde na MaryMaries proces. Mijn zielenknijper zegt dat ik in die tijd aan geseksualiseerde angst leed. Dat is nu voorbij. Tegenwoordig ben ik zo van angst bevrijd, dat ik ronduit belachelijk ben. Maar ik mis bepaalde mensen die belangrijk zijn geweest in mijn leven. MaryMarie bijvoorbeeld. En jou. Alsjeblieft, laat wat van je horen! Reageer!

Sissela

Mogelijke mail (11)

E-mail van Sissela Oscarsson
aan Torsten Matsson
14 oktober 2004

Amice,

Hier komen wat nieuwtjes die je zouden moeten interesseren. Met de nadruk op zouden. Aan de andere kant 'zou' je natuurlijk ook het benul moeten hebben gehad om te antwoorden op de tig e-mails die ik jou het laatste jaar heb gestuurd. Tot jouw vreugde kan ik je meedelen dat je me echt kwaad hebt gemaakt. Ik snap best dat je boos bent op een groot deel van Biljartclub De Toekomst, maar – sorry hoor! – wat heb ík verdomme misdaan?

Echter: nu zijn er dingen gebeurd waardoor je als de bliksem wat van je moet laten horen.

MaryMarie is weer getroffen door afasie. (Dat weet je misschien al, trouwens. Er stond vanochtend iets over in *DN*, maar op een nogal onopvallende plaats.) Dat het zo zou gaan kon je natuurlijk wel voorspellen: het is namelijk gebeurd op een grote conferentie over mensensmokkel en vrouwenhandel in Vladista. Ik snap niet waarom ze niet heeft geweigerd om daar naartoe te gaan; ze had toch wel kunnen begrijpen dat dit het een en ander zou losmaken. Maar MaryMarie is natuurlijk niet iemand die nee zegt. Ondanks al haar meningen, toneelspel en debatten links en rechts is ze immers bijzonder passief. Bovendien denk ik niet dat ze onze beminnelijke minister-president de waarheid over Sverker heeft verteld. Hij weet waarschijnlijk alleen dat haar man gehandicapt is. Ik denk dat haar dit in zijn ogen extra punten voor edelmoedigheid verleent. Ha!

Oké. Terzake.

Een van jouw favoriete manspersonen is zoals bekend ambassadeur in Vladista. Zijn charmante echtgenote heeft me gisteren een mailtje gestuurd (zie bijlage). Afgezien van alle kletspraat heeft ze natuurlijk gelijk dat MaryMarie heel eenzaam is. Dus heb ik beloofd om er te zijn wanneer ze morgen thuiskomt, met haar naar de neuroloog te gaan en haar daarna naar huis te brengen. Het probleem is – en daarom mail ik je – dat ik vermoed dat ze het weekend amper alleen gelaten kan worden en dan kan ik er níét zijn. Ik ben gevraagd om in Straatsburg op een grote conferentie over cultureel erfgoed aanwezig te zijn en ik moet daar een van de belangrijkste toespraken van mijn leven houden. Kan dat absoluut niet afzeggen, want dan kan ik het in de toekomst verder wel schudden. Ik vertrek zaterdag laat in de middag en ben pas woensdagmiddag weer thuis. In die tijd moet jij MaryMarie helpen!

Er is namelijk niemand anders. Jij en ik zijn de enigen die ze heeft. Op Sverker hoeven we natuurlijk niet te rekenen, en zijn verzorgers houden zich zo strak aan de regels dat ze nog niet eens een kopje thee voor MaryMarie mogen zetten (en stel je overigens voor dat de kranten erachter zouden komen dat ze hun zoiets gevraagd had. Op kosten van de belastingbetalers! Een schandaal!). En mocht Sverker toevallig een hersenbloeding krijgen omdat jij bij hem over de vloer bent, dan is dat mooi meegenomen. Zo kijk ik er althans tegen aan.

Ik reken erop dat je mij het komende etmaal belt of mailt, zodat we de praktische details kunnen bespreken.

In alle beleefdheid,
Sissela

P.S. Wanneer je Anna's mail aan mij leest, zul je zien dat Magnus ook in Vladista op bezoek is geweest. Hij heeft 'uit naam der solidariteit' een film gemaakt over het sekstoerisme daar. Een zielige tienerhoer te kijken zetten maakte kennelijk ook deel uit van die solidariteit. Staat vandaag in de avondbladen. Komt morgen op tv. Als jij niet zo'n stijfkop was, hadden we samen naar die film kunnen kijken en daarna pijltjes kunnen gooien op zijn foto.

Koningin der vergetelheid

Ik sla mijn ogen op en kijk om me heen. Het schemert. De kamer is van kleur ontdaan. Ik ga overeind zitten en doe het bedlampje aan, probeer het gevoel kwijt te raken dat het bed schudt als een treinstel. Er schudt niets. Ik ben Mary. Ik zit ergens in een logeerkamer en op de verdieping onder mij bevindt zich een gele salon, waar net een proces is beëindigd. Beneden loopt iemand over het parket, maar ik kan niet vaststellen of het Per of Anna is. Op dit moment maakt het me ook niet uit wie het is. Ik moet zelf een proces aanspannen. De beklaagde zit in een trein naar Örebro, ze slaapt diep en haar hoofd deint mee op de bewegingen van de trein.

Wie denkt ze eigenlijk voor de gek te houden wanneer ze met haar pincetvingers in het verleden zit te pulken, wanneer ze een paar zorgvuldig uitgekozen kruimels oppikt en andere onaangeroerd laat liggen? Weet ze echt niet meer hoe MaryMarie in die pizzeria haar dijbeen tegen dat van Torsten drukte, om een paar uur later haar hand op Sverkers gulp te leggen? Trouweloos vanaf het eerste moment. En is ze vergeten hoe ze op de dag na haar diploma-uitreiking een huilende Renate in het gezicht spuugde, en schreeuwde dat ze genoeg had van gekke wijven? Of dat ze haar vader in de vijf jaar dat hij in het ziekenhuis lag niet meer dan vier keer bezocht? Om nog maar te zwijgen over wat er zestien jaar later op een kamer in het Karolinska-ziekenhuis gebeurde.

Nee. Niemand heeft het recht om te vergeten. Vooral Marie niet.

Dat zou ze moeten weten. We groeiden op in een huis waar elke dag een andere uitwiste, waar slechts enkele herinneringen aan de oppervlakte dreven als herfstbladeren op het water, terwijl al het andere naar de bodem en de stilte zonk. Over de avonturen van mijn vader in zijn jeugd mocht je praten. En over mijn moeders bruidsjurk, die ze zelf had genaaid van zware duchesse. Verder konden we alleen maar praten over de klanten van de stomerij. Wat een idioten waren er! Zoals dat mens dat meende dat je een inktvlek uit een boek kon stomen. Of die bruidegom die weigerde te accepteren dat het overhemd van zijn rokkostuum geruïneerd was nadat hij beide handen in de schaal met wijnbowl had gestoken. Tot aan zijn ellebogen! Of die slonzige leraar, die zijn oude flanellen broek één keer per week wilde laten persen, maar te zuinig was om voor een echte stoombeurt te betalen. De eerste keer dat mijn vader het ijzer op die broek zette, begon het in de hele stomerij naar urine te stinken. Na die onplezierige ervaring nam hij de broek en het ijzer mee naar buiten en ging hij er snel even overheen op de tuintafel, zelfs midden in de winter. Niet dat die vent er iets van merkte; hij knikte gewoon om te bedanken wanneer hij zijn broek kwam ophalen.

De mensen waren idioten en daarom was er geen reden om met mensen om te gaan. Mijn vader vond geloop in huis niet prettig en mijn moeder begreep de Zweden nooit echt. Eén keer werd ze uitgenodigd om 's middags een kopje koffie bij een buurvrouw te komen drinken. Voordat ze vertrok was ze een uur met het kammen van haar haren in de weer, maar toch was haar kapsel in de war geraakt toen ze een halfuur later terug-kwam. Ze liep toen met schokkerige passen over het tuinpad, de stoep op, het huis in en sloeg de deur met een klap dicht. Ze zweeg een hele middag en toen ze weer sprak, was haar stem scherper dan anders. *Mee-rr-y! Dat doemme maisje!*

Mijn vader schaamde zich voor haar accent en liet haar nooit met de klanten in de stomerij praten. Hij schaamde zich er vooral voor dat ze de naam van haar dochter niet fatsoenlijk kon uitspreken. Dat kind heette Marie, waarom kon ze dat godver-degodver niet zeggen? Dichter dan dit kwamen ze nooit bij een echte ruzie, maar toch was mijn moeders stem altijd schel en verwijtend, terwijl mijn vaders bas in een boos gemompel leek vast te lopen.

Maar meestal was het bij ons thuis stil, en verdween de ene dag na de andere zonder een spoor na te laten. Wanneer de ambulance voor de deur stopte en Renate naar buiten werd gevoerd, was het verboden je te herinneren dat dit eerder was gebeurd. Wanneer een andere auto een paar uur later voor het kindertehuis stopte om een zes-, zeven- of achtjarige af te zetten, schudden de kinderverzorgsters hun hoofd. Dat meisje werd immers eens per halfjaar afgeleverd; waarom deed ze dan net of ze hier nooit eerder was geweest? En waarom kon ze haar naam niet zeggen?

Ik ben naar het raam gelopen om naar buiten te kijken, maar krijg in de donkere ruit een gezicht in de gaten. Eerst denk ik dat het Renate is; ik herken haar puntige kin en samengeknepen mond, maar besef tegelijkertijd dat de ogen en neus van Herbert zijn. Zo is het dus. In mij leven twee vreemdelingen, twee mensen die elkaar nooit hebben begrepen en die ik zelf niet eens heb getracht te begrijpen. Toch glimlach ik naar hen. Jarenlang heb ik me hun gezichten niet voor de geest kunnen halen, en dat ik hen nu zie, moet betekenen dat mijn geheugen tot leven is gekomen. Misschien kan ik ook praten. Ik leun met mijn voorhoofd tegen de ruit en houd mijn tong tegen mijn voortanden om de eerste letter van mijn moeders naam uit mijn mond te laten rollen. Maar de inspanning is tevergeefs, mijn tong trekt zich terug en er stroomt slechts één lettergreep naar buiten. *Alb...*

Opeens voel ik dat ik heel veel dorst heb, ik moet iets drinken. Ik doe de deur open en stap in een halfverlichte gang. Pas na een paar stappen realiseer ik me dat ik onder het lopen mijn armen uitgestrekt houd, alsof ik klaar ben om te vliegen. Ik heb blote voeten, mijn tenen zakken diep weg in het rode kleed. Iemand heeft mijn kousen en schoenen uitgetrokken toen ik sliep, maar verder ben ik nog net zo gekleed als toen ik arriveerde. Althans, bijna. Het jasje van mijn mantelpakje is weg, mijn blouse is gekreukeld en hangt half uit mijn rok. Nou ja. Het doet er niet toe. Het is stil in huis, niets wijst erop dat er in de gele salon een cocktailparty wordt gehouden of in de grote eetkamer een diner wordt gegeven. Om beneden in de keuken iets te gaan drinken maakt het niet zoveel uit wat ik aanheb.

De hal beneden is donker, slechts een bleek streepje licht sijpelt door een halfgeopende deur naar buiten. Ik loop ernaartoe en pas wanneer ik er ben, merk ik dat ik mijn armen nog steeds uitgestrekt houd; mijn bewegingen stokken, ik laat mijn armen zakken en blijf staan om de kamer in te kijken. Anna zit met haar rug naar mij toe in een groene fauteuil, op de tafel voor haar staat een glas witte wijn. Eerst heeft ze niet in de gaten dat ik de deur openduw en de kamer binnenkom; ik moet even kuchen voordat ze haar hoofd omdraait.

'MaryMarie', zegt ze. 'Ben je op? Zou je niet moeten rusten?'

Ik schud mijn hoofd, pak vervolgens een denkbeeldig glas en doe net of ik drink. Anna knippert een paar keer met haar ogen voordat ze het begrijpt.

'Heb je dorst? Wil je iets drinken?'

Ik knik. Ze glimlacht opgelucht.

'Ga hier zitten, dan regel ik wat. Wil je ook iets eten? Een broodje misschien?'

Ik schud mijn hoofd.

'Oké. Ik ben zo terug.'

Ik ga op de bank zitten en kijk rond. Het is een kleine kamer, maar toch duurt het even voordat ik doorheb dat hij midden in het huis ligt en geen ramen heeft. In plaats daarvan bestaat een van de muren uit bakstenen met daarop nog resten van oud stucwerk. De architect heeft zichzelf toegestaan een stukje tijd te bewaren in een huis dat verder de tijd ontkent.

'Wat vind je van onze bibliotheek?' vraagt Anna, en pas dan zie ik de boekenkasten tegen de andere muren. Ze is maar een minuutje weg geweest, maar toch heeft ze mineraalwater, sinaasappelsap en een schaaltje met hapjes op een dienblad meegenomen.

'Overblijfselen van de lunch', zegt ze terwijl ze in de richting van de hapjes knikt en het blad op tafel zet. 'Ga je gang, dan komt je eetlust misschien weer terug.'

Ik glimlach een beetje en strek me uit om het mineraalwater te pakken. Anna pakt iets wat op een ordner lijkt uit de groene fauteuil en legt dat op haar schoot. Ze volgt mijn blik en strijkt met haar hand over het bruine oppervlak. Nu zie ik dat het een album is. Een ouderwets leren album.

'Biljartclub De Toekomst', zegt ze.

Een jonge Per staart ernstig in de camera, achter hem op de publieke tribune in de plenaire vergaderzaal van het parlement kun je de anderen op een rij zien zitten. Van Sverker zie je zijn krachtige profiel. Magnus heeft zijn ellebogen op de bank voor hem gezet en steunt met zijn hoofd op zijn handen. Van mij kun je wat verder weg nog net het kapsel zien. Met de jaren zijn de kleuren verbleekt.

'Ik was zo eenzaam', zegt Anna.

Het blijft een poosje stil. Ze strijkt haar donkere haar van haar voorhoofd.

'Ik heb nooit begrepen wat er mis was met mij. Maar ze zeiden dat ik verwaand was.'

Ik houd mijn hoofd schuin en kijk haar aan. We kennen elkaar al meer dan dertig jaar, maar dit is de eerste keer dat ze toegeeft dat iets in haar leven niet perfect is. Ze kijkt me recht in de ogen.

'Ik heb er veel over nagedacht wat dat betekent', zegt ze. 'In de taal van volwassenen dus. Hooghartig, neem ik aan. Of arrogant. Ben ik dat? Vind jij mij een arrogant mens?'

Ik heb net mijn glas opgetild om wat te drinken, dus heb ik een paar seconden bedenktijd. Is Anna arrogant? Misschien. Ze doet vaak uit de hoogte. Soms openlijk spottend. Bovendien is ze onhandig, emotioneel onhandig, op een manier waarvan ze zich zelf niet bewust lijkt. Ze begrijpt andere mensen niet, vooral de armen en verdrukten niet, wier belangen ze steeds zegt te verdedigen. Zij denkt dat het heiligen zijn, is niet in staat te zien en

93

toe te geven dat zelfs de beklagenswaardigen op bepaalde momenten een soort tirannie kunnen uitoefenen en dat de meest geprivilegieerden soms momenten hebben waarop ze compassie verdienen. Maar valt haar dat te verwijten? Nee. Dat zou hetzelfde zijn als iemand verwijten dat zijn ene been korter is dan het andere. Het is gewoon een feit. Dus schud ik mijn hoofd wanneer ik het glas neerzet en geef ik haar de absolutie waarom ze vraagt. Je bent niet arrogant. Anna kijkt mij oplettend aan voordat ze verdergaat.

'We woonden dus in een fabrieksdorp en mijn vader was de hoogstgeplaatste op een van de mestvaalten. Voorzitter van de vakbond, je kent dat wel. Misschien was het om die reden. En omdat ik zulke mooie kleren had. Er was gewoon niemand die snapte dat ik al die kleren niet wilde; het was mijn moeder die... Zij was naaister geweest voordat ze trouwde, maar na haar huwelijk mocht ze van mijn vader niet meer werken. Dus had ze bijna niets anders te doen dan kleren voor mij naaien. Ik was hun pop. Een bewegende pop, weet je wel, zo eentje met een sleutel in de rug. Mijn moeder kleedde me 's ochtends aan en daarna kwam mijn vader me opwinden, vervolgens trippelde ik naar school en deed alles wat er van mij verwacht werd... Zelf had ik geen idee wie ik was. Ik wist niets over mijzelf.'

Weet ze dat nu wel? Anna slaat haar ogen neer.

'Misschien werd Biljartclub De Toekomst daarom zo belangrijk', zegt ze. 'Het was alsof ik een leven kreeg. Toen ik na die week uit Stockholm terugkwam, kon het me geen snars schelen wat ze thuis zeiden. De rector wilde dat ik tijdens de dagopening in de aula over de reis naar het parlement zou vertellen, maar zodra ik het podium betrad, begonnen de meisjes natuurlijk met hun ogen te draaien en de jongens te fluiten en boe te roepen. Maar daar trok ik me niets van aan. Ik heb tien minuten midden in dat lawaai staan praten, maar na afloop wist ik niet wat ik gezegd had. Ik had mezelf niet gehoord, want ik had de hele tijd aan Biljartclub De Toekomst gedacht.'

En hij dan? Ik wijs Pers gezicht aan. Wat betekende hij? Anna knikt eerst en schudt dan bijna onmerkbaar haar hoofd. Het is zowel een ja als een nee.

'Een paar weken later kwam hij me opzoeken. Het was een zaterdag, ik vergeet het nooit. Ik droeg een rode jurk, een rechte en eenvoudige jurk, weet je wel, zoals de jurken in die tijd waren. Mijn moeder wilde dat ik een blouse met volants zou aantrekken, maar dat weigerde ik; het was trouwens de eerste keer dat ik iets weigerde. Daarna liep ik met rechte rug door het dorp zonder naar links of naar rechts te kijken, net alsof ik inderdaad zo verwaand was als ze zeiden. Ik groette de mensen die ik tegenkwam niet eens, hoewel ik wist dat dit een dood zonde was. In dat dorp was je gedwongen om iedereen te groeten. Maar ik was gewoon ik. Voor het eerst in mijn leven gewoon ik. En toen kwam hij.'

Ik ben er niet bij geweest, maar ik zie het. Anna staat op het perron, haar bruine haren glanzen in de zon. Per stapt uit de trein, hij draagt een ouderwetse overjas en heeft een reiskoffertje in zijn hand. Van een afstand zou je hem voor een volwassen man kunnen houden, maar zijn gezicht is jong, en wanneer hij Anna in de gaten krijgt, wordt het nog jonger. Hij begint te rennen, eerst glimlachend, daarna lachend, blijft dan voor haar stilstaan. De eerste tellen zijn ze te verlegen om elkaar te omhelzen, maar dan laat Per zijn koffertje los, het bonst op het asfalt van het perron en valt om, maar dat merken ze niet. Per spreidt zijn armen uit en Anna verdwijnt in zijn omhelzing.

'Hij was best knap', zegt Anna terwijl ze met haar wijsvinger over de foto strijkt. 'Puisterig, natuurlijk, maar dat waren we immers allemaal. En al vanaf het begin een beetje een regelneef, maar dat was niet iets om je over op te winden, je dacht immers dat het zo hoorde. Alle leden van het mannelijk geslacht waren in die tijd regelneven.'

Ik trek mijn wenkbrauwen op. Zij schiet in de lach.

'Ja, ik weet het. Zo groot is het verschil ook weer niet... Begrijp jij waarom ze ons altijd de les moeten lezen?'

Ik schud mijn hoofd. Nee, dat heb ik nooit begrepen. Anna zinkt terug in het verleden.

'Hij had het over de grondwetsherziening. De hele tijd. Toen we van het station naar huis liepen, toen we met mijn ouders aan de lunch zaten, toen we 's middags een wandeling gingen maken. Ik snapte niet waar hij mee bezig was, ik vond hem op dat moment eigenlijk dodelijk saai, maar...'

Ze stopt en fronst haar voorhoofd.

'Hij zal wel nerveus zijn geweest, neem ik aan. En verder dacht hij dat ik net zo in politiek geïnteresseerd was als hij... Maar dat was ik helemaal niet. Ik was natuurlijk opgevoed als socialist, maar de dagelijkse politiek vond ik eerlijk gezegd oersaai. Vooral de grondwetsherziening. Toch was ik die dag helemaal gelukkig. Nou konden ze het allemaal eens zien, mijn ouders met hun eeuwige standpunten over alles wat ik zei en deed, en heel de rest, de meisjes die achter mijn rug om grijnsden en de jongens die zo walgelijk waren...'

Ze houdt zich in.

'Een van hen heette Kenny. Zo'n vetkuiftype, weet je wel, maar knap. Ontzettend knap. In de bovenbouw was ik een beetje verliefd op hem en daar maakte hij misbruik van. Hij kuste mij een keer bij het fietsenhok en...' Ze zucht diep. '...daar bleef het niet bij. De volgende dag stond hij daar op het schoolplein luid over te praten en te grijnzen. Hij zei dat ik ontzettend gewillig was geweest. Dat hij met mij naar bed had kunnen gaan. Maar dat hij dat niet had gedaan omdat hij geen papieren zak bij zich had gehad. Want ik was immers zo lelijk dat je een zak over mijn hoofd moest trekken om...'

Ik sluit mijn ogen en trek me een tikje terug. Ik hoef niet alles te weten. Maar Anna merkt het niet, zij is ver weg.

'Maar toen ik die middag met Per door het dorp liep, zag ik Kenny; hij stond met nog een paar vetkuiftypes voor de cafetaria. Ze stonden me natuurlijk aan te staren, het was immers een klein dorp en iedereen kende iedereen, en daar kwam ik aan met een knul die niemand eerder had gezien. Dat zat ze niet lekker.

En op de een of andere manier leek Per dat te begrijpen, hoewel we daar niet over hadden gepraat, we hebben het daar trouwens tot op de dag van vandaag nooit over gehad, maar net toen we langs de cafetaria liepen, sloeg hij zijn arm om mij heen en ik om hem. Hij gaf die figuren gewoon een knikje en liet ze koekeloeren...'

Ze glimlacht voor zich uit, zonder mij aan te kijken.

'En mijn vader... Die had altijd zijn mond vol over burgers dit, en burgers dat. Mijn moeder mocht niet eens boodschappen doen bij ICA, want fatsoenlijke arbeiders deden hun boodschappen natuurlijk bij Konsum, en zelf moest ik donders goed in de gaten houden dat ook als ik het ver zou schoppen, ik me toch niets moest verbeelden. Maar toen Per kwam, werd hij helemaal stil; het leek wel of hij niet wist wat hij moest zeggen, en dat alleen maar omdat Pers vader bisschop was. Mijn moeder was natuurlijk doodsbenauwd dat het bij ons thuis niet deftig genoeg zou zijn, en dat was wel te verwachten, maar over mijn vader was ik wel verbaasd... Ik dacht immers dat hij echt zo stoer was als hij zich voordeed. Maar hij werd helemaal verlegen toen hij een puisterige achttienjarige ontmoette die het over de grondwetsherziening had. Het was gewoon niet normaal. En zelf koesterde ik een soort geheime droom over burgerlijkheid, over dat nette, geordende en beheerste waarover ik had gelezen en dat ik op tv had gezien. Ik geloofde daar namelijk echt serieus in. Ik dacht dat mensen zoals Per en zijn familie altijd kalm, gelukkig en vriendelijk waren, en ik was zo blij dat ik tot die wereld zou mogen toetreden...'

Ze zwijgt en kijkt naar de foto, zucht dan.

'Nu zal ik je iets zeggen wat ik nog nooit tegen iemand heb gezegd... Je moet beloven dat je het aan niemand vertelt.'

Ze wendt zich half van me af, richt haar blik op een boekenkast en ziet niet dat ik een denkbeeldige rits over mijn mond dichttrek.

'Volgens mij ben ik nooit verliefd geweest op Per. Of beter gezegd: dat wéét ik. Ik ben nooit verliefd geweest op Per.'

Ze heeft haar gezicht nog steeds half afgewend.

'Ik was verliefd op Biljartclub De Toekomst', zegt ze. 'Die betekende alles. Maar op de een of andere manier had ik het gevoel dat ik niet hetzelfde recht had om mee te doen als jullie... Per werd de verbinding tussen jullie en mij. Maar hij was niet wat ik wilde. Dat waren jullie. Allemaal.'

Ze draait zich om en kijkt me weer aan.

'Vind je dat geschift?'

Haar stem is veranderd in die van een tiener. Ik schud mijn hoofd.

'Maar het is wel geschift', zegt Anna. 'Je kunt toch niet verliefd worden op een hele groep.'

Ik knik, maar ben er niet zeker van of ze wel begrijpt dat dit een tegenwerping is. Het kan namelijk wel. Zelf was ik die eerste week ook verliefd op Biljartclub De Toekomst, misschien waren we er allemaal wel verliefd op. Maar Anna kijkt me niet aan, ze heeft zich weer over haar album gebogen en praat zo zachtjes dat ik haar amper kan verstaan.

'Het had iedereen kunnen zijn. Magnus. Torsten. Of Sverker. Dat maakte niet uit. Gewoon een van hen.'

Ze werpt me een snelle blik toe. Zelf kijk ik weg. Helemaal zo simpel was het nu ook weer niet, en dat weet ze. Anna bevond zich heel die eerste week aan de rand van mijn gezichtsveld en ik weet nog dat haar blik keer op keer naar Sverker gleed, dat ze glimlachte wanneer hij glimlachte en met haar hand door haar haren ging wanneer hij haar een keer met zijn blik beroerde. Dat hielp niet. Het zou nog jaren duren voordat hij het de moeite waard vond vanwege haar een motelkamer te reserveren. Als hij dat althans deed. Sverker liet mij altijd voelen dat er iets gaande was, maar hij lette heel goed op dat hij het mij niet zeker liet weten.

Anna zucht ongemerkt en slaat de bladzijde in het album om. De volgende foto neemt een hele pagina in beslag. De hele groep staat op een rij voor een biljart. We zijn heel jong. Magnus en Per hebben elk een keu in hun hand, Anna lacht, Sissela steekt haar kin naar voren en glimlacht zo tevreden als een Mussolini die de menigte toespreekt vanaf een balkon. Torsten staat helemaal aan de zijkant. Zelf sta ik fronsend voor Sverker. Hij heeft zijn hand op mijn schouder gelegd en lacht met witte tanden. Hij is groot en goedgebouwd. Ik ben bijna onzichtbaar. Wat moest hij met mij?

'Weet jij nog wie die foto genomen heeft?' vraagt Anna.

Ik knik. Natuurlijk. Hij zat op een stoel in de biljartzaal toen wij binnenstroomden, een dik mannetje met brede bretels en een verdrietig gezicht. Misschien zat hij op mensen te wachten die zouden passen in het decor dat hij voor zichzelf had geschapen, vierkante mannen uit een *film noir* die meteen na binnenkomst hun colbert zouden uittrekken maar hun hoed ophielden. Wij moeten een teleurstelling voor hem zijn geweest, een groep luidruchtige jongelui die kennelijk niet wisten wat de voor- en achterkant van een keu was. Toch stond hij op toen we uitzwermden rond het grootste biljart en waggelde naar ons toe. Hij stond een poosje bewegingsloos toe te kijken hoe Magnus en Per doelloos elkaars bal probeerden te raken.

'Spelen jullie Russisch biljart, jongens?' zei hij ten slotte. 'Dat is aan strakke regels gebonden.'

'Wat was daar eigenlijk zo leuk aan?' zegt Anna.

Ik haal mijn schouders op. Weet ik veel; het enige wat ik weet, is dat we zodra we op straat stonden begonnen te lachen, dat we de hele terugweg naar het hotel hebben gelachen en dat we niet meer konden ophouden toen we aankwamen. Daarom draaiden we ons om en renden we de straat over, Tegnérlunden in, waar we op een paar bankjes bij het standbeeld van Strindberg neerzonken en bleven lachen. *Russisch biljart – dat is aan strakke regels gebonden.*

'Ik heb nooit durven zeggen dat ik niet snapte wat er zo grappig aan was', zegt Anna. Ik haal opnieuw mijn schouders op. Zelf lachte ik alleen maar omdat iedereen lachte, zelfs Torsten, en toen ons gelach wegebde, zat ik net als de anderen wat te glimlachen en wenste ik dat er iets nieuws kwam waar ik om kon lachen. Maar we konden niets bedenken en daarom bleven we een poosje zwijgend op onze banken in het donker zitten staren. Ik zat aan het uiteinde met Torsten links naast me. Toen we ophielden met lachen kon ik zijn ademhaling horen. Het bleef behoorlijk lang stil.

'Iedereen moet iets vertellen', zei Magnus opeens. 'Een geheim.'

Sissela haalde haar neus op.

'Hoezo een geheim?'

'Gewoon een geheim. Zodat we iets over elkaar te weten komen.'

Sissela rechtte haar rug.

'Ik heb geen geheimen.'

Magnus schoot in de lach: 'Arme ziel. Maar dan begin ik wel. Mijn geheim is dat ik kunstenaar ga worden. Ma weet het niet, pa weet het niet – die denken dat ik verzekeringsagent word, of klerk bij de douane of zoiets. Maar ik word kunstenaar en wel de grootste in de wereld. Als ik me voor die tijd tenminste niet dood drink.'

Hij schoot in de lach. Sissela leunde naar voren en sprak met gedempte stem.

'Oké, ik ben van mening veranderd. Ik heb een geheim.'

Magnus glimlachte: 'Dat wist ik wel.'

Sissela glimlachte terug: 'Mijn geheim is dat ik alcoholisten verafschuw. Mijn doel in het leven is er eentje om te brengen. Hem met een kussen te laten stikken. Of hem op zijn rug te leggen wanneer hij in slaap is gevallen, zodat hij stikt in zijn eigen braaksel.'

Het werd stil. We raken elkaar kwijt, dacht ik. Nu worden we weer eenzaam. Toen hoorde ik mijn eigen stem.

'Mijn geheim is dat ik niet weet hoe ik heet.'

Het lukte. Alle blikken keerden zich in mijn richting, nu hoorden we weer bij elkaar.

'Weet je niet hoe je heet?'

Per klonk oprecht verbaasd. Ik beet op mijn lip. Ik moest oppassen. Niet te veel zeggen.

'Mijn moeder noemt mij Mary en mijn vader noemt me Marie. Ze zijn het er nooit over eens geworden hoe ik heet...'

Anna keek bezorgd.

'Maar op school dan? Hoe noemen ze je daar?'

Ik haalde mijn schouders op: 'Sommige leraren noemen me Mary. Anderen noemen me Marie.'

Torstens stem klonk gedempt: 'Maar wie wil je zijn? Mary of Marie?'

Daar had ik nooit over nagedacht.

'Heeft dat met willen te maken?' zei ik terwijl ik hem aankeek. 'Zou de naam van iemand geen feit moeten zijn?'

Hij ging met zijn schoenzool door het grind en stond op het punt om te reageren toen Sverker hem onderbrak: 'Maar dan noemen we je toch MaryMarie...' Hij begon te lachen, opeens verrukt van zijn eigen idee. 'Of niet? We kunnen haar toch wel MaryMarie dopen?'

Sissela keek mij glimlachend aan.

'Ja, verdomd. MaryMarie klinkt goed.'

'Heel goed', zei Anna.

'Uitstekend', zei Per.

'Verrekt goed', zei Magnus.

Maar Torsten zei niets.

Toen het zijn beurt was, klonk Per alsof hij een gerechtelijke uitspraak voorlas. Zijn geheim was dat hij twee jaar geleden een kostbare bijbel van zijn vader had vernield. Bij zijn volle bewustzijn en met opzet. Het was een wraakactie voor een belediging waarop hij niet nader wilde ingaan. Later had hij beseft dat hij zich kinderachtig had gedragen en had hij spijt gekregen; hij wilde dat we dat wisten.

Anna's geheim was dat ze in God geloofde. Maar dat durfde ze niet aan haar ouders te vertellen.

'Want dan slaat mijn vader me dood. Hij is atheïst', zei ze met een zucht. Iedereen glimlachte, alleen Sissela lachte luid.

'Nou en?' zei ze. 'Kun je niet terugslaan?'

Anna staarde haar even aan, maar sloeg toen haar ogen neer. Nee. Dat kon ze niet.

Torsten sloeg de kraag van zijn jas op toen het zijn beurt was.

'Mijn geheim is dat ik me mijn ouders niet meer herinner. Dat zou wel moeten, ik was acht jaar toen ze stierven. Maar ik weet er niets meer van. Ik herinner me hun gezichten niet meer. Hun stemmen niet. Niets van wat er gebeurd moet zijn toen ik klein was.'

Anna zuchtte diep.

'Dus je ouders zijn dood?'

Torstens gezicht vertrok even, maar hij gaf geen antwoord. Het bleef een poosje stil, maar toen wendde Magnus zich tot Sverker. Hij was de laatste. Nou? Sverker glimlachte even en sloeg een toon aan die ik later in mijn leven heel goed zou leren kennen. Zachtaardig maar mannelijk. Gedempt en warm. Buitengewoon eerlijk.

'Mijn geheim is dat ik het ga uitmaken met mijn meisje wanneer ik thuiskom. Ik ben op iemand anders verliefd geworden...'

Anna en Magnus glimlachten. Naast me schoof Torsten zachtjes heen en weer.

'Oooh!' zei Sissela. 'Hier hebben we een echte verleider. En nog wel uit Borås.'

Sverker pareerde haar spottende opmerking met een nog bredere glimlach: 'Precies, kleintje. Uit Borås. Dat zijn de beste.'

De avond werd kouder. Na een poosje stonden we op, slenterden tegen onze zin de straat over en stonden als een kudde op het trottoir om afscheid te nemen van Sissela, die met de metro naar huis moest. Ze stond een tijdje met opgetrokken schouders te dralen, alsof ze op iets wachtte of wat wilde zeggen, maar opeens trok ze de ritssluiting van haar donsjack tot aan haar kin dicht en keerde ons de rug toe.

'Tot morgen', riep iemand haar na. Misschien was ik dat. Ze

gaf geen antwoord en keerde zich niet om, ze stak alleen groetend haar hand op en verdween.

En de rest van ons ging het hotel binnen.

'Wat is er?' vraagt Anna. 'Voel je je niet lekker?'

Ik zit over mijn voorhoofd te wrijven. Dat is een oude gewoonte, mijn manier om te pogen dingen waaraan ik niet wil denken letterlijk weg te wrijven.

'Wil je weer naar bed?'

Anna buigt zich bezorgd naar voren. Ik knik zwijgend en sluit mijn ogen. Op mijn netvlies kan ik zien dat Marie wakker is geworden. De trein nadert Örebro en nu staat ze op en probeert de leren weekendtas uit het bagagerek te trekken. Ze glimlacht. Ik open mijn ogen weer en kijk naar Anna. Knik opnieuw. Ik ben moe, betekent dat. De chemicaliën die in het ziekenhuis bij me zijn ingespoten drijven nog rond in mijn aderen.

Ze gaat met mij mee de trap op naar de logeerkamer, loopt een halve pas achter me met haar hand op mijn rug, alsof ze bang is dat ik achterover zal vallen. Maar ik val niet; ik loop met kleine stapjes door de gang, maar wanneer we op mijn kamer zijn, heb ik alleen nog maar de kracht om naar mijn koffer te wijzen.

'Je nachthemd?' vraagt Anna.

Ik knik en laat me op de rand van het bed zakken.

Waar waren de anderen gebleven? Dat weet ik niet meer. Ik weet alleen nog dat we met z'n drieën in de lift stonden: Torsten links van mij en Sverker rechts. Torsten wendde zich af, maar onze blikken kruisten elkaar een paar keer in de spiegel voordat de lift op de derde etage stopte. Voordat hij de deur opende, aarzelde hij even en op dat moment hief Sverker zijn hand op en legde die op mijn schouder. En ik liet hem daar liggen. Ik schudde hem niet af en stapte niet opzij. Torsten krulde zijn bovenlip en duwde de liftdeur open.

'Ach', zei hij en hij verdween.

Sverker trok zijn wenkbrauwen op.

'Ach? Zei hij werkelijk ach?'
Ik knikte.
'En wat betekende dat?'
Ik sloot me bij de leugen aan: 'Geen idee.'

Een poosje later stond ik naakt voor Sverker met mijn armen gekruist voor mijn borsten. Zelf was hij nog aangekleed. Hij stak zijn handen uit en pakte me bij mijn polsen.

'Laat me jou eens bekijken', zei hij terwijl hij mijn armen opzijschoof.

Ik kneep mijn ogen dicht en liet mij voor het eerst bekijken.

'Sta je er wel eens bij stil dat alles heel anders had kunnen lopen?' zegt Anna. Ze kijkt een beetje afwezig zoals ze daar bij de kast staat en mijn mantelpakje op een kleerhanger hangt. 'Als jij en Sverker niet... Als Per en ik niet...'

Ik lig recht en roerloos in bed met mijn handen kuis op het geruite dekbedovertrek. Anna is onhandig bezig met mijn rok, hij glijdt van de hanger en valt op de grond. Ze buigt zich voorover en pakt hem op, houdt hem even voor zich terwijl ze hardop denkt.

'Dan was ik misschien wel minister geworden', zegt ze. 'En misschien was jij dan wel de meereizende partner ergens op een ambassade geweest...'

Ik maak een gebaartje met mijn hand. *Be my guest.* Droom maar over een wereld voor jezelf waarin je zowel minister als echtgenote van Sverker bent, droom zelfs maar over een wereld waarin Sverker zich zelf kan redden zonder rolstoel of persoonlijke verzorgers. Ik heb Sverker nooit gekozen en ik heb er nooit voor gekozen minister te worden. Ik weet niet wat je moet doen om te kiezen. Ik wérd gekozen. Mensen zoals ik accepteren gewoon wat er wordt aangeboden, want we weten niet wat je anders zou kunnen doen, en het is me een eeuwig raadsel waarom wat er voor mij gekozen werd, in de ogen van anderen zo begerenswaardig is. Een verleider uit Borås. Een man met een ongrijpbare kern, gevangen in de droom over zichzelf. Toch ben ik bij hem gebleven. Uit liefde en medelijden? Ja. Maar dat niet alleen. Ik ben ook gebleven uit vrees voor de schande die over mij zou komen als ik hem verliet. Een gehandicapte in de steek laten! Om dezelfde reden blijf ik aan als minister, en ik voer mijn taken uit met dezelfde slagvaardigheid als waarmee ik ooit mijn huiswerk maakte, maar tijdens de ministerraadsvergaderingen ben ik net zo afwezig als destijds in de klas. Mijn mond verrast me voortdurend door de juiste dingen te zeggen, mijn handen onderstrepen met de juiste gebaren wat mijn mond zegt, mijn voorhoofd fronst bezorgd of geïrriteerd, maar ik ben er nooit met mijn gevoel bij. Als ik mijn gevoel zou tonen, dan zou ik tijdens de volgende kabinetsvergadering opstaan om te zeggen dat we allemaal zouden moeten opstappen en de minister-president alleen laten. Waarom? Omdat hij ons niet heeft gekozen vanwege onze capaciteiten, maar vanwege ons onvermogen. Hoeveel van zijn ministers zijn er eigenlijk politicus? Misschien zes. Of zeven. De rest is gewoon een nieuw soort ambtenaar. Opinieambtenaar. Maar zonder al te vaste opinies en al helemaal zonder het lef om die te verdedigen. We zitten op onze departementen schuldgevoelens te incasseren, omdat we weten dat er eigenlijk zoveel te doen is maar niet goed weten wat. En wat zou het helpen als we het wisten? Er is geen geld. Er is geen meerderheid in het parlement. Buiten het ministerie van Algemene Zaken is er geen systeem dat onze beslissingen in daden kan omzetten. Wat blijft er dan over? Woorden. Opinies. Gebaren. En de minister-president zelf? Ik zie hem voor me, hoe hij misnoegd zijn babymondje zou tuiten als ik op een dag daadwerkelijk zou opstaan om uit te komen voor wat ik voor waar houd: dat hij jaloers de macht bewaakt, maar geen verantwoordelijkheid wil dragen. Maar dat zeg ik niet. Ik vrees het gefluister dat op mijn vertrek zou volgen. Was ze niet goed? Was ze niet goed genoeg? Was ze zo slecht dat ze haar niet wilden houden?

'Slaap lekker', zegt Anna, maar ik reageer niet eens met een knikje. Ik heb andere dingen te doen. Marie staat op het perron in Örebro te wachten op de trein naar Stockholm, ze heeft haar handen diep in de zakken van haar jas gestoken en kijkt chagrijnig. Ze vindt dat ik te veel aan Sverker denk, ze wil zelf haar herinneringen rangschikken, kiezen en laten vallen. De koningin der vergetelheid. En een koningin met alle reden om te vergeten.

Maar wanneer ze de gedachte aan Sverker verdringt, wordt ze overvallen door een plotselinge angst en ze krijgt het meteen heel druk met zichzelf wijsmaken dat die angst zowel belachelijk als onzinnig is. Haar vrijlating is geen vergissing. Er is geen opsporingsverzoek uitgegaan. Er is geen patrouillewagen onderweg om haar op te halen. Ze heeft al het recht van de wereld om op dit perron te staan wachten op de trein naar Stockholm. Daarom stampt ze ongeduldig met haar voeten alsof het koud is, hoewel er een warm herfstzonnetje schijnt. Ze is vrij. Dat weet ze toch. Vrijgelaten.

Ze kijkt rond en probeert zichzelf wijs te maken dat ze er al aan gewend is dat de wereld er anders uitziet. Zes jaar stelt niets voor. De dame die een paar meter verderop staat, zag er zes jaar geleden vast net zo uit, misschien was ze een paar kilo lichter, maar toen had ze die onderkin vast ook al, en ook al is haar grijze mantel nieuw, zes jaar geleden had ze waarschijnlijk ook al een grijze mantel. De vrouw voelt Mary's ogen in haar rug en draait zich om. Marie weet niet waar ze moet kijken, maar dwingt zichzelf tot een aarzelende, snelle glimlach. Ze krijgt een even snelle glimlach terug, daarna keert de vrouw haar weer de rug toe. Een stem schraapt in de luidspreker. De trein naar Stockholm is in aantocht.

Wanneer ze op haar plek in de coupé is gaan zitten en haar ogen heeft gesloten, probeert ze met mij te praten. Je bent het belangrijkste vergeten, zegt ze. Herinner je je de brieven in de la van zijn bureau niet? De foto's onder zijn onderlegger? Alle e-mails van en naar een hoop domme wichten uit de reclame-wereld? En herinner je je 'Dat grijze ding' niet meer, die ondervoede zestienjarige in Vladista, die op het politiebureau zat te trillen toen we daar aankwamen? Weet je nog hoe de agenten haar behandelden en hoe ze zich daarin schikte, hoe ze daar zat met haar prikplekken en haar lege blik? Denk je dat haar blik minder leeg was toen hij haar kocht?

Ik geef geen antwoord. Doe alleen mijn ogen open en kijk de duisternis in. Nu kan ze me niet bereiken. Ik laat haar nooit tot me toe wanneer ze haar daad probeert te rechtvaardigen.

Mogelijke herinnering

Anna loopt alleen terug naar haar bibliotheek. Het album ligt nog op tafel, ze pakt het op en legt het op haar schoot, maar opent het niet. Dat hoeft niet. Ze zinkt toch al weg in de tijd. De ene herinnering leidt tot de andere.

Ik was in elk geval de eerste die het hoorde, denkt ze. Maar ze wil er niet aan denken dat dit door een pure toevalligheid kwam. Of een paar pure toevalligheden.

De eerste was dat iemand op de directie Consulaire Zaken te binnen schoot dat Per en Anna MaryMarie kenden. Daarom belde hij Pers nummer zodra hij het bericht uit Vladista had doorgekeken.

De tweede toevalligheid was dat Per zich net op zijn kamer bevond. Eigenlijk had hij naar New York onderweg moeten zijn, maar hij had zijn reis om een of andere reden een paar dagen opgeschort. Hij belde meteen Anna.

En nu zijn de jaren teruggerold en is Anna in een taxi op weg naar de plek waar de redactie van *Aftonbladet* is gehuisvest, met een bericht dat de tijd voor altijd in een 'Voor' en een 'Na' zal splijten.

Ik was de eerste die het hoorde, denkt ze. Dat kan niemand me afnemen.

Maar zij is niet degene die op het vliegtuig mag stappen. Zij is niet degene die door een zwarte auto van de ambassade op het vliegveld wordt opgewacht. Zij is niet degene die met de zieken-vlucht mee naar huis mag. Dat valt MaryMarie allemaal ten deel.

'Stop er een andere diskette in', zegt ze hardop tegen zichzelf. 'Een andere diskette!'

Sverker zelf heeft haar geleerd om diskettes te verwisselen. Helemaal niet moeilijk. Je haalt gewoon de ene werkelijkheid uit je hoofd en stopt er een andere in. Hij stond voor de spiegel zijn stropdas te strikken toen hij dat zei; zelf lag ze uitgestrekt als een naakte Olympia op het bed achter hem. Ze kneep haar ogen toe en glimlachte, terwijl ze haar onderhuidse irritatie probeerde te verbergen.

'Hoe doe je dat liegen toch?' vroeg ze ten slotte.

Hij glimlachte naar zijn eigen spiegelbeeld: 'Ik lieg nooit.'

'En wat zegt MaryMarie over wat je vertelt?'

Hij begon te grijnzen.

'Ik vertel het niet. Ik verwissel gewoon de diskette.'

'Hoe dan?'

'Ik heb een diskette voor jou en eentje voor MaryMarie. Wanneer ik de Anna-diskette in mijn hoofd heb, denk ik niet aan MaryMarie...'

'En wanneer je de MaryMarie-diskette in je hoofd hebt, denk je niet aan mij?'

'Zo ongeveer.'

Hij pakte zijn colbert, dat netjes op een kleerhanger hing. Haar eigen kleren slingerden overal door de kamer rond: haar beha op de grond, haar panty op de lamp, haar rok in een verfomfaaide hoop in de fauteuil. Ze vond dat prettig, dat gaf haar het gevoel dat ze iets betekende. Ze draaide zich om, ging op haar buik liggen en bekeek stiekem de spleet tussen haar witte borsten, stak haar achterste omhoog en wipte wat heen en weer. Hij nam notitie van de uitnodiging, maar beantwoordde die alleen maar met een tik op haar bil toen hij langsliep om zijn portefeuille van het bureau te pakken.

'Moest je niet naar je moeder toe?'

Ze glimlachte met gesloten lippen.

'Vanavond pas.'

Hij stopte zijn portefeuille in zijn binnenzak.

'Oké. Dan zien we elkaar wel met oud en nieuw, als het niet eerder is.'

Ze ging op bed zitten en kruiste haar armen voor haar borsten; ze wilde niet dat hij zag dat ze hingen en dat hem dat zou bijblijven. Ze concentreerde zich op haar vraag.

'Hoeveel diskettes heb je, Sverker?'

Hij glimlachte en boog zich voorover om haar een droge kus op haar wang te geven.

'Dat wil je niet weten.'

En weg was hij.

Lucht

Hier stonden we. Precies op deze plek.

Wanneer ik het Centraal Station uitloop, blijf ik even staan; ik laat mijn tas op het asfalt ploffen en houd even een kleine herdenking. Niet dat iemand dat kan zien of begrijpen, oppervlakkig gezien ben ik gewoon een vrouw die even blijft staan om de ritssluiting van haar jas dicht te trekken.

Nu is het herfst. Toen was het winter. We stonden in een kringetje in de blauwe schemering terwijl de mensen zich langs ons haastten naar de metro en het Centraal Station. De parlementsweek was afgelopen, het was tijd om afscheid te nemen en naar huis te gaan, ieder naar zijn of haar eigen provincie en zijn of haar eigen werkelijkheid. Anna had tranen in haar ogen en Per stond te mummelen, Sissela had haar handen diep in haar zakken gestoken en Magnus nam haar met half toegeknepen ogen op, Torsten schraapte met zijn schoen over het asfalt, net of hij met zijn voet aan het schrijven was. Alleen Sverker glimlachte.

'Dan zien we elkaar met Midzomer', zei hij.

Niemand beantwoordde zijn glimlach, zelfs ik niet. We durfden niet te geloven dat het waar was wat hij zei. Zouden zijn ouders met Midzomer echt hun zomerhuis opgeven voor ons? En wie zou de treinkaartjes betalen? Zelf kon ik natuurlijk naar Hästerum fietsen, en Anna, Per en de anderen zouden hun ouders vast kunnen overhalen om te betalen, maar Sissela... Ik had in deze week wel zoveel begrepen dat Sissela een fiets noch geld bezat.

'Misschien kun je liften', zei ik, terwijl ik haar een kneepje in haar arm gaf.

Haar gezicht vertrok.

'Misschien gaat het wel niet door', zei ze.

Sverkers glimlach werd nog breder.

'Natuurlijk gaat het door', zei hij.

Ik kom tot bezinning en kijk rond. Vasagatan is niet veranderd en toch ook wel. De oude boekhandel, waar ik altijd boeken kocht wanneer ik op reis ging, is vervangen door een winkel in kantoormaterialen, en het oude reisbureau honderd meter verderop is een Seven-Eleven geworden. Maar de ramen van hotel Continental glimmen in de schemering nog net als vroeger, een taxi remt af voor het rode licht, zoals taxi's altijd hebben afgeremd voor precies dat rode licht, en bij het zebrapad staat een grijze groep leeg naar het trottoir aan de overkant te staren, een groep die weldra zal oplossen en nieuwe groepen zal vormen. De celdeling van alledag. Maar niet mijn alledag. Nog niet. Misschien nooit meer.

Opeens overvalt het geluid van de stad me: het lawaai van auto's slaat tegen mijn slapen, metaalachtige muziek die ergens vandaan komt dwingt me mijn ogen toe te knijpen, gelach en stemmen van mensen die het station in- en uitlopen krassen over mijn trommelvliezen. Het lawaai overtuigt me van iets waarvan ik al overtuigd ben. Ik kan niets met deze stad beginnen. Hier moet ik niet blijven.

Toch besluit ik lopend naar het hotel te gaan in plaats van een taxi te nemen. Het is maar een paar honderd meter en er is geen reden om te jakkeren; de bank en het advocatenkantoor zijn beide al gesloten. Niet dat dit uitmaakt. Ik heb genoeg geld op zak om me tot morgen te redden. En ook al is mijn tas zwaar en hangt er regen in de lucht, toch verlang ik naar een wandeling. Een wandeling in alle vrijheid die mag duren zolang ik maar wil.

Ik heb zes jaar lang lucht gemist. In Hinseberg werd ik per dag een uur gelucht, niet meer en niet minder, ongeacht het weer en het jaargetijde. Het raam in mijn cel kon natuurlijk niet open, maar er zat een ventilatieroostertje naast, een smal luikje met zwart vilt op een metalen rooster. Dat hielp niet echt veel wanneer de zomernachten op hun heetst waren, zelfs niet wanneer ik er helemaal tegenaan kroop en de zuurstof met open mond probeerde te vangen. De eerste midzomernacht probeerde ik het zwarte vilt weg te pulken, maar dat werd mij meteen afgeleerd. De volgende nacht zat ik in kleermakerszit op mijn bed en dwong ik mezelf rustig te ademen. Je hoeft je nergens ongerust over te maken, zei ik tegen mezelf. Zweden is een geseculariseerde samenleving, het Zweedse gevangeniswezen is humaan. Hier is geen ruimte voor oudtestamentische straffen, hier bestaan geen ideeën over oog om oog, tand om tand. De zuurstof zou niet opraken. Ik zou niet sterven zoals Sverker was gestorven, met blauwe lippen en opengesperde ogen. Toch slaagde ik er niet in mezelf te overtuigen. Toen de ochtend aanbrak en de deur van het slot ging, wierp ik me de gang in en ging ik op een holletje naar de doucheruimte. Ik kon weliswaar geen lucht krijgen, maar ik kon tenminste wel onder koud stromend water gaan staan. Het enige wat ik op dat moment wenste, was een paar kieuwen, twee smalle spleetjes onder mijn oren waarmee de zuurstof uit het water mijn bloed had kunnen binnenstromen.

En nu: zoveel lucht als ik wil. Vochtige stadslucht, vermengd met de geur van benzine en frituurvet. Ik kan die inademen. Ik kan eraan ruiken en ervan proeven. Ik kan er mijn longen mee vullen.

Wanneer ik bij de zebra sta, geeft een man me een duw met zijn elleboog maar het duurt een paar seconden voordat ik zie dat het licht op groen staat. Ik trek mijn rechterschouder op vanwege mijn zware tas, en volg de stroom.

Katrin, mijn advocate, heeft een hotel voor mij gekozen. Het Sheraton. Zelf zou ik misschien iets bescheideners hebben uitgezocht.

'Maar het uitzicht', zei ze toen we elkaar een maand voor mijn vrijlating telefonisch spraken. 'Na al die jaren moet je natuurlijk een kamer met uitzicht hebben!'

'Dat maakt niet uit', zei ik. 'Als het raam maar open kan.'

Ze luisterde niet.

'En een goed restaurant', zei ze. 'Zodat je 's avonds lekker kunt eten. Helaas kan ik niet met je gaan eten, want als jij in Stockholm arriveert, is mijn dochter jarig, maar...'

Alsof ik dat verwacht had. Ik heb nooit iets anders verwacht dan een kort gesprek onder kantoortijd, een overzicht van mijn financiële situatie en een factuur. Maar Katrin verbaast me voortdurend: tijdens de zes jaar die zijn verstreken sinds we bij het gerechtshof uiteengingen, heeft ze mij veel meer geschonken dan waarvoor ik heb betaald. Toen het huis in Bromma moest worden verkocht, heeft zij ervoor gezorgd dat Maud en Magnus alleen beslag konden leggen op Sverkers deel van de inboedel, en ze heeft erop gewezen dat ook als mensen zijn veroordeeld voor moord en daardoor het recht om van hun slachtoffer te erven verliezen, ze nog wel recht hebben op wat ze bij hun huwelijk hebben ingebracht. Het huis in Hästerum, dat altijd uitsluitend en alleen aan mij heeft toebehoord, heeft ze elke zomer verhuurd aan Duitse toeristen en de opbrengst daarvan heeft ze gebruikt voor het onderhoud. Verder kwam ze elk jaar in september een dag naar Hinseberg, altijd voorzien van een grote tas met de nieuwe najaarsboeken en een map met bankafschriften.

'Zodat je vergeet dat er een heden bestaat,' zei ze de eerste keer, 'maar eraan denkt dat er een toekomst is.'

Ik moest even slikken voordat ik kon antwoorden: 'Ben je altijd zo aardig tegen je cliënten?'

'Nee', zei Katrin. 'Alleen tegen degenen voor wie ik begrip kan opbrengen.'

Wanneer ik de glazen deuren van het Sheraton nader, haal ik diep adem, maar ik zorg er wel voor dat ik niet langzamer ga lopen. Dat werkt: de portier houdt mij niet tegen, maar glimlacht en houdt de deur open. Ik glimlach vriendelijk terug en laat mijn lichaam liegen. Ik ben een vrouw op dienstreis, zegt dat lichaam. Een vrouw met een hoge charmefactor achter haar pretentieloze façade. Journaliste misschien. Of regisseuse. Of misschien zelfs wel een actrice die eindelijk, eindelijk de rol van haar leven heeft gevonden.

In de lobby kijkt niemand me na. Bij de receptie houdt niemand me tegen om te zeggen dat het hotel geen bajesklanten toelaat. Wanneer ik naar de lift loop, fluistert er niemand iets over 'moordenaars' achter mijn rug. Ik ga gewoon op in de omgeving, ik hoor hier, ik ben hier bijna thuis.

De kamer ziet eruit zoals hotelkamers er 'Voor' ook al plachten uit te zien. En zelf gedraag ik me zoals ik me in die tijd placht te gedragen: ik plof neer op het bed en schop mijn schoenen uit nog voordat ik überhaupt het licht heb aangedaan, daarna blijf ik het uitzicht bekijken dat Katrin voor me heeft uitgekozen. De hemel boven Stockholm is donkergrijs, de toren van het stadhuis steekt af als een donkere schaduw met een stralende kroon, de lichtjes op Söder vormen een eigen sterrenhemel.

Ik sluit mijn ogen en laat me achterover vallen.

In mijn werkelijkheid is het nog steeds donderdagavond. In die van Mary is het vrijdagochtend geworden. Vandaag gaat ze naar huis.

Ze staat voor de spiegel in de logeerkamer van de residentie en schikt haar kleren, trekt wat aan de mouwen van haar blouse, strijkt met haar handen over haar rok. Die beweging wekt een herinnering op die haar doet glimlachen. Was het niet Imelda Marcos die altijd een reserve-exemplaar had van elk kledingstuk dat ze droeg? Er stond altijd een trouwe dienaar in de buurt met het extra exemplaar, klaar om op een teken achter een pilaar of in een hokje te schieten om te assisteren bij een snelle kledingwisseling. Minder dan een halve minuut later vertoonde de presidentsvrouw zich opnieuw aan de buitenwereld, maar nu zonder sporen van zitplooien op haar rok of vouwen in de mouwen van haar blouse.

'Wat is er zo grappig?'

De deur staat halfopen en Anna leunt tegen de deurpost. Mary maakt een gebaartje in de richting van haar mond. Ik kan nog steeds niet praten, betekent dat. Misschien is het een leugen. Ze is vanochtend nog niet op het idee gekomen om het te proberen.

Ze begint het wel prettig te vinden om zonder woorden te leven.
'Ontbijt?' vraagt Anna. Mary knikt. Ja, graag.

Anna's schouders hangen vanochtend af, haar rug is licht gebogen, haar haren hangen als futloze gordijnen langs haar wangen. Ze heeft niet eens de moeite genomen zich fatsoenlijk aan te kleden; ze loopt op blote voeten door de gang met haar handen in de achterzakken van haar spijkerbroek. Mary zelf ziet eruit alsof ze op weg is naar een persconferentie. Haar haren pas gewassen en haar mantelpakje net geperst, helemaal opgemaakt en op schoenen met hoge hakken.

Per is niet alleen in de eetkamer; hij zit dicht naast een jonge vrouw aan de lange kant van de tafel. Ze buigen zich samen over een krant die opengeslagen op het glimmende oppervlak ligt. Wanneer Mary en Anna binnenkomen, heffen ze hun hoofd in één beweging op, maar de wijsvinger van het meisje blijft bij een regel in de opengeslagen krant.

'MaryMarie', zegt Per glimlachend. 'Hoe is de nacht geweest?'

Mary vormt met haar wijsvinger en duim een cirkeltje. *Helemaal oké.* Per blijft glimlachen.

'Maar je stem is niet teruggekomen?'

Mary schudt haar hoofd, maar trekt tegelijkertijd haar wenkbrauwen op. Haar stem?

'Er mankeert toch niets aan haar stem', zegt Anna. Ze staat wat terzijde bij een *sidetable* om een kop thee in te schenken en keert hun de rug toe. Mary trekt haar mondhoeken in een snelle grimas naar beneden wanneer ze de toon hoort. Anna doet niet langer of ze de gelukkigste echtgenote in de best mogelijke wereld is. Er moet iets zijn gebeurd.

'Dit is Minna', zegt Per terwijl hij een gebaar naar het meisje naast hem maakt. 'Zij is een lokale medewerkster. Spreekt uitstekend Zweeds. Daarom komt ze hier elke dag om voor mij het belangrijkste nieuws uit de ochtendbladen te vertalen. Een zeer getalenteerd meisje. Zeer getalenteerd. Minna, dit is MaryMarie, een goede oude vriendin. En bovendien de Zweedse minister van Ontwikkelingssamenwerking.'

Het meisje staat zo snel op dat haar stoel ervan wankelt.

'Goedendag', zegt ze en ze maakt een knixje. Ze heeft een fluisterstem. Dat flatteert haar; ze is een bleek meisje met asblond haar, ze ziet er helemaal fluisterzacht uit. Mary knikt terug.

'Je moet geen knixje maken, Minna', zegt Per. 'Daar houden Zweedse vrouwen niet van. Daar voelen ze zich oud door.'

Anna zet een kopje koffie voor Mary neer, maar haar beweging is zo heftig dat de koffie bijna over de rand gaat.

'Het is een mannelijke illusie dat vrouwen ouder zijn dan mannen van dezelfde leeftijd', zegt ze. 'Dat noem je mannelijke logica. Maar ook daar kan gewone eerlijke wiskunde blijkbaar niet tegen op.'

Per schiet in de lach. Hij heeft vandaag de overhand en daar geniet hij van.

'Is de ochtend niet naar tevredenheid geweest?'

Anna laat haar eigen koffiekopje los boven de tafel en zorgt voor een klein wonder. Het kopje valt niet om en de koffie stroomt niet over de gesteven placemat, maar het gaat keurig op zijn plaats staan met het oortje naar rechts. Anna kijkt er boos naar.

'De ochtend is naar tevredenheid geweest', zegt ze. 'De nacht was erger.'

Dat is een steek onder water die aankomt. Pers glimlach verbleekt. Minna buigt zich dieper over de krant, alsof ze opeens erg bijziend is. Mary lijkt zich met uiterste concentratie van haar taak te kwijten marmelade op een geroosterde boterham te smeren.

'Maar daar wen je natuurlijk aan', zegt Anna terwijl ze haar stoel naar achteren trekt. 'Met de jaren. Het is wat lastiger om te begrijpen waarom jij je bezighoudt met het verdraaien van simpele feiten. Aan MaryMaries stem mankeert niets. Ze heeft afasie. Hopelijk tijdelijk. Het mankement zit in haar hoofd. Ik snap niet waarom dat er bij jou niet in wil.'

Mary heeft net haar mond geopend om een hap van haar

boterham te nemen, maar nu stokken haar bewegingen en blijft ze met open mond zitten. Gapend. Een mankement in haar hoofd? Per werpt haar een snelle blik toe.

'Even tactvol als altijd, lieve Anna', zegt hij dan.

Anna geeft geen antwoord, maar mimet met haar lippen zijn woorden. *Even tactvol als altijd!* Ze ziet eruit als een op wraak beluste achtjarige. Tegelijkertijd werpt ze Minna een blik toe waarvan haar haren in brand zouden kunnen vliegen. Per legt als bij toeval zijn arm over de rugleuning van de stoel van het meisje.

Mary slaat haar ogen neer en neemt een hap van haar brood. Ze zitten op de grens, denkt ze. Eindelijk.

Anna en Per waren er al toen ik het erf op draaide. Twee dunne berkenstammen lagen gekruist op het grasveld, Per zat er met een hamer in de hand bij, Anna stond ernaast met een rol staaldraad. Zodra ze mij in de gaten kregen, lieten ze allebei los wat ze vasthielden: de hamer viel in het gras, het staaldraad ernaast.

'MaryMarie', riep Per. Een seconde later echode Anna: 'MaryMarie.'

Voordat ze naar mij toe renden, pakten ze elkaars hand, en terwijl ze renden zag ik dat ze in de afgelopen maanden allebei waren veranderd. Per had zijn haar tot een moderne lengte laten groeien, Anna's mollige lichaam had vormen gekregen. Bovendien hadden ze hun kledingstijl veranderd: beiden droegen bij elkaar passende tunieken met Indiaas borduurwerk, maar geen van beiden had de verandering tot onder de taille doorgezet. Per droeg een grijze flanellen broek met geperste vouwen en Anna een geruite katoenen broek die eruitzag alsof hij van een klein meisje was. Terwijl ik de standaard van mijn fiets uitklapte, keek ik naar mijn jurk. Witte katoen met groene stippen. Misschien ook niet helemaal de laatste mode. Maar het sjaaltje dat ik om mijn haar had geknoopt was mooi.

Per omhelsde mij het eerst, daarna Anna. Dat verraste me; in

Nässjö waren jonge mensen niet gewend om elkaar te omhelzen als ze elkaar tegenkwamen. De jongens staken juist hun handen in hun zakken en slingerden wat met hun hoofd, terwijl de meisjes hun hand opstaken en 'hoi' mompelden. Dus stond ik er stijfjes bij en wist ik me niet echt een houding te geven. Anna en Per pakten elkaar weer bij de hand en Anna begon op en neer te springen.

'Het is toch fantastisch', zei ze. 'Dat het is doorgegaan!'

Per nam haar glimlachend op: 'Rustig maar, schatteboutje. Rustig maar.'

Ik staarde hem verbijsterd aan. Schatteboutje? Wat was er met hen aan de hand?

Anna kroop tegen Per aan en sloeg haar armen om zijn middel.

'We gaan vanavond barbecuen! En Sverkers zus heeft een taart gebakken voor bij de koffie...'

Per glimlachte boven haar hoofd: 'En we zijn bezig met de meiboom. Met de stam dus. Na de koffie gaan we hem versieren.'

Eindelijk kon ik ertussen komen.

'Waar is Sverker?'

Anna begon weer op en neer te springen.

'Hij is naar de stad gereden om Torsten en Magnus van het station te halen. Wist je dat hij zijn rijbewijs heeft gehaald?'

Ik schudde mijn hoofd. Afgezien van de korte ontmoeting een paar weken geleden had ik Sverker sinds februari helemaal niet meer gezien. Toch had ik sinds de sneeuw was verdwenen elk weekeinde aan de oever van het meer over het water zitten staren. Soms had ik aan de overkant mensen zien bewegen, maar of het Sverker zelf was of zijn ouders kon ik niet vaststellen. Mijn dagboek stond vol vertwijfelde uitroepen. Wat betekende dit allemaal? Wilde hij mij niet? Mijn moeder had het dagboek een paar weken geleden gevonden en mij volgens de logica van de Poolse jaren dertig waarnaar ze nog steeds leefde op het matje geroepen. Was ik zo dom geweest mijn maagdelijkheid te verspillen aan een wildvreemde jongen? Nu zou ik nooit trouwen! Ik had dat natuurlijk glashard ontkend. Dat was niet zo moeilijk, omdat ik over de nachten in Stockholm niets in onbedekte termen op papier had gezet. Ik had het dagboek naar me toe getrokken en tegen mijn buik gedrukt. Ik was opeens tot de ontdekking gekomen dat er wat compromitterende notities in stonden van een paar weken na mijn thuiskomst. *Lieve hemel, wat doe ik als de ongesteldheid niet komt?* Maar die was gekomen. En mijn maagdelijkheid wilde ik best opnieuw prijsgeven.

Anna en Per stonden nog steeds met hun armen om elkaar heen te glimlachen.

'Is Sissela er al?' vroeg ik.

Ze schudden hun hoofd en hun gezichten betrokken.

'Ze zou gaan liften.'

Per fronste zijn wenkbrauwen: 'Helemaal vanuit Stockholm?'

'Ja, ik heb vorige week een brief van haar gekregen. Ze schreef dat ze zou gaan liften.'

'Ze komt vast wel', zei Anna. 'Vroeg of laat.'

Ik keek rond. Tijdens de weekeinden aan de andere kant van het meer had ik me allerlei voorstellingen gemaakt over hoe het er hier zou uitzien. Het klopte niet, dat zag ik nu. Wat ik voor een verwilderd perceel grond had gehouden, was een buitengewoon keurige tuin met aangeharkte grindpaden, vlierbessenstruiken en seringen. Een struik met witte rozen stond vlak naast de stenen stoep die naar de dubbele zwarte deuren van het huis voerde. Die stonden open, binnen ving ik een glimp van de hal op. Er lag een modieus oranje, geweven kleed op de brede vurenhouten vloerplanken.

'Je moet met Maud kennismaken', zei Anna.

'Ik heb haar al ontmoet', zei ik.

Ze stond in de keuken met haar rug naar mij toe, maar draaide zich niet meteen om. Eerst waste ze zorgvuldig haar handen onder de kraan en droogde ze af aan een handdoek die aan een haakje naast het aanrecht hing. Ik bleef op de drempel staan.

'Hoi', zei ik. Ze draaide zich langzaam om.

'Hoi.'

Ze hield haar hoofd schuin en keek vragend.

'Ik ben MaryMarie', zei ik. 'We hebben elkaar al een keer ontmoet.'

'O ja?'

'Een paar weken geleden. Ik woon aan de overkant van het meer.'

Ze fronste even haar voorhoofd, alsof ze zich moest inspannen om het zich te herinneren. Toen knikte ze.

'O ja, natuurlijk. Hallo. Welkom.'

Ik keek in de keuken rond. Op tafel stond een ronde taartbodem, in een vergiet ernaast lagen aardbeien.

'Kan ik je ergens mee helpen?'

'Nee', zei Maud.

Ze keerde me weer de rug toe, opende een kast en haalde een schaal tevoorschijn. Haar bewegingen waren die van een volwassen vrouw; er was niets meisjesachtigs aan dit meisje, ook al was ze pas zestien.

'Zeker weten?' vroeg ik.

'Zeker weten.'

Ik bleef een ogenblik staan, maar draaide me toen om en liep de stoep op. Anna en Per waren nog steeds bezig met de meiboom, maar ze zagen er nu niet meer zo gelukkig uit. Anna reikte Per het staaldraad aan, maar hij duwde dat weg en mompelde iets. Anna reageerde met een gekwetste blik en drukte het staaldraad tegen haar borst. Niets wees erop dat ze behoefte aan getuigen hadden, dus keerde ik hun de rug toe en liep naar het meer. Hoge esdoorns stonden langs het pad op wacht, daarachter was het een wirwar van berken en hazelaars, maar aan de oever opende het groen zich in een vochtige helling die uitkwam op een smalle reep geel zand. Het water was hetzelfde heldere barnsteenkleurige water dat mij altijd droeg wanneer ik in het meer naar een van de eilandjes probeerde te zwemmen waarvan ik de namen niet wist en die ik nooit had weten te bereiken. Ik zag een glimp van een huis aan de overkant. Half voltooid. Half geschilderd. Op het erf lag een laatste stapel planken en daarachter stond een zwarte auto met aanhanger. Een meisje zat aan de oever uit te kijken over het meer. Ik knipperde even met mijn ogen en toen was ze weg.

Ik heb het altijd fijn gevonden mijn eigen wereld van buitenaf te bekijken. Toen ik klein was, stond ik soms in de deuropening van mijn kamer en stelde ik me voor hoe het eruitzag wanneer dat andere meisje, dat wakker was wanneer ik sliep, met het poppenhuis op haar kamer speelde. Op dezelfde manier bekeek ik soms mijn schooltas en genoot ik van de gedachte aan de vier scherpe potloden in het rode etui, die te zien zouden zijn wanneer zij de koperkleurige rits opentrok. Toen ik wat groter werd, gebeurde het wel dat ik na schooltijd wat in de tuin bleef dralen, dat ik als een schaduw tussen de schaduwen stond en mijn eigen huis binnenkeek. Als het licht in de keuken aan was, kon het er echt mooi uitzien. Achter de weelderige geraniums bewoog een vrouw tussen het aanrecht en het fornuis, er zaten volants aan haar geruite schort en ze droeg een keurige blouse met lange mouwen, en had glanzend zwart haar. Soms zat er een man aan de keukentafel, een man met een rood gezicht en even rode handen. Hij las het *Smålands Dagblad* en af en toe bevochtigde hij zijn rechterwijsvinger om een bladzijde om te slaan. Het gebeurde wel dat ik me voorstelde dat hij iets zei tegen de vrouw op de achtergrond, misschien las hij voor uit de krant of gaf hij commentaar op wat hij las, en misschien reageerde zij met een vraag of een lachje. Het enige waarvoor in mijn fantasieën nooit ruimte was, was ikzelf. Ik kon mezelf niet zien spelen met mijn poppenhuis, want ik wist dat ik nooit zou kunnen vergeten dat de meubels eigenlijk alleen maar lege lucifersdoosjes waren en dat de kleur van mijn krijtjes het bleke jongetje op het etiket nooit echt zou kunnen verbergen. Bovendien wist ik dat de scherpe punten van de potloden in mijn etui zouden breken zodra ik ze op het papier zette, zodat elke lijn grof en oneffen zou worden. Om nog maar te zwijgen over wat ik zou aantreffen wanneer ik de verlichte keuken binnenstapte. De stapels vuile vaat op het aanrecht. Een overvolle asbak op de keukentafel. Een half opengeslagen krant die niemand leek te interesseren. En stilte. Stilte. Stilte.

Toen ik aan de oever stond, hoorde ik ergens in de verte echter opeens een auto naderbij komen. Ik balde mijn vuisten en haalde diep adem, maakte me op om iets voor de avond en nacht te wensen, maar wist niet echt wat te verzinnen. Iets met Sverker of Torsten? Nee. Hoe zou ik een van hen kunnen kiezen wanneer ik niet wist of een van hen mij zou kiezen?

Toen ik bij het huis terugkeerde, zag ik dat Anna en Per met de armen om elkaar heen naar een oude Cortina stonden te kijken die juist het erf opreed. Hij was nauwelijks tot stilstand gekomen of het portier aan de passagierskant ging open en Magnus tuimelde naar buiten. Hij zag eruit als een octrooiaanvraag van de Landelijke Jeugdraad: de Zweedse achttienjarige van het jaar, model 1A. Halflang haar. Een verbleekte spijkerbroek en een iets minder verbleekt spijkerjasje. Jezussandalen en een hoes van een gitaar. Het probleem was alleen dat alles een tikje te nieuw en te gelikt was...

Nee. Ik lieg. Naderhand zag ik dat zo. Destijds zag ik het niet.

Ik kom in mijn donkere hotelkamer overeind en zet de tv aan. In een moment van verwarring over de knopjes van de afstandsbediening zoek ik naar tv3 en Magnus Hallin. Maar er is geen Magnus Hallin op de buis, zijn film wordt immers morgen uitgezonden. Nu stuit ik alleen maar op een reclamefantasie over mooie mensen die aan een even mooie scherenkust bier drinken. Het had Biljartclub De Toekomst kunnen zijn, door zichzelf waargenomen. Een zeer solidaire kring die de droom over zichzelf koesterde, een droom waarin we allemaal iets begaafder, erotisch iets aantrekkelijker, en iets succesvoller waren dan in werkelijkheid. Vijfentwintig jaar lang laafden we ons aan die droom, troostten we ons ermee, vreeën en masturbeerden we erbij.

Ik sta op en loop naar het raam, doe het open en ga midden in de wind staan. Ik geniet van de kou en word erdoor gepijnigd, terwijl ik mezelf ondertussen dwing terug te denken aan hoe het werkelijk was. Dat wil zeggen: toen Magnus Hallin langgeleden op die dag uit Sverkers auto stapte, liet ik mij betoveren. Daar stond hij, modieus tot in de details, beter toegerust dan enig ander van ons om de blikken van de wereld te trotseren, en daarom ook degene die ons het best kon verdedigen. We waren geen stel sukkels. Magnus was immers bij ons, en iemand als hij zou nooit van zijn leven met een stel sukkels willen omgaan. HBZW, hetgeen bewezen zou worden, zoals er in mijn dagboek had kunnen staan.

Toen ging het andere portier open en werd het plaatje nog overtuigender. Sverker hoefde zich niet als een standaardtiener te verkleden om de rest van ons te verheffen, hij had zijn lichaam en zijn donkere wenkbrauwen, zijn glimlach en zijn vanzelfsprekende overtuiging dat hij recht had op een plaats in de wereld. Zijn bewegingen stokten en hij pinde mij vast met zijn blik, bleef me enkele ogenblikken aankijken, waarna hij glimlachte en zijn armen uitspreidde.

'Daar is ze dan', joelde hij. 'MaryMarie!'

Het kostte maar even of vier maanden van wachten en smachten waren vergeten.

Met een klap sluit ik het raam en ik doe snel het licht aan. Zes jaar lang heb ik zonder herinneringen geleefd. Dat ging goed, ook al was de prijs die ik daarvoor heb betaald de voortdurende aanwezigheid van een fantasieversie van mijzelf. Dat moet nu afgelopen zijn. Geen herinneringen meer. Geen fantasieën meer. Het gaat nu om mijn leven. Dat van mij alleen.

Dus sleep ik mijn tas over de grond uit de hal de kamer in, gooi hem op mijn bed en doe hem open. Nieuwe toilettas. Mooie pumps met hoge hakken. Panty. Schoon onderbroekje. En – het belangrijkst van alles – een zwart mantelpakje. Ik ben voorbereid op een goed diner in het Sheraton Hotel. Misschien kan ik me zelfs wel wagen aan een flirt met een vertegenwoordiger of twee.

In de badkamer schilder ik een behoorlijk aantrekkelijk gezicht op de voorkant van mijn hoofd, borstel mijn haar en glimlach naar mijn spiegelbeeld. Wees blij! Er is boete gedaan voor het misdrijf. Het verleden is doorstaan. Nu begint het. Alles.

'Dit is de eerste dag van de rest van je leven', zeg ik tegen het spiegelbeeld. 'Je kunt alles wat je wilt. Glimlach naar de wereld, dan glimlacht de wereld naar jou. Iedereen houdt van een winnaar. Je moet je voor honderd procent in het leven gooien.'

De tegeltjeswijsheden weerkaatsen tegen de tegels van de badkamer en heel even lijkt het alsof het pas opgemaakte gezicht in de spiegel op het punt staat in tranen uit te barsten, maar ik ben niet van plan dat toe te staan. Nooit. Dus laat ik mijn glimlach zitten wanneer ik het licht uitdoe en de kamer inloop. In de grote spiegel zie ik er nog beter uit. Misschien komt dat door de gedempte verlichting, maar als het licht beneden in het restaurant ook gedempt is, dan is er geen vertegenwoordiger in de wereld die mij kan weerstaan. Ik draai rond en bekijk mezelf van opzij en, jawel, van die kant deugt het warempel ook...

O, god! O, goeie god!

Anastasia's gezicht zweeft in de spiegel. Ze kijkt me met wijdopen, starende ogen aan. Gedurende een hartslag of twee moet ik toegeven dat dit precies is wat ik had verwacht, precies wat ik diep in mijn hart mijn verdiende loon vind. De gevangenis was maar een voorspel. Nu begint de echte straf. Ik zal met mijn verstand moeten betalen voor wat ik Sverker heb aangedaan. Nachtmerriegestaltes zullen mij vergezellen zoals ze mijn moeder ooit vergezelden, er zullen stemmen in mijn hoofd roepen zoals ze ooit in mijn moeders hoofd riepen...

Maar nee. Helemaal niet. Dat zie ik nu. Dit is een echt spiegelbeeld. Anastasia's gezicht vult het tv-scherm achter mij. Ik heb de tv aan laten staan en nu is het nieuws erop. Het beeld flikkert even en opeens lacht Magnus naar de camera. Ik strek mijn hand uit naar de afstandsbediening en zet het geluid harder, maar het is bijna te laat. De nieuwslezeres glimlacht even naar de camera wanneer ze het item beëindigt.

'...zegt kunstenaar Magnus Hallin. Het besluit of de film zal worden uitgezonden, wordt morgenochtend genomen.' Ze pauzeert kort. 'Na haar debuut als kinderboekenschrijfster werpt Madonna zich op weer een nieuwe carrière...'

Ik zet de tv uit en zak neer op het bed. Mijn handen trillen.

Mogelijk verleden

'Ik heb je gered', zei Valentin.

Anastasia knikte zwijgend. Dat was waar. Hij had haar gered. Als Valentin niet was gekomen, zou ze algauw zijn doorgestuurd. Misschien naar Macedonië. In Macedonië was het erger. Veel erger.

'Ik zag dat je leed en ik heb je gered. Ik heb je zelfs naar een dokter gebracht.'

Dat was waar. Hij had haar naar een dokter gebracht. Althans, dat dacht ze. De woorden van dat dikke vrouwtje in haar witte jas en rode rubberen handschoenen had ze niet begrepen, maar ze had wel gesnapt dat het een belangrijk iemand was. Vast een dokter. Ze had iets kouds en scherps in Anastasia's onderlijf gestoken, maar Anastasia had niet gegild, alleen haar ogen gesloten en het laten gebeuren. Nadien had ze acht dagen lang gebloed, maar toen het bloeden ophield voelde ze dat er iets veranderd was. Beter was geworden. Wanneer ze haar broekje naar beneden trok om naar de wc te gaan was dat even wit als toen ze het aantrok. Bijna net als toen ze klein was. Geen geelgroene vloed. Geen stank. Geen gevoel van prikkeldraad tussen haar benen wanneer ze plaste.

'Ik heb ervoor gezorgd dat je medicijnen kreeg.'

Dat was ook waar. Hij had haar elke ochtend en avond een wit tabletje gegeven en haar dat met een glas Coca-Cola laten inslikken. Dat had ze prettig gevonden.

'Ik heb je teruggehaald naar Vladista.'

Ze knikte zwijgend. Hij had haar teruggehaald naar Vladista. Toen ze bij de grens aankwamen, was ze misselijk geweest van bloedverlies en angst – ze had immers geen paspoort, haar paspoort hadden ze haar op de eerste plek al afgenomen. Maar er was niets gebeurd; Valentin was gewoon uit de auto gestapt en het hokje van de grenswachters binnengegaan. Vijf minuten later was hij weer naar buiten gekomen, had achter het stuur plaatsgenomen en zijn hand opgestoken toen de slagboom omhoogging. Een van de douaniers had teruggewuifd. Toen was ze thuis. Bijna thuis. Althans, in haar eigen land.

'Weet je wat ze met je wilden doen?'

Anastasia schudt haar hoofd. Nee.

'Ze wilden je dezelfde behandeling geven als Svetlana.'

Een rilling door haar lichaam. Ze hoefde niet naar haar armen te kijken om te weten dat haar haren rechtovereind gingen staan. Haar haren gingen altijd rechtovereind staan wanneer ze aan Svetlana dacht. Ze sloot haar ogen.

'Kijk me aan', zei Valentin. 'Weet je wat ze met Svetlana hebben gedaan? Hoe ze ervoor hebben gezorgd dat ze zo werd?'

Haar stem was niet meer dan gefluister.

'Macedonië.'

Hij schoot in de lach.

'Macedonië? Dacht je dat ze die stinkende zeug in Macedonië nog wilden hebben?'

Het was een vergissing geweest om te antwoorden. Hij hield niet van haar stem. Anderzijds zou het ook een vergissing zijn geweest om niet te antwoorden. Hij hield er ook niet van wanneer ze zat te mokken.

'Ze hebben haar naar het kippenhok gebracht.'

Ze schudde haar hoofd. Dat was niet waar. Het kippenhok was het enige wat je kon zien vanuit het raam van haar kamer. 's Ochtends vroeg, het enige moment van de dag waarop ze met rust gelaten werd, ging ze altijd bij het raam naar buiten zitten kijken. Het kippenhok zat altijd dicht. Er kwam niemand vandaan en er ging niemand naartoe, kippen noch mensen.

'Ze hebben haar drie maanden in het kippenhok laten zitten. Ze hebben haar de volledige behandeling gegeven. Net zolang tot ze geleerd had om slaag te smeken.'

Dat was waar. Svetlana smeekte erom te worden geslagen. Ze probeerde al haar klanten mee te tronen naar de dark room. Zelf was Anastasia daar maar drie keer geweest, maar dat was voldoende. Het rillen begon weer, nu heftiger. Ze kreeg kippenvel op haar armen.

'Jij was de volgende die aan de beurt was.'

Ze schudde haar hoofd. Hij begon weer te lachen.

'Weet je niet meer hoe je stonk? Niemand wilde je hebben. Ze wilden je naar het kippenhok brengen.'

Hij boog zich over haar heen, plaatste zijn handen op de armleuningen van haar stoel en keek haar in de ogen. Heel even begon haar keel van paniek te trillen, maar ze slikte die weg. Ze zat niet opgesloten. Hij had alleen zijn handen op de armleuningen van haar stoel geplaatst.

'Ik heb je gered. Ik heb je teruggebracht naar Grigirië. Ik heb je een eigen kamer gegeven.'

Zijn gezicht vlak bij het hare. Zijn ademhaling rook naar mint.

'Maar je toont geen dankbaarheid.'

Ze schudde haar hoofd. Fout. Ze knikte. Weer fout. Opende haar mond om te zeggen...

'Je toont geen greintje dankbaarheid.'

Hij schudde zijn hoofd, liet daarna de armleuningen los en rechtte zijn rug.

'Je bent me vijfentwintigduizend schuldig.'

Ze opende haar mond, maar sloot hem weer zonder iets te zeggen. Hij stak zijn vingers omhoog en begon te tellen: 'Tienduizend voor het bordeel. Vierduizend voor een valse pas. Drieduizend voor de dokter en de medicijnen. Tweeduizend voor de reis. Zesduizend voor kost en inwoning. Vijfentwintigduizend.'

Maar de klanten dan? Had ze hem niet minstens vijfhonderd per klant horen eisen? En had ze sinds hun terugkeer niet meerdere klanten per dag gehad? Misschien kon hij aan haar gezicht aflezen wat ze dacht, misschien sloeg hij haar daarom zo hard in haar gezicht dat de tranen ervan in haar ogen sprongen. Maar hij was ook Valentin. Daarom haalde hij zijn zakdoek uit zijn zak en droogde hij haar tranen toen die over haar wangen begonnen te lopen.

'Nog maar één klus', fluisterde hij. 'Nog maar één enkele klus, daarna kun je echt naar huis... Je zult zelfs geld bij je hebben. Hoeren hebben nooit geld bij zich, dus iedereen zal denken dat je een echte baan hebt gehad. Het is je enige kans.'

Ze sloot haar ogen en probeerde zich te beheersen. Dat lukte niet, de tranen bleven gewoon stromen. Hij pakte haar bij haar haren, trok haar hoofd achterover.

'Luister nu! Vanmiddag word je gefilmd en dan moet je er fatsoenlijk uitzien. Dus ga nou verdomme je haar wassen.'

De rechter en de veroordeelde

Nu loopt Marie door de gang van het hotel, een beetje wankelend op haar hoge hakken en met schuldgevoelens beladen. Ze is al vergeten dat ze die last draagt. Dat doet ze altijd. Ze probeert er ontspannen uit te zien, maar ik weet dat ze alleen maar even hoeft te struikelen of de poging wordt ongeldig verklaard. Marie is een meervoudig medaillewinnares. Zweeds kampioene in de kunst om zichzelf onhaalbare doelen te stellen, maar ook in de kunst om te proberen die te bereiken.

Zelf zit ik. Gelukkig maar. Ik zit in een vliegtuigstoel en open half mijn ogen, kijk door het raampje, hoewel ik weet dat er niets te zien is. Alleen een grijs niets. We zijn nog aan het stijgen en het wolkendek is even ondoordringbaar als het gebulder van de motoren. Ik onderdruk een gevoel van misselijkheid. Ik word vaak misselijk van het stijgen; één keer heb ik zelfs in mijn handtas gebraakt. Dat was tijdens mijn eerste zwangerschap, en ik was toen nog zo jong en zenuwachtig dat ik de stewardess niet wilde lastigvallen door te vragen om een zakje. In plaats daarvan haalde ik rustig en systematisch mijn handtas leeg; terwijl de misselijkheid in mijn keel opsteeg, legde ik mijn portemonnee, pen, notitieblokje en haarborstel op de stoel naast me, boog me vervolgens over mijn tas en liet het gebeuren. Hij zat bijna vol. Toch trok ik de rits dicht en nam de tas mee toen we landden; pas toen ik buiten op straat bij de vertrekhal voor binnenlandse vluchten stond, gooide ik hem in een afvalbak. Twee uren later zat ik thuis wijdbeens op het toilet te staren naar het bloed in mijn onderbroekje. Sverker was niet thuis en toen ik naar zijn kantoor belde, werd er door niemand opgenomen. De mobiele telefoon was nog niet uitgevonden. Misschien was dat een geluk, misschien had ik hem die avond doodgeslagen als ik had gebeld en op de achtergrond onderdrukt gegiechel had gehoord.

Maar nee. Dat zou ik waarschijnlijk niet hebben gedaan. Als ik eerlijk moet zijn.

Dat is niet iets waar ik prat op ga. Ik heb überhaupt geen reden om daar prat op te gaan. Twee decennia lang zat mijn hoofd vol moorddadige fantasieën. Ik was alleen te laf om ze uit te voeren. Elke keer wanneer Sverker op zijn werkkamer gedempte telefoongesprekken begon te voeren, wanneer zijn zakenreizen elkaar een beetje snel begonnen op te volgen, wanneer zijn zakelijke etentjes tot twee of drie uur 's nachts begonnen uit te lopen, wilde ik hem vermoorden. Toch deed ik net of ik sliep wanneer hij onze slaapkamer binnensloop, ik dwong elke spier in mijn lichaam ontspannen en roerloos te blijven, zonder ook maar met een enkel zuchtje aan hem te verraden wat zich op mijn netvlies afspeelde. Daar trok ik de ene nacht een plastic zak over zijn hoofd, daar sneed ik hem de tweede nacht de keel door, daar stak ik de derde nacht zijn beddengoed in brand.

Maar ik zei nooit iets. Wanneer hij 's ochtends wakker werd, zat ik gedoucht en aangekleed aan de ontbijttafel. Soms kon ik het alleen maar opbrengen om naar hem te knikken, maar even vaak glimlachte ik vriendelijk boven *Dagens Nyheter* en vroeg ik hoe zijn reis of zijn diner was geweest. Uit zijn antwoord kon ik mijn conclusies trekken over hoe ver het met de relatie stond. Een ontevreden gegrom, en hij was nog verliefd. Een zucht en een halve glimlach, en het begon hem te vervelen. Maar als hij tegenover mij ging zitten en mijn hand kuste, dan was het voorbij. Dan zou het een maand of twee rustig zijn totdat alles weer van voren af aan begon.

Soms probeerde ik mezelf wijs te maken dat ik precies wist wat ik deed, dat onverschilligheid de beste wraak was, dat ik mijn laatste restjes zelfrespect zou verliezen als ik openlijk toonde hoe jaloers ik was, maar ik wist mezelf nooit helemaal te overtuigen. Toch was ik niet alleen maar laf. Ik was gewoon machteloos. Ik wist niet hoe en met welk recht ik iets van hem zou kunnen eisen.

En bovendien was hij immers Sverker. Met alles wat dat inhield.

Sommige mensen lijken te zijn geboren met de macht om te verheffen en te vernederen. Dat is een magisch talent, een talent dat Sverker bezat en dat hij deelde met zijn zus. Een vriendelijk lachje van een van hen kon Sissela's aangebrande worstjes in een culinair experiment veranderen, een geïnteresseerde blik kon Pers omstandige verhaal over een zoekgeraakt telegram van BZ tot een avonturenroman maken, een snelle glimlach kon Torstens eerste dichtbundel veranderen in iets pijnlijks. Om nog maar te zwijgen over wat openlijk hoongelach teweeg kon brengen.

Sissela kwam pas toen het al avond was geworden.

Tegen die tijd was de rest van ons al door de regen verjaagd naar de grote kamer, die door Maud 'de zaal' werd genoemd. Het was een stil moment. Rustig. De kamer was schemerig en in de open haard knetterde een houtvuur. Wij zaten aan de grote eikenhouten tafel te roken en wijn te drinken in afwachting van het moment waarop de regen zou ophouden zodat we konden beginnen met de barbecue. De meiboom hadden we al opgezet en we hadden eromheen gedanst, we hadden de aardbeientaart opgegeten en een spelletje gedaan waarbij er steeds twee personen afvielen. We konden niet weten dat dit het begin was van een geweldige traditie, dat alles wat er die dag gebeurde zich meer dan twintig jaar lang op elk midzomerfeest zou herhalen.

Maud had zichzelf tot spelleider gebombardeerd. Ze pakte Magnus met haar ene hand en Per met de andere, terwijl Anna gretig naar Sverker reikte. Alleen Torsten en ik stonden er besluiteloos bij, we wisten niet goed wat we moesten doen. Kringspelletjes? Was dat niet kinderachtig, iets waar iemand die net eindexamen had gedaan en aan zijn waardigheid moest denken voor moest uitkijken? Zelf had ik mijn hele leven nog nooit rond een meiboom gedanst; ik had alleen met mijn vader en moeder voor de tv gezeten om anderen te zien dansen. Jaren later zou ik erachter komen dat het bij Torsten precies zo was. Toch pakte hij Anna's hand op het moment dat Magnus mij de kring in trok. Een paar tellen later lachten we luid en zongen we mee met de rest.

Sverker had mij de hele middag in verwarring gebracht, eerst door mij ten overstaan van iedereen te omhelzen, daarna door me urenlang te negeren, om me ten slotte, toen we alleen in de hal waren, beet te pakken en zijn hand tussen mijn benen te steken. Zijn hand was erg heet, zo heet dat ik helemaal week werd en steun tegen de muur moest zoeken. Sverker pakte mijn nek alsof hij mij overeind moest houden, ging met zijn lippen over mijn hals, wurmde een wijsvinger in mijn broekje en liet die rusteloos zijn weg zoeken. Ik bevochtigde mijn lippen en opende mijn mond, maakte me op om te kussen en te worden gekust, maar toen liet hij me opeens los, keerde zich om en verdween naar de zaal. Het duurde een paar tellen voordat ik doorhad wat er was gebeurd. Ik bleef met bonzend hart staan, verwonderd, vernederd, verleid.

Maar nu zaten we dus in de zaal te wachten totdat het zou ophouden met regenen. Wat mij betrof mocht dat nog wel even op zich laten wachten. Ik moest nadenken over wat er zojuist was gebeurd. Wat was dit nieuwe, dat ik in de hal had gevoeld? Lust? Begeerte? Was ik – ik deinsde terug bij de gedachte aan het woord – 'geil' geworden? Ik wist het niet. Ik wist alleen dat dit nieuwe een ruig diertje was dat zich behaagziek in mijn lichaam wentelde, maar dat het helemaal niet leek op wat ik had gevoeld toen ik een paar maanden geleden met Sverker naar bed was gegaan. Dat was huid, haren en warmte geweest, maar een warmte die me meer aan kerken en altaren had doen denken dan aan ruige diertjes met een hongerige blik.

En Sverker? Zag zijn dier er anders uit dan het mijne? En wat had zijn daad te betekenen?

Nu negeerde hij me weer. Hij zat aan het ene uiteinde van de tafel zachtjes met Per te praten over Uppsala en Lund, en over de vraag of een studie politicologie waarde had voor je carrière, gesteld dat je, wat niet waarschijnlijk was, niet tot de Handelshogeschool zou worden toegelaten. Anna zat met haar hand onder haar kin stil naar hun gesprek te luisteren. Magnus en Maud zaten dicht bij elkaar aan het andere uiteinde van de tafel te bladeren in een oud album. Hun schouders raakten elkaar al, weldra zouden ze vergroeien en in een Siamese tweeling veranderen, dat kon iedereen zien. Torsten hield zich een beetje afzijdig en zat met gesloten ogen aan zijn pijp te lurken. Ik wou dat hij hier was, dacht ik, waarna ik over mijn voorhoofd streek om die gekke gedachte te verjagen. Hij was immers hier. Slechts een paar meter bij me vandaan.

'Godverdomme!'

Het klonk alsof er iemand het huis kwam binnenvallen. De stem uit de hal was schel.

'Godverdegodver!'

Weer een bons. Opeens stond Sissela in de deuropening. Ze was niets veranderd. Dezelfde zwarte kousen met ladders en nagellakvlekken erin. Hetzelfde blonde haar met de zwarte uitgroei. Dezelfde halvemanen van kliederige mascara onder haar ogen. Het verschil was alleen dat ze nat was. Zo nat dat het water uit haar korte rokje liep. Zo nat dat haar schoenen een rubberachtig geluid maakten toen ze ze uittrok. *Klitsch!*

Maud was de eerste die begon te lachen. Maud, die Sissela nog nooit had gezien. Maud, die niets over haar en haar werkelijkheid kon weten. Maud, die pas zestien was en nog op de middelbare school zat, maar die toch rondliep en praatte als een volwassen vrouw. Maud, die gevoel voor humor had. Een geweldig gevoel voor humor, zoals Anna later zei.

Maar de anderen moesten ook lachen. Sverker als eerste en daarna de rest van ons. Tijdens een duizendste van een seconde zag ik hoe de lach Sissela's gezicht letterlijk verscheurde. Vervolgens vermande ze zich en lachte het hardst van allemaal.

'Hallo, boerenpummels! Wat een klote weer hebben jullie hier op het platteland...'

Ze ging op één been staan, zocht steun tegen de deurpost en trok haar andere schoen uit. *Klitsch!* Maud stond op, werd gastvrouw en liep met uitgespreide armen op Sissela af, nog steeds breed glimlachend.

'Sorry voor de ontvangst', zei ze. 'We waren gewoon zo verrast. Jij bent vast Sissela, of niet? Welkom!'

Sissela liet haar schoen op de grond vallen, maar stapte niet over de drempel. Ze nam Maud keurend op en leek even te aarzelen. Misschien dat haar overlevingsinstinct toesloeg. Dit, leek dat te zeggen, was een potentiële vijand. Maar een potentiële vijand die je maar beter voorzichtig kon aanpakken.

'Kom', zei Maud. 'Je moet opdrogen. Ik zal je een kamer wijzen.'

Achter haar kwam de rest van Biljartclub De Toekomst in beweging. Niemand had nog een kamer gekregen.

'Geef haar een van de hartenkamers', zei Sverker.

'Tja', zei Maud. 'Ik had eigenlijk gedacht om haar en Mary-Marie de groene kamer te laten delen.'

Sverker verhief zijn stem: 'Ze moeten de hartenkamers hebben!'

Maud draaide zich om: 'Wat is er met jou? Rustig maar.'

Vijf minuten later zaten Sissela en ik ieder op een bed in wat de groene kamer werd genoemd. Het was een grote kamer met jarenveertigbehang dat vochtplekken vertoonde, en slechts een vaag groene tint had. Toch was hij heel mooi, met twee grote ramen die uitkeken op het meer. De andere slaapkamers op de bovenverdieping waren fris en pas behangen, maar niet mooi, dat had ik gezien toen Maud rondliep om de slaapplaatsen te verdelen. Magnus en Torsten hadden elk een eigen logeerkamertje met gestileerde harten op de muren gekregen, geel voor Marcus, rood voor Torsten. Anna en Per hadden de ouderslaapkamer gekregen met grote turkooizen Jugendstilbloemen. Sverker sliep natuurlijk in zijn eigen kamer (met behang met brede strepen in bruin en wit) en Maud in die van haar (grote, blauwe bloemen op een witte ondergrond).

Sissela en ik zaten in elkaar gezakt alsof we allebei eindelijk konden toegeven dat we heel moe waren.

'Ze moesten lachen', zei Sissela opeens.

Ik maakte een troostend geluidje, maar wist niet wat ik moest zeggen. Sissela begon te snikken.

'Zie ik er zo verdomd belachelijk uit dat ze moesten lachen?'

'Je ziet er niet belachelijk uit. Heus. Dat was niet de reden dat ze lachten.'

Dat was een leugen en dat wisten we allebei. Ze wierp me een snelle blik toe, waarna ze in haar zak begon te wroeten en een halfleeg pakje Marlboro opdiepte. Ze stak een sigaret op. Ik zocht koortsachtig naar een ander gespreksonderwerp.

'Was het moeilijk om een lift te krijgen?'

Ze snoof. Een rookwolkje zweefde uit haar neusgaten.

'Wat denk je?'

Ze inhaleerde diep.

'Tot Norrköping ging het goed', zei ze terwijl ze haar wang afveegde. Misschien huilde ze. Ik weet het niet, je kon het niet zien, misschien drupte haar pony nog na. 'Ik heb de forensentrein naar Södertälje genomen en daar kreeg ik een lift van een paar jongens die naar Kolmården moesten. Ze wilden dat ik met hen meeging, verdorie... Dat had ik eigenlijk moeten doen!'

Het bleef een poosje stil. Sissela zat zo stevig aan haar sigaret te trekken dat de askegel meer dan een centimeter lang werd. Ze keek ernaar toen ze weer begon te praten.

'Het duurde meer dan een uur voordat ik daarvandaan een lift kreeg. Een paar keer stond ik op het punt overal de brui aan te geven, maar ik kon natuurlijk nergens heen. Geen huis in de buurt. En het regende zo hard dat ik binnen een mum van tijd zeiknat was. Ik zal er wel volslagen idioot hebben uitgezien toen ik daar met mijn duim stond te zwaaien. Misschien zat hij daarom zo te grijnzen... Die vent die stopte. Die smerige viespeuk!'

'Wat deed hij dan?'

Ze keek op alsof ze was vergeten dat ik daar zat en sloeg toen haar ogen neer.

'Ach! Ik wil er niet over praten.'

Ze streek met haar hand langs haar neus. Dat gebaar leek haar ergens aan te doen denken, want opeens stokte haar beweging en ze bracht de rug van haar hand opnieuw naar haar neus, rook eraan en trok een vies gezicht, waarna ze hem snel aan de sprei afwreef. Vervolgens nam ze een stevige trek van haar sigaret en sloeg een andere toon aan. De stoere meid was terug. Het opgewekte, lachgrage type.

'Heeft het hier ook de hele dag geregend?'

'Zo nu en dan.'

Sissela stond op en begon haar panty naar beneden te stropen.

'Geld', zei ze.

Ik hoorde eerst niet wat ze zei.

'Wat?'

'Ze hebben geld. Ze komen uit de hogere kringen.'

Er was geen twijfel over mogelijk wie ze bedoelde. Ik knikte wat.

'Ja, dat zal wel.'

'En het kleine zusje is jaloers aangelegd... En haar grote broer is woest.'

'Denk je?'

'Absoluut. Hij had gedacht dat jij een eigen kamer zou krijgen. Zodat hij daar vannacht kon binnensluipen.'

Ik gaf geen antwoord, zoals altijd bang om te veel te zeggen. Sissela hield haar zwarte panty tegen het licht.

'Maar daar was het zusje het niet mee eens. En die zorgt er wel voor dat ze haar zin doordrijft. Altijd.'

Sissela zweeg. Er liep iemand op de overloop voor onze deur langs. Resolute stapjes.

'Hij...' zei ik toen de stappen wegstierven.

'Ja?'

Sissela trok haar trui uit en liet een tel later haar rok op de grond vallen. Haar ondergoed was even slonzig als de rest van haar kleding. Een verschoten beha. Twee grote gaten in haar slipje. Ze draaide rond en bekeek zichzelf in de grote spiegel die in de kamer hing, stak vervolgens haar duim achter het elastiek van haar broekje zodat hij door een van de gaten naar buiten stak, maar ze leek zich opeens bewust te worden van wat ze deed en trok haar hand terug.

'Welke hij?' zei ze. 'Sverker of Torsten?'

'Sverker.'

'Sverker de Wolf. Wat heeft hij gedaan?'

Ik wist niet wat ik daarop moest zeggen. Hoe moest je beschrijven wat hij had gedaan? En wat ik niet had gedaan?

'Niets', zei ik daarom. 'En hij is geen wolf.'

'Hij is wel een wolf. Je zou Torsten moeten kiezen. Hij is een vogel.'

'Wat voor soort vogel?'

'Een grote vogel. Zwart.'

Ik schoot in de lach. Nooit eerder had ik een gesprek als dit gevoerd, en toch voelde het volkomen vertrouwd en vanzelfsprekend. Sissela had haar tas opengemaakt en begon naar droge kleren te zoeken.

'Een raaf?'

'Misschien.'

'Waarom neem je hem zelf niet?'

Ze trok een versleten spijkerbroek uit haar tas.

'Nee zeg. Ik heb wel andere dingen aan mijn hoofd dan eventuele affaires met mannen.'

'Wat dan?'

'Het leven. De toekomst. Waar ik volgende maand moet wonen. Wat ik zal eten. Hoe ik in Stockholm terug moet komen.'

'Maar blijf je dan niet thuis wonen bij je vader?'

Ze keerde me de rug toe en begon weer in haar tas te rommelen. Eerst hoorde ik haar antwoord niet, er klonk alleen maar gemompel.

'Wat?'

Sissela rechtte haar rug, maar draaide zich niet om. Ze schraapte even haar keel.

'Op straat gezet. Ik mag niet meer thuiskomen.'

'Jezus zeg, waarom?'

Er ging een steek door me heen, maar niet alleen van medelijden. En misschien voelde ze dat, misschien zag ze toen ze zich omdraaide een glimp van afgunst in mijn blik. Dat leek haar niet te mishagen. Integendeel. Ze haalde haar schouders op.

'Tja. Ik werd betrapt op foute meningen, kun je wel zeggen...'

'Op wat?'

'Foute meningen. Verkeerde ideeën.'

'Waarover?'

Ze deed net of ze me niet hoorde; ze had een handdoekje uit haar tas gehaald en wreef daarmee haar haren droog. Ik stond op en zette een stap naar voren. Haar tas stond open en ik kon zien dat er niet alleen maar kleren in zaten. Een paar oude schoolboeken. Een bruine envelop. Onderin lag iets wits. Haar studentenpet. Ze had haar studentenpet meegenomen. Dan was het dus waar wat ze zei.

Nu trok ze een T-shirt over haar hoofd en stak haar hand uit naar haar jack, dat aan een haakje aan de muur hing, maar ze streek er alleen even snel met haar vingertoppen langs. Ze begon te snikken.

'Hij is nog nat', zei ze toen.

'Je mag wel een trui van mij lenen.'

Ze wierp me een snelle blik toe om na te gaan wat mijn motieven waren, en keurde ze goed.

'Graag', zei ze toen. 'Als je er meer hebt.'

Toen we beneden kwamen, was het opgehouden met regenen en de rustige stemming was omgeslagen. Iedereen was druk bezig. Magnus stond met Maud in de keuken, hij knipte bieslook en hield de kokende aardappels in de gaten, Anna en Per waren de tuinstoelen aan het droogmaken, Torsten bracht ze een voor een naar het strand. Sissela en ik pakten samen de grote tuintafel op en begonnen die in dezelfde richting te slepen.

Sverker stond op het strand. Aan de ene kant van hem brandde een vuurtje, aan de andere kant de barbecue. Hij begroette ons door te zwaaien met iets wat eruitzag als een lange vork, maar liet zijn blik maar heel even over mij gaan en sprak op een licht afwezige toon.

'Kan iemand tegen Maud zeggen dat de houtskool bijna goed is?'

Ik liet meteen de tafel los, draaide me om en liep op een drafje tegen de helling op naar het huis. Achter mij hoorde ik Sissela luid protesteren – we hadden de tafel toch nog niet op zijn plek gezet! – maar ik reageerde niet en draaide me niet om. Ik had het te druk met Sverker de rug toekeren.

En daarna?

Daarna begon de eerste midzomernacht. Het vuur op het strand brandde. De barbecue gloeide. Biljartclub De Toekomst zat op de steiger en zong met zulke heldere stemmen dat de regenwolken erdoor uiteengedreven werden en een hemel onthulden die nuances van grijs en roze vertoonde. Witte nevels zweefden over zwart water en op de eilandjes in het meer omhelsden dikke dennen de witte berken.

'Ze dansen', zei ik terwijl ik met mijn hoofd tegen iemands schouder leunde. Ik had drie glazen wijn gedronken. Dat was te veel. Veel te veel. Maar nog niet voldoende om het ruige diertje te laten inslapen.

'Wie?'

Dat was de stem van Torsten. Dus rustte ik met mijn hoofd tegen Torstens schouder. Het diertje in mijn onderlijf rekte zich tevreden uit.

'De bomen.'

'Ja', zei hij terwijl hij mijn blik volgde. 'Ze dansen.'

We zwegen een poosje. Op de achtergrond zong een meisjesstem. Maud. Iemand speelde gitaar. Magnus. Torsten sloeg zijn arm om mij heen.

'Ik heb over je geschreven.'

Ik glimlachte. Alsof ik dat niet wist. Maar hoe ik dat kon weten, wist ik niet.

'Wat heb je geschreven?'

Hij ging met zijn lippen over mijn haar.

'Dat zeg ik niet... Nog niet.'

Ik pakte zijn hand, bracht die naar mijn mond. Ik kuste niet, maar likte, liet het puntje van mijn tong van zijn pols naar het uiterste topje van de nagel van zijn middelvinger glijden. Hij smaakte lekker. Bitter, maar lekker.

'We zouden het samen goed kunnen hebben', zei hij.

'Ja', zei ik. 'Dat zouden we.'

Een stewardess buigt zich over mij heen om het tafeltje uit te klappen en laat daarop een plastic blaadje landen. Ik schud mijn hoofd, maar ze ziet het niet, ze glimlacht slechts en geeft haar wagentje een duw zodat het verder rolt. Zelf blijf ik naar het blad zitten kijken, een gevoel van walging roert zich in mijn buik. Op het blad ligt niets wat ik wil eten. Behalve de kaas misschien.

We zitten nu boven de wolken, vliegen door een blauw niets. Het wit onder ons is net een landschap, en even zie ik mijzelf daar doorheen rennen. Ik ben klein en plat als een stripfiguurtje, ik huppel, spring en speel.

'Hoe voel je je?'

Ik was vergeten dat Caroline bij me is, maar nu zie ik dat ze aan het uiteinde van de rij zit. Haar handtas leunt tegen de mijne op de stoel tussen ons in. Ik glimlach een beetje. Dank je, goed. Geen problemen. Bijna helemaal geen problemen.

Caroline buigt zich over haar blad en begint met haar bestek te frunniken. Dat zit in een doorschijnende plastic verpakking. Ze moet die kapotbijten om het eruit te krijgen.

'Beveiligd tegen diefstal', zegt ze met een half glimlachje in mijn richting. Het is net of ze sinds ik mijn spraakvermogen ben kwijtgeraakt schuchter ten opzichte van mij is geworden. Nu kijkt ze geconcentreerd naar de dunne plakjes koud vlees die op het bord voor haar liggen. Ze slikt. Eenmaal. Tweemaal. Dan lijkt ze een besluit te hebben genomen en ze keert zich naar mij.

'Begrijp je wat ik zeg?'

Ik knik.

'Echt? Net als eerst?'

Ik knik weer. Probeer te glimlachen. Dat lukt niet echt. Wat heeft ze? Ze haalt diep adem.

'Er is iets waarover ik met je moet praten voordat we landen. Twee dingen.'

Ik frons mijn voorhoofd. Wat? Caroline slaat haar ogen neer.

'In de eerste plaats heeft Håkan Bergman een artikel geschreven... Over je man.'

Ik sluit mijn ogen. O. Het is zover.

'Hoor je me?' zegt Caroline. Haar stem is schel geworden. Ik open mijn ogen en kijk haar aan. Ik hoor haar.

'Ik heb het alleen nog maar op de website gezien, maar het ziet er niet best uit... De jacht is geopend; ik ben vanochtend door de hele bende opgebeld. *Aftonbladet, Svenskan*, DN, het *Journaal, Actueel, Echo.*'

Ik steek mijn hand op, ik snap het, ik hoef de hele lijst niet te horen. Ze bijt op haar lip.

'Ik wist niet goed wat ik moest zeggen, dus heb ik maar wat zitten wauwelen... Ik heb het over je ziekte gehad en zo, heb ze gevraagd of ze het een beetje rustig aan wilden doen totdat je weer kon praten. Ik weet niet zeker of dat heeft geholpen. En nu is Håkan Bergman ook beginnen te wroeten in die afasie. Vlak voordat we aan boord gingen, heeft hij me gebeld; hij had blijkbaar met een of andere professor in de neurologie gepraat, en die had gezegd dat er niet zoiets als tijdelijke afasie bestaat. Hij vroeg of je fakete. Of dat je weer was ingestort. Net zoals destijds, toen met je man...'

Ik vertrek mijn gezicht. O. Dat ook. Caroline schraapt haar keel.

'En verder heeft de minister-president van zich laten horen.

Dat wil zeggen, via zijn secretaresse. Hij wil je vanavond zien. Om negen uur. In Rosenbad.'

Is dit een luchtzak? Of is het de vloer die verdwijnt?

'Weet jij iets van schaamte?' zegt Marie.

De beweging van de ober, die juist haar wijnglas vult, stokt. 'Pardon?'

Ze staart hem aan, verbijsterd over het feit dat hij heeft gehoord wat zij dacht.

'O', zegt ze terwijl ze halfhartig lacht. 'Nee, het is niets.'

Hij maakt een lichte voorwaartse beweging in iets wat een buiging had kunnen worden en veegt vervolgens met zijn witte servet een druppel wijn van de fles.

'Is alles naar wens?'

Marie glimlacht weer.

'Uitstekend', zegt ze. 'Echt uitstekend. Dank u wel.'

Maar eigenlijk is dat niet waar. De zeetong is een teleurstelling. Wanneer de kelner zich heeft omgedraaid, schuift ze het bord weg en pakt haar glas. De wijn maakt zijn beloften in elk geval waar, hij is wit, licht en rins. Maar het is jaren geleden dat ze voor het laatst wijn heeft gedronken, en het eerste glas begint zich al een weg te zoeken in alle bochten van haar hersenen. Misschien zal ze niet helemaal meer rechtop kunnen lopen wanneer ze opstaat. Nou ja, dat maakt niet uit. Er zitten niet zo veel mensen in de eetzaal en ze heeft niet één vertegenwoordiger gezien die de moeite waard is om het mee aan te leggen. Hoewel. Eentje. Hij zit aan een tafel een paar meter bij haar vandaan in zijn mobieltje te praten. Hij heeft zijn colbert over de rugleuning van zijn stoel gehangen en zijn stropdas wat losser gemaakt, maar zijn overhemd is zo verblindend wit en goed gestreken dat het lijkt of hij rechtstreeks uit een wasmiddelreclame is gestapt. Hij spreekt Engels met vette tweeklanken. Misschien is het een Ier. Of een Schot. Hij lacht even om iets wat er aan de andere kant wordt gezegd, pakt zijn bierglas, neemt een slok en strijkt daarna met zijn duim over zijn mond, waarna zijn blik opeens op haar valt. Ze kijken elkaar even aan, maar Marie slaat haar ogen neer. Ze weet iets van schaamte. Daarom steekt ze haar hand op om de ober te roepen. De zeetong is half opgegeten, het wijnglas halfvol en ze zou het liefst nog een dessert en koffie willen, maar ze kan niet blijven zitten. Ze moet weg. Hiervandaan. Maakt niet uit waarheen. Al voordat hij de rekening heeft gebracht, pakt ze haar portemonnee; ze zit klaar met de biljetten in haar hand en haar blik in de richting van de bar gekeerd. Er brandt een gashaard; ze staart daar zo geconcentreerd naar dat de rest van de wereld verdwijnt. Ze is alleen. Niemand ziet haar. Zij kijkt naar niemand. Pas wanneer de rekening voor haar ligt, wendt ze haar blik van het vuur af, legt een paar biljetten op tafel en staat op. Ze gunt zich niet de tijd om te wachten op het wisselgeld.

Mogelijk gesprek (1)

'Iets anders', zegt de verslaggever. Hij heeft zijn koptelefoon afgezet en op de studiotafel gelegd. Ze hebben zojuist een interview beëindigd en Torsten wil net opstaan. Nu laat hij zich terugzakken in zijn stoel. De verslaggever trekt zijn wenkbrauwen op.

'Hebt u de avondbladen van vandaag gezien?'

Torsten schudt zijn hoofd. 'Ik lees geen avondbladen.'

'Nee', zegt de verslaggever. 'Juist. Maar ik moest denken aan die polemiek met Hallin van vorig jaar.'

'Ja. Maar dat was in Dagens Nyheter. En die polemiek is afgesloten.'

De verslaggever knikt.

'Jawel, maar er is iets gebeurd... Beide avondbladen brengen dat vandaag.'

'Vast wel. Voorpubliciteit. Volgens mij komt die film morgenavond op tv3.'

'Nou, dat is de vraag... Misschien wordt hij niet uitgezonden. Die meid heeft namelijk zelfmoord gepleegd.'

Torsten legt zijn hand op zijn kin en strijkt met zijn handpalm over zijn drie dagen oude stoppelbaard. Het is een oud gebaar, een overblijfsel uit de tijd dat hij een baard droeg. Wanneer hij zich van zijn beweging bewust wordt, haalt hij zijn hand weg.

'Die kleine?' zegt hij.

'Ja', zegt de verslaggever. 'Die hem met een mes probeerde dood te steken. De lichtekooi zelf. Sorry dat ik het zo uitdruk.'

'Wat is er gebeurd?'

'Ze zat in Hinseberg. En gisterochtend hebben ze haar dood in haar cel gevonden. Ze had haar polsen doorgesneden.'

In Torstens herinnering flitst Magnus voorbij en achter hem ontwaart hij Sverker. De gebroeders Boy. Echte kerels. Hij verjaagt hen.

'Godsamme', zegt hij.

'Zeg dat wel', zegt de verslaggever. Hij blijft Torsten onafgebroken aankijken.

'Misschien is er een verband met het feit dat de film op tv wordt uitgezonden', zegt hij dan. Torsten trekt zijn wenkbrauwen op.

'Tja, dat is natuurlijk geen al te gewaagde veronderstelling.'

'Hebt u hem gezien?'

'Ja, op de vernissage. Ik was erbij toen het gebeurde.'

De verslaggever kijkt weg.

'Nou, wij hadden gedacht... Naar aanleiding van wat u in DN schreef dus.'

'Wat gedacht?'

'Of u voor ons een column zou willen schrijven...'

'Over haar zelfmoord? Nooit van mijn leven.'

'Nee. Dat niet. Eerder iets over wat u hebt geschreven over sensatiekunst. En over grenzen.'

'Heb ik over grenzen geschreven?'

'Ja, dat hebt u. Dat er een grens moet lopen bij het leven van andere mensen...'

Torstens gezicht vertrekt bij die formulering. Hij was toen zo woedend dat hij helemaal in het moeras van de holle frasen was weggezakt.

'Terwijl Hallin beweerde dat het de taak van de kunstenaar is om alle grenzen te overschrijden. Zo was het toch?'

Torsten haalt zijn schouders op. Hij is niet van plan aan deze figuur te laten doorschemeren dat hij zich elk woord herinnert.

'En u hebt daarop gereageerd door te stellen dat dit dan betekende dat je onder het mom van kunst kleine kinderen zou kunnen martelen. En dat als Hallin het daar niet mee eens was, dit betekende dat hij accepteerde dat er grenzen waren en dat het er dan gewoon om ging waar die grenzen liepen.'

Hij legt het er dik bovenop, denkt Torsten. Hij probeert bij mij te slijmen door de scheldwoorden die we over elkaar hebben uitgestort niet te noemen. *Een gehypete narcist! Een zelfingenomen moralist! Hallins huichelarij! Matsson die zijn neus optrekt!*

147

Verbaal amusementsgeweld, zoals Sissela zou hebben gezegd.

Torsten legt zijn handen op de armleuningen en wil opnieuw opstaan. Die polemiek was een mislukking die hij niet van plan is te herhalen. Hij is niet duidelijk genoeg geweest. Het ergste was immers niet de dubbele moraal van het hele project, het ergste was zelfs niet de blik van het meisje in de camera, dezelfde blik, ongeacht of er een penis, een komkommer, een vuist of een fles in haar onderlijf werd gestoken. Hij had Magnus op zijn bek willen slaan vanwege zijn totale gebrek aan barmhartigheid, het feit dat de camera haar opjaagde door de dark room en op haar gezicht inzoomde op het moment dat haar spierstelsel scheurde. Er was een videofragment van precies dat moment, een fragment dat voortdurend herhaald werd op de foto's en de beeldschermen in de galerie. Waar hij echter het meest van walgde, was toch het totale gebrek aan contact, dat werd onthuld in een filmpje dat in een afgescheiden ruimte werd vertoond, een filmpje over de film, waarin Magnus voor de camera zat met het meisje en haar pooier en net deed of hij in gesprek was over het project. Het meisje zei niets, misschien verstond ze geen Engels. Magnus praatte des temeer, maar wanneer hij zich tot haar wendde, gleed zijn blik de hele tijd weg. In plaats daarvan viel die op de pooier en Magnus zat vroom te knikken toen die namens het meisje het woord voerde. Helaas waren ze zo arm. Helaas was haar lichaam hun enige kapitaal. Helaas was er geen andere uitweg dan haar te verkopen.

Maar ondanks al zijn geknik had Magnus er blijkbaar geen bliksem van begrepen. Daarom had hij hen op de vernissage uitgenodigd en zelf hun tickets naar Stockholm betaald. Torsten had gezien hoe dat magere meisje met stomheid geslagen voor de beelden stond, alsof nu pas tot haar doordrong wat haar was aangedaan. Hij had bovendien gezien hoe ze keek toen Magnus naderbij kwam. De volgende dag maakte een door messteken verwonde Magnus zijn eerste triomftocht in de kranten. Er zouden er meer volgen.

En nu had het meisje het mes tegen zichzelf gericht... Er

zouden sensationele krantenkoppen worden geformuleerd. Artikelen worden geschreven. Polemieken worden ingeleid. Wilde hij daaraan meedoen?

'U wilt niet?' zegt de verslaggever.

'Nee', zegt Torsten.

'Kijkt u dan eerst maar eens in *Aftonbladet*', zegt de verslaggever. 'Misschien dat u dan van gedachten verandert.'

De automatische piloot

Ik wil dit leven niet, denkt Mary.

De poriën op haar voorhoofd gaan open. Zweetdruppeltjes beginnen naar buiten te dringen.

Wil niet!

En wat dan nog. Wat maakt het uit wat jij wilt?

Geef me jouw ongeleefde leven!

Dat gaat niet. Helaas. Dat is bezet.

'Gaat het wel goed met je?'

Mary doet haar ogen halfopen. Caroline buigt over de lege stoel tussen hen in naar voren. Zij ziet ook bleek.

'Mary? Gaat het wel goed?'

Mary knikt. Het gaat wel goed met haar. Het is alleen zo dat ze niet kan praten. Het is alleen zo dat haar hele leven vandaag in de kranten uit de doeken wordt gedaan. Het is alleen zo dat de minister-president van plan is haar op te offeren. Verder is alles goed.

De paniek is echter vrijwel meteen voorbij. Ze is op de automatische piloot overgegaan. Die heeft haar op alle moeilijke momenten gered. Die zal haar opnieuw redden.

Op de automatische piloot opent ze een ogenblik later haar handtas om een pen en notitieblokje te zoeken. Van Carolines kant komt er een woordloos gesteun. De boodschap is duidelijk: kan ze schrijven? Waarom heeft ze dat niet eerder laten zien?

Maar Mary lijkt niet te kunnen schrijven; wanneer ze haar pen op het papier zet, verschijnen er alleen maar krabbels en streepjes. Ze kijkt Caroline aan en vertrekt even gelaten haar gezicht wanneer ze pen en notitieblokje terug in haar tas stopt. Ik wilde het alleen even proberen! Niet dat Caroline dat lijkt te begrijpen, ze lijkt het niet eens te willen begrijpen, want ze staart Mary aan met iets wat op afkeer begint te lijken. Mary glimlacht wat.

Iedereen kan natuurlijk niet van iedereen houden in deze wereld.

Daarom haalt ze haar make-uptasje tevoorschijn om een paar vochtige doekjes te pakken; voordat ze haar hand in haar blouse steekt om haar oksels droog te deppen, kijkt ze snel even rond om te controleren of niemand haar ziet. Het volgende vochtige doekje haalt ze over haar gezicht, terwijl ze zichzelf in een handspiegeltje onderzoekend opneemt. Een tel later brengt ze wat gekleurde dagcrème aan op haar kin, wangen en voorhoofd en masseert die met kleine cirkelende bewegingen in, precies zoals die leuke visagiste op tv zei dat je moest doen. Wat rouge op haar jukbeenderen. Poeder over de hele boel. Een paar halen met het mascaraborsteltje en een keer rond met de lippenstift – *et voilà!* – ze heeft zich verstopt. Geen verslaggever ter wereld kan achter dit gezicht de echte Mary Sundin vinden.

Op hetzelfde moment landt het vliegtuig. Ze stopt het spiegeltje in haar tas en haalt een kam tevoorschijn, en terwijl het vliegtuig binnen taxiet, modelleert ze haar kapsel door een paar keer snel door haar haren te gaan. Vervolgens blijft ze met haar hand op de veiligheidsriem zitten, klaar om op te staan op het moment dat het rode lichtje dooft. Caroline neemt haar op.

'Rustig maar', zegt ze.

Mary glimlacht vriendelijk naar haar. Natuurlijk is ze rustig. Volkomen rustig.

Zelf ben ik helemaal niet rustig. Van geen kanten.

Het is pas kwart over acht 's avonds, maar ik zit opgesloten in mijn hotelkamer. Het zou net zo goed een gevangeniscel kunnen zijn. Weliswaar groter, en aanzienlijk comfortabeler, maar net zo hermetisch en gesloten. En zelf zit ik op het bed te spelen met de afstandsbediening, zoals ik zes jaar lang op een bed heb zitten spelen met de afstandsbediening. Teleurgesteld. Vernederd. Onrustig.

Waarom kon ik de blik van die man niet verdragen?

Welkom in de werkelijkheid, fluistert Mary ergens vandaan.

Zij is een vals mens. Vooral wanneer ze de automatische piloot heeft aanstaan.

Caroline lijkt dezelfde mening toegedaan. Dat Mary gewoon vals is zoals ze daar haar hoofd staat te schudden. Nee, ze gaat niet in op de aanbieding van een vip-behandeling. Die auto die is komen voorrijden om haar en Caroline naar de traliehekken van het vliegveld te brengen mag weer vertrekken.

'Maar waarom?' vraagt Caroline. 'Alle jagers staan immers in de aankomsthal te wachten; waarom moeten we ons daar in hemelsnaam aan blootstellen?'

Mary steekt haar hand op. Hier valt niet over te discussiëren! Ze vertrekt door de gewone aankomsthal, net als alle andere passagiers, die achter haar in het gangpad ongeduldig staan te trappelen en te duwen.

'Waarom?' vraagt Caroline opnieuw. 'Als je denkt dat je daar in de kranten ook maar iets positiefs aan zult overhouden, dan kan ik je wel vertellen...'

Ze doet er opeens het zwijgen toe en bijt op haar lip. Mary neemt haar belangstellend op; ze heeft Caroline nog nooit eerder zo open en onomwonden meegemaakt. Is ze bang? Denkt ze dat ze morgen werkloos is? Tja, dat is natuurlijk een reële mogelijkheid; wanneer de minister de zak krijgt, verliest ook de persvoorlichter zijn baan. Toch is Mary niet van plan van gedachten te veranderen. De vraag is alleen hoe ze de reden daarvoor aan Caroline duidelijk kan maken. Opeens weet ze het. Ze heeft immers een uitdraai van Sissela's mail aan Anna in haar tas. Daarom duikt ze weer terug in haar eigen rij en trekt Caroline mee, zodat de andere passagiers erlangs kunnen. Het is het gebruikelijke stel haantjes, en ze bekijken haar met een chagrijnige blik wanneer ze daar in haar tas staat te rommelen. Misschien herkennen ze haar. Misschien ook niet.

Caroline slaat Mary's gewroet met opgetrokken wenkbrauwen gade. Die handtas is niet zoals anders. Wat normaal altijd een keurig geordende verzameling benodigdheden is, is opeens één rommeltje van pennen en notitieblokjes, papieren zakdoekjes en make-upspullen. Daarom duurt het ook even voordat Mary het verkreukelde vel kan vinden. Ze haalt het tevoorschijn en houdt het met een triomfantelijk gezicht omhoog voor Caroline, die zich vooroverbuigt om het te lezen.

'Er staat dus iemand op je te wachten?'

Mary knikt.

'Sissela Oscarsson?'

Mary knikt weer

'Maar kunnen we haar niet bij de achteruitgang oppikken?'

Mary spreidt haar handen uit. Hoe dan?

'Ze zal toch wel een mobieltje hebben. We kunnen haar toch bellen?'

Mary wijst naar haar slaap. Caroline zucht.

'Je weet haar telefoonnummer niet meer?'

Mary knikt eerst en schudt dan haar hoofd. Jawel. Maar ze weet niet hoe ze dat haar hoofd uit moet krijgen. Caroline geeft het op.

'Ja, ja', zegt ze dan. 'Je doet je zin maar.'

Wanneer ze de douane naderen, recht Mary haar rug en ze loopt met gezwinde pas, haar koffer achter zich aan trekkend. Uit het niets is een medewerker van het ministerie opgedoken – zat die misschien ook in het vliegtuig? – en hij loopt samen met Caroline vlak achter haar. Ze lopen in de maat, alledrie. Zwijgend, geconcentreerd, doelbewust.

'God sta ons bij', fluistert Caroline wanneer de automatische deuren open glijden, maar Mary lijkt haar niet te horen. Haar bewegingen stokken niet, ze aarzelt niet, ze vertraagt haar stappen zelfs geen fractie, ze loopt gewoon door naar de laatste hindernis, de slagboompjes die de grens tussen de douanezone en de aankomsthal markeren. Daar blijft ze staan. Verblind door een fotoflits.

Sissela staat opeens naast haar.

'Geen flitslicht', brult ze. 'Geen flitslicht!'

De groep jagers is niet erg groot, slechts vier journalisten en drie fotografen, maar die zijn in een slecht humeur.

'Hoezo niet?' zegt een van de fotografen terwijl hij zijn camera omhoogbrengt.

'Omdat ze ziek is. Ze kan niet tegen flitslicht. Dan krijgt ze een aanval.'

Naast Sissela duikt een journalist op.

'Hoezo een aanval?'

Sissela werpt hem een boze blik toe.

'Die vraag moet haar neuroloog maar beantwoorden.'

'Neuroloog?'

'Ja. Ze heeft afasie. Tijdelijke afasie.'

Ze staren elkaar even aan. Sissela ziet er geweldig uit. Ze is gekleed in een nieuwe mantel, helderrood, met een theatrale snit, en ze heeft een zwarte sjaal over haar schouders geslagen. De journalist deinst een tikje achteruit.

'Tijdelijke afasie bestaat niet. Dat staat vandaag in *Expressen*.'

Sissela werpt hem een ijzige blik toe.

'U meent het.'

Een vrouwelijke journalist schaart zich bij de groep. Ze heeft een wesp op haar schoudertas en laat haar blik van Mary naar Sissela glijden.

'Precies. We hebben met verschillende neurologen gesproken. Ze zeggen allemaal hetzelfde.'

Een jongeman in een leren jack dringt zich naar voren en wendt zich rechtstreeks tot Mary: 'Hebt u de minister-president verteld over dat zogenaamde ongeluk dat uw man een aantal jaren geleden is overkomen?'

De vrouw met de wespentas haakt erop in: 'Wist u dat het meisje met wie hij naar bed was gegaan pas zestien was? En dat ze als dertienjarige was verkocht?'

Het leren jack probeert haar aan de kant te duwen: 'En is het waar dat u vanavond een afspraak hebt met de minister-president?'

De eerste journalist zegt met een schuin hoofd: 'Wat denkt u dat hij wil?'

Mary neemt hen belangstellend op. Ze staan vlak bij haar, toch zijn ze mijlenver verwijderd.

'Albatros', zegt ze.

Achter haar kreunt Caroline. De verslaggever met het leren jack kijkt verbouwereerd.

'Wat?'

Caroline plant tamelijk onzacht haar elleboog in Mary's zij en dringt zich naar voren.

'Luister', zegt ze. 'Mary Sundin is ziek. Ze kan niet praten en ze moet nu naar de dokter. Daarom kan ze op dit moment geen enkel commentaar geven en daarom kunnen jullie maar beter ophouden.'

'Maar...'

'Geen gemaar!' zegt Sissela. 'We moeten nu weg.'

Ze neemt Mary bij de arm en begint naar de uitgang te lopen. De fotografen tillen hun camera's op, de flitslichten weerkaatsen tegen het plafond, maar Mary sluit haar ogen, houdt Sissela vast en loopt door. De journaliste komt op een drafje achter hen aan.

'En wie bent u?' vraagt ze aan Sissela.

'Nemesis', zegt Sissela. 'Dus kijk maar uit!'

Het was mistig toen we aankwamen bij het half voltooide huis aan de overkant van het meer. Het midzomerweekend was voorbij. Mijn moeder lag op bed. Mijn vader zat aan de keukentafel de krant te lezen; hij keek fronsend op toen we opeens in de deuropening van de keuken verschenen.

'Dit is Sissela', zei ik.

Hij gaf geen antwoord, keek ons slechts enkele tellen aan en wendde toen zijn blik weer naar de krant.

'Ze blijft hier slapen', zei ik. Mijn stem trilde een beetje. Geen van mijn vrienden was ooit bij ons blijven slapen, noch hier, noch in ons huis in de stad. Er was zelfs nooit iemand uitgenodigd voor limonade en een koekje.

Hij gaf nog steeds geen antwoord.

'Hoe is het met mama?'

Nu keek hij op, wierp mij een blik toe en stond op; hij wrong zich in de deuropening langs ons heen en verdween naar boven. Dat alles zonder een woord te zeggen. Toen hij weg was, stapte Sissela voorzichtig de keuken in. De vaat stond in stapels op het aanrecht. De asbak op de keukentafel was boordevol. Maar Sissela leek dat niet te zien, ze draaide rond en glimlachte.

'Wat mooi', zei ze.

Ik keek rond. Zo mooi was het niet, vond ik. De keukenkastjes waren oud; die hadden tot dit voorjaar in onze keuken in de stad gehangen. Toen had mijn vader ze van de muren gehaald en hiernaartoe gebracht, ze opnieuw bevestigd en in een helderblauwe tint geverfd. De week daarop had hij het fornuis en de koelkast overgeplaatst. De keuken in de stad had bijna een maand leeggestaan voordat het nieuwe, avocadogroene fornuis verscheen, gevolgd door een even avocadogroene koelkast. De week daarna werden de nieuwe keukenkastjes geplaatst. Oranje. Mijn moeder keek er slechts vluchtig naar, waarna ze hoofdpijn kreeg en moest gaan liggen. Mij maakten de kleuren niets uit, ik was gewoon dankbaar dat er weer gekookt kon worden. Van een drie weken durend dieet bestaande uit broodjes en kraanwater was ik een beetje slap in de knieën geworden.

Sissela ging aan de keukentafel zitten en begon wat in de asbak te pulken; ze trok er een half opgerookte peuk uit en stak die aan. Ik wierp een snelle blik naar de keukendeur. Mijn vader zou gek worden als hij haar zag, mijn moeder gewoonweg hysterisch. Maar geen van beiden liet zich zien, dus duwde ik de deur wat verder dicht en ging tegenover haar aan tafel zitten om dit nieuwe dat zich opeens in mijn leven bevond te bekijken. Een vriendin.

'Nou', zei Sissela.

'Hoezo nou?'

'Wat is er tussen jou en Sverker de Wolf gebeurd?'

Ik wist niet wat ik moest zeggen. Wat was er eigenlijk gebeurd tussen mij en Sverker?

'Ik weet het niet', zei ik.

Sissela inhaleerde diep. Schoot in de lach.

'Je weet het niet?'

Ik sloeg mijn ogen neer. Wat moest ik zeggen? Ik had mijn hele leven nog nooit iets anders dan oppervlakkige feiten over mijzelf verteld. Hoe oud ik was. Waar ik woonde. Wat ik in de cafetaria op school had gegeten. Andere meisjes waren vertrouwelijk met elkaar, had ik begrepen, maar ik was er nooit echt achter gekomen hoe ze dat deden. Vertelden ze alles? En hoe pakte je dat aan, wanneer je alles vertelde? Hoe zou je alles in woorden kunnen vatten, alle geuren die in de lucht rondzweefden, alle kleuren die ieder moment je oog raakten, alle gevoelens die zich in je buik roerden? Hoe zou je überhaupt de waarheid kunnen vertellen over een moment als dit? Sissela en ik bewoonden ieder ons eigen universum, het zou uren, dagen, jaren en een eeuwigheid kosten om alles over alles daarvan te vertellen. Bovendien was het gevaarlijk. Het zou ons kwetsbaar maken. Gemakkelijk te doden.

Er waren meisjes bij mij op school die beweerden dat ze hun moeder in vertrouwen namen. Dat leek me onbezonnen. En een beetje smerig, zoiets als je tandenborstel en onderbroek delen. Anderzijds wist ik ook niet echt zeker of ik hen wel geloofde. Moeders praatten wanneer ze niet zwegen, maar ze luisterden niet. Nooit. Zelfs niet wanneer je met zeven tienen op je rapport thuiskwam. Of vertelde dat je was gekozen om in de aula een spreekbeurt te houden, dat je ten overstaan van honderdtwintig leeftijdgenoten een lezing over het nazisme moest houden. Bij dergelijke gelegenheden sloegen moeders hun handen voor hun oren en schreeuwden dat dochters geen recht hadden om dat te doen, dat ze dom waren, onnozel en onwetend, dat ze weerzinwekkende profiteurs waren die er geen snars van begrepen. Terwijl vaders vloekend opstonden, verdwenen en de hele nacht wegbleven, zonder achteraf ooit te vertellen waar ze hadden gezeten.

Sissela was serieus geworden.

'Weet je wat ik denk?' vroeg ze.

'Nee.'

Ze drukte de peuk uit.

'Dat sommige ellende stiller is dan andere.'

Toen ik nadien stond af te wassen, probeerde ik aan mezelf toe te vertrouwen wat er tussen mij en Sverker was gebeurd. Gewoon als oefening. Gewoon om het mezelf te laten begrijpen.

Hij pakte me beet, zei ik eerst. Maar dat was natuurlijk onvoldoende. Dat zei niets.

Terwijl ik een vet bord in het warme water stopte, deed ik een nieuwe poging. Het was zo: Magnus ging de bandrecorder halen. Maud en Anna ruimden de tafel af en Torsten en Per droegen hem weg van de steiger. Zelf deed ik niets, ik stond gewoon met mijn armen om mezelf heen geslagen uit te kijken over het meer, zachtjes bewegend op de muziek. Een beetje aangeschoten. Sverker kwam van achteren. Hij vroeg niets, maar sloeg gewoon zijn armen om mij heen, wiegde een poosje heen en weer op de muziek van dat liedje, hoe heette het ook alweer, o ja, 'A whiter shade of pale', waarna hij mij omdraaide, zijn wang tegen de mijne vlijde en begon te dansen. Ja, zo was het. Zijn wang tegen de mijne. Dat was het moment dat het gebeurde.

Wat?

And the crowd called out for more...

Hou op!

Maar dat was het moment dat het gebeurde. Toen de zanger die zin zong.

Wat?

We vloeiden ineen. Werden één lichaam. Eén zenuwstelsel.

En Torsten?

Die zag ik niet meer.

Maar over wat er daarna gebeurde, kon ik niet praten. Niet eens met mezelf.

Want hoe zou ik kunnen zeggen dat ik die nacht geboren werd, dat ik tot die tijd de seconden, minuten en dagen door me heen had laten glijden zoals de kleinste deeltjes van het universum elk ogenblik door mijn lichaam gleden? Ik was er nooit echt zeker van geweest dat ik werkelijk bestond. Ik kon net zo goed een schaduw zijn, een gedachte, een beeld dat snel voorbij glipte op het netvlies van een ander. En hoe zou het anders kunnen zijn? Ik hoefde maar een minuut of twee stil te blijven zitten of de hele wereld zou me vergeten.

Maar die nacht bestond ik. Begon ik te bestaan.

Sverker bevestigde mijn bestaan puur met het gewicht van zijn lichaam, met zijn ongeschoren wangen, met zijn gretige handen en het ritme van zijn ademhaling. En opeens wist ik wat mijn lichaam werkelijk was. Een levende wereld, dicht aangedrukt tegen een andere levende wereld, groter dan die van mij, en grover, maar met dezelfde heldere bronnen verborgen onder de tong, en met hetzelfde oneindige netwerk van neuronen.

Zijn penis was zijdezacht. Maar alleen aan de buitenkant.

Ach. Elke heroïneverslaafde zou even lyrisch kunnen worden bij de herinnering aan zijn eerste shot. Eerst voel je dat je leeft, daarna begint de gang naar de dood.

Bovendien is er niets oninteressanter dan oude liefdesgeschiedenissen.

Wanneer de meiden in Hinseberg daarover begonnen, geeuwde ik en ging naar bed. Ik had het allemaal al duizenden keren gehoord. Man ontmoet vrouw. Hoop komt tot leven. Dromen ontstaan. Teleurstellingen worden geboren. Gebroken illusies. Vergoten tranen.

Sverker leefde zijn hele leven in die luchtbel, daar ontleende hij zijn zuurstof en zijn voeding aan. Het patroon was altijd hetzelfde. Hij stapte een ruimte binnen, of dat nu een artsenpraktijk, een restaurant of een feestzaal was, en bleef een paar seconden op de drempel staan terwijl hij zijn blik liet rondgaan alsof hij iemand zocht. Hij vond haar vrijwel meteen. Het kon de verpleegkundige van de vruchtbaarheidskliniek zijn, die met die bruine ogen en die zachte stem, of een hese serveerster die een oogverblindend rijtje tanden ontblootte wanneer ze naar hem lachte, of het blonde vriendinnetje met wie een van de jongste medewerkers van het reclamebureau samenwoonde, voor de gelegenheid opgedirkt in een zwart strak strapless jurkje en netkousen. Hij keek haar aan en het wonder geschiedde, elke keer hetzelfde wonder. Ze begon te veranderen. De nuchtere verpleegkundige in de kliniek werd zacht en sensueel, de cynische serveerster schuchter en verwachtingsvol, de jonge blondine begon als een maagd te blozen boven haar gewaagde bustier.

Zelf stond ik er schaapachtig bij te kijken. Althans, de eerste jaren. Later leerde ik om het niet te zien. In plaats daarvan glimlachte ik even breed naar de uitverkorene als Sverker, maar slechts in het voorbijgaan, waarna ik haar de rug toekeerde en me met iets anders ging bezighouden. In de wachtkamer van de vruchtbaarheidskliniek zonk ik weg in oude tijdschriften, in het restaurant glipte ik weg naar de damestoiletten om mijn neus te poederen, op het feest zweefde ik rond om te praten tot ik een ons woog. Het was nooit moeilijk om iemand te vinden om mee te praten. Het duurde een poosje voordat ik doorhad dat Sverkers collega's een beetje bang voor me waren, dat al die geweldige types uit de reclamewereld een beetje bang waren voor journalisten en voor de verachting waarvan ze meenden dat journalisten die voor hen voelden. Ik deed niets om hen gerust te stellen, integendeel, het amuseerde me om hun nog wat meer angst aan te jagen. Dus trok ik mijn wenkbrauwen op wanneer iemand van hen omstandig de geheimen der marketing uit de doeken begon te doen, mijn mond vertrok in een schuine glimlach bij hun gepraat over de ene geniale reclamecampagne na de andere, en ik gaf hun woordloos te verstaan dat ik niet van plan was te vergeten dat ze ervoor hadden gekozen hun leven te besteden aan het aan de man brengen van was-middelen. Uiteindelijk hadden ze echt een hekel aan me. Dat sprak me wel aan. Ik had liever hun afkeuring dan hun mede-lijden.

Bovendien verdiende Sverker hun medelijden veel meer dan ik. Dat weet ik nu, nadat ik er zes jaar over heb kunnen naden-ken. Zijn collega's hebben dat nooit begrepen. Die bewonderden hem wanneer hij weer een vrouw benaderde, en waren jaloers wanneer zij met hem meeging; ze dachten dat hij werkelijk de cynische seksatleet was die hij leek te zijn. Maar Sverker was een romanticus. Weliswaar een tijdelijke romanticus, maar toch een romanticus. Op het moment dat hij de verpleegkundige van de vruchtbaarheidskliniek voor het eerst zag, hield hij van haar, binnen een paar seconden had hij voor hen een geel huis in Stocksund gekocht, een huis waar ze samen tientallen jaren zouden wonen om daarna hand in hand te sterven. Maar op het moment dat zijn blik op de serveerster met de witte glimlach viel, liet hij dat huis in de steek en besloot hij schrijver te worden. De serveerster zou zijn muze zijn, ze zou in een enorm twee-persoonsbed op fluisterende toon op zijn arm verhalen liggen vertellen over haar tragische leven, verhalen die hij in vurige literatuur zou omtoveren. Desondanks vergat hij haar op het moment dat hij de jonge blondine in het zwarte jurkje in het oog kreeg. Dit, zo realiseerde hij zich, was de volmaakte vrouw, de toekomstige moeder van zijn kinderen, degene aan wie hij alles zou geven en die hem in ruil daarvoor datgene zou geven waar-naar hij het meest verlangde. Rust. Een gezin. Trouw. Drie maanden later was ze een dom en vermoeiend en onnozel wicht dat maar niet ophield met zeuren.

Ik zeurde niet. Nooit. Ik sloeg het in stilte gade en verwon-derde me. Jaar na jaar. De ene liefdesgeschiedenis na de andere. Want Sverker dacht werkelijk dat hij op een dag de grote liefde zou ontmoeten, een vrouw die het licht in zijn ogen en de staf in zijn hand zou worden, een wezen dat zijn bestaan zin zou geven, een boerinnetje dat over een zee aan bevestiging zou

beschikken waaruit ze voortdurend zou putten om zijn verwel-
kende tuin te bevloeien.

Ik was dat wezen niet. Althans, niet in zijn ogen. Althans, niet
sinds we trouwden. Ik was poortwachter en plaatsvervangend
superego, degene die orde in de chaos schiep en zorgde voor
een doorgaande lijn. Niet dat ik dat zelf in de gaten had. Het
duurde jaren voordat ik doorkreeg dat hij in feite nooit op een
andere manier aan mij dacht, dat hij het niet eens kon opbrengen om op dezelfde manier aan mij te denken als hij aan die
andere vrouwen dacht. Toch had hij mij net zozeer nodig als hij
hen nodig had. Hij had de bezoeken aan de vruchtbaarheidskliniek nodig om te kunnen geloven dat er een toekomst was.
Het voeren van fluisterende telefoongesprekken in zijn werkkamer had alleen zin als hij wist dat ik in de keuken was. Ik
moest thuis in de slaapkamer liggen zodat hij kon vrijen in de
goedkope motelkamers die hij huurde. Zonder mij was dat
allemaal realiteit geworden, een realiteit die hij niet kon verdragen.

En ik zelf dan?

Ik keer me naar het raam en knik naar het vage spiegelbeeld.
Ja, bedankt. Na zes jaar in de gevangenis weet ik wel wat ik toen
niet wist. Ik kreeg wat ik nodig had. Wat ik dacht dat ik wilde
hebben. Een buitenkant. Een façade om me achter te verstoppen. Een muur om tegen te zwijgen. Plus de eeuwige hoop dat
wat ooit was gebeurd opnieuw zou gebeuren. Maar het gebeurde
nooit. Er gebeurde iets anders.

Dus ga ik liggen en sluit mijn ogen.

'Hallo', zegt Sissela. 'Ben je er nog?'

Mary begint met haar ogen te knipperen. Jazeker. Ze is er nog.

'Ik heb een taxi aangehouden. Hij staat daarginds. Moeten zij
ook mee?'

Sissela knikt in de richting van Caroline en de ambtenaar van
het departement zonder erbij na te denken dat ze zo dichtbij
staan dat ze kunnen horen dat ze over hen praat alsof ze niet

aanwezig zijn. Mary kijkt een beetje verlegen en maakt een vragend gebaar naar Caroline.

'Nee', zegt Caroline. 'Ik neem zelf een taxi. Ik moet mijn kind ophalen van de crèche.'

Natuurlijk, ja. Ze heeft een kind van drie. Opeens realiseert Mary zich dat ze niet weet wat er van Carolines ingewikkelde relatie met de man met wie ze samenwoont is geworden. Staat ze er nu alleen voor met haar kind? Is ze daarom zo nerveus? Mary steekt haar hand uit en legt die vlug op Carolines arm. Het is een schuldbewust gebaar, een excuus en een smeekbede om vergiffenis. Maar Caroline trekt zich snel terug en kijkt Sissela aan.

'Gaat u vanavond ook met haar mee?'

Sissela fronst haar voorhoofd.

'Waarheen?'

'Naar Rosenbad. De minister-president wil haar om negen uur spreken.'

Sissela glimlacht hongerig.

'Het zal me een genoegen zijn.'

Caroline aarzelt.

'Belt u me na afloop?'

Sissela glimlacht. Natuurlijk zal ze bellen.

Er zijn zes jaren verstreken sinds ze elkaar voor het laatst hebben gezien, maar de dokter is niet ouder geworden. De tijd maakt zich over hem niet druk, al lijkt hij zich wel druk te maken over de tijd. Zes jaar geleden was zijn haar langer en zijn kin gladgeschoren, nu heeft hij modieuze stoppels op zijn hoofd en aan zijn kin. Maar droeg hij de laatste keer ook een bril? Mary fronst haar voorhoofd. Ze kan het zich niet herinneren.

Het onderzoek duurde een paar uur en ze begint moe te worden, ze sluit haar ogen nu ze in de bezoekersstoel zit. Ze zou er eigenlijk niets op tegen hebben om zich in bed te laten stoppen en een week of twee naar de herfstmist buiten te liggen kijken. Niettemin heeft ze resoluut haar hoofd geschud toen de dokter een opname voorstelde. Daar heeft ze geen tijd voor. Ze moet haar leven verdedigen. Hoe dat nu moet?

Ergens op de achtergrond gaat Sissela verzitten en een vage geur van tabak zoekt zich een weg in Mary's neusgaten. Sinds ze in het Sophia-ziekenhuis zijn aangekomen, is Sissela minstens vijf keer naar buiten gegaan om te roken. Misschien heeft ze nu ook weer trek in een sigaret, maar ze weet dat ze zich moet bedwingen totdat de dokter zijn zegje heeft gedaan. Steunend met zijn kin op zijn hand zit hij naar het computerscherm te staren, hij knippert een paar keer met zijn ogen en leunt uiteindelijk hoofdschuddend achterover.

'Het klopt niet', zegt hij.

'Wat klopt er niet?' vraagt Sissela.

'De symptomen. Ze zou moeten kunnen praten.'

Op dat moment realiseert hij zich dat hij over Mary heeft gepraat in de derde persoon en hij herneemt zich, kijkt Mary aan en glimlacht verontschuldigend.

'U zou moeten kunnen praten.'

Als antwoord heft Mary gelaten haar handen op. Sorry, maar ik kan echt niet praten. Dat is het enige wat ze te melden heeft, er is immers geen gebaar dat zou kunnen overbrengen dat ze het vandaag maar één keer heeft geprobeerd en dat ze eigenlijk ook niet van plan is om het nog vaker te proberen.

'De CT-scan toont niets ongebruikelijks. Uw e.e.g. is normaal. Uw e.c.g. ook. Geen circulatiestoornissen, voorzover ik kan zien, geen tekenen van epilepsie.'

'En de migraine dan? De vorige keer hebt u gezegd dat het een zeldzame vorm van migraine was, dat heeft ze me verteld.'

Sissela lijkt er niet bij stil te staan dat ook zij in de derde persoon over Mary praat. De dokter schudt zijn hoofd een beetje.

'Zeker. Natuurlijk. Het is zeldzaam, maar het is waarschijnlijk wel zo begonnen. Maar een spraakstoornis die door migraine veroorzaakt wordt, houdt geen drie weken aan, die is na een ongeveer een etmaal voorbij, dus er moet zich iets anders hebben voorgedaan...'

'Wat dan?'

Hij vertrekt even zijn gezicht.

'Een functioneel symptoom, zou ik denken.'

'Wat is dat?'

Even glimlacht de dokter verontschuldigend en hij maakt aanhalingstekens in de lucht.

'Hysterie. Zoals ze dat vroeger noemden.'

Mary schiet in de lach, maar slaat snel haar hand voor haar mond.

'Dat is toch belachelijk', zegt Sissela.

Ik sla mijn ogen op en staar naar het plafond. Wat is er met mij? Waarom lig ik hier te fantaseren? Ik ben immers vrij om te doen wat ik wil. Naar buiten gaan bijvoorbeeld.

Gedachte en beweging worden één. In een mum van tijd ben ik aangekleed en klaar, sta ik bij de deur van de hotelkamer te controleren of ik mijn portemonnee en sleutelkaart in mijn tas heb. Vervolgens ga ik op een drafje naar de lift en druk opgewonden een paar keer op het knopje, om dan te ontdekken dat hij er al is. Wanneer hij op de begane grond stopt, sta ik pal voor de deur, klaar om naar buiten te rennen zodra die opengaat.

Pas wanneer ik op straat ben gekomen, blijf ik staan om diep adem te halen; ik weet niet goed welke kant ik zal opgaan. Maar mijn aarzeling duurt slechts enkele seconden, dan sla ik mijn kraag op en ga bij het zebrapad staan. Ik moet natuurlijk in de richting van Rosenbad.

Ooit hoorde ik daar thuis. Ik was een jonge politieke verslaggeefster die dacht dat het bestaan een centrum had en dat het leven werkelijker werd naarmate je dichter bij de macht kwam. Dus hing ik minstens een paar keer per week in de regeringsgebouwen rond, snuivend en speurend naar nieuws. Ten opzichte van de concurrentie was mijn sekse een voordeel, en mijn leeftijd eveneens. Ik glimlachte bewonderend naar mannelijke politiek leiders en knikte vol vertrouwen naar hoge ambtenaren, accepteerde dat ik werd onderwezen in dingen die vanzelfsprekend waren en dat ze extra duidelijk praatten zodat ik het zou begrijpen. Wanneer ze zich hadden omgedraaid, sloop ik bij hun secretaresses naar binnen en veranderde in een meisjesachtige bekende ('Wat een leuk jasje! Waar heb je dat gekocht? En is het waar dat de minister ruzie heeft met de minister van Sociale Zaken?'), om vervolgens verder te zweven en vol respect bij de griffier aan te kloppen en daarna weg te rennen naar het parlement. Soms gebeurde het dat ik onderweg een minister of twee tegen het lijf liep, maar hoewel ik altijd stopte om te glimlachen, was er maar één die vaak stil bleef staan. De minister-president zelf. De minister-president van toen.

De eerste keer was ik bijna verlamd. Toen was ik nog een beginner. Ik zat nog maar een paar maanden bij de krant en was nog steeds een beetje verbaasd dat de mannen van de macht werkelijk bestonden. Enkele dagen eerder had ik in Rosenbad de eerste perslunch van mijn leven meegemaakt. Ik had de minister-president de hand geschud, maar was te verlegen geweest om een vraag te stellen. Misschien herinnerde hij zich mij niet. Desondanks vuurde ik een glimlach af toen ik hem over Riksbron aan zag komen slenteren. Het was een warme dag en hij was bezig zijn kleding wat losser te doen, kleding die er zoals altijd uitzag alsof hij erin had geslapen. Hij rukte aan zijn stropdas alsof hij erdoor verstikt werd en probeerde het bovenste knoopje van zijn overhemd open te maken, maar bleef opeens staan en beantwoordde mijn glimlach.

'Hallo', zei hij. 'Mary. Of Marie.'

Ik bleef staan op enkele passen afstand. De minister-president praat met mij, dacht ik. Ik moet iets vragen. Maar ik kon niets verzinnen, híj was juist degene die de vragen stelde.

'Je moet me excuseren, maar ik heb je voornaam niet goed gehoord. Was het nou Mary? Of Marie?'

'Dat is naar eigen keuze', zei ik ademloos.

'Naar eigen keuze?'

'Maar mijn vrienden noemen me MaryMarie.'

Hij fronste zijn voorhoofd.

'Een dubbele naam?'

Ik glimlachte.

'Zo zou je het kunnen zeggen.'

Hij glimlachte terug. Probeerde hij met me te flirten? Ik geneerde me bij die gedachte, boog mijn hoofd en bekeek de punten van mijn schoenen.

'Wil je een nieuwtje?'

Ik keek weer op en onderdrukte op het laatste moment de neiging om een knixje te maken.

'Ja, graag.'

Hij schoot in de lach en liep verder. Ik liep mee.

'Het is niet iets groots', zei hij.

'Dat geeft niet', zei ik. 'Ik ben al blij met iets kleins.'

Hij wierp mij een zijdelingse blik toe, zijn ogen glinsterden. Zo werden we vrienden.

Jawel, dat durf ik wel te beweren. We waren vrienden op de manier waarop vreemdelingen vrienden kunnen zijn. Toch zagen we elkaar maar een paar keer per jaar en altijd bij toeval. We liepen samen over Drottninggatan van het regeringsgebouw naar het hoofdkwartier van de partij. We zaten na een officieel interview zwijgend naast elkaar op zijn werkkamer te luisteren naar 'Het gedicht van de dag' op de radio. Tijdens een voorlichtingsbijeenkomst voor schrijvers van hoofdartikelen in de nieuwsbladen trokken wij ons een beetje terug om zachtjes over een nieuwe roman te praten, een boek dat we beiden hadden gelezen en dat ons had geraakt.

Misschien had hij veel van dergelijke vrienden. Misschien niet. Ik weet het niet.

Ik weet wel dat er over ons werd geroddeld, dat er werd beweerd dat ik zijn minnares was. Dat was niet zo. Toch deden we niets om het te ontkrachten, noch hij, noch ik. Het kan zijn dat die geruchten hem goeddeden, zoals ze mij goeddeden.

Vooral toen ze na jaren eindelijk tot de reclamewereld doordrongen.

Sverkers hand trilde die avond. Dat zag je toen hij wijn inschonk.

'Hoe is het met de minister-president?' vroeg hij.

'Dank je, goed', zei ik terwijl ik mijn blik op mijn lamskotelet richtte. Niet dat ik daar enig idee van had; het was maanden geleden dat ik de minister-president had gezien. 'Uitstekend.'

Sverker plofte neer op zijn stoel en keek me aan. Opeens aanwezig. Opeens ziend. Nu hief hij met zijn ene hand zijn wijnglas en reikte mij het andere aan.

'Zeg', zei hij. 'Wij blijven toch bondgenoten?'

Ik hief mijn glas, keek hem aan en glimlachte.

'Dat weet je toch wel', zei ik. 'Altijd.'

Mogelijke diagnoses

'Het lichaam spreekt weliswaar in raadselen, maar dat is alleen om iets onbekends duidelijk te maken zonder het te verraden. Het is het eeuwige verhaal over de verschillen tussen de seksen en de pogingen die te overbruggen. Het is een geweldig dubbelzinnig lied over de tragedie van de onmogelijke ontmoeting, en de aantrekkingskracht, de vreugde in alle pogingen daartoe.'

Iréne Matthis: *Het denkende lichaam*

'De invloed van kinderlijke, sadistische fantasieën binnen de persoonlijkheid vormt het uitgangspunt voor de mate van karakterperversie die ieder mens tijdens zijn leven ontwikkelt. Een geperverteerd karakter openbaart zich in een meer of minder grote tendens om eerder opwinding dan lust te zoeken, en leugen in plaats van waarheid. Uit dergelijke bronnen kan geweld inspiratie en voeding halen. Bij nadere beschouwing worden deze oplossingen altijd gekenmerkt door pogingen een gevoel van afhankelijkheid te vermijden. Met perversie doel ik hier op die weerstand tegen intimiteit en afhankelijkheid die maakt dat de relatie met de ander op depersonificatie en vijandigheid wordt gebaseerd.'

Ludvig Igra: *Het dunne vlies tussen zorg en wreedheid*

'Any shame in going to prostitutes is subordinated to another important norm in male society, namely having many different sexual experiences. Thus for example, one can see a clear pattern in the 1996 Swedish study that the experience in paying for sex is greatest among men with a lot of sexual partners (Månsson 1998:240). This is probably a fact that goes against the popular notion of the client as being "lonely" and "sexually needy". In the North American study, mentioned before, approximately three out of every hundred men who had at least three partners in the past year said that they had paid someone for sex. Essentially no one who had fewer than three partners in a year paid for sex (Michael et al. 1994:196). Similarly, sociologist Martin A. Monto, who compared his sample of 700 clients to a national sample of North American men, found that clients were much more likely than men in general to report that they had more than one partner over the past year, 59 percent as compared to 19 per cent (Monto 2000:72). Furthermore in the Swedish study it was also noted that men with prostitution contacts seem to have greater problems than others in maintaining regular relationships with women. There are more divorces and broken-off cohabitation relationships among this group than among non-purchasers (Månsson 1998:240).'

Sven-Axel Månsson: *Men's practises in prostitution*
The Case of Sweden (2001)

'Hier moet men de vaak gestelde vraag in gedachten houden in hoeverre de symptomen bij hysterie een psychische of somatische oorzaak hebben, en of – als men uitgaat van het eerste – alle symptomen noodzakelijkerwijs psychisch bepaald zijn. Dit is een van de vele vragen met de beantwoording waarvan men wetenschappers voortdurend ziet worstelen, maar hij is niet adequaat geformuleerd. Het alternatief dekt de werkelijke situatie niet. Want in mijn ogen is voor elk hysterisch symptoom een bijdrage van beide kanten vereist. Het kan niet ontstaan zonder een zekere somatische toegankelijkheid, die wordt veroorzaakt door een normaal of ziekelijk proces van een van de lichaamsorganen. Het ontstaat niet vaker dan één keer – karakteristiek voor het hysterisch symptoom is het vermogen tot herhaling – als het geen psychische betekenis heeft, een bedoeling. Die bedoeling wordt niet door het hysterisch symptoom tot uitdrukking gebracht, dat wordt aan het symptoom toegekend, dat is met de bedoeling verbonden, en die bedoeling kan in elk afzonderlijk geval een andere zijn, afhankelijk van hoe de onderdruk-

te gedachte die ervoor vecht om tot uitdrukking te komen ge-
constitueerd is.'

Sigmund Freud: *Verzameld werk VI, De gevalsstudies*

'Narcisme is op zichzelf niet iets abnormaals of ziekelijks. Ieder
mens moet over een bepaalde mate van eigenliefde beschikken
om te overleven, en iedereen is afhankelijk van de waardering
van anderen om zijn eigenliefde in stand te houden. Ieder mens
heeft ook een meer of minder goed verborgen grootse fantasie
(onrealistische voorstelling van eigen grootheid en/of eigen
talent), zoals ieder mens ook weet hoe het is om in zijn gevoel
van eigenwaarde gekwetst te worden. Grootsheid en zelfhaat/
schaamte zijn twee keerzijden van dezelfde munt. Er ontstaat
een probleem wanneer de behoefte aan bevestiging een obsessie
wordt, of het leven een voortdurend streven om de eigen grootsheid te bewijzen opdat de angst voor afwijzing niet de overhand
krijgt.'

Johan Cullberg: *Dynamische psychiatrie*

Schaduwen

Wanneer we door het Rosenbadspark lopen, meen ik haar te zien.

Ze staat in de schaduw onder de bomen, maar ik kan slechts een vluchtige blik in haar richting werpen. Sissela loopt naast me, en ook al is zij meestal loyaal en betrouwbaar, ik weet dat vriendschap grenzen kent. Sissela kan niet tegen dingen die niet te vatten en te bevatten zijn. Als zij in de gaten zou krijgen dat ik van plan was een poosje in het park te blijven om degene te observeren die ik in een ander leven zou zijn geweest, zou ze onmiddellijk mijn arm loslaten en verklaren dat het tijd was voor het gekkenhuis. En dat zou ze menen ook.

Misschien begint ze toch al genoeg van me te krijgen. Toen we het Sophia-ziekenhuis verlieten, slaakte ze onwillekeurig een zucht. Daar werd ik nerveus van.

'Wil je naar huis, naar Bromma?' vroeg ze toen we in de taxi stapten.

Ik aarzelde even, maar schudde toen mijn hoofd. Nee. Ik wil niet naar huis, naar Bromma. Niet als dat niet nodig is.

'Oké', zei Sissela. 'Dan gaan we wel naar mijn huis.'

Sissela's woning ziet eruit zoals Sissela. Helemaal uitgevoerd in rood, zwart en wit. Alle meubels en voorwerpen schitterend schoon. Het aanrecht blinkt. De koelkast glimt. Het fornuis ziet eruit of het nooit is gebruikt. Dat is trouwens een redelijk waarschijnlijke veronderstelling. Sissela woont al meer dan tien jaar in haar appartement, maar belangstelling voor koken heeft ze nooit gehad. Ze leeft op fruit, snoep en sigaretten. En zo nu en dan een zakenlunch.

Wanneer ben ik hier voor het laatst geweest? Toen ik mijn jas weghing, heb ik geprobeerd me dat te herinneren. De laatste jaren hebben Sissela en ik elkaar alleen in de stad ontmoet. We hebben samen geluncht. Zijn naar de bioscoop en de schouwburg geweest. Hebben op zaterdagmiddagen de winkels afgestruind en elkaar adviezen gegeven. Maar hier? Dat is een eeuwigheid geleden. Althans, als een eeuwigheid ongeveer vier jaar duurt. Want dat was toch toen Biljartclub De Toekomst zijn allerlaatste oudejaarsavond samen vierde?

Vanaf het begin was de oudejaarsavond van Sissela, zoals het midzomerfeest aan Maud toebehoorde. De eerste keer was ik officieel medeorganisator, omdat Sissela en ik een flat deelden maar in de praktijk was het uitsluitend en alleen haar feest. Al in het begin van december begon ze mysterieuze lijstjes te maken en toen ik haar een paar weken later vroeg of ze meeging naar Nässjö om kerst te vieren, weigerde ze botweg. Ze had het veel te druk.

'Maar kerstavond dan?' zei ik. 'Ga je hier op kerstavond moederziel alleen zitten?'

Ze trok haar wenkbrauwen op.

'Ja, en wat dan nog?'

'Is dat niet saai?'

Ze begon te grijnzen.

'Saaier dan in Nässjö, bedoel je? Nee. Weinig kans. Bovendien is er vast wel iets goeds op tv.'

Ik zuchtte wat. Het was in elk geval het proberen waard geweest. Ik keek niet uit naar de kerstdagen; alleen de gedachte al om drieënhalve dag in het gezelschap van Herbert en Renate te moeten doorbrengen maakte dat mijn maag begon op te spelen. Aan het begin van het semester had ik hen een keer opgebeld. Herbert nam op en mompelde dat mama helaas niet aan de telefoon kon komen, ze lag op bed en ging morgen naar een rusthuis; ze lag eigenlijk al sinds mijn verhuizing naar Stockholm op bed. Daarna werd het stil tussen ons, zo stil dat we de echo van een ander gesprek op de lijn konden horen. Het duurde een poosje voordat ik doorhad dat Herbert de hoorn had neergelegd. Daarna had ik maandenlang niet durven bellen, maar ik had wel drie ansichtkaarten met klassieke Stockholmse afbeeldingen gestuurd. Het stadhuis in september, het koninklijk paleis in oktober en Sergels torg begin november. Ik had geen reactie gekregen, maar dat had ik ook niet verwacht. Maar nu zou ik dus naar huis gaan om kerst te vieren. Naar huis om drieënhalve dag te zwijgen voor de tv.

Voordat ik mijn jas aantrok, bleef ik lang voor de deur van mijn kamer staan. Ik hield van die kamer, hoewel er scheurtjes in de kachel zaten en het linoleum versleten was. Er zat echter vergeeld bloemenbehang op de muren, in de erker stond een witte leunstoel die ik van thuis had mogen meenemen, en tegen de muur stond een bureau dat ik bij het Leger des Heils had gevonden en antiek wit had gebeitst. Het was de mooiste kamer van de hele wereld. En van mij. Van mij alleen.

Tegen alle verwachtingen in waren Sissela en ik erin geslaagd een eigen flatje te vinden in een Stockholm waar woningnood heerste. Het contract gold weliswaar totdat het pand gesloopt zou worden, maar het was toch een contract. Sissela jankte van geluk toen we het bericht kregen en verklaarde keer op keer aan mij dat we onzettende mazzel hadden, net zo ongekend als het winnen van duizenden kronen in de Staatsloterij, en dat ik – omdat ik nu eenmaal van het platteland kwam – echt moest snappen dat dit ongelooflijk uniek en gewoonweg fantastisch was.

Het was een tweekamerflatje in een tochtig gebouw op Söder, een tweekamerflatje zonder verwarming, warm water of douche. Het toilet was ondergebracht in een hok van een vierkante meter, met een stortbak aan het plafond en een ketting waar je aan moest trekken, de bril was van gebarsten hout en de verf op de muren bladderde af. In de keuken stond een oud fornuis dat op hout werd gestookt, maar je kon er geen vuurtje in branden. Al de eerste dag deden we een gezamenlijke investering: we kochten een kookplaat, groot genoeg om zowel bad- als theewater op te kunnen verwarmen. Eind september realiseerden we ons dat het een koude winter zou worden en kochten we allebei een elektrisch kacheltje. Dat hielp niet veel, maar begin november waren we er al aan gewend om met twee truien en geitenwollen sokken aan te gaan slapen.

Maar dat deed er allemaal niet toe. We genoten van ons thuis, hielden van elke versleten vierkante centimeter. Sissela had de grote kamer genomen en die omgetoverd in een modernistisch boudoir door de muren rood te verven. Ze wilde geen meubels van het Leger des Heils, geen afgedankte kleden zoals ik in mijn kamer had liggen. Ze wilde het simpel en elegant. Daardoor bestond haar meubilering slechts uit een matras, een tweedehands tv en een witte opbergkubus van IKEA. Plus een paar meter gebloemde katoenen stof van Marimekko.

'Als ik me het beste niet kan veroorloven, dan hoef ik niets', verklaarde ze.

En ze kon zich het beste absoluut niet veroorloven, hoewel ze om de avond zwart werkte in een snackbar op Odenplan. Haar studiebeurs ging op aan de huur en aan boeken, maar verder besteedde ze elke öre aan een totale renovatie van zichzelf. In drie maanden had ze inmiddels zes onderbroekjes gekocht die zo verblindend wit waren dat ik mijn ogen moest samenknijpen toen ze het zakje van Twilfit openmaakte, drie even witte beha's, drie paar zwarte sokken, twee blouses, een lamswollen trui, een spijkerbroek, een nette Indische jurk, een gewatteerd jack en een klassiek horloge. Toch gebruikte ze haar nieuwe kleren niet meteen; ze hingen op een rijtje in haar kamer met de prijskaartjes er nog aan tot de dinsdag medio november waarop ze naar de kapper ging en met kortgeknipt haar terugkwam. De ochtend daarna vijlde ze haar nagels, lakte ze met blanke nagellak, kleedde zich aan en kwam vervolgens in mijn deuropening staan als het netste meisje van de wereld. Als je tenminste de kapotte plastic zak die ze in haar rechterhand hield buiten beschouwing liet. Daar zwaaide ze mee: 'Nu gooi ik deze rotzooi weg!'

Ik zat op mijn bed met een deken om me heen en probeerde wakker te worden.

'Wat ga je weggooien?'

'De rotzooi. Wat ik van huis heb meegenomen. Onderbroeken waar ik sinds mijn veertiende mee heb moeten doen. Die gele, lelijke beha! Die vieze zwarte rok! Nu gaat de hele zooi eruit. De volgende halte is de vuilnisbak.'

Als ik haar niet zo goed gekend had, zou ik hebben gedacht dat ze bijna begon te huilen. Haar ogen waren vochtig. Haar onderlip trilde. Maar Sissela huilde niet. Sissela was niet iemand om te huilen. Niet de Sissela die ik aanvankelijk had leren kennen en niet de Sissela die nu voor mij stond, gekleed in een nieuwe spijkerbroek, een marineblauwe lamswollen trui en een witte blouse. Ik trok de deken steviger om mijn schouders en keek haar aan.

'Je ziet er heel mooi uit. Echt waar.'

Ze nam me scherp op, speurde in mijn gezicht naar iets wat wees op dubbelzinnigheid en ironie. Na enkele seconden ontspande ze en begon te glimlachen.

'Echt?'

'Zeker weten.'

Ze haalde diep adem, zette zich schrap voor de volgende vraag.

'Ik zie er niet armoedig uit?'

'Nee', zei ik. 'Je ziet er absoluut niet armoedig uit.'

Bij het ontbijt kon ze niet ophouden met praten. Ze hield haar mok met beide handen vast en liet de woorden in de thee stromen. Ze zou nu gaan sparen voor de oudejaarsviering. Er moest mousserende wijn komen en een halve zeekreeft als voorgerecht. Minstens. Ze zou de keukendeur uit zijn scharnieren lichten, die op een paar boeken leggen en omtoveren tot een lage tafel, verder zou ze kussens op de grond leggen waarop we konden zitten. De wijn zou worden geserveerd in witte papieren bekertjes, die had je overal op de universiteit; ze was al begonnen er elke dag een paar mee te nemen. Het maakte niet uit dat er geen echte glazen waren, het belangrijkste was toch dat ze wit waren en...

Ik knikte eerbiedig. Het was me al duidelijk geworden dat

Sissela's ideeën over spullen smaakvoller en meer doordacht waren dan de mijne. Dat werd alleen al bewezen door het feit dat ze zowel tot de Kunstacademie als tot de architectuuropleiding van de Koninklijke Technische Hogeschool was toegelaten. Dat ze voor beide bedankt had, was op een mysterieuze manier indrukwekkend, maar ik twijfelde er geen moment aan dat ze wist wat ze deed toen ze zich in plaats daarvan aan de universiteit inschreef om kunstgeschiedenis te gaan studeren. Het kwam niet bij me op dat ze misschien bang was. Sissela kon niet bang zijn. Zij durfde alles.

Zelf was ik toegelaten tot de School voor de Journalistiek en tijdens het hele najaarssemester was ik elke ochtend bevend van geluk wakker geworden bij de gedachte aan de dag die voor me lag. De kennis stroomde gewoon bij me naar binnen, niets leek moeilijk of onmogelijk. Bovendien had ik op school vrienden gekregen. Echte vrienden. Eigen vrienden. Wanneer ik 's avonds onder de doorgestikte deken kroop en mijn voeten rond de warme kruik vouwde die ik altijd in bed had, sloot ik mijn ogen en dacht ik aan hen. Annika. Göran. Birgitta. Svante. Ze leken me aardig te vinden. Het leek wel of ze mij aardiger vonden dan iemand thuis in Nässjö me ooit had gevonden. Kwam dat alleen maar omdat we op elkaar leken, omdat we er allemaal zo vol van waren dat wij de journalisten van de toekomst waren? Of had het iets met Biljartclub De Toekomst te maken? Was het met vriendschap net als met de liefde: dat wie al vrienden had gemakkelijk nieuwe vrienden kreeg, net zoals iemand die werd bemind ook door anderen werd bemind? Inderdaad. Dat begon ik te geloven. Als thuis in Nässjö iemand van mij had gehouden, zouden anderen ook van mij hebben gehouden. En als ik een vriend had gehad, zou ik er al snel meer hebben gekregen. Nu had ik vrienden. Zeven, om precies te zijn, ook al aarzelde ik een beetje of ik Maud ook aan dat lijstje zou toevoegen.

Toch hadden Sissela en ik niet veel contact gehad met de rest van Biljartclub De Toekomst sinds we na de midzomerviering uiteen waren gegaan. Anna had uit Uppsala een brief gestuurd om te vertellen dat ze Frans studeerde aan de universiteit en dat Per in Boden in dienst zat. Sissela was op een dag Torsten op het Centraal Station tegen het lijf gelopen. Hij had somber gekeken toen hij vertelde dat hij vervangende dienstplicht deed op een brandweerkazerne in Vaxholm. Zelf had ik na dagenlang doodsangsten te hebben uitgestaan eind november naar Sverkers ouderlijk huis gebeld. Maud nam op. Zij hoorde mijn uitnodiging voor het oudejaarsfeest onaangedaan aan en verklaarde dat ze op dit moment nog niets kon zeggen, maar dat ze van zich zou laten horen. Wat Magnus deed? Die zat natuurlijk in dienst. Net als Sverker.

Ik had geen woord van hem vernomen. Tijdens de zomer, toen Sissela en ik alleen in het huis in Nässjö woonden terwijl Herbert en Renate zaten te zwijgen in het zomerhuis, had ik voortdurend lopen wachten. Wanneer ik thuiskwam van mijn vakantiebaantje in de kiosk rende ik naar de brievenbus, en ik drukte Sissela op het hart niet van het huis en de telefoon te wijken wanneer ik er niet was. Wanneer zij 's avonds in dezelfde kiosk ging werken, durfde ik nauwelijks naar de wc te gaan uit angst dat hij op dat moment zou bellen. Maar de telefoon zweeg in alle talen, en toen Sissela en ik op een dag in augustus de trein naar Stockholm namen, had hij nog steeds niet gerinkeld.

Tijdens de herfst was Sverker veranderd in een droom. Letterlijk. Overdag verdrong ik hem – het had immers geen zin te verwachten dat hij wat van zich zou laten horen, we hadden geen telefoon en hij had geen idee waar ik nu woonde – maar 's nachts kon ik me niet te weer stellen. Soms kwam hij met open armen op mij af, soms met zijn hand opgeheven om te slaan. Wat hij ook deed, ik was altijd even bang. Huizen vlogen in brand wanneer hij mij omhelsde, de grond opende zich wanneer hij naar me sloeg, grote brandblaren ontloken op mijn borsten wanneer hij mij kuste.

Maar op oudejaarsavond kwam hij. Levend. Echt. Gekleed in het verlofuniform van de Kustartillerie stond hij in de deuropening van Sissela's rode kamer en spreidde zijn armen uit.

'Sissela', riep hij. 'Stuk!'

Sissela spreidde ook haar armen, zodat de wijde mouwen van haar Indische jurk fladderden als engelenvleugels. Achter haar glimlachten Anna en Magnus, terwijl Per zijn keel schraapte en zijn stropdas rechtte. Zelf stond ik met Torsten in een rode hoek, maar toen Sverker over de drempel stapte, zette ik een stap naar voren. Op hetzelfde moment zag ik dat hij niet alleen was gekomen. Een meisje met donker opgemaakte ogen leunde tegen de muur in de hal en stond traag op kauwgum te kauwen. Er vlogen geen huizen in brand, de grond opende zich niet, er ontloken geen blaren op mijn borsten. Maar ik bleef wel stilstaan.

Iemand legde zijn hand op mijn schouder, een lachgrage stem neuriede in mijn oor: *'And her face, at first just ghostly, turned a whiter shade of pale...'*

Ik keek om. Het was Magnus.

De glazen deuren van Rosenbad glinsteren in de duisternis. Sissela stopt.

'Het is pas kwart voor negen', zegt ze. 'Is het niet te vroeg?'

Ik werp een blik op de schaduw onder de bomen. Marie staat er nog, maar ze heeft de kraag van haar jas opgezet en knijpt die onder haar kin bij elkaar. Misschien heeft ze het koud. Ik begin te rillen, maar wend me dan tot Sissela en schud mijn hoofd. Het is niet te vroeg. Ook voor kabinetsleden kost het tijd om het ministerie van Algemene Zaken binnen te komen. Vooral als ze zelf het woord niet kunnen voeren.

Sissela is nog nooit in Rosenbad geweest. Ze blijft staan om in de foyer rond te kijken, knikt dan goedkeurend. Ik knik instemmend. Jawel, het is mooi. Marmer. Beeldhouwwerk. Glas en koper. Maar ik weet dat dit slechts het begin is, dat het paleis der macht steeds mooier wordt naarmate je er verder in doordringt. Toen ik een jonge journaliste was, vond ik dat het leek op een schemerbos. De tapijten in het bleekste blauw zogen alle geluiden op en dempten ze, de muren in dezelfde tint veranderden het licht in een halfduister. Zelfs de meest gejaagden van alle gejaagde journalisten dempten hun stem wanneer ze de blauwe gangen betraden, niet uit eerbied voor de macht, maar uit respect voor de stilte.

Tegenwoordig ziet het er anders uit. Lichter. Maar wat ooit aandeed als een bos, is nu een berg geworden. Rosenbad is veranderd in het slot van de Bergkoning, een gesloten paleis waar op verrassende plekken deuren opengaan en schitterend wit marmer, geel berkenhout en gebloemde cretonne onthullen, waarna ze snel weer dichtgaan. Onder de grond slingert een enorm labyrint van paden en gangen dat Rosenbad met de andere departementen verbindt. Daar weerkaatst het geluid van snelle voetstappen en mensenstemmen, maar in de berg zelf is het nog steeds heel stil. Het is echter een andere stilte dan vroeger. Geen bosstilte. Het is een afwachtende stilte, het is de ademloze stilte die ontstaat wanneer slechts één van velen weet wat er gaat gebeuren.

Sissela voelt dat. Haar stem is gedempt wanneer ze de bewaker haar legitimatie laat zien en verklaart dat men haar moet beschouwen als begeleider van een gehandicapte. De minister van Ontwikkelingssamenwerking kan niet praten, dus moet Sissela mee naar binnen om voor haar het woord te doen. De bewaker bekijkt het plastic kaartje van alle kanten, schuift dan het raampje dicht en gaat bellen. We kunnen niet horen wat hij zegt, maar tijdens het gesprek glimlacht hij een beetje naar mij, een snelle glimlach die me verzekert dat hij me natuurlijk herkent en dat het hem spijt dat de regels hem ertoe dwingen dat hij mijn vriendin controleert. Als reactie vertrek ik mijn mondhoeken even. Het is geen echte glimlach, alleen een kleine bevestiging van het feit dat ik het hem niet kwalijk neem. Ik heb mijn les geleerd. Ik ben dan wel minister in de Zweedse regering, maar ik verbeeld me niets.

We moeten nog twee glazen kooien met bewakers passeren en dan naderen we de gang van de minister-president. Daar brandt bijna geen licht; één lampje wijst de weg naar de kamer van zijn secretaresse. Ik ga op de drempel staan, Sissela rekt zich achter mij uit. Het duurt even voordat de secretaresse hoort dat we er zijn. Ik knik, probeer in haar ogen een indicatie af te lezen over wat er met mij zal gebeuren, maar vind niets; haar blik is blank als zilver.

'O', zegt ze, alsof ze zich nu pas herinnert dat ze mij heeft laten komen. 'Dat is ook zo.'

We stappen naar binnen. Ze kijkt Sissela aan en fronst haar voorhoofd.

'Neem me niet kwalijk, maar wie bent u ook alweer?'

Sissela geeft haar hand een hand.

'Sissela Oscarsson. Ik ben een goede vriendin van MaryMarie. Ze kan natuurlijk niet praten. Ik moet haar helpen.'

De secretaresse trekt haar wenkbrauwen op.

'En u was van plan mee naar binnen te gaan naar de minister-president.'

Sissela knikt. Inderdaad.

'Bent u journalist?'

Ik doe een stap naar voren en schud mijn hoofd, maar de secretaresse kijkt mij niet aan. Sissela heeft het opeens druk gekregen; ze rommelt eerst in haar handtas en vervolgens in haar portemonnee, waarna ze haar visitekaartje overhandigt.

'Museumdirecteur', zegt ze ademloos.

De secretaresse werpt een blik op het kaartje en maakt dan een handgebaartje.

'Gaat u allebei zitten', zegt ze. 'Dit kan wel even duren.'

Vervolgens opent ze een geheime deur en verdwijnt dieper de berg in.

Het eerste halfuur blijven we bijna roerloos zitten. Sissela heeft haar blik gericht op het nachtelijk duister voor het raam, zelf bekijk ik mijn gevouwen handen. Ze zijn smal en wit, bijna doorschijnend.

Is dit mijn laatste uur als minister? En als dat zo is, moet ik daar dan rouwig om zijn? Ik slaak een stille zucht. Ik weet het niet. Eigenlijk weet ik niet of ik me vernietigd door schaamte of bevrijd door opluchting zal voelen.

Wat heb ik tijdens mijn periode van ruim twee jaar als minister gedaan?

Beleidsnota's voorbereiden. Vergaderen. Lezen. Speeches houden. Reizen.

Het voorbereiden van beleidsnota's was saai, maar uit te houden. Een paar keer per week heb ik met vijf of zes ambtenaren van het ministerie rond de tafel gezeten, doorwrochte memo's doorgenomen, geluisterd naar hun eindeloos beleefde en even eindeloos onpersoonlijke stemmen. We deden allemaal net of de buitenwereld niet is veranderd, of armoede en ontwikkelingshulp geen vermoeiende aangelegenheid zijn geworden die tegenwoordig voornamelijk aandacht krijgt in verband met liefdadigheidsgala's en feestredes, en of de armen niet nog onbekender en anoniemer zijn geworden. We bespraken juist zeer serieus het ene project na het andere. Slechts één keer ben ik van pure verveling in slaap gevallen. Dat gebeurde vorig jaar op een late winteravond toen mijn ogen plotseling dichtvielen en mijn hand zich opende, mijn pen en memo gleden op de grond. Twee ambtenaren strekten zich daar in één vloeiende beweging naar uit, een beweging die me wekte en maakte dat ik snel mijn rug rechtte. Iedereen deed net of er niets was gebeurd, het overleg ging verder en de ene gedempte stem volgde de andere.

De kabinetsvergaderingen waren anders. Monter en vastberaden kwamen we een kwartier van tevoren bijeen. We pakten een kopje koffie van een *sidetable* en terwijl we voorzichtig droge biscuittjes in het zwarte vocht dompelden, deden we het voorkomen alsof we roddelden en grappen maakten. Kijk eens hoe mooi Erika er vandaag uitziet; ze was vanochtend op tv en heeft haar make-up laten zitten! En hebben jullie gehoord dat ze bij de liberalen aanstaande maandag met een belastinginitiatief willen komen? Over slechte timing gesproken! Of dat de christen-democratische fractie in rep en roer is, jawel, dat heb ik uit betrouwbare bron. Een paar van degenen die het zwaarst op de hand zijn, zijn teleurgesteld over de uitglijders van de nieuwe partijleider met betrekking tot de gezinspolitiek, en de partijleider zelf baalt ervan dat zijn voorganger hem niet in bescherming neemt. Maar wat verwacht hij dan? Hij zou toch moeten beseffen dat hij zichzelf nu maar moet zien te redden! De Bergkoning zelf stond glimlachend tussen de groep. Af en toe doorkliefde zijn basstem het vrolijke rumoer, en we lachten nog vastberadener, maar dat hielp niet altijd. Soms deed hij zijn ogen halfdicht en liet die met een blik als schuurpapier over ons heen glijden. Er viel een stilte van enkele seconden totdat we snel aan de vergadertafel gingen zitten en de stukken van die dag tevoorschijn haalden. Je kon de gedachten die door ons hoofd gonsden bijna horen. Wie is er nu aan de beurt om voor gek te worden gezet? Ik toch niet? Ik zal het toch niet zijn?

En mijn reizen? Uren, dagen en eeuwen boven de wolken, voorzichtig boerend door de bubbels van de welkomstchampagne die in de business class altijd werd geserveerd. Eindeloze vergaderingen in hete gebouwen, waar de zwaluwen door open ramen in en uit vlogen en de duiven een nest bouwden in kapotte airconditioningapparaten. Sonderende vergaderingen tussen gevers en ontvangers, blikken die weggleden wanneer het gesprek een enkele keer het feit beroerde dat het verschil uitmaakt of je de gever of de ontvanger bent, en daarna, als om aan beide kanten de schaamte te verbergen, een snelle lach of een even snel opvlammende conflicthaard waarin de woorden arrogantie en corruptie nooit werden uitgesproken maar achter andere woorden even te bespeuren waren. En daarna 's avonds de snelle rit per auto terug naar het hotel, langs de sloppenwijken, waar hier en daar een gloeilamp opblonk in de duisternis en waar ik een paar gezichten meende te herkennen, hoewel ik wist dat dit onmogelijk was, gezichten die aan vrouwen toebehoorden die ik als jonge journaliste had ontmoet. Maar hoe zou ik hen kunnen herkennen? Toen waren het jonge meisjes met schurft en haar als vogelnesten, nu waren het vrouwen die vroeg tandeloos en gerimpeld waren geworden. Bovendien was ik zelf veranderd. Toen ik jong was, had ik mijn ogen wijd opengesperd met een verbijsterde blik, en meende ik alles te zien. Nu staarde ik de duisternis in en wist ik dat wat ik zag slechts mijn eigen herinneringen en ideeën waren.

'De macht is een amoebe', zei ik een paar maanden geleden op een avond tegen Sverker.

Ik was net teruggekeerd uit New York na een mislukt bezoek aan de Verenigde Naties, waar noch de Amerikanen noch iemand anders had willen horen van mijn ideeën over een wereld-conferentie over geboortebeperking. Het maakte niet uit dat de bevolkingstoename alle vooruitgang teniet dreigde te doen. De Heilige Stoel, de ultraorthodoxe moslims en Amerikaans rechts vormden een compacte muur van baarmoederjaloezie. Het maakte hun niet uit hoeveel geld of levens van kinderen en vrouwen ermee waren gemoeid, als ze de mannelijke macht over de voortplanting maar in stand konden houden. Maar ook bij meer weldenkende liberalen waren mijn argumenten totaal niet aangekomen; voor hen was en bleef geboorteregeling *yesterday's news*. Toen ik neerplofte in de woonkamer waar Sverker naar de tv zat te kijken, was ik chagrijnig en moe. Er stond een fles wijn op de salontafel. Ik schonk een half glas in, keek naar Sverker en probeerde net te doen of zijn verzorgster er niet was. Het was een jong meisje, een kleine Annabel die ik nog nooit eerder had gezien. Alles wees erop dat dit haar eerste baan was. Ze was niet erg handig. Keer op keer moest ze Sverkers kin afvegen nadat hij een slok wijn had genomen. Dergelijke dingen irriteerden hem, dat wist ik, maar hij zei niets, noch tegen haar, noch tegen mij. Dat was normaal. Hij zei tegenwoordig bijna nooit iets, noch tegen mij, noch tegen de verzorgers, en als hij al wat zei, dan waren het korte, blaffende commando's. De revalidatiepsychologe had gezegd dat ik me niet de stilte in moest laten lokken, dat ik de kanalen moest blijven openhouden. Ze had geen idee hoe het werkelijk toeging tussen ons.

'Ja', zei ik weer. 'De mensen verwarren macht met toegang tot informatie. Maar dat is niet hetzelfde, ik heb toegang tot hopen informatie, maar ik heb geen macht. Dat is een amoebe. Die verandert de hele tijd van vorm. Glipt weg. Is altijd ergens anders.'

Sverker wierp me een vluchtige blik toe, maar gaf geen antwoord. Ik nam een grote slok uit mijn glas, trok mijn benen op en ging door.

'Ik blijf de hele tijd steken in oude besluiten, besluiten die door anderen genomen zijn, door oude ministers en het ministerie van Financiën, de kamerfractie en het Zweeds Internationaal Instituut voor Ontwikkelingssamenwerking... De enige macht die ik heb, is bepaalde dingen nalaten. Maar wat is dat voor macht?'

'Nog een beetje', zei Sverker. Annabel bracht het glas naar zijn lippen. Ik zette me opnieuw schrap: 'En ik ben niet de enige die dat zo voelt; een paar dagen geleden sprak ik met Arvid Svensson, je weet wel, die voormalig minister van Openbaar Bestuur. Dat is natuurlijk een echte politicus, hij heeft meer dan dertig jaar in het parlement gezeten, en weet je wat hij zei?'

Sverker gaf geen antwoord en keek niet naar me. Maar ik was niet te stuiten.

'Hij zei dat het enige waarvan hij werkelijk kon zeggen dat hij dat in al die jaren tot stand had gebracht, een speelplaats in Askersund was. Hij ging er nog wel eens heen, zei hij, gewoon om te voelen dat niet alles vergeefs was geweest. Maar verder? Geen bal. En toen ik over zijn tijd als minister begon, lachte hij alleen maar. Volksbewegingen? Sport? Jeugd en democratie? Hoe kun je dat verdomme nou in concrete politiek omzetten? Vooral wanneer er geen geld is. Hij had veel gedaan als minister, zei hij, maar hij had niets bereikt. En zo voel ik het ook. Ik doe verdomd veel, maar ik bereik niets.'

Ik zweeg, wachtend op instemmend gemompel uit de rolstoel. Tevergeefs. Dus ging ik door: 'Het was misschien de grootste vergissing van mijn leven om deze baan aan te nemen, maar ik dacht toch echt...'

Sverkers lippen bewogen. Ik vermoedde wel wat hij zei, maar kon hem niet verstaan.

'Wat zei je?'

Hij haalde diep adem en zette zich schrap, maar toch was zijn stem niet meer dan gefluister: 'Zwijg!'

En toen zweeg ik.

De deur naar de kamer van de minister-president is nog steeds dicht. Sissela gaat verzitten, frunnikt aan haar handtas en zucht. Misschien heeft ze zin in een sigaret, maar hier kan ze niet de trappen afrennen om buiten een trekje te nemen. Ze zou nooit meer worden binnengelaten.

'Hoelang gaat dit eigenlijk duren?'

Ik trek mijn mondhoeken wat naar beneden. Ik weet het niet. Misschien is de Bergkoning achter zijn gesloten deur werkelijk bezet, maar het kan ook zijn dat hij met zijn voeten op tafel naar de tv zit te kijken, zich bewust van het feit dat de minister van Ontwikkelingssamenwerking voor zijn deur zit te zweten. Daar houdt hij van. Het afgelopen jaar heb ik gezien hoe hij ervan geniet om het zwaard nu eens boven de ene, dan weer boven de andere minister te laten bungelen.

Sissela staat op en loopt naar het raam, vervolgens draait ze zich om en beent met grote passen over het parket alsof ze de kamer wil opmeten.

'Ik moet naar Straatsburg', zegt ze dan. 'Morgen vertrek ik.'

Ik knik.

'Torsten gaat voor je zorgen.'

Ik frons mijn voorhoofd. Wat bedoelt ze?

'Hij komt...'

Meer kan ze niet zeggen want de deur gaat open en de secretaresse staat op de drempel.

'Hij kan u nu ontvangen', zegt ze. 'Maar alleen u. Uw vriendin moet hier wachten.'

Sissela opent haar mond om te protesteren, maar ik steek mijn hand op om haar het zwijgen op te leggen. Het heeft geen zin.

Hij staat bij het raam met zijn rug naar me toe, beweegt zich niet en kijkt niet naar me. Het is heel stil. Buiten in de duisternis glinsteren de gele lichtjes van Riddarholmen, binnen in de kamer glimt het donkere bureau als een spiegelbeeld van het water buiten. Hij is gekleed in een wit overhemd en een grijze broek. Zijn jasje hangt over een van de bezoekersstoelen, open en wachtend, alsof het bereid is degene die gaat zitten te omarmen en vast te houden.

'Ja', zegt hij talmend, daarna wordt het stil. Nu zie ik dat hij het raam van pantserglas wat opzij heeft geschoven en midden in de onbeschermde opening staat. Gevaarlijk, denk ik, er kan een gek met een vizierkijker ergens op de eilandjes staan... Op hetzelfde moment besef ik dat ik in de schootslijn achter hem sta, dus stap ik snel opzij. Tegelijkertijd krijg ik in het donkere raam mijn eigen spiegelbeeld in de gaten. De voeten dicht bij elkaar. Een beetje verfomfaaid. Beide handen in een stevige greep om de handtas. Ik hang mijn tas over mijn schouder en probeer mijn lichaam er wat relaxter te laten uitzien. De voeten uit elkaar. De linkerschouder omhoog. De rechterheup naar beneden. Waar dat nu goed voor zal zijn. Hij kijkt immers niet naar me.

'Ja', zegt hij opnieuw, nog steeds zonder zich om te draaien. Het wordt weer stil. Het blijft lang stil. Er begint bij mij iets te kriebelen. Dat weet hij natuurlijk, dat voelt, ruikt en vermoedt hij. Angst is zijn terrein, het enige terrein waarop hij zich even vanzelfsprekend en soepel kan bewegen als een katachtige. Op andere terreinen is hij onhandig en log; je ziet hoeveel moeite het hem kost om te proberen vriendelijk te zijn: wanneer hij praat over compassie trilt in zijn woorden kruiperigheid mee, wanneer hij praat over zijn eigen grote deemoedigheid glinstert er hoogmoed in zijn ogen. Maar nu is hij oprecht. Volkomen eerlijk en volkomen oprecht.

'We hebben het over je man gehad', zegt hij. 'Weet je dat nog?'

Ik knik naar zijn rug. Natuurlijk weet ik dat nog. We hebben het over Sverker gehad, op die dag vlak na de verkiezingen toen hij me vroeg om voor een gesprekje naar Rosenbad te komen. Ik zat redelijk ontspannen in die bezoekersfauteuil te vertellen over Sverkers handicap – verlamd vanaf zijn schouders, maar in het bezit van zijn verstand en emoties – terwijl ik met een ander deel van mijn hoofd piekerde waarom hij mij gevraagd had te komen. Was hij van plan om in een of andere kwestie mijn steun in de hoofdartikelen van de krant te vragen? En hoe zou hij dan reageren als ik zei dat dit onmogelijk was, dat dit zo niet ging, dat niemand ooit dat soort loyaliteit van mij en mijn krant kon verlangen. Of had hij andere bedoelingen? Kon het waar zijn dat hij van plan was mij een ministerspost aan te bieden, iets waar anderen op de redactie grappen over hadden gemaakt?

'Je hebt gezegd dat het een ongeluk was.'

Ik knik opnieuw.

'Maar je hebt niets gezegd over de omstandigheden. Je hebt me laten geloven dat het om een auto-ongeluk ging.'

Ik recht mijn rug en probeer me te verzetten. Ik ben toch niet verantwoordelijk voor zijn gissingen.

'En je hebt uitdrukkelijk gezegd dat er geen lijk in de kast zat.'

Inderdaad. Dat weet ik nog. Ik zat in die stoel, opeens overweldigd en gevleid door zijn aanbod, en beweerde dat ik geen enkel lijk in de kast had.

Nu draait hij zich om. Nu kijkt hij mij aan met die kleine oogjes van hem en schudt langzaam zijn hoofd.

'En ik heb je geloofd, MaryMarie. Ik dacht dat je te vertrouwen was.'

Ik ook, denk ik. Ik dacht ook dat ik te vertrouwen was.

Marie loog altijd meer dan ik. Toen ze tien jaar was, was ze niet te stuiten.

Haar vlinderbroche was kapot, maar het was niet waar dat

mama daar op een dag op had getrapt toen ze gek begon te doen. Hij was aan een spar blijven haken toen Marie omhoogklom naar de boomhut die Ove, de populairste jongen van de klas, had gebouwd. Ove klom zelf voor haar uit en zag niet wat er gebeurde, maar toen ze over de verdwenen vleugel vertelde, klauterde hij naar beneden en zocht lang tussen de bosbessenstruiken. Wanneer had Ove haar gevraagd om mee te gaan naar de hut? Op een dag na schooltijd. Waar de hut was? Dat was een geheim.

Het was ook niet waar dat ze op een dag in de eerste pauze was thuisgekomen en rare geluiden uit de slaapkamer van mama en papa had gehoord, ze was niet voorzichtig over de overloop geslopen, had niet door de halfopen deur naar binnen gegluurd en hen daar niet zien worstelen op het onopgemaakte bed. Mama was niet bleek en halfnaakt, papa had zijn ene arm niet om haar nek geslagen terwijl hij met de andere aan haar broekje rukte, ze hielden ook niet op toen ze Marie een gil hoorden geven. Mama vloog niet op van het bed om haar armen om haar heen te slaan. Papa gooide het broekje niet achter haar aan en sloeg de deur niet dicht. Nee, dat ze die middag niet kon stoppen met huilen kwam omdat Tusse was overreden. Precies. Haar poes. Het was toch niet haar fout dat niemand in de klas wist dat ze een poes had?

Bovendien was het niet waar dat de hele klas zich ten slotte tegen haar had gekeerd, dat ze haar gezamenlijk voor leugenaar hadden uitgemaakt, dat ze sneeuwballen en ijsbrokjes naar haar hadden gegooid. En Ove had niet met zijn harde schoen tegen haar achterste geschopt. Integendeel. Hij had haar nageroepen, had gebeden en gesmeekt dat ze zou meedoen met een spelletje, maar ze wilde niet. Ze wilde bij het fietsenhok met rust gelaten worden.

'Luister je naar me?' zegt de Bergkoning. 'Hoor je wat ik zeg?'
Ik knik. Ik luister.
'Je hebt gelogen. Je bent een leugenaar.'

189

Hij heeft zijn stem gedempt, fluistert bijna. Dat is slecht. Hij is altijd het ergst wanneer hij fluistert.

'Lieg je nu ook? Kun je echt niet praten? Sta je je hier soms aan te stellen?'

Ik schud mijn hoofd. Nee. Ik stel me niet aan.

'Ik geloof je niet.'

Hij zet een paar stappen naar de salontafel, pakt *Expressen* op en houdt de krant opengeslagen voor me. Ik doe mijn ogen dicht. Marie staat nog in het Rosenbadspark, volkomen roerloos, ze ademt nauwelijks.

'Dit heb jij deze regering aangedaan...'

Ik schud opnieuw mijn hoofd, maar dat helpt niet. Hij dempt zijn stem nog meer.

'Je hebt ons belachelijk gemaakt. Jezelf en de hele regering. Maar vooral jezelf.'

Hij laat de krant los en die valt ritselend op de grond.

'Misschien ben je gewoon niet goed snik. Dat heb ik me wel eens afgevraagd. Je kwam af en toe verschrikkelijk verward over, vooral wanneer je zat te leuteren over die vrouwenhandel en mensensmokkel.'

Ik doe mijn mond open, maar sluit hem vrijwel meteen weer. Het is nog maar twee maanden geleden dat hij zelf een grote toespraak heeft gehouden over mensenhandel, een toespraak waarin hij het de schande van onze tijd noemde, de slavernij van onze tijd, de grootste onrechtvaardigheid van onze tijd, maar dat hoeft natuurlijk niets te betekenen. Een paar jaar geleden waren milieukwesties de grote schande van onze tijd. Daarna was het de zorg in de psychiatrie. Nu is het de criminaliteit.

'Ik wil een verklaring van een arts.'

Nu fluistert hij niet meer.

'Een verklaring van een arts die een acceptabele uitleg geeft over jouw spraakproblemen. Geen psychologisch gewauwel. En wanneer je hebt besloten dat je weer kunt praten, geef je een interview aan een goede journalist en leg je uit dat je me hebt voorgelogen.'

Ik schud mijn hoofd. Nee. Hij trekt zijn wenkbrauwen op.

'Jawel. Dat is precies wat je gaat doen. En dan kun je meteen van de gelegenheid gebruikmaken om uit te leggen hoe dat verhaal van jouw man in elkaar zit. Waarom je bij hem blijft en zo, hoewel hij half Europa heeft geneukt.'

Hij trekt zijn bureaustoel achteruit en gaat zitten.

'Pas wanneer dat is gebeurd zullen we eens gaan nadenken of je kunt aanblijven of niet. Voorlopig ga je met ziekteverlof.'

Mogelijk verslag van een tv-uitzending

De minister-president houdt zijn hoofd schuin. Het effect is opmerkelijk. De presentator krimpt, opeens is hij een kop kleiner.

'Ja, weet je, Lars,' zegt de minister-president terwijl hij zijn hoofd even schudt, 'dit is een trieste geschiedenis.'

De presentator probeert zich langer te maken. Dat helpt niet.

'Maar toen u Mary Sundin als minister van Ontwikkelings-samenwerking benoemde, wist u toen dat haar man letsel had opgelopen bij een bezoek aan een prostituee?'

Een bijna onhoorbare zucht.

'Nee. Dat wist ik niet. Ik had nooit iets over deze zaak gehoord totdat het in de kranten stond.'

'En hoe hebt u toen gereageerd?'

Een korte pauze. Gepeins.

'Ik maakte me natuurlijk zorgen. Vooral om Mary Sundin persoonlijk. Ze is een zeer competente vrouw met een zware en verantwoordelijke portefeuille. En het is natuurlijk een serieus gezondheidsprobleem.'

'U bedoelt dat ze haar spraakvermogen heeft verloren?'

'Ja.'

'Gelooft u dat?'

De diepe zucht van de minister-president markeert teleurstelling. Dit had hij niet verwacht van een serieuze politiek journalist.

'Uiteraard. Mary Sundin kan niet praten.'

'Maar de neurologen zeggen...'

'Ja, ik ben natuurlijk geen neuroloog, maar ik meen te weten dat een aandoening van dit type allerlei oorzaken kan hebben.'

'Welke dan?'

'Daar wil ik niet op ingaan.'

'Psychische?'

'Zoals ik al zei: daar wil ik niet op ingaan. Ik denk dat het op dit moment belangrijk is dat we allemaal consideratie met Mary Sundin hebben en zorgvuldigheid betrachten. En speculaties vermijden.'

De presentator kijkt in zijn papieren.

'Maar u wist er dus niets van dat haar man...'

De minister-president schudt zijn hoofd.

'Nee, zoals ik al zei: hier was ik niet van op de hoogte.'

'Denkt u dat er een verband bestaat tussen de privé-omstandigheden van Mary Sundin en het feit dat ze als minister zo veel tijd en energie in vrouwenhandel en mensensmokkel heeft gestoken?'

De stem van de minister-president klinkt verdrietig.

'Mensensmokkel is de grootste schande van onze tijd.'

'Maar kan Mary Sundin nu nog aanblijven?'

'Mary Sundin is met ziekteverlof. Het zou niet juist zijn om nu te speculeren...'

'Hebt u nog wel vertrouwen in haar? Hoewel ze blijkbaar de waarheid heeft verzwegen?'

De minister-president glimlacht even.

'Ik vind niet dat we ons moeten bezighouden met speculaties over iemand die ziek is. Mary Sundin is ziek.'

De eindtune op de achtergrond. De presentator wendt zich tot de camera en wenst de kijkers goedenavond. De muziek zwelt aan, het licht in de studio wordt gedimd. De minister-president maakt de microfoon los van zijn revers, buigt zich dan voorover en fluistert iets.

De presentator is de enige die hoort wat hij zegt.

Het fijnste

Vrijheid. Wat moet ik daarmee?

's Avonds in een park staan wachten op de vrouw die ik niet ben?

De glazen deuren van Rosenbad glinsteren in de duisternis. Als Mary bestaat zal ze weldra naar buiten komen. Sissela zal vooroplopen, ze zal met haar ene hand de deur openhouden terwijl ze haar zwarte sjaal om haar schouders slaat. Mary zal achter haar aanlopen met haar mantel open en een heel afwezige blik.

Waar denkt ze aan? Aan de dreigementen van de minister-president? Of aan degene die in Bromma wacht?

Ik weet het niet. Ik wil het niet weten.

Het begint laat te worden. Drottninggatan ligt er vrijwel verlaten bij, slechts een paar mensen die een avondwandeling maken zwerven door de duisternis. Een paar meter voor me loopt een stel van middelbare leeftijd. Ze kijken elkaar niet aan, maar lopen in de maat. Ik pak hetzelfde ritme op, volg hen op de voet. Wanneer ze blijven staan om een etalage te bekijken, blijf ik ook staan. Zij kijken naar boeken, ik kijk naar handschoenen en sjaals, daarna beginnen we weer te lopen. De vrouw haalt iets uit haar handtas en brengt dat naar haar gezicht. Ik kan niet zien wat het is. Misschien moet ze gewoon haar neus snuiten. De man haalt zijn hand uit zijn zak en gesticuleert, het lijkt alsof hij iets vertelt. De vrouw knikt en reageert met iets wat een vraag moet zijn. De man wordt enthousiast, gesticuleert nog meer en lacht. De vrouw reageert met een glimlach, daarna zwijgen ze allebei en verhogen het tempo. Ze maken een avondwandeling langs Drottninggatan en ik loop een paar meter achter hen. Toch leven ze in een andere wereld, in een heel ander universum. Sverker en ik liepen nooit op een donderdagavond in oktober in de maat langs Drottninggatan. Wij wisten niet eens dat je dat kon doen. Wij dachten al vanaf het begin dat het huwelijk was ingesteld om iemand een ander mens te geven voor wie hij geheimen kon hebben.

'Ik hou van je', zei Sverker ten slotte.

Er waren vijf jaren verstreken. Biljartclub De Toekomst was bij vijfentwintig gelegenheden bijeengekomen voor een feest: vijf keer de viering van Valborgsmässoafton bij Anna en Per, vijf keer Midzomer bij Sverker en Maud, vijf keer een kreeftenfeest bij mij, vijf verdwaalde glühweinfeesten bij Torsten, vijf keer oudejaarsavond bij Sissela. Elke keer verscheen Sverker met een ander meisje. Helena met de donkere ogen van de Kunstacademie werd opgevolgd door een blonde Birgitta van de Handelshogeschool, die op haar beurt werd opgevolgd door een asblonde Anne-Marie van het Instituut voor Psychologie van de Universiteit van Stockholm. Plus nog een paar, van wie niemand het kon opbrengen de naam te onthouden. We wisten immers dat ze algauw zouden worden vervangen. Dus dekten we altijd voor een persoon extra naast Sverker, maar zetten alleen een vraagteken op het kaartje voor de tafelschikking. Enkelen van hen stoorden zich daaraan, maar de meesten trokken slechts hun wenkbrauwen op. De boodschap was duidelijk. Een tafelschikking? Wat was dit voor burgerlijk clubje?

Maar wij waren geen burgerlijk clubje. Wij waren gewoon een tikje te zeer carrièrebelust om ons in de politieke sekten van die tijd te laten binnenlokken, ook al zorgden we er allemaal voor dat we voldoende links van het politieke midden bleven. Bovendien voelden we ons wat ouder dan onze leeftijdgenoten. Magnus was misschien een uitzondering, maar dat werd gecompenseerd door het feit dat Maud, die de jongste van heel Biljartclub De Toekomst was, ook de oudste was. Voordat ze eindexamen van de middelbare school had gedaan, sprak ze hem al toe op een toon zoals een moeder haar geliefde belhamel van een zoon toespreekt; een verliefd lachje lag op de loer achter haar streng vermanende toon. Maar Magnus! Dat kun je toch niet doen!

In die jaren gebeurde er veel met ons. Per werd bij BZ aangenomen en Sverker kreeg een baan bij het hipste reclamebureau van Stockholm. Anna stopte met haar studie Frans en begon aan de Sociale Academie, maar beëindigde haar opleiding onmiddellijk toen ze in verwachting was. Van Torsten werden enkele gedichten gepubliceerd in vooraanstaande literaire tijdschriften. Sissela nam een bijbaantje als gids in Moderna Museet en schreef een afstudeerscriptie over de in 1929 opgerichte surrealistische Halmstad-kunstenaarsgroep, waarvoor ze veel aandacht kreeg. Maud begon aan een studie tandheelkunde. Magnus zwierf rond door de stad en beweerde dat hij naar zijn eigen expressievorm zocht. En zelf kreeg ik na drie lange vervangingen eindelijk een vaste aanstelling bij *Aftonbladet*.

Zo kwamen we ten slotte op 30 april bijeen om onze zesde gezamenlijke Valborgsmässoafton te vieren. Per en Anna waren net verhuisd naar een oud rijtjeshuis in Täby, een huis dat zowel een eetkamer en een open haard als een knoestige kersenboom bij het keukenraam had. Toen we in de hal onze jassen weghingen en onze schoenen op een rijtje zetten, keken we aarzelend rond. We waren gewend aan woningen in gebouwen die gesloopt werden, en aan studentenkamers, en dit was een wereld waarin we ons nog niet echt thuis voelden. Daarom duurde het even voordat we over de drempel van de woonkamer stapten; we bleven in de hal samengepropt voor de spiegel staan, duwend en giechelend als schoolkinderen. In de woonkamer stond Per in zijn nieuwe diplomatenkostuum op zijn hakken te wiegen en vanuit de keuken, waar een onzichtbare Anna aan het stommelen was, kwam een vage geur van knoflook ons tegemoet. Sissela was degene die uiteindelijk besloot dat het welletjes was met het gegiechel. Ze greep de drie lelies die ze voor Anna en Per had meegenomen en stapte over de drempel. Op hetzelfde moment kwam Anna de keuken uit struikelen. Ze zag eruit als een popje met haar ronde buik, een verbouwereerd slaappopje, dat met grote bruine ogen knipperde.

'Kijk eens', zei ze terwijl ze met haar handen onder haar buik een kwartslag draaide. 'Kijk eens hoe dik ik ben! En toch ben ik pas over een maand uitgerekend!'

Sverker was degene die het eerst zijn hand op haar buik legde; hij streek voorzichtig over haar positiejurk van velours, waarna hij zich snel terugtrok. Sissela herhaalde dat gebaar. Zelf deed ik een stap achteruit en ik ontdekte opeens dat ik naast een vreemd meisje stond. Het duurde even voordat ik weer wist wie zij was. Annika. Zij had de laatste jaren verkering met Torsten, maar werd niet echt als lid van Biljartclub De Toekomst beschouwd. Ze glimlachte vaag naar mij, maar ik beantwoordde haar glimlach niet. Ik had haar nooit gemogen en ik mocht haar nog steeds niet; ik snapte eigenlijk niet hoe Torsten haar in zijn nabijheid kon verdragen. Ze was zo aanstellerig dat ze zich niet eens van een normale gesprekstoon kon bedienen; als ze wat zei, dan fluisterde of piepte ze. Echt een domme gans. Een verschrikkelijk domme gans.

Zelf was ik net door Fredrik aan de dijk gezet, een roodblonde corrector bij *Expressen*. Ik wist niet goed waarom we verkering hadden gehad. Bij nader inzien moest ik toegeven dat ik eigenlijk niet van hem had gehouden, en ik vermoedde dat hij ook niet bijzonder gek op mij was geweest. Een paar keer hadden we geprobeerd met elkaar naar bed te gaan, maar mijn handen waren er nooit echt in geslaagd hem te bereiken. Het was net of ik een paar millimeter boven zijn huid de lucht streelde. Hij drukte zich op zijn beurt stevig tegen mij aan en perste zijn mond op de mijne, hield mijn armen in een stevige greep en hijgde zwaar in mijn hals. Ik kon niet voorkomen dat mijn lichaam tegenstand bood, mijn spieren spanden zich vanzelf aan en mijn nek draaide, zodat mijn gezicht ontsnapte. Na afloop bleven we zwijgend en roerloos liggen, niet in staat om te praten over wat er was gebeurd en evenmin in staat elkaar opnieuw aan te raken. Toen hij belde om te zeggen dat we elkaar misschien maar niet meer moesten zien, ging er een golf van pure opluchting door me heen. Eindelijk.

Misschien was het met Torsten en Annika net zo gegaan. Zo leek het, althans, van zijn kant. Hij liet zijn armen hangen toen zij zich tegen hem aan drukte en haar wang tegen zijn overhemd vlijde; hij fronste slechts licht zijn wenkbrauwen en vervolgde zijn gesprek met Magnus. Zij bleef even staan en zocht met haar blik naar toeschouwers, maar vond alleen mij; de rest was druk in gesprek en keek in de woonkamer rond. Ik hief glimlachend mijn glas naar Annika, zij liet Torsten meteen los en draaide zich om. Ik glimlachte nog breder en nam een stevige slok witte wijn.

Naast Sverker stond die dag een langbenige blondine, wier naam nog geheim was. Sissela keerde zich plotseling om en keek haar strak aan. De blondine maakte een lichte beweging alsof ze een impuls om terug te deinzen onderdrukte. Ik glimlachte opnieuw en hief mijn glas naar Sissela. Biljartclub De Toekomst bewaakte zijn grenzen.

Anna had coq au vin gemaakt en we gingen aan de donkere, jarenveertigtafel in de eetkamer zitten. Anna glimlachte verontschuldigend en verklaarde dat ze geen geld hadden om al meubels te kopen; ze hadden genoegen moeten nemen met wat ze van hun ouders konden overnemen aan afgedankte meubels. Niet dat dit uitmaakte. Over een paar maanden zou Per immers worden uitgezonden naar zijn eerste post als ambassadesecretaris in Lissabon, en daar zouden ze een gemeubileerd huis krijgen. Was dat niet fantastisch? Zij was weliswaar van plan om in Zweden te blijven tot de baby minstens zes maanden was, maar daarna zou ze het rijtjeshuis verhuren, maar niet voor langere periodes dan een halfjaar, want dit zou in de toekomst altijd hun pied-à-terre in Zweden blijven en...

Er werd aangebeld. Per stond op om open te doen. Toen hij terugkwam keek hij ernstig.

'MaryMarie', zei hij. 'Er is een dominee die je wil spreken. En een politieagent.'

Ik was altijd bereikbaar. Ik kwam elke ochtend een halfuur te vroeg op de redactie om de beste klussen te krijgen, en ik ging nooit weg zonder een lijstje achter te laten van waar ze me 's avonds en in het weekeinde konden bereiken. Ik was al goed, maar dat was niet voldoende. Ik wilde de beste worden. Dat was pure noodzaak, ik moest beter dan alle anderen zijn om me niet de allerslechtste te voelen. Daarom konden ze me vinden.

Mijn rechterhand vouwde het servet op, de linker streek eroverheen, daarna bleef ik een paar tellen roerloos zitten totdat de rechterhand het witte stukje stof eindelijk optilde en op tafel legde. Ik dacht niet, ik voelde niet, ik vreesde niets. Ik was slechts een lichaam dat langzaam van tafel opstond.

'Het gaat over je ouders', zei Per.

Mijn moeder was op slag dood geweest, zei de dominee. Mijn vader lag bewusteloos in het ziekenhuis in Eksjö. Hij had eraan kunnen toevoegen dat het autowrak nog ergens in een sloot langs de provinciale weg tussen Eksjö en Nässjö lag. En dat de lamp thuis in de keuken brandde. Dat zag ik acht uur later, toen ik met Sverker het huis binnenstapte.

Hij zou mij naar Eksjö brengen. Van iets anders was geen sprake. Zijn auto stond immers voor de deur, met een volle tank, we konden zo weg, en hij had maar een paar slokjes wijn gedronken. Nee, Sissela hoefde niet mee, echt niet. Torsten ook niet. Hij schonk de blondine een vluchtige glimlach en gaf haar een even vluchtige kus op haar wang. Ze begreep het toch wel? Daarna vertrokken we.

Het eerste uur zwegen we. Sverker zat een beetje voorovergebogen over het stuur naar de weg te turen. Misschien had hij een bril nodig, misschien kwam het alleen door de gele lantaarns die tegenwoordig langs de snelweg brandden en waaraan hij moeilijk kon wennen. In Södertälje begon het te sneeuwen en een paar kilometer verder hield het gele licht op. We gleden als in een tunnel door de duisternis, op weg van het ene niets naar het andere, terwijl de lichten van de koplampen de stille sneeuwval veranderden in een witte caleidoscoop.

'Hoe is het?'

Zijn stem klonk een beetje hees. Ik wist niet wat ik moest zeggen. Hoe was het? Leeg. Leger dan anders. Maar verder was het goed, dank je, misschien met uitzondering van het feit dat de ene helft van mijn ik de andere fronsend gadesloeg, licht geschokt door het feit dat een beetje nieuwsgierigheid het enige gevoel was dat in de leegte rond tuimelde. Inderdaad, zo was het. Ik was nieuwsgierig naar wat er was gebeurd en wat er nu zou gaan gebeuren. Misschien was dat het eerste stadium van shock. Ik kon nog niet geloven dat mijn moeder er niet meer was en dat mijn vader zijn ogen had gesloten en nog dieper in de stilte was weggegleden. Ze waren er altijd geweest. Ze zouden er altijd zijn.

'Gaat het wel goed met je?'

Ik keek naar hem, knipperde een paar keer met mijn ogen.

'Gaat wel.'

'Heb je honger?'

Ik schudde mijn hoofd.

'Nee. Jij?'

'Een beetje.'

'Als je wilt, kunnen wel even bij een wegrestaurant stoppen.'

'Hebben we daar tijd voor?'

'Een kwartier meer of minder maakt niet uit.'

Pas toen ik hem van een afstand zag, drong tot me door dat ik echt met Sverker op pad was. Hij stond met zijn dienblad bij de bar en maakte zijn stropdas en het bovenste knoopje van zijn overhemd los terwijl hij het menu las. Zijn colbertje was een beetje verkreukeld aan de achterkant, en een verwilderde pluk haar hing over zijn voorhoofd; hij streek die weg voordat hij een bord pakte. Alles aan hem was bekend en vertrouwd, maar toch was hij nog steeds een vreemdeling.

De laatste jaren had ik mijzelf niet toegestaan aan hem te denken. Hij kon zo veel meiden meeslepen als hij wilde, het deed mij niets, ik was absoluut niet van plan me daardoor in een smachtende gans te laten veranderen. Sissela en ik waren het erover eens dat het het verstandigst was om Biljartclub De Toekomst een vriendenkring te laten zijn, en niet meer dan dat. Van de weeromstuit snauwde ik Torsten toevallig één keer te veel af. Op het volgende midzomerfeest bracht hij Annika mee en sindsdien hadden we alleen nog maar beleefdheidsfrasen uitgewisseld. Bij het kreeftenfeest datzelfde jaar bestond mijn tegenzet uit Miroslav, een buitengewoon goed geproportioneerde student medicijnen uit Belgrado. Een paar dagen later maakte hij het uit. Ik werkte te veel en bovendien waren mijn vrienden de onaangenaamste types van Zweden. Dat patroon zou zich herhalen. Iedereen met wie ik verkering had, maakte het vlak voor of na een feest met Biljartclub De Toekomst uit. Ik begreep niet hoe dat kwam. Zelf was ik niet in staat het met iemand uit te maken, maar evenmin om Biljartclub De Toekomst te laten schieten.

Voorzichtig balancerend met zijn blad kwam Sverker tussen de tafels door aanlopen. Ik sloeg mijn ogen neer toen hij dichterbij kwam, keek naar de dunne wollen crèpe van mijn jurk. Opeens realiseerde ik me dat we geen bagage bij ons hadden, dat ik het ziekenhuis in Eksjö zou binnenstappen gekleed in een mooie jurk in diep lila. Vannacht kon dat nog wel, maar hoe zou dat morgen overkomen?

Sverker zette zijn blad op tafel en glimlachte.

Ik volg het onbekende paar tot het eind van Drottninggatan, maar wanneer zij afslaan naar Tegnérlunden blijf ik staan en kijk hen na. Ze lopen nog steeds in de maat, maar nu langzamer en licht voorovergebogen omdat het hier omhoogloopt. Opeens voel ik dat het koud is, ik begin te rillen, steek de straat over en loop snel terug. Het geluid van mijn hakken weerklinkt tussen de gevels van de huizen.

De man in het witte overhemd zit aan de bar. Zodra ik het Sheraton binnenstap, zie ik hem. Zonder erbij na te denken trek ik mijn jas uit, loop de bar in en ga op een van de diepe banken voor de grote haard zitten.

De man in het witte overhemd draait rond op zijn kruk. Hij glimlacht. Ik kijk hem aan en glimlach terug. Ik ben niet bang.

Iemand had bij mijn moeders baar een kaars aangestoken, haar in het wit gekleed en haar handen gevouwen.

Toch heerste er in de kamer geen vredige stemming. Misschien kwam dat door haar gezicht; haar onderkaak schoof op een onnatuurlijke manier naar voren zoals ze daar lag. Het leek of ze op het punt stond een woede-uitbarsting te krijgen. *Dat doemme maisje!* Ik zette een stap achteruit en tastte naar Sverkers hand. Hij pakte de mijne. We bleven een poosje roerloos staan voordat ik in staat was de baar opnieuw te naderen. Ik maakte de manchet van het nachthemd los en rolde de witte mouw op, streek met mijn vinger over de vier cijfers. Opeens besefte ik dat ik niets over haar wist, niet hoe haar moeder heette of wat voor werk haar vader had gedaan, niet of ze broers of zussen had gehad en wat er in dat geval met hen was gebeurd. Ik had nooit iets durven vragen en nu zou ik het nooit weten; haar wereld was ontbonden, uitgewist, vernietigd.

Sverker zei niets. Maar zijn ademhaling was warm in mijn nek.

De man in het witte overhemd pakt mijn pols. Ik laat het gebeuren, sluit slechts mijn ogen wanneer we door de lobby lopen. Het is leeg op mijn netvlies, ik herinner me noch Mary noch mijn moeders dode lichaam. Ik voel niets anders dan de warmte van de hand van een vreemde. Hij raakt mij aan. Hij wil mij hebben. En ik ben niet bang. Bijna helemaal niet bang.

Wanneer we in de lift staan, kust hij mij. Zijn tong smaakt naar bier.

Na het orgasme slaapt hij vrijwel meteen in. Dat geeft niet. Het is fijn om met zijn zware arm op mijn buik te liggen, te luisteren naar zijn gesnurk, en te peinzen over wat er zojuist is gebeurd. Minder dan vierentwintig uur geleden lag ik in een cel in de gevangenis, nu ben ik voor het eerst van mijn leven naar bed geweest met een wildvreemde man, iemand van wie ik niets weet, geen naam, leeftijd of nationaliteit.

Het is meer dan zes jaar geleden dat iemand mij heeft aangeraakt. Mijn lichaam heeft leven gekregen. Mijn hart klopt en mijn wangen gloeien, er hangt nog een lichte tinteling tussen mijn schaamlippen. Een gedachte flitst op in de duisternis: was dit wat Sverker zocht? Probeerde hij tot leven te komen?

Mary steekt de sleutel in het sleutelgat en doet de deur open. Haar huis. Mijn huis.

Tijdens de eerste jaren in de gevangenis miste ik het huis in Bromma meer dan wat ook. Zodra het licht in de cel uitging, was ik terug. Ik hing mijn jas aan de kapstok in de hal, liep de woonkamer binnen en keek rond. Alles was zoals het wezen moest. De open haard brandde. Er lag een opengeslagen boek op de salontafel. Er stond een enorme hibiscus in een pot op de grond. In de keuken was met wit serviesgoed en gebloemde placemats gedekt voor een doordeweekse maaltijd, in de oven stond een visschotel, de saus pruttelde terwijl er langzaam een goudbruin korstje op de bovenkant verscheen. Ik opende de deur van de wasruimte: ook hier was alles in orde. De deurtjes van de wasmachine en de droger stonden open, schone onderbroeken lagen opgestapeld in Sverkers draadmandje, witte katoenen slipjes in dat van mij. Boven de wasbak hingen een paar gestreken overhemden en blouses, allemaal keurig aan de hals dichtgeknoopt. Ik nam de kleerhangers op mijn linkerwijsvinger en bracht de overhemden en blouses naar de slaapkamer, waar ik de ene helft in Sverkers kast hing en de andere in die van mij, vervolgens bleef ik voor het raam staan om de tuin in te kijken. De pruimenboom strekte smekend zijn knoestige takken naar mij uit, maar ik kon geen troost bieden. De jonge eik was mooier, die boom die doelbewust millimeter na millimeter aan zijn lengte toevoegde terwijl zijn wortels steeds dieper in de aarde doordrongen. Weldra zou hij het hele terras in de schaduw leggen. Die gedachte sprak me aan; op warme zomerdagen wilde ik liever in de schaduw van een eik zitten dan onder een parasol. En als de eik de pruimenboom de dood in dreef, dan was ik bereid dat verlies te dragen. Ik had nooit van pruimen gehouden.

Voordat ik de slaapkamer verliet, legde ik mijn hand op de sprei. Het leek alsof ik een onzichtbare plooi gladstreek of een haartje weghaalde, maar in feite was het een streling. Het bed was in mijn huis het thuis dat ik het meest miste. Toch kon ik niet blijven, ik moest de vijf stappen zetten die mij de kamer uit zouden voeren. Wanneer ik bij de trap kwam, bleef ik staan om een blik in de logeerkamer te werpen. Die was nog steeds netjes; het bed stond opgemaakt met schone lakens en een gestreepte sprei, twee witte handdoeken lagen keurig opgevouwen op de stoel. Ik liep de trap af. De deur van mijn werkkamer stond halfopen, ik leunde tegen de deurpost en keek naar binnen, liet mijn blik over het bureau en de overvolle boekenkasten gaan. Soms ging ik naar binnen en deed ik de bureaulamp aan, verwijderde een paar droge blaadjes van de gardenia. Terug in de hal bleef ik voor de deur van Sverkers werkkamer stilstaan. Die was altijd gesloten en ik deed hem nooit open.

Het is stil in huis wanneer Mary en Sissela binnenkomen. De deur naar wat ooit Sverkers werkkamer was en wat nu een aangepaste slaapkamer is, is dicht, de deur naar de kamer van de verzorgers eveneens. Mary heeft haar werkkamer verplaatst; ze heeft haar bureau en haar boeken een verdieping hoger moeten onderbrengen, in het kamertje dat ooit als kinderkamer was bedoeld.

Sissela fluistert: 'Slaapt hij al?'

Mary haalt haar schouders op. Weet zij veel. Ze is zelf moe; wanneer ze de woonkamer binnenloopt, is dat met afhangende schouders. Ze loopt op kousenvoeten, zonder te merken dat ze aan haar hiel een laddertje heeft dat langzaam verder stroomt, dat er zich een wit streepje in het zwarte oppervlak opent. Er liggen een paar kranten op tafel, ze raapt ze bijeen en loopt naar de keuken. Sissela loopt achter haar aan; ze heeft een tasje met overnachtingsspullen bij zich.

'Hebben jullie de logeerkamer boven nog?'

Mary knikt, maar draait zich niet om.

'Dan zet ik mijn spullen daar neer.'

Mary geeft een klein knikje. Doe wat je wilt, zegt haar rug.

'Ik kom zo weer beneden...'

Mary ploft neer aan de keukentafel en verbergt haar gezicht in haar handen. Zo zit ze nog steeds wanneer Sissela binnenkomt.

'Ben je moe?'

Mary vertrekt geen spier, het is alsof ze het niet heeft gehoord. Sissela legt haar hand op haar rug. Haar stem klinkt een beetje verontrust.

'Hoe is het?'

Mary zit nog steeds roerloos. Sissela kijkt rond, haar blik valt op een doos wijn op het aanrecht.

'Wil jij een glas?'

Ze wacht het antwoord niet af, maar staat gewoon op en opent de ene kast na de andere op zoek naar een wijnglas; pas wanneer Mary haar rug recht en wijst, ziet ze dat de glazen vol in het zicht in een vitrinekast staan. Sissela begint te giechelen.

'Goeie genade, ik kan zelf wel verpleging gebruiken...'

Ze bijt meteen op haar lip en werpt Mary een blik toe. Het was niet kwaad bedoeld! Maar Mary heeft zich er niet aan gestoord, ze glimlacht wat en schudt haar hoofd.

Sissela zet het ene glas voor haar neer, waarna ze aan de andere kant van de tafel neerploft.

'Ik zou dolgraag willen weten wat hij heeft gezegd... De premier. Ben je de laan uitgestuurd?'

Mary neemt een slokje wijn, knikt eerst en schudt dan haar hoofd.

'Wel en niet?'

Mary knikt. Sissela zucht.

'Tja, dat lijkt natuurlijk logisch. Zo werkt hij waarschijnlijk.'
Ze steekt haar hand uit en trekt de kranten naar zich toe. Het zijn de avondbladen van die dag. Iemand heeft ze gelezen; ze liggen allebei opengevouwen met de middenpagina naar buiten. Mary's gezicht is vier kolommen breed in de ene krant en vijf in de andere. In *Expressen* kijkt ze norser dan in *Aftonbladet*. Over Sverkers gezicht is een zwart balkje geplaatst. Dat is een stempel, de schandstraf van het informatietijdperk. Dit is de hoerenloper. De prostituant. De echtgenoot van de minister.

We liepen hand in hand door de gangen op weg naar de intensive care, maar toen we daar waren, werden we niet binnengelaten in mijn vaders kamer. We moesten op de gang blijven staan en mochten door een ruit naar hem kijken. Vreemd genoeg leek hij meer verwondingen te hebben opgelopen dan mijn moeder: hij had sneden in zijn gezicht, lag aan beademingsapparatuur, een infuus en een grijs apparaatje waarvan ik niet begreep wat het was. Zijn linkerhand trilde. Ik leunde met mijn voorhoofd tegen de ruit, Sverker sloeg zijn arm om mijn schouders. We bleven een poosje roerloos staan, bewogen ons zelfs niet toen er een jonge arts op ons afkwam. Pas toen hij een paar keer zijn keel had geschraapt, draaiden we ons om. Hij kon het niet opbrengen me aan te kijken.
'Helaas', zei hij. 'De prognose is niet gunstig.'

Laat in de nacht liepen we terug naar de auto. Ik droeg mijn moeders handtas en haar kleren in mijn armen. Haar tas was zwaar, zwart en ouderwets, haar donkerblauwe wollen mantel was nieuw en had ik nooit eerder gezien, haar jurk de oude vertrouwde zondagse jurk van duifgrijze rips die ze al minstens vijftien jaar had. Was dit de laatste ripsen jurk in Zweden? Ik dacht van wel. Ik legde de kleren op een stapel op de achterbank en ging zelf voorin zitten. Sverker draaide zich om en keek over zijn schouder terwijl hij achteruit reed. Ik kneep mijn ogen toe, mijn voorhoofd bonkte.

Het licht in de keuken brandde, dat zag ik al toen we ons huis naderden. Onze keukenlamp straalde zo helder dat het leek alsof het in heel Nässjö de enige lamp was die brandde. Dat verbaasde me. Mijn vader lette er altijd zo goed op dat je de lampen uitdeed zodra je een kamer verliet. De stroom was niet gratis, als we dat soms dachten.

Verder zag alles eruit zoals altijd wanneer mijn moeder een slechte periode had. De vaat in stapels op het aanrecht, een overvolle asbak op de keukentafel, een dun laagje stof op vloeren en meubels, halfverdorde planten voor het raam. Toen ik mezelf door de hal zag haasten om mijn hand in de keuken naar binnen te steken en het licht uit te doen, begreep ik dat ik me schaamde. Ik draaide mijn rug naar de keukendeur, vouwde mijn handen achter mijn rug en stond beleefd te wachten als een serveerster.

'Wil je iets hebben?'

Sverker schudde zijn hoofd. Er waren twee lijntjes onder zijn ogen verschenen.

'Ben je moe?'

Hij zuchtte zacht.

'Ja. Jij niet?'

'Je mag wel in mijn kamer slapen.'

Hij glimlachte, iets van verwachting glinsterde in zijn ogen. Sverker. Altijd dezelfde.

'En jij dan?'

Voor het eerst in mijn leven zei ik nee. Ook al was het indirect.

'Ik kan toch niet slapen.'

Ik liep voor hem de trap op, maar nam de laatste treden in één grote stap en haastte me om de deur van de slaapkamer van mijn ouders dicht te trekken. Daarbinnen was het een grote bende, dekens en lakens lagen op de grond, bij het raam lag een omvergeworpen stoel, de deur van mijn moeders kleerkast stond wijdopen. De deur van mijn eigen kamer was dicht. Ik deed hem voorzichtig open, opeens bang voor wat ik zou aan-treffen.

Alle lades van mijn kastje waren eruit getrokken en op de

grond neergezet, de inhoud lag verspreid over het kleed. Veel was het niet. Een gebloemde nachtpon waar ik al sinds mijn veertiende was uitgegroeid. Een trui waarvan een mouw was gestopt. Een haarborstel van roze plastic. Een kettinkje dat ik ooit had gemaakt in het kindertehuis. Ik richtte mijn blik wat hoger. De lades van mijn bureau stonden open, maar ze waren niet leeggehaald. Mijn rode etui lag er nog in. Mijn boeken-leggers ook. En het oude wasco in het doosje met de vele kleuren op het deksel.

Sverker stapte de kamer binnen. Hij keek verbaasd.

'Is er ingebroken?'

Die nacht ruimde ik voor het laatst mijn ouderlijk huis op. Ik ging heel stil te werk, spoelde de vaat af onder een dun straaltje heet water, dweilde de vloeren, stofte af, maakte met afgemeten bewegingen het bed op, deed voorzichtig de kastdeuren dicht en tilde geruisloos de omgevallen stoel op en zette die op zijn plaats. Toen het licht begon te worden zette ik op de begane grond alle ramen open, trok vervolgens mijn kleren uit en ging naakt midden in de woonkamer staan, het oude leven uit elke porie van mijn huid luchtend.

Vervolgens liep ik zachtjes de trap op, de badkamer in, en waste ik mijn hele lichaam met een washandje. Ik poetste mijn tanden en gorgelde, kamde met lange halen mijn haar en deed een druppeltje parfum achter mijn oren, waarna ik over de overloop sloop, de deur opende en bij Sverker binnenging. Hij mompelde iets toen ik naast hem kroop, maar ik hoorde niet wat. Daarom legde ik mijn hand op zijn borstkas. Die was nieuw en vreemd. Vijf jaar geleden had hij nog geen haar op zijn borst gehad, maar nu ging ik met mijn vingers door een dicht kleed van zwarte krullen. Ik kroop nog dichter tegen hem aan, wurmde een been tussen zijn benen en sloot mijn ogen. Hij was heel warm.

Op hetzelfde moment werd hij wakker. Eerst zei hij niets, lag gewoon roerloos te ademen. Ik lag even roerloos naast hem. Ik wachtte. Maakte mij gereed. En ten slotte gebeurde het: hij ging met zijn hand over mijn haar, boog zich voorover en kuste mijn voorhoofd.

'Ik hou van je, MaryMarie', zei hij. 'Dat weet je toch wel? Je weet toch wel dat ik van je hou?'

Ik knipper tegen de duisternis, ben even in verwarring. Waar ben ik? Wiens arm ligt er over mijn borst?

Dan weet ik het weer. Een hotelkamer in het Sheraton in Stockholm. Een vreemde man zonder naam, leeftijd en nationaliteit.

Opeens verlang ik terug naar de eenzaamheid en mijn eigen kamer. Ik til zijn arm op en glip eronderuit het bed uit, voel in het donker op de tast naar mijn kleren. Mijn vingertoppen zijn gevoelig. Ze kennen het onderscheid tussen zijn onderbroek en mijn slipje, ze laten snel los wanneer ik toevallig zijn witte overhemd aanraak, maar grijpen naarstig naar mijn eigen rok.

Ik heb net de ritssluiting dichtgetrokken wanneer luid gesnurk me doet verstijven. Even blijf ik bewegingloos staan en houd mijn adem in, maar dan hoor ik dat hij nog dieper in zijn slaap verzinkt. Ik buig mij voorover en pak mijn schoenen op.

Ik slaag erin geluidloos de deur te sluiten.

Mogelijk gesprek (11)

'Hallo', zegt de man aan de tafel naast hem. Torsten kijkt hem aan terwijl hij zijn stoel achteruit trekt. Hij herkent de stem, maar kan die niet plaatsen. Het gezicht is hem volkomen vreemd. Toch knikt hij en maakt zich zoals duizend keer eerder op om te doen alsof hij weet met wie hij praat.

'Hoe is het?'

'Heel goed. Gefeliciteerd met je nieuwe boek.'

'Dank je. Wat eet jij?'

Zou hij bij de ander aan tafel moeten gaan zitten? Nee. Zo goed kunnen ze elkaar niet kennen. Bovendien is de ander bijna klaar met eten; als Torsten aan een eigen tafel zit, bestaat er hoop dat de ander snel opstaat en weggaat.

'Vissoep.'

'Is die goed?'

'Volkomen acceptabel.'

Er verschijnt een serveerster met een broodmandje. Torsten neemt een stukje brood, legt dat op zijn schoteltje en informeert daarna uitgebreid naar de ingrediënten van de vissoep voordat hij bestelt. De ander neemt hem met een glimlachje op.

'Je let goed op wat je eet?'

Torsten trekt zijn wenkbrauwen op, maar geeft geen antwoord. Wie is die vent? Een journalist die hem een keer heeft geïnterviewd? Of een andere schrijver?

De ander breekt een stukje van zijn brood en gaat daarmee over zijn bord, zuigt er de laatste resten van zijn soep mee op terwijl hij zich naar voren buigt. Pas nu ziet Torsten een opengeslagen avondblad op tafel liggen. Hij wendt zijn blik af, wil niet weten wat er vandaag in de kranten staat. Door de stad lopen en de krantenkoppen zien was meer dan voldoende.

'Heb je dit gezien?' vraagt de ander terwijl hij de krant ophoudt. Torsten staart naar een grote foto van MaryMarie. Ze kijkt nors. Torsten schudt zijn hoofd. De ander begint te grijnzen.

'Het is toch godsamme ongelooflijk. Mary Sundin is dus getrouwd met de grootste hoerenloper van de wereld...'

Torsten strijkt met zijn hand over zijn kin. Wat kan hij doen? Opstaan en weggaan? Of zeggen dat de ander moet opdonderen? Nee. Dan zou hij zich blootgeven.

'Moet je luisteren', zegt de ander en hij begint voor te lezen. '"Mary Sundin is binnen de regering bekend geworden als de meest felle criticaster van prostitutie en mensenhandel. Maar vandaag weet *Expressen* te onthullen dat de echtgenoot van de minister van Ontwikkelingssamenwerking een aantal jaren geleden een prostituee bezocht in Vladista. De afloop van de affaire was dat hij uit een raam werd gegooid en daarbij zijn nek brak. Sindsdien is Sundin totaal verlamd. Voor de minister-president komt deze informatie als een verrassing. Toen Mary Sundin aantrad..."'

De stem gaat over in gemompel. Na een tijdje kijkt de ander op van zijn krant, schudt zijn hoofd en glimlacht: 'Håkan Bergman is vandaag een gelukkig mens.'

Torsten breekt een stukje van zijn brood. De ander heeft blijkbaar geen idee dat hij MaryMarie kent. Maar beter ook.

'Wie?'

'Håkan Bergman van *Expressen*. Dit is zijn ding. Hij houdt ervan om zwaargewichten neer te halen.'

'Dus Mary Sundin is een zwaargewicht?'

Hij slaagt erin onaangedaan te klinken. De ander begint te snuiven.

'Nou ja, ook niet echt. Maar Håkan Bergman houdt ervan ze wat groter te maken voordat hij ze neerhaalt...'

Jij bent jaloers, denkt Torsten. Dus ben je zelf een journalist.

'En jij denkt dat hij haar zal neerhalen?'

'Daar durf ik wel een vijfje om te verwedden.'

Torstens gezicht vertrekt.

'Maar zij kan toch nauwelijks verantwoordelijk worden gehouden voor wat haar man mogelijk heeft gedaan?'

De ander begint enigszins minachtend te kijken; hij pakt een tandenstoker uit een glas op tafel en bijt erop.

'Daar gaat het niet om', zegt hij dan.

'Waar gaat het dan wel om?'

De ander haalt de tandenstoker uit zijn mond, kijkt er even naar, breekt hem dan doormidden en gooit de uiteinden in de asbak.

'De leugens natuurlijk.'

'Heeft ze gelogen?'

De ander schuift zijn stoel naar achteren. Mooi. Hij is van plan om op te stappen.

'Ze heeft in elk geval niet de hele waarheid verteld.'

Torsten trekt zijn wenkbrauwen op.

'En wat is de waarheid?'

'Goeie vraag', zegt de ander terwijl hij zijn jas aantrekt. 'Die moet je maar aan de minister-president stellen.'

'Nou ja', zegt Torsten, die erin slaagt te glimlachen. 'Ik denk niet dat dat zal lukken.'

'Nee', zegt de ander. 'Dat denk ik eigenlijk ook niet.'

Thuis

'Jezus christus', zegt Sissela. 'Hoe laat is het?'

Ik steek mijn pols naar voren en laat haar op mijn horloge kijken. Halftwaalf. Tijd om naar bed te gaan. Maar ik heb geen zin om naar bed te gaan. Integendeel. Ik heb het goed, alles is opeens simpel en vanzelfsprekend. Voor welke macht ben ik eigenlijk bang geweest? De macht om te vernederen. Welke macht heeft de Bergkoning om mij nog verder te vernederen? Bijna helemaal geen. Anderzijds is hij heel inventief... Ach! Ik schuif die gedachte terzijde. Er is altijd nog onverschilligheid. Die beschermt. En het is fijn om eindelijk in je eigen keuken te zitten, met de voeten op je eigen keukentafel, en rode wijn te drinken. Sissela is echter niet zo ontspannen als ik. Ze trekt de avondkranten naar zich toe en begint te bladeren, gaat met haar wijsvingers over de kolom met tv-programma's en kijkt op.

'Shit, zeg. We hebben het gemist.'

Ik frons mijn voorhoofd. Wat gemist?

'Magnus' film... Die hij in Vladista heeft gemaakt.'

Ik vertrek mijn gezicht even. O ja.

'Er zou na afloop een soort debat worden gehouden. Misschien dat het nog bezig is...'

Ik wijs naar de afstandsbediening. Die ligt op het aanrecht. De keukentelevisie hangt achter Sissela, ze draait wat rond voordat ze hem ziet en drukt dan op goed geluk de afstandsbediening in. De wereld flitst voorbij, het late nieuws, een ingeblikte lach, een overdreven sentimenteel melodietje van een symfonieorkest. Maar geen film en geen debat.

'Nee', zegt Sissela. 'We hebben het gemist.'

Ik haal mijn neus op. Dat we het hebben gemist, is niet zo erg. Sissela neemt een slokje wijn.

'Hij is goedkoop', zegt ze dan. 'Echt goedkoop.'

Ik frons vragend mijn wenkbrauwen. Wie?

'Bovendien is hij lui. Maar hij is niet de enige. Het is verdomme zoveel gemakkelijker om een kaars in iemands reet te steken dan om werkelijk iets te scheppen. Daar houden ze zich allemaal mee bezig, de hele troep. Het doorbreken van taboes. Goedkope sensatie. En dan lopen ze met hun neus in de wind verwaand te wezen omdat ze het durven, hoewel iedereen weet dat er geen gemakkelijker manier is om de aandacht te trekken en cultureel krediet te verwerven dan door taboes te doorbreken. Maar daar was hij op uit. Op aandacht. Niks anders. Hij heeft altijd de gemakkelijkste weg gekozen. Hij voelde aan wat er in de lucht hing, maar paste wel op dat hij niets serieus nam. Daarom zat hij over solidariteit te huichelen, maar zorgde hij er ondertussen wel voor dat hij haar uit elke hoek fotografeerde met komkommers, vuisten en flessen in haar... Het was walgelijk.'

Magnus dus. Ik knik instemmend, hoewel ik de tentoonstelling nooit heb gezien. De foto's in de kranten waren voldoende, de foto's van het meisje en de foto's van Magnus met zijn milde glimlach. Vreemd is het niet dat Torsten in *Dagens Nyheter* in woede uitbarstte.

'Kun jij vergeven?' zegt Sissela opeens.

Ik recht mijn rug. Er zijn dingen waar we niet over praten.

'Dus niet Magnus, maar...'

Ze heeft een sigaret in haar ene hand en een aansteker in de andere. Als ik had kunnen praten, zou ik me overal met een grapje van af hebben gemaakt en hebben gezegd dat ik bereid was om alles te vergeven, behalve wat zij juist van plan was te doen: iemand die in mijn keuken rookt, kan niet op mijn vergeving rekenen. Maar ik kan niet praten. Ik kan niets anders dan luisteren.

'Onze schuldenaren', zegt Sissela. Ze steekt haar sigaret aan en blijft stil zitten, turend naar de rook. Ik knik niet, verroer me niet.

'Mijn vader is van de zomer overleden', zegt ze dan.

Ik trek mijn wenkbrauwen op. Daar heeft ze niets over gezegd, ik had er zelfs geen idee van. Ik doe mijn mond open om iets te zeggen, maar sluit hem meteen weer. Zinloos. Maar ik ben verwonderd; voorzover ik weet, heeft Sissela geen contact meer met haar vader gehad sinds onze eerste Midzomer samen. Ik weet bijna niets over hem; dertig jaar lang is hij slechts in snelle bijzinnen voorbijgeflitst. Timmerman. Alcoholist. Een man met losse handjes. Marxist van de oudtestamentische soort. Haar moeder was even onzichtbaar: zij stierf toen Sissela zes jaar oud was en heeft alleen wat losse herinneringen nagelaten.

'Hij is toch nog achtenzeventig geworden', zegt Sissela. 'Wat tamelijk uniek is, als je bedenkt hoeveel hij heeft gerookt en gezopen.'

Ze kijkt naar haar eigen peuk, schudt dan haar hoofd.

'Een boedelbeschrijver nam contact met me op... Toen was die ouwe al een paar weken dood. Maar nog niet begraven. Ingevroren. Eerst was ik niet van plan me met die ouwe klootzak te bemoeien, maar toen...'

Ze zucht.

'Ik moest naar huis. Ja, naar zijn huis dus. Hij was in die tweekamerflat in Aspudden blijven wonen tot hij doodging. Het zag er allemaal nog net zo uit als vroeger. Bijna tenminste, ergens in de jaren zeventig had hij nieuw behang gekregen. Maar dezelfde meubels stonden er nog, dezelfde akelige bruine zooi als daarvoor. Alleen met nog meer kringen op tafel. En brandplekken. En overal peuken, in de wasbak, in het toilet, in de badkuip, op de vloer in de hal. Lege flessen ook natuurlijk. Overal. In de bezemkast, onder de keukentafel, in een hoekje van de woonkamer, onder het bed. Alleen van het statiegeld zou je al een huis kunnen kopen. Maar dat zou hij natuurlijk nooit doen. Alleen burgerlieden maakten zich immers druk om materiële zaken. Zulke dingen, daar stond hij boven. Ver boven.'

Ze inhaleert diep, haar blik is ver weg, haar bovenlip gekruld.

'En de lakens... Helemaal grijs met rare, zwarte vlekjes. Net luizen. Hoewel het geen luizen waren. Het was iets zwarts en kleverigs. Pruimtabak misschien.'

Ik zie haar voor me, staand in een bruin kamertje en starend naar een hoop beddengoed op de vloer. Een rode doorgestikte deken. Een kussen met een gestreept tijk. Smerige lakens. De luxaflex is naar beneden, helder zonlicht dringt door de spleten en tekent strepen op de grond. Een kringetje van schroeiplekken bij het hoofdeinde van het bed. Maar Sissela draagt een witte broek. Ze heeft een gouden ring aan elke vinger. Haar haren glanzen. Ze verroert zich niet.

Jawel, ze verroert zich wel. Ze zit wijdbeens aan mijn keukentafel aan haar sigaret te lurken.

'Ik heb er een bedrijf naartoe gestuurd dat de hele flat mocht leeghalen en alles naar de stortplaats heeft gebracht. Ik heb niets gehouden; er was in die flat nog niet eens een handdoek die ik wilde hebben. En daarna heb ik hem begraven. Gewoon om hem dwars te zitten. Ik heb een dominee geregeld, gezangen uitgezocht, de hele zooi. Hij had immers een hekel aan religie en alles wat kerkelijk was, opium voor het volk en zo... Dus heb ik een dominee geregeld en hem volgens de rituelen van de lutherse kerk begraven.'

Ze werpt me een snelle blik toe.

'Dat was begin augustus. Jij zat in New York.'

Ik knik. Natuurlijk. Ik weet het nog. We hadden elkaar meer dan een week niet gesproken en toen ik terugkeerde, was zij kortaf en nors.

'Maar geslaagd was mijn wraak niet. Ik zat daar natuurlijk maar alleen met de dominee en de organist. Behalve pa dan. En de organist speelde een beetje te mooi en de dominee sprak iets te goed, dus na afloop was ik er behoorlijk kapot van. Het heeft een poos geduurd voordat ik erachter kwam waarom.'

Ze staart een poosje naar haar peuk, staat dan op, loopt naar het aanrecht en dooft hem onder de kraan. Wanneer ze terugkomt, zet ze het keukenraam op een kier. Ik haal diep adem. De nachtlucht smaakt fris als water.

'Het had te maken met vergeving. Met die regels uit het onzevader: "Vergeef ons onze schulden, gelijk ook wij vergeven onze schuldenaren." Ik heb 's nachts wakker gelegen en daaraan gedacht. Want hoe moet je kunnen vergeven? Niet vergeven is gevaarlijk, dat is natuurlijk bekend, daar word je nurks en verbitterd van en ga je voortijdig van dood. Dus moet je vergeven, al was het maar vanwege je gezondheid. Of om cosmetische redenen, zodat je niet chagrijnig en lelijk wordt en iedereen je gaat haten. Maar hoe doe je dat? Hoe pak je dat aan? Hoe kan er vergeving bestaan als God niet bestaat?'

Wijdbeens staat ze me aan te kijken, ze strijkt met een mannelijk gebaar met haar hand over haar mond.

'Verzoening is wat anders', zegt ze terwijl ze opnieuw naar haar pakje sigaretten tast. 'Verzoening kan ook zonder God. Twee mensen kunnen zich verzoenen, ze kunnen hun schuld met elkaar uitwisselen en elkaar vergiffenis schenken. Dat is wederzijds. En een mens kan zich misschien zelfs met zichzelf verzoenen. Maar ik had geen behoefte aan verzoening, ik had er behoefte aan vergiffenis te schenken. Ik had er behoefte aan vast te houden aan mijn overtuiging dat pa bij mij in het krijt stond. Want ik was destijds natuurlijk nog maar een klein kind. Wat kon een klein kind hem schuldig zijn? Welke verantwoordelijkheid kan een zesjarige hebben? Nou?'

We staren elkaar een ogenblik aan. Ik voel dat mijn kaken mummelen op een vraag. Wat heeft hij gedaan? Sissela ploft weer aan de keukentafel neer.

'Maar waar haal je vergiffenis vandaan voor een dronkaard die een verdrietig kind van zes slaat? Die een kind van negen braaksel laat opruimen en haar aan een streng regime onderwerpt wanneer hij is ontnuchterd? Die haar bespot en die jaloers is? Die nooit aan haar verjaardag denkt en nooit, nooit een kerstcadeautje koopt? Waarom moet ik me dan als volwassene lullig lopen voelen omdat ik niets met hem te maken wil hebben? Nou? Jezus christus, ik heb wel eens op het punt gestaan om religieus te worden, alleen maar om toegang tot die woorden te krijgen. Vergeving. Genade. Maar het lukt niet. Ik kan niet geloven, hoe ik het ook probeer. De hemel is leeg.'

Ze blijft een poosje roerloos zitten, maar krijgt dan opeens een dolende blik in haar ogen.

'En jij dan', zegt ze. 'Heb jij vergeven? In wezen?'

Ik word zelf bang van het geluid dat er uit mijn keel komt. Ik sis. Sissela trekt zich snel terug.

'Sorry', zegt ze. 'Het was niet mijn bedoeling... Sorry.'

Maar ik weet ook niet hoe je dat doet.

Marie heeft niet vergeven, zichzelf niet en ook niemand anders. Daarentegen is ze wel handig in het ontwijken van bepaalde gedachtes. Die laat ze gewoon niet toe; voor zichzelf en de wereld doet ze net of wat er gebeurd is, niet is gebeurd. Daarom glimlacht ze wanneer ze aan de ontbijttafel gaat zitten. Alles wat ze in de gevangenis heeft gemist, heeft ze nu op haar bord: een warm broodje, een schijfje papaja, een klodder Engelse marmelade. Bovendien heeft ze koffie in een theekopje ingeschonken. Ze gaat zich te buiten. Onverzadigbaar. Eeuwig hongerend.

Wanneer ze boter en marmelade op haar brood heeft gesmeerd slaat ze *Dagens Nyheter* open; kippig buigt ze zich een poosje over de opiniepagina en daarna bladert ze verder. Opeens stokken haar bewegingen. Er staat een man bij haar tafeltje, een man met een zwarte broek en een wit overhemd, een man die zijn colbertje aan zijn wijsvinger heeft gehaakt om die nonchalant over zijn schouder te kunnen laten hangen. Hij glimlacht. Marie begint met haar ogen te knipperen. Wat wil hij? Waarom kijkt hij opeens als een gelukkige gigolo? De nacht is voorbij. Hij heeft zijn bevestiging en orgasme gekregen, en er is ook voldaan aan haar eigen behoeftes, welke dat ook waren. Waarom moeten ze überhaupt met elkaar praten?

'*Morning*', zegt hij.

Ze glimlacht beleefd naar hem. Haar stem is volkomen neutraal.

'*Good morning.*'

'*I didn't notice when you left.*'

Ze fronst haar voorhoofd.

'*Excuse me?*'

Marie trekt haar wenkbrauwen op en kijkt vragend. De man in

het witte overhemd gooit er een glimlach tegenaan, maar die dooft halverwege uit. Hij schraapt zijn keel.

'*Last night...*'

Marie probeert een nieuwe gezichtsuitdrukking. Licht verbouwereerd.

'*Yes?*'

'*I didn't notice when you left.*'

Marie pakt haar kopje op. Haar bovenlip krult in een vluchtige grimas.

'*I'm sorry, but I haven't the faintest idea what you are talking about. Have we met?*'

Dat werkt, hij weet niet waar hij moet kijken en verandert van houding. Zijn colbertje hangt niet langer over zijn schouder, maar over zijn arm ter bescherming van zijn buik.

'*Sorry. I thought you were somebody else.*'

Marie glimlacht even.

'*No problem.*'

Ze kijkt hem na wanneer hij naar het buffet loopt. Wat dacht hij nou? Dat ze met hem wilde trouwen? Ergens in haar achterhoofd beginnen de meiden in Hinseberg te applaudisseren. Mooi! Je moet gewoon ontkennen!

Er wordt aangebeld. Ik sla mijn ogen op, blijf roerloos liggen luisteren. Wit licht in de erker. Het is al ochtend.

In de keuken staat de radio aan. Iemand loopt door de hal, iemand die binnenshuis schoenen draagt. Sissela. De verzorgers sluipen altijd op kousenvoeten rond. De buitendeur gaat open. Gedempte stemmen. De deur gaat weer dicht. Een seconde later wordt er opnieuw aangebeld. Niemand doet open, maar degene die voor de deur staat, geeft het niet op. Hij blijft maar aanbellen. De deur vliegt weer open en nu kan ik horen wat Sissela zegt. Ze spreekt met een zekere nadruk: 'Je bent niet erg vlug van begrip, hè? Het antwoord is nee, nee en nog eens nee.'

Terwijl ik naar het plafond kijk, vertrek ik mijn gezicht. Dat moet een journalist zijn, maar Sissela lijkt al haar mediatraining te zijn vergeten. Met haar ochtendhumeur valt niet te spotten.

'Welk woord snap je niet? Nee of nee?'

De persoon op de stoep blijft nu wat langer mompelen.

'En hoe zou dat verdomme moeten? Ze kan toch niet praten!'

Opnieuw gemompel.

'Nee, ik kan je wel verzekeren dat hij dat niet is! Voor geen meter!'

De deur vliegt met een klap weer dicht. Hij? Probeerde die journalist of hij een interview met Sverker kon krijgen?

Er wordt weer aangebeld. Ditmaal doet Sissela niet open. Maar ze brult zo hard dat degene die buiten staat haar toch wel zal horen.

'Als je die deurbel nog één keer aanraakt, stomme persmuskiet, dan bel ik de politie en doe aangifte van huisvredebreuk!'

Ik kruip onder mijn dekbed. Trek het over mijn hoofd.

Marie loopt in een trappenhuis. Het is een chic trappenhuis met een glimmende trapleuning en glas-in-loodramen. Al op de tweede etage hoort ze dat Katrin op de derde de deur opendoet: 'Marie!'

Ze gaat sneller lopen, ziet halverwege al dat Katrin haar armen heeft uitgespreid. Zij beantwoordt dat met hetzelfde gebaar. Een omhelzing is wel het minste wat ze Katrin kan geven als dank voor al haar hulp. Er zit niemand in de wachtkamer, maar Annie, Katrins secretaresse, zit in de kamer daartegenover en glimlacht. Welkom in de vrijheid!

Katrin slaat haar mollige arm om Marie heen en duwt haar haar eigen kamer binnen.

'Nou', zegt ze terwijl ze de deur dichtdoet. 'Hoe voel je je nu?'

Marie maakt een beweginkje met haar hoofd. Hinseberg zit nog in haar, zal daar misschien altijd blijven zitten. Maar dat kan ze natuurlijk niet zeggen. Katrin begint weer te lachen.

'Je bent niet vergeten hoe je deuren open- en dichtdoet?'

Marie glimlacht terug. Afgelopen herfst hebben ze een heel

bezoekuur besteed aan de meest voorkomende gevangenisclichés. Katrin houdt van clichés, vooral wanneer ze erin slaagt ze zo dubbelzinnig te maken dat mannelijke collega's zich gaan afvragen of ze het serieus bedoelt. Van vrouwen wordt niet verwacht dat ze de draak steken met mannen. Dat geldt vooral voor vrouwelijke juristen. Maar Marie kent het klappen van de zweep; zij speelt het spelletje mee.

'Nee hoor. Ik heb vorige week de hele week mogen oefenen.'

Katrin gaat in haar bureaustoel zitten. Die is met ossenbloed-kleurig leer bekleed en moet een vermogen hebben gekost. Ze leunt met haar kin op haar hand en glimlacht nog breder.

'Schitterend. En vandaag is de eerste dag van de rest van je leven.'

'Precies.'

'En je hebt boete gedaan voor het verleden en bent klaar om de toekomst tegemoet te treden.'

'Inderdaad.'

'En je voelt je zoals je verdient?'

'Namelijk uitstekend.'

'Prachtig. En elke dag is een nieuw begin?'

Marie glimlacht nog steeds, maar begint het spelletje beu te worden.

'Nou', zegt ze. 'Heb ik nog geld over?'

'Ha!' zegt Katrin. 'Geld is het enige wat je hebt. Behalve een buitengewoon verstandige advocaat.'

Sissela staat met een dienblad in de deuropening. We kijken elkaar aan en zonder dat er een woord wordt gezegd, zijn we het erover eens dat wat er vannacht is gebeurd, niet is gebeurd. De grens is weer in ere hersteld.

'Heb je het gehoord?'

Ik kom een beetje overeind en knik. Sissela zet het blad op mijn schoot en gaat op de rand van mijn bed zitten.

'Stomme idioot.'

Ik wou dat ik haar kon vragen om het een beetje voorzichtig

aan te doen. Je moet journalisten niet onnodig irriteren; ze zijn zo rancuneus als olifanten.

'Hij wilde je interviewen. En toen ik nee zei, wilde hij Sverker interviewen. En daarna begon hij over Magnus en zijn film, en Biljartclub De Toekomst, alsof dat er wat mee te maken heeft.'

Ik vertrek mijn gezicht. Juist. Håkan Bergman is terug in de stad. En hij heeft bepaalde linken gelegd. Dat is niet zo best. Hij zal me die waarschuwing nooit vergeven, en ik zal er ook van langs krijgen omdat ik Magnus ken. De minister, de hoerenloper en de schandaalkunstenaar, jawel, dat is vast voldoende voor nog een paginagroot artikel.

Sissela doet er een poosje het zwijgen toe. Misschien denkt ze hetzelfde als ik, maar ze is verstandig genoeg niets te zeggen; ze kijkt gewoon een andere kant op en zet een neutrale stem op.

'Sverker is in de badkamer.'

Ik knik. O.

'Hij begint te krimpen. Heb je dat gemerkt?'

Ik knik. Jawel, dat heb ik gemerkt. Twee keer per week fysiotherapie is niet voldoende. Hij krimpt.

'En zijn haar is zo grijs geworden...'

Ik hef mijn hand op. Zo is het voldoende. Sissela zucht en zakt een beetje ineen. Het blijft een poosje stil, maar dan recht ze opeens haar rug en legt haar hand op mijn dekbed.

'Ik heb voor de lunch een paar boterhammen voor je in de koelkast gelegd.'

Ik glimlach een beetje, probeer dit te laten overkomen als een woordloos bedankje.

'Want ik moet er zo vandoor. Ik moet nog wat dingen regelen voordat ik vertrek.'

Ze kijkt me niet aan.

'Torsten komt om twee uur.'

Ik schud mijn hoofd. Nee. Sissela kijkt me aan.

'Jawel. We kunnen je niet alleen laten.'

Wie wij? Zij en Torsten? Sinds wanneer zijn die twee 'wij'?

'Je hebt iemand nodig. Dat weet je. Voor het geval je achteruit zou gaan. Voor het geval er iets zou gebeuren.'

Ik schud opnieuw mijn hoofd. Daar trekt ze zich niets van aan; ze staat gewoon op en trekt haar trui recht. Vandaag een zwarte coltrui.

'Zodra ik weer thuis ben, laat ik wat van me horen.'

Ik kruip weer onder mijn dekbed.

Katrin wil trakteren op een lunch in een chic restaurant. Als twee vriendinnen lopen ze door de stad, maar hun gespreksonderwerpen zijn op Norrmalmstorg al uitgeput. Althans, die van Marie, want na een korte stilte begint Katrin te vertellen over een zaak die volgende week voor de kantonrechter komt. Het gaat om een geval van moord door brandstichting en de bewijzen zijn tamelijk overtuigend, maar het arme meisje... Marie luistert maar met een half oor, ze heeft andere dingen aan haar hoofd. Heeft ze nog tijd om langs de bank en de meubelopslag te gaan of zal ze nog een nacht in Stockholm moeten doorbrengen? Zal ze – die gedachte komt heel even op – gewoonweg naar het kerkhof van Råcksta gaan om bloemen op Sverkers graf te leggen? Een seconde later schudt ze haar hoofd tegen zichzelf. Nee, dat gaat ze niet doen. Absoluut niet. Katrin interpreteert haar beweging als een instemming.

'Nee', zegt ze. 'Dat vind ik ook niet. Vooral niet omdat het om zo'n jong meisje gaat...'

Hoe jong? En wat heeft ze gedaan? Marie durft het niet te vragen; uit goed fatsoen had ze natuurlijk gewoon moeten luisteren. Katrin verdient haar aandacht, zonder haar hulp was Marie misschien net zo kansloos en arm geweest als de meeste gevangenen na hun vrijlating uit Hinseberg. Desondanks begint er een licht gevoel van irritatie bij haar op te komen. Wat voor spelletje speelt Katrin eigenlijk? Waarom moeten ze doen alsof ze elkaars beste vriendin zijn, terwijl ze in feite koper en verkoper, cliënt en advocaat zijn? Er is geen reden voor vertrouwelijkheid tussen hen. Er is eigenlijk geen reden voor vertrouwelijkheid tussen Marie en wie dan ook. Maar ze zou het niet anders willen.

'Ik denk dat het ontheemdheid was', zegt Katrin.

Marie maakt een geluidje. Dat kan als een instemming worden uitgelegd en voor Katrin is het voldoende om door te gaan.

'Aan het begin van de twintigste eeuw werd er al een onderzoek gedaan naar jonge vrouwelijke pyromanen. Dat waren heel jonge meisjes die waren weggestuurd om dienstmeid te worden en die niet meer thuis mochten komen. Ze waren ontheemd in de diepste betekenis van het woord. Een aantal van hen werd vrijgesproken.'

'Waarom?'

'Officieel werden ze als niet-strafbaar beschouwd, omdat ze nog niet menstrueerden en nog geen borsten hadden. Maar er bestond ook een freudiaanse vleugel, die van mening was dat brand het verlangen van het kind naar het licht en de warmte van het ouderlijk huis symboliseerde. Pyromanie als troost dus. Of als wraak voor een pijnlijke scheiding.'

'Verlangde dat meisje van jou ook naar huis?'

Katrin werpt haar een blik toe waarin een lichte ergernis doorschijnt.

'Ze is mijn meisje niet. Ze is mijn cliënte.'

Het wordt even stil; opeens merkt Marie dat ze in de maat zijn gaan lopen.

'Maar ze verlangde zeker naar huis', zegt Katrin. 'Voortdurend. Ze verlangt nog steeds naar huis, hoewel ze geen thuis meer heeft om naar terug te keren.'

Naar huis. Thuis.

Sverker moest vrijwel meteen weer terug naar Stockholm. Ik moest in Nässjö blijven om alles te regelen wat er geregeld moest worden.

Toen we wakker werden, was er al iets veranderd. Het evenwicht was verstoord, begeerte en lichte onverschilligheid hadden elkaars plek ingenomen.

Na onze brunch liet ik hem uit en ik liep mee de straat op. Terwijl hij zijn colbertje op de achterbank van de auto gooide, hield ik mijzelf bij mijn ellebogen vast. Ergens in de verte klonk kopermuziek. 'De Internationale'. Het was 1 mei en de optocht leek al op Stora Torget te zijn aangekomen. Verder was de stad net zo stil als alle andere Zweedse stadjes: er ging geen wind door de naakte berken, er bruiste geen verkeer op de achtergrond, er was geen mens te bekennen op straat bij de oude sporthal.

Toen ik klein was, werden daar vaak dansavonden gehouden. Soms zat ik voor het raam van mijn kamer te kijken hoe het grote gebouw zijn deur opende om dat deel van de jeugd in Nässjö in te slikken dat niet naar een van de acht vrije kerkgenootschappen ging. Meisjes met opwippende rokken onder halfopen jassen liepen arm in arm op een drafje over Anneforsvägen. Zenuwachtige jongens met kunstig gekamde vetkuiven kwamen overdreven nonchalant achter hen aan slenteren. Ik vroeg me af hoe het er daarbinnen 's avonds uitzag, of de muziek even hard tegen de gewelfde houtvezelplaten weerklonk als ons geschreeuw en gebonk wanneer we gymnastiek hadden, en of die hardnekkige zweetlucht die in elke porie van het gebouw leek te zitten één avond in de maand werd verjaagd door eau de cologne en aftershave. Nässjö had een Volkshuis gekregen met een echte dansvloer. Daar hing de geur van sigarettenrook en haarlak; dat rook ik wanneer ik te midden van de grote groep meisjes stond te wachten of iemand mij zou vragen.

Maar buiten op straat voor mijn ouderlijk huis rook het naar de lente. Ik haalde diep adem, zoog de frisse lucht op. Sverker interpreteerde dat als een zucht.

'Maak je niet ongerust', zei hij. 'Ik bel.'

Ik nam niet de moeite om te zeggen dat ik helemaal niet ongerust was, dat ik niets meer van hem verwachtte dan ik al had gekregen, dat ik niet eens wist of ik meer wilde. Tegelijkertijd was ik een beetje onthutst door mijn eigen gevoel. Hij had immers gezegd wat niemand ooit had gezegd. Hoe kwam het dan dat ik een vaag en licht gevoel van ongeduld in mijn eigen lichaam bespeurde, een kriebelende irritatie over het feit dat hij mijn hand niet wilde loslaten, dat hij elke knokkel van mij bleef kussen? Ging hij nou nooit in die auto zitten? Begreep hij niet dat ik alleen wilde zijn?

Een laatste kus. Ik maakte mij zacht in zijn armen, opende gewillig mijn mond, maar legde daarna mijn hand op zijn borst. Dat kon je uitleggen als een streling. Of als een poging om hem weg te duwen. Hij sloeg opnieuw zijn armen om mij heen, drukte mij stevig tegen zich aan, maar daarna liet hij me snel los en ging – eindelijk, eindelijk – in de auto zitten.

'Rij voorzichtig', zei ik terwijl ik het portier achter hem dicht-deed. Ik draaide me om en liep terug naar het huis. Het huis van mijn jeugd.

Ik had het huis de hele ochtend laten doorluchten, maar toch vond ik dat het nog steeds bedompt rook. Oude lucht en oude rook. Vage dampen van chemicaliën uit de stomerij in de kelder. Ik zette de ramen weer open, bleef staan en wist niet wat ik zou gaan doen. Ik keek in de woonkamer rond. Een bank met een rechte rugleuning uit de jaren vijftig. Een tafel met een bolle pilaarpoot. Een piano waarop nooit iemand had gespeeld. Zowel vertrouwd als vreemd. Van mij en niet van mij.

Niettemin moest ik natuurlijk toch iets doen. Beneden in de wasserij hingen kleren die van andere mensen waren. Die moesten terug. Ik moest contact opnemen met de verzekerings-maatschappij, welke dat ook was. De bank moest worden inge-licht. Mijn moeder lag in een koelcel in Eksjö. Zij moest worden begraven.

Het besef dat zij dood was, zou me pas een jaar later treffen. Toen waren de meubels in het huis al met witte lakens afgedekt tegen het stof en de zonneschijn, had mijn moeder op het kerkhof een graf en een grafsteen gekregen, was de stomerij opgeheven en mevrouw Lundberg ontslagen, waren de machines verkocht en was de kelder schoongemaakt.

Dat jaar ging ik een paar dagen voor Valborgsmässoafton in mijn nieuwe rode Fiat zitten die ik van het geld van de levens-verzekering van mijn moeder had gekocht, en reed ik eerst naar

Eksjö en vervolgens naar Nässjö. Mijn vader was nog steeds buiten bewustzijn. Hij zag er vreemd weerloos uit onder het gestreepte ziekenhuisdekbed. Zijn snijwonden waren genezen, zijn wangen waren bleek en zijn handen lagen vredig gevouwen op zijn borst alsof hij al dood was. Maar het was niet uitgesloten dat hij op een dag zou bijkomen, zei de dokter, die probeerde overtuigd te kijken. Er waren al eerder wonderen gebeurd.

Ik wist niet zeker of ik wel een wonder wenste. Ik wist niet wat ik zou zeggen of doen als Herbert opeens zijn ogen zou opslaan. Anderzijds wist ik ook niet wat er van mij verwacht werd nu hij er roerloos en met gesloten ogen bij lag. Ik bleef een poosje aan zijn bed zitten en zag de secondewijzer van mijn polshorloge langzaam over de wijzerplaat bewegen. Ik peinsde. Hoe praat je tegen iemand die niet hoort? Wat zeg je? Dat er maar drie mensen op mama's begrafenis waren gekomen en dat niemand van ons had gehuild? Dat ik sindsdien druk was geweest met Sverker en mijn werk zodat ik bijna nooit dacht aan wat er was gebeurd? Dat ik het woord 'Eksjö' in mijn agenda moest schrijven om er überhaupt aan te denken een keer per week het ziekenhuis te bellen om te vragen hoe het met hem ging? Dat mijn opluchting groter was dan mijn verdriet?

Opeens realiseerde ik me dat je die vragen bij elkaar zou kunnen optellen en dan een uitkomst kreeg... Maar wat die uitkomst over mijzelf zei, wilde ik niet weten. Daarom stond ik op en wierp ik een laatste blik op mijn vaders gezicht; het was zo onbekend, zo vreemd, zo totaal anders dan het gezicht dat bij me opkwam wanneer ik een enkele keer aan hem dacht. Het gezicht in het bed behoorde aan een vreemdeling toe, een zachtaardige, magere man, die ik niet kende.

Met het huis in Nässjö was het al net zo. Dat zag ik toen ik parkeerde voor wat ooit een garage was geweest, daarna een stomerij was geworden en nu slechts een lege ruimte met gemetselde muren was. Alles was anders. De knoppen aan de oude appelboom, die er een paar jaar doods en naakt bij had gestaan, waren opeens gezwollen. De treurberk had een rode lentegloed gekregen die ik nooit eerder had gezien. Het huis leek ook van kleur veranderd. Vroeger had de bepleistering dezelfde grijswitte tint als verdroogde hondenpoep nadat de sneeuw is gesmolten, maar nu had de zonsondergang het hele oppervlak roomwit gemaakt.

Binnen was het stil. Stiller dan ooit. De pendule in de woonkamer sloeg niet meer. De middagzon scheen door de nietgelapte ramen, de meubels stonden onzichtbaar onder hun lakens, een stapel kranten die ik was vergeten weg te gooien lag nog op de vloer in de hal. Ik nam die mee naar de keuken, ging aan de keukentafel zitten en probeerde het touwtje los te peuteren dat ik er een jaar geleden omheen had geknoopt. Dat lukte niet. De knoop was te hard aangetrokken en mijn nagels waren te zeer afgekloven om het touwtje los te krijgen. Daarom bleef ik zitten staren naar de kop van de bovenste krant op de stapel. VROUW GEDOOD BIJ VERKEERSONGELUK. Ik haalde mijn neus op. Het was het grootste nieuws van de dag geweest, en dan waren ze nog niet eens in staat er een fatsoenlijke kop van te maken. Dit was een etiket, een etiket van een fles frisdrank. Ze hadden het tot drie kolommen moeten uitbreiden, moeten aangeven waar ze vandaan kwam, er een adjectief en een tussenkop aan moeten toevoegen om er een beetje schwung aan te geven. VROUW UIT NÄSSJÖ GEDOOD BIJ MYSTERIEUS AUTO-ONGELUK *Echtgenoot zwaargewond.* Bijvoorbeeld.

En opeens zag ik hen voor me. Herbert en Renate. Mijn ouders. Ze zitten naast elkaar in de donkerblauwe Volvo, de auto die mijn vader nog maar een paar weken geleden bij de dealer heeft opgehaald. Is het toeval dat Renate een nieuwe mantel in precies dezelfde kleur draagt? Misschien. Anderzijds is dit niet iets wat ze bespreken nu ze naast elkaar in de nieuwe auto zitten. Ze bespreken überhaupt niets, ze zwijgen zoals ze al tientallen jaren zwijgen. Waar zijn ze op weg naartoe? Ik weet het niet.

Ze gaan altijd kijken bij het vuur dat ter gelegenheid van Valborgsmässoafton in het Hembygdspark wordt aangestoken en luisteren naar de rector, de dominee of een van de andere grote zonen van de stad die de voorjaarsrede uitspreekt. Er is geen verklaring waarom ze ditmaal met de auto naar Eksjö rijden. Toch zitten ze daar, mijn moeder in haar nieuwe mantel, mijn vader in zijn oude trenchcoat. En opeens draait hij aan het stuur, stuurt de auto in een andere richting en mikt op een rotswand. De seconde voordat de motorkap tegen het graniet slaat, draaien ze zich om, kijken naar mij en steken allebei hun hand op als afscheid. Daarna laten ze de wereld aan mij over.

En daar, een jaar later aan hun lege keukentafel, begon ik hen opeens te missen. Er was zoveel dat ik zou willen vertellen. Over mij en Marie en mijn jeugd. Dat ik het afgelopen jaar twee keer naar Latijns-Amerika had mogen reizen om een reportage te maken en dat ik binnenkort naar India zou gaan. Dat ik het aanbod had gekregen om de hoofdartikelen te gaan schrijven en overwoog dat te accepteren, hoewel ik wist dat het onmogelijk zou zijn om naar de actualiteitsverslaggeving terug te keren als ik die weg eenmaal was ingeslagen. Dat ik een buitengewoon mooie tweekamerflat in Smedslätten te pakken had gekregen en dat Sverker daar bijna elke nacht bleef slapen. Dat we het erover hadden of we zouden gaan trouwen, maar dat ik toch nog niet goed wist waar ik met hem aan toe was, dat hij me soms onder de kussen en strelingen bedolf, maar andere keren als een oppervlakkige kennis behandelde, dat onze relatie een ingewikkelde dans was, waarin we steeds van plaats verwisselden. Dat ik me soms afvroeg of ik wel normaal was, omdat ik vond dat Sverkers momenten van onverschilligheid mij ook een soort opluchting schonken en dat ik daarnaar verlangde, dat de woorden en gebaren van de liefde mij de rillingen gaven.

Herbert en Renate hadden mij nooit de rillingen gegeven. Dat was een troost. Evenals de stilte.

Sissela is vertrokken. Het is stil in huis.

Tastend zet ik een voet op het gepolijste grenenhout van de vloer en sta op. Is mijn lichaam nog van mij? Zijn mijn armen en benen, mijn huid, mijn haar, de tong in mijn mond er nog? Ben ik slechts een spel in Maries hoofd? Een compensatiefantasie. Die Sverker liet leven. Die hem heeft gehouden.

Ik wrijf mijn ogen uit. Bah. Sinds ik ben opgehouden met praten heb ik te veel gepiekerd, gedroomd en gefantaseerd. Natuurlijk besta ik. Hoe zou ik anders mijn eigen geur kunnen ruiken wanneer ik uit bed opsta? Hoe zou ik mijn tongpunt over de kaart van kraakbeen, bot en aderen van mijn gehemelte kunnen laten gaan?

Het wordt tijd om mijn hoofd erbij te houden. Een koude douche. Haren wassen. Spreekoefeningen. In die volgorde.

Marie komt terug wanneer ik onder de douche sta. Hoewel ik dat niet wil. Hoewel ik haar probeer te verdrijven.

De lunch is eindelijk voorbij. Nu zit ze bij de bank aan een tafeltje haar kluis leeg te halen. Een paar gouden armbanden. De sleutels van het huis in Hästerum. Een paar ouderwetse spaarbankboekjes. Nee. Ze zal niets te klagen hebben. Althans, de komende jaren niet. Eigenlijk heel wat jaren niet, als ze verstandig leeft.

Een snelle blik op haar horloge. Jawel. De meubelopslag haalt ze ook nog. Als ze zich haast.

Een medewerker van de bank glimlacht naar haar wanneer ze vertrekt. Ze glimlacht terug. Ze krijgt er nog spierpijn van in haar mondhoeken.

Zelf ben ik ernstig wanneer ik de trap afga. Ernstig en een beetje gespannen.

Sverker zit in de woonkamer. Zijn handen rusten zoals altijd op de armleuningen van zijn rolstoel. Zijn hoofd leunt tegen het neksteuntje. Gesloten ogen. Een koptelefoon.

'Albatros', zeg ik.

Hij opent zijn ogen. We kijken elkaar een paar tellen aan, daarna sluit hij ze weer. Annabel staat achter de rolstoel. Ze buigt zich voorover, haalt de koptelefoon van zijn hoofd en articuleert overdreven recht in zijn oor.

'MaryMarie is hier.'

Geen reactie. Een flard muziek sijpelt naar buiten. 'A whiter shade of pale'. Natuurlijk. Hij luistert al dertig jaar naar dezelfde melodie, maar toch begrijpt hij nog steeds niet waar die over gaat. Hij heeft echter zijn theorieën. Daarom besteedt hij hele dagen aan het bestuderen van Chaucer en aan het branden van cd's, waarop hij Procol Harum met Bach mixt. Als een nerdachtige tiener. Zo is het gegaan met de reclamegoeroe, de vijfvoudige winnaar van de prijs voor het beste reclamespotje.

'Hallo', zegt Annabel met een lach in haar heldere meisjesstem. 'Is er iemand thuis?'

Hij doet nog steeds zijn ogen niet open. Misschien is hij bang dat hij haar met zijn blik zal doden. Ik begrijp hem wel. Maar het is dan ook het enige van hem wat ik begrijp. Verder heb ik geen idee van wat zich in zijn hoofd afspeelt. Nooit gehad. Dat verbluft me, want ik ben ervan overtuigd dat ik andere mensen verder behoorlijk goed kan inschatten, dat ik door hen gade te slaan kan horen wat ze niet zeggen. De ambtenaren op het departement zijn zo helder als glas. Een snelle blik opzij, een hand die een ordner tegen de buik drukt, een opgeheven hoofd of een uitstekende onderlip zegt alles. Maar Sverkers lichaam is even zwijgzaam als mijn keel, en hij sluit zijn gezicht voor mij. Doet het op slot. Sluit mij buiten, zoals hij mij zeven jaar of langer heeft buitengesloten.

Annabel houdt haar hoofd schuin.

'MaryMarie voelt zich ook niet zo goed. Ze heeft amnesie.'

Ik hoor mijn eigen zucht. Hoe dom kun je zijn? Afasie. Geen amnesie. Met mijn geheugen is niets mis.

'Maar ze zal wel gauw weer beter zijn', zegt Annabel troostend. 'En dan wordt alles weer net als altijd. Maar nu blijft ze een paar dagen bij je thuis om op krachten te komen. Gezellig toch? Misschien kunnen jullie samen naar muziek luisteren. Zal ik je koptelefoon afzetten en de speakers aan?'

Sverker laat zich een dof geluid ontvallen. Misschien is het gemor. Dat helpt niet. Annabel haalt de koptelefoon van zijn hoofd en drukt op een knopje. Het geluid van de speakers blaast ons bijna omver. Sverker heeft de muziek altijd keihard staan.

'Oeps!' zegt Annabel terwijl ze naar de afstandsbediening tast en snel op een paar knoppen drukt. 'Ik ga nu de was doen. Zwoegen en ploeteren, haha...'

Ik staar haar na en wend me dan tot Sverker. Zijn ogen zijn nog steeds gesloten. Hij wil me niet aankijken. Misschien kan hij me niet vergeven dat ik niet kan vergeven.

Maar ik ben zoals Sissela. Ik kan het niet.

Genade is gemakkelijker te begrijpen dan vergiffenis. Genade komt van boven, van God of de regering, en vereist niets, behalve schuldbewustzijn. Genade is koel en afstandelijk: wie genade schenkt, heeft geen persoonlijke relatie met de begenadigde, hij kent geen vooroordelen, hij is er zelfs niet bij betrokken, hij heeft alleen de macht om mensen te bevrijden van de consequenties van hun daden.

Ik heb die macht gehad. Ik heb begenadigd. Ik heb aan de grote, lichthouten tafel gezeten en geluisterd naar de presentatie van de minister van Justitie, geknikt, gemompeld en de hamer zachtjes op de tafel horen slaan. Genade verleend.

Maar Sverker kan ik geen genade verlenen. Hem moet ik vergeven. Maar ik weet niet hoe je dat doet. Ik weet niet eens wat het is. Misschien is vergiffenis een belofte. Maar wat beloof je? Je niet te herinneren wat je je herinnert? Geen verdriet te hebben over wat je verdriet doet? Geen hekel te hebben aan wat je echt verafschuwt?

De muziek houdt even op, daarna klinkt opnieuw het orgel en de heldere stem: *'We skipped the light fandango...'*

Ik ga op de bank liggen met mijn handen onder mijn nek. De melodie vult de hele kamer, neemt alle ruimte in, zuigt alle lucht naar zich toe. De zon schijnt door het raam naar binnen, de jonge eik tekent een schaduw op het plafond. Marie heeft gelijk. Hij is mooi. Ik denk dat ik hem laat groeien.

Alles is zoals het is. Zoals het moet zijn.

Mogelijk berouw

'O', zegt Magnus. 'Ja. Als jullie dat werkelijk hebben besloten, dan... Het is niet anders.'

Hij legt de telefoon neer, maar blijft zitten en kijkt door het raam. Buiten pronkt de herfst: de esdoorn heeft groene en oranje tinten aangenomen, de gouden munten van de esp trillen. Magnus tast naar zijn sigaretten, steekt er een op en strekt zich vervolgens over het bureau uit om het raam open te zetten. De wind grijpt het en gooit het wijdopen. Dat geeft niet, ook al beginnen de pagina's van de krant die opengeslagen voor hem ligt te flapperen. Als er wind de kamer binnenkomt, zal Maud de geur niet ruiken. Ze vindt het niet prettig als hij binnenshuis rookt. Ze vindt het helemaal niet prettig als hij rookt.

Maar nu moet hij even roken. Hij moet even zijn gedachten ordenen en nadenken.

Ze gelasten het dus af. Ze willen zijn film niet uitzenden. Ze willen hem niet eens beloven dat ze de film later wel zullen uitzenden, wanneer de commotie rond de zelfmoord van het meisje is verstomd.

Wat betekent dat? Hoe moet je dat interpreteren?

Hij staat op, maar blijft een poosje bij zijn bureau staan en laat zich dan weer op zijn stoel zakken. Hij kan zich niet aan de gedachte onttrekken. Hij moet die toegeven. Hij moet die toelaten. Wat heeft het dus te betekenen?

Het betekent dat hij een etiket opgeplakt heeft gekregen. Dat ze vinden dat het zijn schuld is dat het meisje zelfmoord heeft gepleegd. Dat niet alleen de moraalridders hem met een scheef oog zullen aankijken, maar ook anderen, mensen die hem wel wat kunnen schelen, mensen wier goedkeuring hij zoekt. Het hele land zal hem een klootzak gaan vinden. Als het dat al niet vindt.

Maar dan vergeten ze dat zij geheel vrijwillig meedeed. Dat hij haar nergens toe heeft gedwongen, dat hij alleen wilde zien, begrijpen, en – heus waar! – haar zaak wilde bepleiten. En dat hij bovendien zoveel heeft betaald dat ze daarna een paar maanden niet meer hoefde te doen wat ze deed. En ze vergeten dat hijzelf bijna is doodgegaan. Dat ze hem acht messteken heeft toegebracht en dat een aantal van die steken hem bijna het leven heeft gekost. Hij haalt diep adem. Nog steeds kan hij voelen dat het diep in zijn lichaam pijn doet; het is alsof de wonden vanbinnen openstaan en niet willen genezen. Maud zegt dat dit heel normaal is. Iets wat je kunt verwachten. Niet iets om je druk over te maken.

Zelf vindt hij het niet normaal. Het kan nooit normaal zijn om het gevoel te hebben dat je lichaam vanbinnen zal barsten en kapotgaan.

Maar de beelden zijn in elk geval weg, die beelden die de eerste maanden op zijn netvlies op de loer lagen. Haar gezicht toen hij naderbij kwam, een bleek en alledaags gezicht, dat opeens scheurde en...

Maar werd zij aangeklaagd? Nee. Slechts in formele zin. Ze moest immers voor de rechter verschijnen en kreeg een paar maanden gevangenisstraf. Toch werd ze niet als schuldig beschouwd. Niet in de kranten. Daarin barstte het na afloop van de analyses, analyses waarin hij werd aangewezen als de werkelijk schuldige. Voor haar moest je begrip opbrengen. Voor hem niet. En nu zal het waarschijnlijk nog erger worden, nu zit waarschijnlijk iedere professionele opiniemaker zijn pen te slijpen. Met inbegrip van Torsten Matsson. En het onderwerp, datgene wat hij echt wilde blootleggen en weergeven, zal worden vergeten. Opnieuw.

Daar zou hij iets over kunnen maken. Jawel. Dat zou hij kunnen doen. Een beeld van de onmogelijke ontmoeting tussen oost en west, tussen man en vrouw, tussen arm en rijk. Hij staat weer op. Ja. Dat is potverdorie schitterend. En dan krijgt hij de kans om terug te keren naar de schilderkunst, en om eerlijk te zijn verlangt hij daar al een hele tijd naar. *Back to basics.*

Hij gooit zijn peuk uit het raam en trekt zijn trui aan. Hij gaat meteen naar zijn atelier om met schetsen te beginnen. Allerlei ideeën verdringen zich in zijn hoofd, hij is zo enthousiast dat hij er bijna van trilt.

Op hetzelfde moment hoort hij de auto het erf oprijden. De auto van Maud. Haar voetstappen op het grind. Hij loopt naar de hal en werpt een snelle blik in de spiegel. Hij is een beetje bleek, maar dat is alleen maar goed. Bleek en ernstig. Een nieuwe man.

'Hoi.'

Ze geeft niet direct antwoord, maar werpt hem een vluchtige blik toe. Is ze boos?

'Hoe was het op je werk?'

Ze vertrekt haar gezicht.

'Om te gillen. Zoals altijd.'

Hij strekt zijn arm uit en probeert haar aan te raken, maar ze glipt weg. Ze beginnen tegelijkertijd te praten.

'Ik heb...' zegt hij.

'Ik heb...' zegt zij.

Ze zwijgen, blijven even staan en wachten op elkaar.

'Jij eerst', zegt Magnus.

Ze knikt.

'Ik heb met Hinseberg gebeld. Ze is vrij.'

'MaryMarie?'

'Ja.'

Ze pakt haar tas en glipt langs hem heen; ze loopt echter niet naar de keuken zoals ze anders altijd doet, maar slaat in de gang linksaf. Hij loopt achter haar aan.

'Komt ze hierheen?'

Ze werpt hem een blik toe over haar schouder.

'Hierheen? Ze moest eens durven.'

'Naar haar eigen huis dan.'

'Dat wilden ze niet zeggen.'

Nu staan ze in de serre. De schemering is ingevallen, maar het is nog licht genoeg om aan de overkant van het meer het huis te kunnen zien. Er brandt geen licht.

'Ze is daar niet', zegt Magnus.

'Nog niet', zegt Maud. 'Maar ze komt. Dat weet ik zeker.'

'En wat doen we dan?'

'Niets. Maar we vergeten het niet.'

Op weg

Eindelijk op de snelweg. Het verkeer wordt minder druk, ik schakel over naar de vijfde versnelling. Die gezegende Katrin.

'Je hebt gewoon een auto nodig', zei ze.

Daar had ik niet aan gedacht. Maar ik besefte dat ze gelijk had. Natuurlijk had ik een auto nodig, anders kon ik niet in Häste-rum wonen.

'Martin had een oude Toyota. Die kun je wel overnemen.'

Ik knik zwijgend. Katrins mysterieuze echtgenoot. Dood of weggelopen? Ik wist het niet en was er nooit toegekomen het haar te vragen.

'Maar jij dan? En je dochter?'

Katrin zoog iets te lang op haar lepel.

'We hebben allebei al een auto. Deze hebben we niet nodig. Die staat maar stof te verzamelen.'

'Waar dan?'

'In een garage aan Upplandsgatan. Kost me vijftienhonderd kronen per maand. Je zou me er een dienst mee bewijzen...'

Ik glimlachte boven mijn crème caramel. In dat geval.

En nu, slechts enkele uren later, zit ik in een rode Toyota uit 1995 en trap het gaspedaal in. De kofferbak staat vol met dozen die ik uit de opslag heb gehaald, op de achterbank liggen drie kledingzakken vol kleren uit een ander leven opgestapeld. De meubels worden over een paar dagen per vrachtauto gebracht. Ik moet nog zien dat ik daar plek voor heb.

Ik strek mijn hand uit en zet de radio aan, een woeste gitaar-eruptie vult de coupé. Snel zet ik hem uit. Was Martin soms niet alleen raadsheer maar ook hardrocker? En moet je bij hem de verklaring zoeken voor het feit dat Katrin zo onwaarschijnlijk aardig tegen me is? Wat zei ze ook alweer? Zo aardig ben ik alleen voor degenen voor wie ik begrip kan opbrengen. Voor mij had ze begrip. En voor mijn daad. Dat zegt het een en ander over haar en Martin.

Mijn hand strekt zich weer uit naar de radio, maar nu ben ik voorbereid en kan ik het geluid pareren. Ik zet de radio zachter voordat het volume pijn gaat doen en zoek vervolgens met mijn vingertoppen naar een andere zender. En inderdaad, daar is Radio 1. Op gedempte toon leest een vrouw het programma van vanavond voor. Haar stem doet me denken aan twinsets en parelkettingen, keurige pumps en een vriendelijke glimlach. Heel de normatieve femininisatie waarvan wij de codes nooit echt hebben begrepen, zou Sissela hebben gezegd. Maar de vrouw op de radio weet er alles van, daarom laat ze haar stem nog een tikje dalen wanneer ze een volgend programmapunt nadert. Dit, zo zegt haar intonatie, is werkelijk iets om serieus te nemen: 'En om vijf over halfacht begint het radiofeuilleton. Torsten Matsson leest het laatste hoofdstuk uit zijn roman *De schaduw...*'

Ik werp een blik op het klokje op het dashboard. Nog veertig minuten. Tachtig kilometer. Plus dertig minuten met Torstens stem. Zestig kilometer. Bijna halverwege. Mooi, dan kan ik daarna ergens stoppen om bij een motel te gaan eten.

Torsten was de enige die niet meeging het meer op.

Hij bleef ons een poosje staan nakijken op de oever, maar zwaaide niet terug toen ik mijn hand opstak; hij stak zijn handen juist in zijn broekzakken en keerde zich om, liep terug naar het huis en zijn auto. Hij moest de hele nacht nog rijden om morgen de eerste veerboot naar Åbo te halen. Een literair festival in Finland. Dat mocht hij niet missen. Helaas, hij hoopte dat we het begrepen...

Natuurlijk zouden we met Midzomer trouwen. En natuurlijk zouden we in de oude kerk van Nässjö, die halverwege de stad en Hästerum lag, in de echt worden verbonden. Holger en Elisabeth wilden dat zo. Sverkers ouders. Die het ook zouden betalen, omdat de situatie met mijn ouders nu eenmaal was zoals ze was.

'Laat ze maar begaan', zei Sverker. En dus lieten we ze begaan.

De bruidsjurk werd natuurlijk in Borås genaaid, door een van de beste naaisters in de fabriek van de familie Sundin. Sverkers kostuum werd door een van de medeleden van de Rotary vervaardigd. De ring was een erfstuk van Sverkers overgrootmoeder. Het menu werd samengesteld door een neef, een restauranthouder in Göteborg die helaas zelf niet kon komen, maar die wel twee koksmaatjes als huwelijkscadeau stuurde. Het bruidsboeket en de bloemenkrans die ik op mijn hoofd zou dragen, werden gebonden door tante Agnes uit Vänersborg, een zus van Sverkers moeder, die ook altijd cursussen bloemschikken gaf op een chique volksuniversiteit.

Zelf kochten we kousen en schoenen. Echt mooie kousen en schoenen.

De nacht voor de bruiloft moesten we ieder apart slapen, vond Elisabeth. We lieten haar maar begaan. Daarom werd ik op de ochtend van Midzomer alleen wakker. Het was erg vroeg, maar omdat ik geen zin had om weer te gaan slapen, sloop ik geruisloos mijn bed uit en de overloop op. Het was heel stil in huis, maar toch wist ik dat het vol mensen was. Maud en Magnus waren hier al een week, Sissela, Per en Anna waren de vorige avond gearriveerd, evenals een oneindig aantal familieleden Sundin. Allerlei tantes hadden mijn hoofd met beide handen vastgepakt, me bestudeerd en me op mijn wang gekust, allerlei ooms hadden op de achtergrond gegrinnikt en gezegd dat Sverker mazzel had. Zelf glimlachte ik zo lieftallig als ik kon en ik liet ze maar begaan. In deze wereld bestonden geen vrouwelijke journalisten die bij een avondkrant werkten. Die mochten niet bestaan.

Laat op de avond, na een overdadig buffet, had een Holger die enigszins onvast ter been was zijn arm om mij heen geslagen en mij naar het midden van de zaal gevoerd.

'Hier zien jullie het meisje dat de naam Sundin zal doorgeven', zei hij. Zijn gezicht was knalrood. Zijn stropdas zat scheef.

Ik keek in de richting van de tafel waar Biljartclub De Toekomst zat. De stoel van Sverker was opeens leeg. Maud zat met haar armen over elkaar. Anna en Per glimlachten. Sissela had haar wenkbrauwen bijna tot aan haar haren opgetrokken. Ik wierp een vragende blik in haar richting. Wat moest ik doen? Sissela haalde haar schouders op.

'Wat is een Sundin?' zei Holger terwijl hij rondkeek. 'Weet je dat? Is hier iemand die weet wat een echte Sundin is?'

Ik opende mijn mond, maar deed die meteen weer dicht. Het was natuurlijk niet de bedoeling dat ik antwoord zou geven.

'Jawel, kind', zei Holger. 'Een Sundin is iemand die weet hoe hij van het leven moet genieten. Iemand die de wijn des levens met grote slokken drinkt. Die hard werkt. Die veel en vaak bemint. Die het recht neemt te genieten van de vrucht van zijn werk. Die niets opheeft met het nivelleringsdenken van de welvaartsmaatschappij. Dat is een Sundin!'

Hij begon te wankelen. Zelf probeerde ik zo beleefd mogelijk te glimlachen, terwijl ik naar Biljartclub De Toekomst keek. Waar was Sverker gebleven? Holger kneep me in mijn wang.

'Dit lieve ding,' zei hij en hij begon te grinniken, 'dit lieve ding dus, bepaald geen blauwkous, is ervoor gemaakt om een Sundin te worden. Ze werkt hard, ook al heeft ze een rotbaan. Of niet? Persmuskiet bij een rooie krant, daar moet je echt iets aan gaan doen...'

Het was stil geworden in de zaal. De tantes glimlachten nog, ook al was het dan iets minder breed dan eerst, de ooms leunden achterover op hun stoel en keken geamuseerd. Elisabeth staarde naar haar bord. Maud bleef strak naar haar vader kijken, met een rechte rug en fronsend. Holger vermande zich en keek opnieuw in de zaal rond.

'Maar, zoals gezegd, dit kleintje is als geschapen om een Sundin te worden. Ze zal hard werken. En ze zal...'

Ik probeerde tegen te stribbelen toen hij zijn arm steviger om mijn schouder sloeg. Misschien zag ik daarom niet dat hij tegelijkertijd zijn andere hand uit zijn broekzak haalde. Opeens voelde ik die op mijn borst, eerst een vluchtige aai en toen een snelle kneep in mijn tepel.

'...ze zal veel en vaak beminnen. Daar zal meneer mijn zoon wel voor zorgen. Want dat is een echte Sundin!'

De tijd stond stil in de grote zaal, slechts één hart sloeg, slechts één paar longen ademde, slechts één paar ogen knipperde. Die van Holger Sundin. Alle anderen zaten een ogenblik zwijgend en roerloos, maar toen schraapte er een stoel over de vloer en stond er iemand op.

'Excuseer me', zei Sissela. 'Maar ik moet naar buiten.'

In de halflege glazen werd wijn bijgeschonken. De gesprokken werden hervat. Beleefd gelach klonk op van de tafels. De Sundins waren het erover eens. Het was niet gebeurd. Anna en Per waren het daarmee eens. Magnus ook.

'Nee hoor', zei Anna toen we een poosje later op de steiger zaten. 'Nee. Dan zou ik het hebben gezien.'

'Ik denk dat het je zenuwen voor de grote dag zijn', zei Per. 'Anna haalde zich vóór onze trouwerij ook van alles in haar hoofd. Of niet, schatteboutje?'

Hij had zijn arm om haar schouder geslagen. Anna kroop dicht tegen hem aan en glimlachte.

'Inderdaad, ik was kierewiet, haalde me van alles in mijn hoofd.'

Sissela was in het blauwe nachtlicht een donkere schaduw.

'Ze heeft zich niets verbeeld. Die vent pakte haar bij haar borst. Ik heb het gezien.'

Er viel een stilte.

'Denk aan Sverker', zei Magnus. 'Dat is het enige wat ik zeg.'

'Ja', zei Per. 'Je moet niet zo lopen praten. Denk aan Sverker.'

'Waar is Sverker?' zei Magnus.

Niemand wist het.

Een halfuur later vond ik hem. Hij lag op zijn buik in zijn eigen bed in de bruingestreepte kamer met het kussen in zijn armen te snurken. Hij sliep. Had hij de hele tijd geslapen?

Nu was het ochtend en hij sliep nog steeds. Het hele huis sliep. Alleen ik liep blootsvoets door de hal, gekleed in een badpak en met mijn badjas om mijn schouders. Buiten glinsterde het Hästerumsmeer. Sverker, dacht ik. Misschien had hij ook zin...

Toch bleef ik alleen maar voor zijn deur staan en opende ik die niet. Wat zou er gebeuren als ik hem wakker maakte?

Hij zou glimlachen en zijn armen naar mij uitstrekken. Hij zou mij in bed trekken. Hij zou met me willen vrijen. Hij wilde altijd met me vrijen. Dag en nacht. Ochtend en avond. 's Ochtends en 's middags. Het begon behoorlijk irritant te worden.

En ik had immers zin om te zwemmen.

'Nu zijn jullie elkaars gevangenen', zei Holger. 'Nu komen jullie nooit meer vrij.'

Sverker had zijn jasje uitgetrokken. Ik had mijn schoenen in mijn hand en mijn bloemenkrans stond een beetje scheef op mijn hoofd. Onze trouwdag was voorbij, de midzomernacht was aangebroken en nu liepen we naar het meer en de roeiboten. Holger liep tussen ons in, met zijn armen om onze schouders.

'Dus is het nu gewoon een kwestie van doorzetten. Dat doe ik ook.'

'Hartelijk dank.'

Elisabeth liep achter ons. Holger wierp een vluchtige blik over zijn schouder.

'Trek je van haar niets aan. Zij heeft geen gevoel voor humor.'

Even schoot de herinnering aan Herbert en Renate door mijn hoofd, maar die verdrong ik snel. Ik had andere dingen om aan te denken. Zachte dennennaalden onder mijn voeten. De kilte van de nacht die mijn ruggengraat begon te kietelen.

'Sommigen proberen te scheiden, maar dat helpt niet', zei Holger. 'Vrij worden ze daar in elk geval niet van. Het kost alleen maar verschrikkelijk veel geld. Nee, zoals ik al zei, het is beter om door te zetten.'

'Bedankt voor je advies', zei Sverker. 'We zullen eraan denken.'

Zijn intonatie was neutraal, maar hij glipte bij Holger weg toen hij die woorden sprak en stak zijn hand naar mij uit. We waren er. Biljartclub De Toekomst stond op een kluitje aan het water. We zouden het meer over roeien naar mijn huis en daar slapen, want er waren niet voldoende kamers in het huis van de familie Sundin; sommige bruiloftsgasten hadden zelfs een tent op het gazon moeten opzetten. Ik kende hen niet, had geen idee wie ze waren, wist alleen dat ze heel anders waren dan mijn ouders. Aparte mensen. Schaterende en behoorlijk luidruchtige mensen.

Sverker pakte mijn hand, nam die in de zijne en glimlachte daarna beleefd naar zijn ouders.

'Welterusten, papa. Welterusten, mama.'

Ik stond op het punt een knixje te maken, maar wist me nog net op tijd in te houden.

'Bedankt voor het feest. En al het andere.'

'Lieve kind', zei Elisabeth terwijl ze me op mijn voorhoofd kuste. 'Nu heb je toch nog een familie.'

'Gevangenen', zei Holger terwijl hij zijn handen in zijn broekzakken stak. 'Let op mijn woorden.'

De roeitocht werd onze bruiloft. Onze echte bruiloft.

Anna en ik installeerden ons in de ene roeiboot; Per en Sverker duwden die af en sprongen aan boord. Sissela, Maud en Magnus schoven met gezamenlijke inspanning de andere boot van wal. Sissela nam de roeispanen. Toroten bleef een poosje op de oever staan; een paar minuten voor de huwelijksplechtigheid was hij pas gearriveerd en hij moest nu alweer weg. Hij keek ons na, maar zwaaide niet terug toen ik mijn hand opstak; hij stak zijn handen juist in zijn broekzakken en keerde zich om, liep terug naar het huis en zijn auto.

Toen we midden op het meer zaten, werd het stil. Je hoorde alleen nog het geluid van de roeispanen die in het water werden gedompeld en daarna weer omhoog werden gehaald. Het meer lag er donker en stil bij, de nevelen sponnen witte bruggen tussen de kleine eilandjes, op de andere oever stond het bos donker te wachten. Toen klonk er een stem, een heldere meisjesstem, die een scherpe snee in de stilte kerfde: 'Je vlecht van sneeuwballen een midzomerkrans...'

Maud. Het was Maud die zong. Zonder iets te zeggen trokken Per en Sissela ieder de roeispanen op en lieten ze rusten. Magnus viel in: '...en hangt die in je haar.'

Hun stemmen verstrengelden zich, werden luider en zachter, verenigden zich en gingen uiteen. Anna en Per vielen ook in, op de achtergrond humde de alt van Sissela woordloos mee. Sverker en ik zaten er ernstig en roerloos bij. Het was een plechtig moment: onze vrienden zongen voor ons. Even keerde ik mijn blik naar binnen en ik kon in mezelf kijken, ik zag hoe de muren en schuttingen die ik zo zorgvuldig had opgetrokken en bewaakte, opeens barstten en scheurden. Ik haalde diep adem. De wereld was niet alleen maar slecht. De mensen waren niet alleen maar gevaarlijk. Je liep niet altijd het risico in de armen van een ander te worden verstikt en om te komen.

Ik legde mijn gesloten hand in de open hand van Sverker, keek ernaar en dacht voor het eerst aan die woorden die ik zo vaak had gezegd omdat er van mij verwacht werd dat ik ze zei, die woorden waarvan ik de inhoud niettemin weigerde te erkennen. Nu kon ik toegeven dat ze bestonden, dat ze een betekenis hadden. Houden van.

Toch zei ik niets, ik keek alleen naar mijn gesloten hand zoals die in de zijne lag. En hij begreep het. Natuurlijk begreep hij het. Hij was immers Sverker.

Hij brult. Hij zit in zijn rolstoel en bulkt als een beest. Zijn stem klinkt hees en ongearticuleerd. Uit zijn strot komen alleen maar een paar grove vocalen, die de zonnige, met zorg ingerichte woonkamer instromen.

Mary vliegt van de bank overeind, maar zijgt meteen weer neer, ze houdt haar handen voor haar oren en krimpt ineen. Ergens slaat een deur dicht, iemand komt op een drafje door de hal, een jonge stem dringt even door het gebrul heen.

'Wat is er aan de hand? Wat is er gebeurd?'

Annabels hand ligt nog op de deurklink. Ze staart eerst naar Sverker, dan naar Mary. Geen van beiden geeft antwoord, maar het geschreeuw houdt op. Sverker heeft de tranen in zijn ogen staan van de inspanning.

'Haal me hier weg', zegt hij.

'Wat?'

'Haar me hier weg. Ik wil hier niet zijn.'

'Maar de was...'

'Die was zal me een rotzorg zijn. Haal me hier weg.'

Annabel aarzelt nog steeds. Sverker buldert: 'Nu!'

Terwijl ze zich door de kamer haast, droogt ze haar handen af aan haar spijkerbroek, gaat achter de rolstoel staan, haalt de rem eraf en werpt een snelle blik op Mary, die roerloos op de bank zit.

'Wat heb je gedaan?' zegt ze. 'Wat heb je met hem gedaan?'

Niets. Dat is het antwoord. Ze heeft niets gedaan.

Hij schreeuwde. Hij brulde. Hij bulkte. Maar Mary heeft niets gedaan.

Ik wenste dat ze in staat was dat te zeggen, dat ze kon opstaan om te zeggen dat dit niet de eerste keer is, dat Sverker al eerder heeft gebruld, dat dit begon toen zij na haar eerste afasie haar spraakvermogen terugkreeg, en dat het sindsdien is doorgegaan, zij het met onregelmatige tussenpozen, maar dat er nu iets nieuws bij is gekomen. Eerder brulde hij wanneer zij probeerde te praten over dingen waarover hij niet wilde praten, en daarom heeft ze geleerd bepaalde woorden en gespreksonderwerpen te vermijden, maar ditmaal was dat niet zo. Ze heeft immers niets gezegd, ze bevond zich niet eens in zijn blikveld. Ze lag alleen maar op de rode bank dezelfde lucht in te ademen als hij. Toch schreeuwde hij. Mary heeft er geen aandeel in. Ze zou eigenlijk moeten verklaren dat ze onschuldig is, maar in plaats daarvan zit ze ineengedoken met haar ene arm half omhooggestoken alsof ze dekking zoekt. Wat denkt ze? Dat Annabel haar zal slaan? En als dat gebeurde, zou het dan überhaupt bij haar opkomen dat ze terug zou kunnen slaan?

Nee. Ze zou in elkaar kruipen en de slagen laten neerhagelen.

Ik ben de schuld beu. Mary's onduidelijke schuld, mijn eigen heel duidelijke schuld, iedereen zijn schuld. Als ik minister was, zou ik jaarlijks een dag amnesie verordenen. Vergetelheid. Misschien zou er iets aan het drinkwater kunnen worden toegevoegd, een fantastisch stofje dat een dag per jaar de hele natie van alle schuldbewuste herinneringen zou verlossen. Mogelijk zou dat ten koste gaan van een enkele hersencel, maar dat kon het best waard zijn. Die ochtend zouden moeders met een lied op de lippen hun slaapkamer uitstormen, vaders zouden glimlachend de keuken binnen huppelen om koffie te zetten, chagrijnige tienerdochters zouden het zichzelf vergeven dat ze hun ouders belachelijk vonden, en puisterige jongens zouden in bed blijven liggen nagenieten van hun nachtelijke dromen.

Toch zijn er natuurlijk mensen die op zo'n dag van de waterkraan weggehouden zouden moeten worden. Vendela bijvoorbeeld, mijn allereerste celbuurvrouw in Hinseberg. Ze zei zelden iets over haar vonnis, maar we wisten dat zij de eerste vrouw in tientallen jaren was die tot levenslang was veroordeeld. Voor een dubbele roofmoord. Zorgvuldig gepland en zeer bloederig. Ze had zwart haar met uitgroei, een zilverwitte huid en ogen zonder pupillen. Althans, dat gevoel kreeg je; er zat geen diepte in haar blik. Bij Vendela speelde er bijna altijd een glimlachje rond de lippen, maar toch verspreidde zich over de hele afdeling een vaag gevoel van onrust wanneer ze met haar boeken onder de arm door de gang schreed. Lena lachte nerveus, Rosita glipte haar eigen cel in en deed de deur achter zich dicht, Git verhief haar stem met nog enkele decibellen en sloeg een montere toon aan. Hoe ging het met de studie? Was ze al afgestudeerd als advocaat? Vendela bleef abrupt staan en bewoog zich enkele seconden niet, alsof ze de mogelijkheid overwoog of ze de vraag als een belediging zou opvatten, maar daarna liet ze genade vóór recht gelden en antwoordde ze.

'Ik heb honderdtwintig studiepunten gehaald voor rechten', zei ze met haar milde stem. 'Maar daar word je geen advocaat mee. Je moet ook praktijkervaring bij de rechtbank opdoen. Onder andere.'

Git sloeg haar armen over elkaar onder haar enorme boezem.

'Jij hebt vast wel genoeg praktijkervaring opgedaan.'

Vendela ging nog wat zachter praten, maar dat maakte niet uit, want het was zo stil op de gang dat er geen lettergreep verloren ging.

'Wat bedoel je?'

Git beet op haar onderlip.

'Ach, ik maakte maar een grapje...'

'Nee', zei Vendela. 'Ga door. Leg uit wat je bedoelt.'

'We hebben toch eigenlijk allemaal praktijkervaring... Zo bedoelde ik het. Alleen dat. Verder niets.'

Vendela schudde langzaam haar hoofd. Git, die in haar hele leven nog nooit was teruggedeinsd, zette een stap achteruit. Naderhand zweeg ze urenlang.

Ik begin te rillen. Vendela kwam ook uit de provincie Småland. Uit Vetlanda. Hopelijk is ze naar Stockholm verhuisd, zoals ze zei dat ze zou doen. De gedachte dat ze zich op slechts enkele tientallen kilometers van Hästerum bevond, zou niet goed zijn voor mijn nachtrust.

Nu hoor ik Torstens stem op de radio. Ik zet het geluid harder: 'Toen kwam de eenzaamheid. Die verwelkomde ik.'

Nu gaat hij voorlezen uit zijn nieuwe boek.

De eerste jaren fantaseerde ik nooit over Torsten. Ik had immers Sverker, zijn lichaam, zijn lach, zijn stem. Ik had geen troost, geen compensatie, geen steun nodig.

Desondanks kreeg ik weer een dubbelleven. Op mijn werk was ik wie ik altijd was geweest: snel, goedgebekt, volhardend. Thuis was ik dankbaar, stil en volgzaam. Zodra Sverker zijn armen spreidde, kroop ik tegen hem aan, vlijde mijn wang tegen zijn borst, luisterde naar zijn hartslag en stond mezelf niet toe om te voelen dat hij af en toe zijn spieren aanspande alsof hij zich wilde losmaken. Koken had me nooit geïnteresseerd, maar nu stond ik steeds vaker in de keuken in potten en pannen te roeren. Op tafel lag een opengeslagen krant waarin ik geschikte woningen had omcirkeld. Wat vond hij? Een vrijstaand huis in Täby of in Bromma? Of een groot appartement van een woningbouwvereniging op Söder? Hij mocht beslissen. Als er maar plek was voor al die kinderen die we zouden krijgen.

De eerste miskraam kreeg ik een halfjaar na de bruiloft. De tweede een jaar later. De derde weer een halfjaar later.

Het waren vroege miskramen, maar elke keer verloor ik een kind van wie ik de naam en het gezicht al goed kende. Anton had de vluchtige glimlach van een baby. Cecilia had kuiltjes in haar wangen. Axel was een worstelaartje dat nog maar een paar maanden oud was toen hij zich al met zijn voet op mijn schoot afzette.

De vierde keer kon ik voelen hoe het leven begon. We hadden net ons huis in Bromma betrokken en lagen stil naast elkaar in onze halfgemeubileerde slaapkamer. Sverkers ademhaling werd steeds langzamer, hij was bezig in te slapen na het orgasme, maar zelf lag ik met open ogen de duisternis in te staren. Er gebeurde iets in mijn lichaam. Ik kon dit net zo duidelijk voelen als ik een paar dagen eerder had kunnen voelen hoe een eitje zich losmaakte van mijn rechtereierstok en aan zijn tocht begon. De eisprong was een speldenprikje geweest, maar wat er nu gebeurde deed geen pijn; het was slechts een grote rust die zich vanuit mijn baarmoeder door de rest van mijn lichaam verspreidde. Daar! De spermatozoïde bereikte het wachtende eitje, streek met zijn kopje over de poreuze buitenkant en begon zich erin te boren. Ik lag op mijn rug met gespreide benen en drukte mijn handpalmen tegen het laken, ik durfde nauwelijks te ademen. Als ik de hele nacht roerloos kon blijven liggen, zou het nieuwe leven zich in het slijmvlies van mijn baarmoeder kunnen boren om zich te verbergen. Cellen zouden zich via een geheim wortelsysteem aan andere cellen kunnen hechten, en het kind, dit kind dat naam noch gezicht had, zou overleven. We zouden allemaal overleven. Sverker en ik, het kind en ons huwelijk.

Die keer kreeg ik pas in de vierde maand een miskraam.

Toen het gebeurde, zat ik een hoofdartikel te schrijven. Dat was nog steeds een taak waar ik erg tegen opzag. Elk woord en elke zin moest worden gewikt en gewogen, elke mogelijke tegenwerping moest worden weerlegd. Wanneer ik mijn teksten gedrukt zag, was ik telkens weer verbaasd. Waar kwam die natuurlijke zelfverzekerdheid vandaan? Wie was die persoon die nooit leek te twijfelen zoals ik voortdurend twijfelde? En waarom gaf ze me zo'n schuldgevoel?

Ditmaal ging het stuk over de grote devaluatie. Ik was vóór, omdat de krant de regering steunde. De argumenten had ik keurig in mijn hoofd. Een voor een zette ik ze op papier, terwijl ik ondertussen mijn best deed om niet te denken aan het feit dat mijn onderlichaam steeds zwaarder werd, dat iets in mij zachtjes naar de aarde begon te zakken. Wat betekende dat?

Dat wist ik. Maar ik wilde het niet weten.

Ik bleef aan mijn bureau zitten tot mijn stuk af was. Toen trok ik het laatste vel uit de typemachine, verbeterde nog iets, streepte een paar woorden door en voegde een ander woord toe. Daarna stond ik op; ik streek snel met mijn hand over mijn achterste om me ervan te vergewissen dat het zichtbare deel van mijn spijkerbroek droog was, dat niets van het rood zich over het blauwe oppervlak had verspreid. Daar leek het niet op. Ik bracht mijn tekst naar de opmaker, wisselde een paar woorden met hem en slenterde daarna glimlachend naar het damestoilet achter in de gang.

Ik had nog nooit zo gebloed. Toen ik met mijn armen om mijzelf heen geslagen op het toilet zat, kon ik het bloed in de pot horen druppen. Het was een spottend geluid, hoopvol en opgewekt als druppels smeltwater van een dakrand in de lente. Plop, plop, plop. Mijn witte broekje was donkerrood in het kruis. Ik staarde er een poosje naar, stond toen half op en griste een stapeltje papieren handdoekjes naar me toe. Wat moest ik doen? Sverker was naar een toekomstige klant in Västerås. Het was een belangrijke afspraak, dat had hij 's ochtends aan het ontbijt verteld, een afspraak die een enorm verschil kon betekenen voor zijn pas gestarte reclamebureau. Misschien werd het laat. Of beter gezegd: het was redelijk waarschijnlijk dat het laat werd. Hij moest met de klant uiteten en zo. Misschien moest hij wel in een hotel in Västerås overnachten.

Ik stond op en propte de papieren doekjes tussen mijn benen, trok mijn rits dicht en waste mijn handen. Daarna liep ik naar de redactie en mompelde dat ik weg moest. Niemand protesteerde, iedereen was met zijn eigen dingen bezig, maar er gingen enkele handen stil groetend de lucht in toen ik mijn jas aantrok en mijn tas over mijn schouder hing. Niemand zag dat ik een stapel oude kranten onder mijn arm meenam.

Daar wilde ik in de taxi op gaan zitten. Ik hoefde niet de hele bank onder te bloeden.

De volgende dag kwam Sverker met rozen aanzetten. Twintig rode rozen.

De dokter had erop gestaan dat ik werd opgenomen; ik moest immers fatsoenlijk gecuretteerd worden. Bovendien wilden ze me observeren. Het leek niet echt goed met me te gaan. Ik was veel te bleek. Mijn pupillen waren veel te klein. Mijn handen en voeten veel te koud. Wilde ik een dominee of een maatschappelijk werker spreken? Ik schudde resoluut mijn hoofd, maar ging er wel mee akkoord dat ik op een afdeling een bed kreeg; ik protesteerde pas toen een verpleegkundige assistent probeerde te voorkomen dat ik opstond. Maar ik moest toch bellen! Was het zo moeilijk te begrijpen dat ik mijn man moest bellen?

In Bromma werd niet opgenomen. De hele avond niet. De hele nacht niet. En in Västerås verklaarde de ene nachtportier na de andere dat er geen Sverker Sundin in het hotel verbleef. Helaas. Het spijt me. Sorry.

Maar nu was hij dus gekomen. En ik had een kalmerend spuitje gekregen. De operatiekamer wachtte. Sverker zat op de rand van mijn bed, zijn ogen waren vochtig. Versuft keek ik naar hem en ik peinsde even hoe het kwam dat hij kon huilen. Zelf kon ik dat niet, ik had dat nooit gekund. Misschien was ik zonder traanbuisjes geboren. Misschien was ik op de een of andere manier onnatuurlijk. Sverker knipperde met zijn ogen, een traan begon over zijn wang te biggelen.

'Wat gebeurt er met ons, MaryMarie?' zei hij, terwijl hij begon te snikken. 'Wat gebeurt er toch?'

Ik keek naar hem en voor het eerst viel het me op dat hij buitengewoon grote poriën op zijn neus had. Twee daarvan waren zwart. Dat zag er smerig uit. Echt, echt smerig.

Anna en Per kregen in zeven jaar tijd drie zonen. Gabriël, Mikael en Adam.

Maud en Magnus kregen een dochter. Ellinor.

Torsten trok bij Annika in en kreeg twee dochters, My en Lo, waarna hij weer vertrok.

Sissela onderging een abortus.

Sverker en ik kregen miskramen. Negen keer.

Toch was er niets mis met ons. Althans, niet iets wat ze konden aantonen. De medische onderzoeken wezen uit dat Sverkers sperma van uitstekende kwaliteit was, dat mijn ovulatie ook normaal functioneerde en dat er op mijn eierstokken geen littekens of vergroeiingen zaten. Het ene kind na het andere schoot wortel in mijn lichaam, alleen maar om na een paar maanden los te laten. Nieuwe onderzoeken van mijn baarmoeder wezen uit dat alles in orde was; ik had een zacht en knus nestje in mijn onderlijf. Bij de volgende zwangerschap werd er een ring rond de baarmoedermond geplaatst, maar de vrucht stierf toch en de operatie daarna was nogal moeilijk.

Onze kinderen willen ons niet hebben, dacht ik. En geen wonder. Wie zou ons wel willen hebben?

Aan de buitenkant zag alles er goed uit. Heel goed.

Sverker won voor het eerst de prijs voor het beste reclame-spotje. Ik kreeg een eigen column. We hadden voortdurend volle agenda's, maar het lukte ons altijd er nog meer in te proppen. Hard werken, een druk vrijetijdsleven. Er lagen in ons huis stapels boeken en tijdschriften die we gewoon móésten lezen, vriendschappen moesten worden onderhouden, etentjes gegeven, reizen georganiseerd. We gingen skiën in Sälen met Magnus en Maud, zwemmen in de Indische Oceaan met Per en Anna, naar Londen met Sissela, en naar Parijs met Torsten. Iedereen troostte ons en beurde ons op. Natuurlijk zou het lukken! Natuurlijk zouden ook Sverker en MaryMarie een keer een kind krijgen.

Na de achtste miskraam hielden we op met proberen. De negende zwangerschap was een vergissing en toen ik een miskraam kreeg, was ik bijna opgelucht. Sverker huilde.

De teleurstelling holde ons uit. Reduceerde ons. Legde de kern bloot.

De nieuwe gevoeligheid die Sverker aan de dag legde, verwonderde me. Hij kon tranen in zijn ogen krijgen van een triest bericht in de krant en openlijk beginnen te huilen bij een sentimentele film. Een minuut later lachte hij hard om een grap die slechts een lachmachine leuk kon vinden. Hij kwam op donderdag met rozen thuis, was de hele vrijdag chagrijnig en wilde op zaterdag vrijen op de keukentafel. Op zondag kreeg hij een woede-uitbarsting om een koelkast die het niet goed meer deed, waarna hij zich in zijn werkkamer opsloot en aan de telefoon zat te fluisteren. Op maandagochtend verklaarde hij op afgemeten toon dat het waarschijnlijk laat werd. Heel laat. Ik hoefde niet op te blijven om op hem te wachten.

In het begin probeerde ik het bij te benen. Ik droogde zijn tranen wanneer hij huilde en glimlachte wanneer hij lachte, bloosde zelfs van dankbaarheid toen hij mij op een oudejaars-avond ten overstaan van heel Biljartclub De Toekomst liefdevol toesprak. Ik was een sprookjesachtige vrouw; hij wilde dat iedereen dat wist. Fantastisch. Geweldig. Zijn vrienden wisten natuurlijk wat een geluk hij had gehad, maar zelfs zij konden niet bevroeden hoe diep de liefde was die ons verbond. In het voorjaar dacht ik nog vaak terug aan die woorden, ze troostten en verwarmden me wanneer ik mijn staaltabletten nam om te proberen de vermoeidheid tegen te gaan die het gevolg was van mijn eeuwige bloedarmoede, maar toen Sverker opstond en op het midzomerfeest hetzelfde praatje opnieuw afstak, werd ik onrustig. Dreef hij de spot met me? Twee maanden later op het kreeftenfeest kon ik mijn gezicht met moeite in de plooi houden toen hij met zijn kreeftenmes tegen het glas tikte en met exact dezelfde woorden en frasen begon. Sprookjesachtig. Fantastisch. Geweldig. Was hij gek? Diezelfde middag had hij immers nog een fluisterend gesprek gevoerd met een andere vrouw, een gesprek dat ik toevallig had gehoord toen ik in de keuken de hoorn van de telefoon oppakte zonder te weten dat hij enkele minuten eerder in zijn werkkamer datzelfde had gedaan.

'Ik hou van je', fluisterde hij. 'Hou van je, hou van je, hou van je.'

De vrouwenstem antwoordde met een snik: 'O Sverker. Waarom duurt het zo lang tot het maandag is?'

Op dat moment had ik hem kunnen verlaten. Theoretisch gezien. Maar dat deed ik niet. In plaats daarvan zette ik een masker op, ik stopte mijn bloedcirculatie en verkilde. Als troost schiep ik een eigen wereld waarin ik mijn intrek nam. Elke keer dat de telefoon ging, hoopte ik dat het Torsten was. Elke keer dat ik van mijn werk wegging, droomde ik dat Torsten buiten stond te wachten. Elke keer dat ik alleen naar bed ging, stak ik mijn hand in het donker uit en zocht ik naar Torstens hand. Soms meende ik die te vinden.

Tegelijkertijd begon ik Sverker te verachten, zijn sentimentaliteit, zijn tranen, zijn holle frasen over liefde. Dat waren geen echte gevoelens, dat waren maar bonte aftreksels. Als hij werkelijk van mij had gehouden, dan zou hij mij niet onderbreken zodra ik mijn mond opendeed, hij zou mij niet tegen het aanrecht duwen wanneer hij in een slecht humeur was, hij zou me niet avond aan avond, nacht na nacht alleen thuis achterlaten.

Maar ik zei niets en ik deed niets. Ik vertrok niet.

Waarom niet?

Omdat degene die zichzelf kwijt is, iemand nodig heeft. Hoe dan ook.

Voordat Torsten de laatste zin leest, pauzeert hij even; hij zwijgt en zet zich schrap.

'Nu wisten we dat we nooit vrij zouden zijn. Nu waren we elkaars gevangenen.'

Mijn handen knijpen nog harder om het stuur. Dus. Hij herinnert zich de bruiloft en de wandeling naar de oever nog.

'Verrader die je bent', zeg ik hardop. 'Dief die je bent.'

De mevrouw met de twinset en de parelketting is terug.

'Dit was het laatste hoofdstuk uit...'

Ik zet de radio uit en pak het stuur nog steviger vast. Tijd om een motel op te zoeken.

Mogelijke enquête

Ik geef alleen antwoord als ik anoniem mag blijven. Maar in dat geval...

Nou, het gebeurde tijdens die midzomernacht toen Sverker de keuken binnenkwam. Verder was iedereen aan het dansen, maar ik was naar binnen gegaan om nog wat koffie te zetten. Ik ging op de bank liggen wachten tot die klaar was. Opeens stond hij over me heen gebogen en kuste hij me. Lang. Intens. Ik heb nog nooit zoiets gevoeld; het was net een kleine fluitsolo in mijn onderbuik. Het klinkt belachelijk, dat weet ik, maar zo voelde het.

Anna Grenberg

Dat moet geweest zijn toen ik voor het eerst in Moderna Museet kwam en de geit van Rauschenberg zag. Ik was toen veertien jaar of zoiets. Mijn moeder dacht dat het een verkeersongeluk voorstelde en mijn vader werd woest, echt woest, want thuis hadden we natuurlijk alleen maar elanden in tegenlicht en dat soort dingen. Maar ik begreep waar het om ging en vanaf die dag wist ik wat ik met mijn leven wilde doen.

Magnus Hallin, kunstenaar

Dat woord gebruik ik niet. Noch wanneer ik schrijf, noch wanneer ik spreek of denk. Ik begrijp het niet. Wat betekent het?

Torsten Matsson, schrijver

Als je het me tien jaar geleden had gevraagd, dan weet ik precies wat ik zou hebben geantwoord: het is het moment waarop de schaamlippen uiteengaan en je binnendringt. Dat is groter dan een orgasme. Veel groter. Want dan is het nog maar net begonnen, dan weet je dat de oneindigheid nog wacht.

Tegenwoordig? Niets. Alleen maar slapen en misschien ook dromen.

Sverker Sundin, reclamemaker

Dat weet ik niet. Of jawel trouwens, het was misschien toen ik thuis in de keuken naar de nieuwsberichten stond te luisteren en hoorde dat de kantonrechter zijn vonnis tegen MaryMarie had uitgesproken. Levenslang. Maar die blijdschap ging natuurlijk over bij het gerechtshof. Zelf heb ik vijfentwintigduizend kronen schadevergoeding gekregen. Voor de moord op mijn broer. Jawel. Moord. Je moet de dingen bij de juiste naam noemen.

Maud Hallin, tandarts

Op de dag vóór Midzomer toen ik 's ochtends thuis wegging. Dat was fantastisch. Volgens mij regende het, maar daar voelde ik niets van. Ik was vrij. En ik wist toen al dat ik nooit meer zou terugkeren.

Later op de dag werd het natuurlijk wat minder fantastisch. Toch heb ik er geen spijt van. Ik heb er nooit spijt van gehad.

Sissela Oscarsson, museumdirecteur

Mijn trouwdag. Zou ik waarschijnlijk moeten zeggen. Of de dag dat Gabriël werd geboren. Hoewel ik eigenlijk moet denken aan die dag waarop ik voor het eerst bij Anna op bezoek ging, het moment dat ik haar op het perron zag staan wachten.

Beter dan dat zal het wel niet worden. Het leven dus.

Per Grenberg, ambassadeur

Op de vlucht

Ik wou dat ik Marie was.

Ik wou dat Sverker dood was en ik vrij. Dat ik in een auto zat en onderweg was hiervandaan. Of onderweg naar huis. Het is maar hoe je het bekijkt.

Maar als ik besta, dan bestaat Marie niet. Dan is ze slechts een gedachte. Bovendien een tamelijk idiote gedachte, want als ik dan zo nodig een alternatief bestaan voor mezelf bij elkaar moet fantaseren, dan zou ik dat natuurlijk met troostrijke dingen moeten larderen. Liefde. Vertrouwen, zonen en dochters, wondermedicijnen en sensationele onderzoeksresulaten. Het probleem is alleen dat ik er niet in zou kunnen geloven. Niet op dezelfde manier als ik in Marie geloof. Ik ben haar en zij is mij, we worden slechts door één moment gescheiden.

Maar het is natuurlijk niet Marie aan wie ik eigenlijk denk. Zij zit nu alleen maar in mijn hoofd zodat ik niet aan Sverker hoef te denken. Aan Sverkers geschreeuw. Aan wat dat betekent. Hoe dat moet worden geïnterpreteerd en begrepen.

Hij verafschuwt mij.

Bij die gedachte moet ik mijn ogen sluiten, toch dwing ik mezelf opnieuw zo te denken. Sverker verafschuwt mij. Hij kan het niet verdragen mij te zien, hij wil zich niet in dezelfde kamer bevinden, niet in hetzelfde huis, misschien niet eens in hetzelfde werelddeel.

Soms begrijp ik hem. Ik verafschuw immers eveneens.

Het is vier jaar en vier maanden geleden dat ik hem een kus heb gegeven. Dat gebeurde tijdens het laatste midzomerweekend met Biljartclub De Toekomst; we hadden net ons kringspelletje gedaan en hij zat in zijn rolstoel toe te kijken. Ik landde zweterig en lachend op zijn schoot en even vergat ik wie ik was en wie hij was geworden; ik legde gewoon mijn hand op zijn wang en kuste hem, mijn tong zocht zich een weg in zijn mond en proefde voorzichtig zijn speeksel. Maar dat duurde slechts enkele seconden, toen trok hij zijn hoofd achteruit en sloot zijn lippen.

'Donder op', zei hij. 'Verdwijn!'

Per stond ernaast en zag het gebeuren. Hij fronste zijn voorhoofd en tuitte bezorgd zijn lippen. Misschien werd ik daarom zo razend, vanwege het feit dat we een getuige hadden, dat iemand ontdekte hoe het werkelijk was. Maar ik zei niets. Ik liet me slechts van Sverkers schoot glijden en keerde hem de rug toe; met grote stappen liep ik over het gazon naar de zwarte deur, ik haastte me naar binnen en sloot me op in het toilet. Terwijl ik koud water over mijn polsen liet stromen, trok ik een grimas naar mezelf. Die klootzak! Welk recht had hij om op die toon tegen mij te spreken? Snapte hij niet dat hij het aan mij te danken had dat hij überhaupt nog leefde? Begreep hij niet dat ik hem in bescherming had genomen, en op meer dan één manier? Niemand zou het mij kwalijk hebben genomen als ik hem in een verpleeghuis had gedumpt, althans, niet als ik daarbij de verdere details rond zijn ongeluk openbaar had gemaakt. Een hoerenloper is een hoerenloper, en er is niemand, absoluut niemand, die je zo gemakkelijk in de steek kunt laten!

Toen ik weer buitenkwam, zat Torsten op de stoep. Ik ging even met mijn vingers door zijn haar en liet me naast hem neerzakken. Eerst keek hij verbaasd, maar toen veranderden zijn ogen in twee donkere spleetjes. Hij glimlachte.

'Hoe is het met je?'

Hoewel mijn wangen er pijn van deden, glimlachte ik terug. Nog steeds voelde ik mijn slapen van woede bonken.

'Hoe gaat het met jou?'

'Redelijk goed.'

We zwegen een poosje. In de keuken was iemand aan het stommelen. Torstens stem klonk zacht toen hij weer sprak.

'Zullen we naar het meer lopen?'

Ik knikte. We stonden op en gingen op weg. Toen we tussen de bomen waren gekomen en vanuit de tuin niet meer te zien waren, legde ik mijn hand in de zijne.

'Soms', zei hij, 'doet dat wat nooit zal gebeuren me verdriet.'

Ik zat op een steen met mijn rechtervoet in het water; dat was erg koud en met een deel van mijn hersenen volgde ik belangstellend hoe het gevoel langzaam uit mijn voet verdween. Met de rest luisterde ik naar Torsten; ik keek naar hem en snoof discreet zijn geur op.

'Wat dan bijvoorbeeld?'

'Bijvoorbeeld dat ik nooit zal kunnen vliegen.'

Ik schoot in de lach

'Dus jij wilt vliegen? Met eigen vleugels?'

Hij zat aan de oever van het meer en was bezig zijn sandalen los te maken. Dat ging langzaam, hij was onhandig en ongeconcentreerd.

'Ja. Wil jij dat niet?'

'Waarom zou ik dat willen? Dat is immers zinloos.'

'Je moet het kunnen dénken.'

'Waarom?'

'Omdat dat de enige manier is om te vliegen.'

Ik schudde mijn hoofd.

'Jij vliegt niet.'

Hij trok zijn sokken uit.

'Ik vlieg. Maar het doet me verdriet dat ik niet kan vliegen.'

Van de overkant van het meer riep een vogel. Torsten boog zijn hoofd achterover en keek op naar de bewolkte hemel.

'Hoorde je dat?'

Ik knikte. Ik had het gehoord.

Wanneer zou hij komen?

Ik til mijn arm op om te kijken hoe laat het is, maar staar slechts naar mijn eigen huid. Mijn horloge en ringen liggen nog in de badkamer. Maakt ook niet uit. Het zal nog wel een paar uur duren.

Ik kijk rond in de woonkamer. Het is er zeer schoon, Sverker moet gisteren nog een verzorger met de stofzuiger hebben laten rondgaan. Tegenwoordig is hij met dat soort dingen heel pietluttig. Zijn onderbroeken zijn altijd gestreken, zijn sokken netjes gesorteerd en opgerold, zijn truien worden met de hand gewassen en moeten dagenlang op het droogrekje liggen. Voor mij is hier thuis bijna niets meer te doen.

Maar goed ook. Ik ben er immers bijna nooit.

Ik loop naar de terrasdeur en leun met mijn voorhoofd tegen het koude glas. De tuinmeubelen staan nog buiten, de verf is gebarsten en toont grijze wonden in het witte oppervlak. Als iemand mij zou kunnen helpen om ze naar de kelder te brengen, dan zou ik ze kunnen schuren en lakken terwijl ik wacht tot ik mijn spraakvermogen weer terug heb...

Torsten kan dat misschien doen. Als hij komt. Als hij werkelijk durft te komen.

Op dit moment heb ik het gevoel dat het niet uitmaakt. Alles is immers toch zoals het is. Elk ding op zijn plek, de echtgenoot achter een gesloten deur en de echtgenote achter een andere.

We stopten niet met praten met elkaar. We begonnen nooit.

Zelfs toen onze relatie op haar hoogtepunt was, praatten we niet met elkaar. We probeerden het niet eens, we lachten liever, speelden en vrijden. Tijdens de eerste weken in ons huis wilde Sverker elke kamer inwijden met een vrijpartij. De keuken en de wasruimte, de woonkamer en de eetkamer, de werkkamer, de badkamer en de kelder. Toen het ten slotte tot ons doordrong dat we overal hadden gevreeën behalve in de slaapkamer, moesten we zo lachen dat we ervan omvielen. We hadden geluk: we belandden op ons tweepersoonsbed. Een poosje later was ook onze slaapkamer ingewijd.

In deze periode glimlachte ik voortdurend naar mijn spiegelbeeld; ik kon het niet laten om te glimlachen.

Waarom waren mijn wangen zo rozig? Omdat Sverker had vergeten zich te scheren. Waarom waren mijn lippen zo rood?

Omdat die hem zo vaak gekust hadden. Waarom schrijnde mijn onderlichaam? Omdat we uren hadden gevreeën.

We werkten nog steeds hard, maar laat in de avond zaten we altijd een poosje met een glas bier in de keuken te kletsen. De marketingmanager van de posterijen was niet goed snik, maar beschikte wel over een ongelimiteerde hoeveelheid geld, dus was Sverker bereid het een en ander te slikken. Die kerels van Adolfsson & Co maakten misbruik van het reclamebudget van Unilever, daarom was Sverker van plan in de komende weken de aanval in te zetten. En verder had hij een nieuwe copywriter op kantoor aangenomen. Ja, een vrouw. Knap? Tja. Daar had hij niet bij stilgestaan. En hoe was het op de krant? Nou, die nieuwe hoofdredacteur was niet helemaal goed bij zijn hoofd, maar de oplage was de laatste weken omhooggegaan en er begon zich een voorzichtig optimisme te verspreiden. Bovendien was ik er eindelijk achter gekomen wie de 'Man van Sollentuna' was, die verkrachter waar zoveel over was geschreven. Jawel, het was waar! Het was inderdaad die keurig gekamde acteur. En verder had ik een nieuwe afspraak bij de gynaecoloog. Nee, ditmaal hoefde hij er weer niet bij te zijn.

We praatten en praatten en praatten. Maar met elkáár praten deden we niet. Nooit. Zelfs niet na de miskramen. Zelfs niet op de dag dat ik besefte dat Sverker mij met gonorroe had besmet.

Toen werd het alleen maar stil in ons grote huis.

Ik heb hem nooit verteld dat ik me toen op HIV heb laten testen. Dat heb ik aan niemand verteld, nauwelijks aan mezelf; op een dag glipte ik gewoon weg van de redactie om de bus te nemen naar het Karolinska-ziekenhuis.

'Ik wil anoniem blijven', zei ik tegen de verpleegkundige.

Ze knikte.

'Welke naam wilt u gebruiken?'

'Ik weet het niet.'

'Ik heb vandaag een Agneta en een Birgitta gehad. Zullen we u Cecilia noemen?'

Ik slikte; het was nog maar een paar maanden geleden dat ik mijn laatste miskraam had gehad.

'Cecilia is dood.'

De verpleegkundige hield haar hoofd schuin.

'Iemand die u kende?'

Ik onderdrukte mijn impuls om mijn hoofd tegen haar schouder te leggen en knikte slechts.

'Ja.'

'Dan zullen we u Christina noemen. Mag ik uw arm?'

Met een vochtig watje wreef ze over de binnenkant van mijn elleboog.

'Wilt u vertellen wat er is gebeurd? Waarom u zich zorgen maakt?'

Ik schudde mijn hoofd. Hoe zou ik het kunnen vertellen wanneer ik het zelf niet begreep?

'Goed hoor', zei de verpleegkundige. 'Het is geheel vrijwillig.'

Een paar dagen later zat ik in de gang bij haar kamer te wachten. De lucht om mij heen stond stil, maar begon te trillen toen de deur openging en ze verscheen, een grote vrouw met haar handen in de zakken van haar witte jas. Ik probeerde te slikken, maar dat lukte niet; mijn tong noch keel reageerde op de impulsen van mijn zenuwstelsel.

'Christina?'

Ik knikte. Ze keek snel om zich heen. De gang was leeg.

'Maakt u zich ongerust?'

Ik knikte weer en stond op.

'Dat hoeft niet. Komt u maar.'

Misschien was het een snik, dat geluid dat bij me naar buiten drong. Hoewel het zo niet klonk; het klonk als geknor of gesteun. Maar ik kon me nu niet langer beheersen, ik boog me voorover en legde mijn hoofd tegen haar borst.

'Nou, nou', zei ze terwijl ze me over mijn rug streek. 'U bent niet besmet. Er is niets aan de hand. Alles is goed.'

Opnieuw drong het gesteun naar buiten. Nog steeds geen tranen.

'Ja, ja', zei de verpleegkundige. 'Het is niet altijd gemakkelijk.'

Ik sluit mijn ogen, wil me dit niet herinneren.

Marie is bij een tankstation gestopt en staat nu met de dop van de benzinetank te prutsen. Bij de pomp naast haar staat een man die het mondstuk van de slang in zijn tank heeft gestopt en zijn armen over elkaar heeft geslagen. Marie fronst haar voorhoofd. Hoe doe je dit? Wanneer zij de hendel van het mondstuk loslaat, stroomt de benzine immers niet meer door. Ach. Laat ook maar. Ze is zo ver van Hinseberg verwijderd dat geen mens zal vermoeden dat de reden dat zij niet op deze manier kan tanken, is dat ze zes jaar in de gevangenis heeft gezeten.

Een vage etensgeur dringt door de benzinedampen heen; in haar maag begint de honger te kietelen. Ze moet eten.

Gedempt licht. Lege tafels. Geruite tafelzeiltjes. Gele potjes met roze nepbloemen. Een geprinte menukaart met plaatjes van de verschillende gerechten. Worst met pommes frites. Entrecote met bearnaisesaus. Lasagne. Marie zucht even. Sommige dingen zijn de laatste zes jaar geen snars veranderd. Dan maar lasagne.

Ze gaat bij een raam zitten en kijkt de duisternis in. Het is gaan regenen, onder het witte schijnsel van de lantaarns op de parkeerplaats glinstert het asfalt.

'Neem me niet kwalijk', zegt een stem. 'Maar kennen wij elkaar niet?'

Marie draait zich om, opeens waakzaam. Dezelfde man die zojuist naast haar stond te tanken staat nu achter haar te glimlachen. Marie probeert terug te glimlachen.

'Is dat zo?'

'U komt toch uit Nässjö?'

Marie knikt. De man glimlacht nog breder.

'Mag ik gaan zitten?'

Ze heeft geen tijd om antwoord te geven, want hij heeft zijn dienblad al op de tafel gezet en trekt de stoel naar achteren.

'Ik vergeet nooit gezichten. Maar met namen heb ik meer moeite.'

Marie knikt.

'Marie.'

De man was bezig zijn jas los te knopen, maar hij houdt zich even in en geeft haar over de tafel heen een hand.

'Claes. Volgens mij hebben we bij elkaar in de klas gezeten.'

'Is dat zo?'

'Ja. Later ben ik het gymnasium gaan doen.'

De man doet zijn sjaal af en onthult een zwarte coltrui. Marie onderdrukt een glimlach: nu weet ze het weer. Ooit was deze man een zestienjarige die er alles aan deed om op een predikant van middelbare leeftijd te lijken. Hij droeg altijd een colbertje met een zwarte coltrui, en had bovendien steeds een ketting met een glimmend zilveren kruis om. Klaasje. Ook wel 'de Dominee' genoemd.

'Het kwartje is gevallen', zegt ze. 'Jij was toch degene die dominee wilde worden?'

'Inderdaad.'

'Ben je dat ook geworden?'

Zijn blik glijdt weg.

'Een tijdje. Maar daarna...'

'Ja?'

'...ben ik een andere weg ingeslagen.'

Marie neemt een slokje water en kijkt hem aan. Hij is nog steeds erg mager, en de haviksneus die er in zijn tienergezicht zo misplaatst uitzag, is niet minder scherp geworden maar staat hem nu. Het enige wat die neus nodig had, was omgeven worden door een beetje ervaring.

'Welke weg?'

Hij pakt zijn flesje Tuborg en begint het bier in het glas te schenken.

'Het toneel. Ik ben acteur geworden.'

264

'Dat is een radicale koerswijziging.'

De Dominee heft zijn glas.

'Dat weet ik zo net nog niet. Wacht eens, was jij niet hoofdredacteur van *Aftonbladet*?'

Marie aarzelt. Wat herinnert hij zich nog meer?

'Dat is langgeleden.'

'Ja, misschien wel. Wat doe je nu?'

Enkele seconden stilte. Niet te veel zeggen.

'Ik freelance. En jij?'

Zijn ogen vernauwen zich, een glimlachje ligt op de loer.

'Tja, in feite ben ik ook freelancer. Zou je kunnen zeggen. Als je althans niet het lelijke woord wilt gebruiken.'

'En dat is?

Hij glimlacht breed.

'Werkloos.'

Marie reageert niet. De Dominee strijkt het schuim van zijn bovenlip.

'Ben je onderweg naar huis?'

'Naar huis?'

'Ja. Naar Nässjö.'

Ze knikt.

'Inderdaad. Hoewel ik niet weet of dat nog thuis is.'

'Nee. Natuurlijk niet. Leven je ouders nog?'

Marie schudt haar hoofd.

'Die zijn langgeleden al gestorven. En die van jou?'

'Mijn moeder leeft nog. Ze zit in een verpleeghuis. Af en toe ga ik naar ons oude huis, in afwachting van mijn grote doorbraak.'

Hij begint te grijnzen. Bij de bar roept een serveerster dat er een lasagne en een entrecote met pommes frites klaar zijn. Ze halen hun borden op en eten in stilte; ze lijken allebei even hongerig. Wanneer Marie haar bestek aan de kant legt, is ze opeens moe. Ze staat op en werpt een blik op de Dominee.

'Wil jij koffie?'

Hij schudt zijn hoofd. Wanneer ze terugkeert, is hij klaar met eten. Hij leunt achterover en heeft zijn armen over elkaar geslagen.

'Ik drink geen koffie. Dat geeft me angstaanjagende flash-backs.'

Marie glimlacht.

'Herinneringen aan het kerkelijke leven?'

'Jep. Geweld tegen de naaivereniging.'

'Ben je de naaivereniging te lijf gegaan?'

De Dominee wipt heen en weer op zijn stoel.

'Nee, daar heb ik alleen maar over gedroomd. Ik had de laatste jaren behoorlijk gewelddadige fantasieën. Moord en brandstichting en zo.'

'Brandstichting?'

Hij leunt over de tafel naar voren, opeens enthousiast.

'Ja. Ik wist precies hoe je te werk moest gaan. Je neemt een panty en doopt die in een of andere brandgevaarlijke stof, aan-maakvloeistof of zo, en die leg je dan op het bureau van de dominee, je doet zijn ergonomisch verantwoorde bureaulamp aan en duwt die naar beneden zodat hij vlak boven de panty staat. En dan ga je weg en zorg je dat je voor die avond een alibi hebt.'

'O. En wat gebeurt er dan?'

'Er ontstaat natuurlijk brand. Na een paar uur. En dan heeft de dominee geen werkkamer meer.'

Hij wipt op zijn stoel heen en weer, glimlacht tevreden. Marie begint te giechelen.

'En de dominee zelf dan? Waar laat je die?'

'Ach, die zal wel op pad zijn om iets te doen. Of zit thuis bij zijn domineesvrouwtje.'

'Maar dan is het wel brandstichting, maar geen poging tot moord.'

De Dominee houdt op met wippen, leunt naar voren en vouwt zijn handen.

'Nee. Daar staat of valt het mee. Ik leg alleen zijn werkkamer in de as en dat is natuurlijk volkomen zinloos. Het is trouwens altijd zinloos om wraak te nemen.'

Marie recht haar rug. Probeert hij iets te zeggen?

'Is dat zo?'

'Ja.'

Zijn gezichtsuitdrukking is volkomen neutraal. Marie neemt een slok van haar koffie. Het is bocht.

'Dus heb je de kerk maar verlaten.'

Een kleine zucht vanaf de andere kant van de tafel.

'Inderdaad.'

'Een geloofscrisis?'

De Dominee werpt haar een blik toe. Hij heeft zijn handen nog steeds gevouwen.

'Zou je kunnen zeggen. Hoewel ik niet aan God begon te twijfelen, maar aan mezelf.'

'Hoezo?'

Hij kijkt weg, blikt daarna in zijn lege bierglas.

'Op een keer zag ik mezelf.'

'Ja?'

Hij draait zijn glas rond.

'Het was tijdens een jeugddienst. Met een groepje aannemelingen. Ik stond op het altaar te preken, en opeens zag ik mijn eigen spiegelbeeld in een van de ramen. Buiten was het donker, dus het beeld was heel duidelijk. Ik had mijn arm naar de hemel gestrekt, op deze manier...'

Hij strekt zijn arm uit en draait zijn pols om, zodat zijn handpalm een kom vormt.

'Zie je? Als je er zo bij staat, zie je eruit als een acteer-Jezus. En dat was wat ik deed, ik stond als een acteer-Jezus voor een groep pukkelige veertienjarigen omstandig te vertellen over vergeving. En opeens besefte ik dat ik dat gebaar een beetje te fijn vond, dat ik ervan genoot, net zoals ik had genoten van alle bijbelwoorden die ik om me heen had gestrooid sinds ik nauwelijks droog achter mijn oren was. Maar het ging me niet om de inhoud, het ging me om de gebaren.'

Hij zwijgt en zucht.

'Weet je nog hoe ik er op school uitzag?'

Marie knikt. Het gezicht van de Dominee vertrekt.

'Een colbertje, een zwarte coltrui, een zilveren kruis. Ik was verkleed als dominee. Ik acteerde. En toen ik daar twintig jaar later stond, ontdekte ik dat ik nog steeds acteerde.'

'Wat zei je over vergeving?'

De Dominee houdt zich in.

'Hoezo?'

Marie bijt op haar lip.

'Niets.'

'Hoezo niets? Je zegt dat natuurlijk niet zomaar.'

Marie kijkt op haar horloge.

'Het begint laat te worden. Ik moet nu weg.'

De Dominee reageert niet. Marie opent haar handtas en kijkt erin, maar ze weet zelf niet wat ze zoekt. Of jawel. Haar autosleutels. Ze verbergt ze in haar handpalm.

'Het was leuk je te zien.'

De Dominee knikt.

'Ben je ook bereikbaar op een mobiel nummer?'

Marie schudt haar hoofd. In Hinseberg zijn mobiele telefoons verboden en ze heeft nog geen tijd gehad om er eentje aan te schaffen.

'Ik heb geen mobieltje.'

De Dominee blijft haar aankijken.

'Een freelance journaliste zonder mobiele telefoon. Ja, goeie genade, toe maar. Mensen zoals ik geloven toch alles.'

Er wordt aangebeld, ik ga rechtop op de bank zitten en kijk slaapdronken rond. Het licht is anders. Grijzer. De zon is achter de wolken verdwenen en buiten in de tuin bewegen de takken van de boerenjasmijn in de wind. Ze zijn vrijwel kaal, er zitten nog maar een paar blaadjes aan.

Er wordt opnieuw aangebeld; een paar tellen zit ik roerloos te wachten, maar er komt geen Annabel door de hal aansloffen om open te doen. Ik moet zelf gaan. In de halspiegel werp ik een snelle blik op mezelf. Bleek en verfomfaaid.

Het is Torsten.

Half afgewend staat hij de tuin in te kijken, maar wanneer ik de deur opendoe, draait hij zich langzaam om. Ik hef mijn hand in het stomme begroetingsgebaar van de afaticus. Hij knikt om dat te beantwoorden, maar zegt niets; stapt gewoon over de drempel om zijn jas uit te trekken. Met een huismoederlijk gebaar wil ik die aannemen, maar wanneer ik me realiseer wat ik aan het doen ben, laat ik mijn handen zakken. Hij hangt zijn jas op een kleerhanger, slaat zijn armen over elkaar en kijkt rond.

'Nou', zegt hij. 'Hier ben ik dan.'

Er begint bij mij iets te kriebelen van irritatie. En wat dan nog? Ik heb hem niet gevraagd om te komen; dat hebben Sissela en hij helemaal zelf bekokstoofd. Ik snap niet waarom. Ik heb wel voor hetere vuren gestaan dan dit zonder iemand om hulp te vragen.

'Dat is langgeleden', zegt Torsten.

Ik knik. Inderdaad. Om precies te zijn acht maanden. Toen zwegen we ons samen door het ontbijt na een nacht in het Stadshotel van Sigtuna. Sindsdien heeft geen van ons beiden contact opgenomen. Natuurlijk niet. Torsten moest immers schrijven en ik regeren. En het is langgeleden dat we echt plezier van elkaar hebben gehad. Alle dromen zijn vervangen door uiterst tastbare herinneringen.

Torsten knikt in de richting van de gesloten deuren.

'Is hij thuis?'

Ik knik.

'Dus hij is gestopt met werken?'

Er bestaat geen gebaar dat kan uitleggen dat Sverker weliswaar nog wel eens met de grote bestelwagen naar het reclamebureau gaat, maar dat dit vandaag niet kan. Het is immers zaterdag, het kantoor is gesloten. Ook al zou hij willen verdwijnen, hij kan nergens heen.

Ik hef mijn hand op en wuif er wat mee. Zullen we naar boven gaan?

Torsten fronst zijn voorhoofd. Hij weet dat de bovenverdieping uitsluitend en alleen van mij is, maar toch duurt het even voordat hij begrijpt wat ik bedoel. Hij werpt een blik op Sverkers gesloten deur en kijkt dan naar de trap. Hij knikt.

'Natuurlijk', zegt hij. 'Kom.'

Op die laatste midzomeravond maakte ik Sverker onzichtbaar. Ik kwam niet bij hem in de buurt. Sprak niet met hem. Zag hem niet. Jarenlang had ik zijn slechte humeur, zijn gevloek, gesnauw en gegrom verdragen, en zijn weigering om met mij of iemand anders te praten over wat er was gebeurd. Het was de laatste keer dat hij mij had afgewezen. Nu was het mijn beurt.

Toch was hij de hele avond aan de rand van mijn blikveld aanwezig. Ik wist precies wat hij zei en deed, hoe bleek hij was en dat zijn ogen zich vernauwd hadden. Hij zat aan het hoofd van de grote tafel, met Anna rechts van hem en Maud links. Achter hem stond zijn verzorger, een verlegen jongen genaamd Marcus, die deze zomer inviel. Hij leek nerveuzer dan normaal; waarschijnlijk had hij een uitbrander gekregen toen Sverker voor de maaltijd moest worden omgekleed. Dat was de normale gang van zaken: de eerste jaren was Sverker voortdurend dwars en giftig tegen zijn verzorgers. Sukkels, nitwits en stomme idioten! Niks konden ze! Niks snapten ze! Uit protest waren er twee opgehouden, en de thuiszorgcoördinator had aan de telefoon bezorgd gezucht. Het was natuurlijk begrijpelijk dat Sverker na zijn grote trauma een tikje labiel was, maar zou ik niet toch eens willen proberen of ik met hem kon praten over hoe belangrijk het was een enigszins fatsoenlijke toon tegen de verzorgers aan te slaan? Als reactie mompelde ik wat, want ik wist niet wat ik moest zeggen.

Maar deze avond mompelde ik niet; ik praatte luid en ik lachte luid, en na mijn vierde glas wijn stond ik zelfs op om een solo van 'Are you lonesome tonight' ten gehore te brengen. Sissela en Magnus joelden van verrukking, Torsten deed net of hij zo ontroerd was dat hij zijn neus in zijn servet moest snuiten, Anna zat te giechelen en Maud glimlachte, maar Per wierp een verontruste blik in Sverkers richting; verder vertrok hij geen spier. Ik boog me over de tafel om naar iedereen kushandjes te werpen. Vervolgens plofte ik neer op mijn stoel, nam een grote slok van mijn rode wijn, waarna ik inviel bij de wals van Calle Schewen. Het was Midzomer. Biljartclub De Toekomst zong en zou de hele nacht zingen.

Torsten zat naast me, zo dichtbij dat ik de warmte van zijn wang kon voelen. Soms schampten onze benen onder de tafel langs elkaar, soms raakten onze handen elkaar toevallig even toen we zaten te bladeren in het gestencilde bundeltje met liederen, soms wierpen we elkaar glimlachend een snelle blik toe. We werden de hele tijd door blikken gevolgd, sommige licht geamuseerd, andere verontrust, maar dat maakte niet uit. Ik was mijn eigen baas. Ik had het recht om gewoon te doen waar ik zin in had.

En later, toen de aardbeien opgegeten waren, de slagroomschaal leeg was, de koffie en de cognac opgedronken waren en alle liedjes waren gezongen, werd het opeens stil op de steiger. Niemand had gemerkt dat de helderblauwe nacht langzaam grijs was geworden, maar nu zat Anna opeens met uitgestoken hand naar de hemel te staren.

'Goeie genade, het is gaan regenen!'

De eerste minuten was de regen een half onzichtbare schaduw, daarna werden de druppels groter en vielen ze steeds dichter. Markus startte de motor van Sverkers rolstoel en stuurde die in de richting van het pad, Anna rende met haar armen vol stoelkussens achter hen aan, Maud blafte Magnus toe dat hij natuurlijk niet met lege handen kon weglopen: hij moest de grootste mand meenemen en die het liefst van tevoren met vaat vullen, Per verzamelde de wijnflessen en Sissela rukte het tafelkleed van tafel; ze hield het boven haar hoofd en liet het fladderen als een cape toen ze door de stortregen over het pad naar het huis rende.

Torsten en ik bleven op de steiger zitten.

'Heb je zin om te zwemmen?' vroeg ik.
'Ja', zei Torsten. 'We gaan zwemmen.'

Het water zal wel koud zijn geweest, maar dat voelden we niet.

We doorkliefden de waterspiegel en zwommen met lange slagen onder water, kwamen boven om naar lucht te happen, maar doken dan opnieuw onder om in de andere wereld te verdwijnen. Torstens bleke huid lichtte op in het donker, maar ik sloot mijn ogen en liet mijn handen mijn ogen worden. We grepen naar elkaar, tastten en zochten, we werden verenigd en gescheiden, om een seconde later opnieuw verenigd te worden.

Hoelang?

Dat weet ik niet. Lang genoeg om de tijd te laten stoppen. Lang genoeg om ten slotte samen aan de oppervlakte te kunnen komen en te ademen, verzadigd en met tranen in de ogen. Ik legde mijn hoofd tegen Torstens schouder. Hij streek met zijn handen over mijn rug.

'Eindelijk', zei hij.

'Eindelijk', zei ik.

'Zwijnen', zei Per. 'Godverdomme, wat een zwijnen zijn jullie.'

Hij was niet tot bedaren te brengen.

Gekleed in zijn oude groene regenjas stond hij met zijn armen over elkaar wijdbeens op de steiger onafgebroken te praten, eerst zachtjes en met afschuw in zijn stem, daarna op een steeds twistziekere, steeds luidere en schellere toon. Godverdomme! Hoe konden we dit Sverker nou aandoen, iemand die was getroffen door een lot dat erger was dan wat je je menselijkerwijs kon voorstellen. Nou? Wat voor mensen waren wij verdomme eigenlijk? Liet het ons volslagen onverschillig? Wat een verraders! Wat een walgelijke klereverraders!

Eerst bleven we in het water staan met de armen om elkaar heen, we bewogen ons niet en zeiden niets, alsof we beiden hoopten dat Per in nevelen zou oplossen als we maar net deden of hij er niet was, als we onszelf voorhielden dat dit schepsel op de steiger slechts een fantasie was, geschapen en voortgekomen uit een schuld die eigenlijk geen echte schuld was, slechts een gedachte en een illusie, maar die...

'En jij, MaryMarie! Je zit die arme donder te kwellen en te plagen met je gegiechel, geflirt en gehijg, en je deinst er niet eens voor terug om vlak voor zijn neus met een ander te neuken. Je bent gewoon walgelijk! Door en door walgelijk!'

Nee. Hij was echt. Torsten liet me los, ik kruiste mijn armen voor mijn borsten en samen begonnen we naar de oever te waden. We werden door een koude wind begroet, kregen kippenvel, witte vingers. Torstens lippen begonnen een blauwe kleur aan te nemen.

'En jij, jij verdomde, hautaine dikdoener! Jij zit je al die jaren om ons te verkneuteren en doet altijd net of je alles het beste weet! Met je spottende gegrijns en je betweterij! Denk je niet dat we best weten dat jij hier de hele tijd al op uit bent? Gewoon neuken. Niks nobelers dan dat.'

We stonden nu op de oever. Het was bijna donker; ik kon slechts vaag mijn voeten onderscheiden, mijn witte tenen die in het zand groeven. De kou greep me in mijn nek en kneep me; ik begon te rillen, mijn tanden klapperden. Torsten sloeg zijn arm om me heen.

'Diep ademhalen', zei hij.

Ik haalde diep adem. Dat hielp maar even, ik begon meteen weer te rillen. Mijn lichaam was niet langer van mij.

'Je bent vals, MaryMarie!' schreeuwde Per. 'Je bent een verdomd vals kreng! Je loopt hier jarenlang de martelaar te spelen, te zuchten en te kreunen, en je doet net of je zielig bent omdat Sverker is wie hij is. Maar waar heb je in feite over te klagen, verdomme? Heb je ook maar één enkel bewijs dat Sverker jou vaker ontrouw is geweest dan die ene keer?'

'Dat moet je maar eens aan Anna vragen', zei Torsten.

Per stortte zich op hem.

De rest was chaos. Opeens was iedereen er. Bijna iedereen. Anna stond huilend aan Pers regenjas te trekken. Magnus tuimelde lachend op de achtergrond rond; zo dronken had ik hem nog nooit gezien. Maud maakte ruzie en Sissela vloekte. Per en Torsten rolden door het zand, de een naakt en de ander van top tot teen aangekleed, de een zwijgend en de ander schreeuwend. Geen van beiden kon goed vechten; er zat niet echt kracht achter de gebalde vuisten, geen echte doelbewustheid achter de wurggrepen, ze gleden uit en gleden rond alsof ze eigenlijk bang waren om elkaar aan te raken en slechts voor de vorm worstelden.

Zelf stond ik naakt te klappertanden op de oever. Sverker, dacht ik verward. Heb ik hem gedood? Ik zag mezelf zoals ik ooit aan zijn ziekbed had gestaan, met mijn hand uitgestrekt naar de stekker van het beademingsapparaat en... Daarna wist ik het weer. Sverker leefde. Hij lag in zijn bruingestreepte kamer op slechts vijftig meter afstand, vanaf zijn schouders naar beneden verlamd, niet in staat zich te verroeren. Maar hij kon zien en hij kon horen, en ik wist dat hij op dit moment met open ogen lag, dat hij de duisternis in keek en luisterde naar het geschreeuw en geroep, dat hij wist dat dit het einde was van het enige wat hij nog had. Het enige wat wij nog hadden. Biljartclub De Toekomst.

Het gevecht hield op en het werd stil. Torsten stond op en begon met zijn ene hand het zand van zich af te slaan, terwijl hij met zijn andere zijn kleren pakte. Per zat nog in het zand, hijgend en met tranen in de ogen, Anna stond vlak achter hem met een gebalde vuist voor haar mond, Maud probeerde Magnus overeind te houden terwijl ze bleef slikken en met haar ogen bleef knipperen. Sissela trok haar jas uit en sloeg die om mijn schouders; daarna voerde ze me naar het pad.

Het was allemaal voorbij. Biljartclub De Toekomst bestond niet meer.

Torsten staat op de overloop en kijkt om zich heen. Aarzelend. Hij wil niet naar de slaapkamer gaan, ook niet naar de logeerkamer. Ik pak hem bij zijn arm en wijs hem op de derde deur. Mijn werkkamer. Hij knikt en loopt achter me aan. Ik zak neer in mijn bureaustoel, hij gaat in de leunstoel bij het raam zitten.

'Ja', zegt hij dan. 'Wat doen we nu?'

Mogelijke duisternis

Vergeten is een talent. Een talent dat hij ooit bezat.

Het enige wat hij hoefde te doen was diep ademhalen en weg was de herinnering. Die bestond niet. Had nooit bestaan. Wat er over was, was een vaag gevoel van warmte, alsof hij een deken om zich heen had geslagen of over een extra onderhuid beschikte. Dat was heel aangenaam. Dat maakte hem tot een beter mens. Blijer. Vriendelijker. Letterlijk warmer.

Maar toen hij bijkwam uit de lange periode van bewusteloosheid, had hij het koud. Dat was het ergste, dat was erger dan al het andere. Het zou weken duren voordat hij begreep dat hij niet méér was dan een levend hoofd op een dood lichaam, maar die ijzige kou voelde hij meteen. Hij had het koud en hij kon niet vergeten. Zodra hij zijn ogen sloot, staarde dat meisje hem aan; hij was genoodzaakt zich elk detail van haar lichaam te herinneren. De schrale handen. De opengesperde grijze ogen. De halfgeopende mond met de dunne lippen. De puntige borstjes, waarvan de ene tepel een beetje misvormd was. De rug, waarvan hij de wervels en de ribben kon tellen.

Haar rug had hem het eerst gegrepen. Geraakt, zoals Emma, de psychologe bij de revalidatie, dat altijd noemde. Tijdens de eerste sessies was hij razend geworden dat ze dat woord keer op keer gebruikte, zo razend dat hij een van zijn verzorgers opdracht had gegeven het synoniemenwoordenboek tevoorschijn te halen en alternatieven op een briefje te schrijven. *Indruk maken. Treffen. Beïnvloeden. Aangrijpen.* Dat hielp niet. Emma had hem slechts met een schuin hoofd aangekeken.

'En waarom hebt u zo'n hekel aan dat woord?'

Hij had geweigerd antwoord te geven, had slechts zijn ogen gesloten en aan het meisje teruggedacht. Er was nog niets gebeurd; ze zat met haar rug naar hem toe tussen de andere meisjes aan de bar. Ze rookte. Ze dronk iets wat gin of wodka zou kunnen zijn, maar waarschijnlijk alleen maar gewoon water met een schijfje citroen was. Haar kleren waren ronduit belachelijk. Elegantie van het postorderbedrijf. Een groene broek van een of ander bubbelig synthetisch materiaal, met splitten tot bijna aan haar knieën. Zwarte laarzen met afgetrapte hakken. Een wijnrode blouse met geborduurde rozen, opengeknoopt tot aan de spleet tussen haar borsten die er niet was. Een naadje onder haar arm was stukgegaan; wanneer ze zich bewoog, zag je een bleke oksel. Een hoer. Een goedkope Oostblokhoer. Niets voor Sverker Sundin, die momenteel een affaire had met een donkere vijfentwintigjarige met cup C en een academische graad. Zij zou morgen al naar zijn hotel komen.

En toch. Die rug. Dat smalle ruggetje.

Anders en Niclas, zijn collega's, hadden gelachen. Jezus, Sverker, nu niet weer! Seks met haar is waarschijnlijk nog strafbaar. Hou nou eens op. Maar hij kon niet ophouden, daar was hij niet toe in staat. Zijn hand ging onrustig over de tafel, spelend met het pakje sigaretten. Hij had een droge keel, wilde niet praten, schudde alleen maar zijn hoofd toen Anders en Niclas opstonden. Nee, hij ging niet mee naar het hotel. Nog niet. Het zou gebeuren, om daarna niet te zijn gebeurd.

Nadat ze waren weggegaan, bleef hij een poosje roerloos zitten. Daarna stond hij langzaam op en schoof zijn stoel weg. Aan de bar draaiden alle hoofden zijn kant op; een geblondeerde vrouw met enorme borsten glimlachte al naar hem, en even kon hij zichzelf door haar ogen zien: een grote man met dik haar en donkere wenkbrauwen. Een zwarte broek. Een zwart overhemd. Een grijs colbert van kasjmier. Keurig gepoetste schoenen.

Nu draaide het meisje zich om, maar zij glimlachte niet zoals de anderen; ze staarde hem alleen maar even aan, waarna ze een slok uit haar glas nam...

Op dat punt had hij zijn ogen geopend. Emma hield haar hoofd nog steeds schuin. Ze wachtte. Sinds de vorige keer had ze een coupe soleil genomen, maar ze droeg dezelfde trui als altijd. Een grof gebreide, ivoorwitte katoenen trui. Had ze maar één trui? Door de overheid aangestelde psychologen verdienden weliswaar geen vet salaris, maar ze moest zich toch wel een ander setje kleren kunnen veroorloven. Misschien was ze gewoon zuinig. Misschien voelde ze wel zo'n verachting voor hem dat ze zich met opzet onaantrekkelijk maakte.

Hij zocht naar woorden. Iets ongevaarlijks.

'MaryMarie kan weer praten.'

'Dat weet ik. Dat hebt u een paar weken geleden al verteld.'

Hij fronste zijn voorhoofd. Kwam zijn talent om te kunnen vergeten weer terug?

'Is dat zo?'

Het werd even stil. Hij liet zijn blik door de kamer gaan. Een oud bureau. Een halfvolle boekenkast. Ordners.

'Dit is een saaie kamer.'

'Ik weet dat u dat vindt.'

'Maar ze praat niet met me.'

'MaryMarie?'

'Ja.'

'Hoe weet u dan dat ze kan praten?'

'Ze praat met mijn verzorgers. Maar niet zo vaak.'

'Praat u met haar?'

Hij hoorde zichzelf zuchten.

'Dit is gewoon zinloos.'

'Is dat zo?'

'Volkomen. Als ik had kunnen weglopen, dan was ik weggelopen.'

'Maar u kunt niet lopen.'

Emma sloeg haar benen over elkaar. Dezelfde oude spijkerbroek als altijd. Dezelfde schoenen met een stompe neus. Hij sloot zijn ogen, was terug in de bar, legde zijn hand op het smalle ruggetje en deed zijn mond open om iets te zeggen, maar daarna begon hij met zijn ogen te knipperen en keek in de behandelkamer rond. De namiddagzon had een nieuwe nuance aangenomen. Roder. Weldra zou het herfst zijn.

'Welke datum is het?'

Emma trok haar wenkbrauwen op.

'Waarom vraagt u dat?'

'Laat dat therapeutengewauwel maar achterwege. Welke datum is het?'

'1 september.'

'Een jaar geleden kon ik nog lopen.'

'Ja.'

'Ik had je kunnen verleiden. Als ik had gewild.'

'Zou u dat hebben gekund?'

'Ja. Hoewel ik natuurlijk niet weet of ik dat de moeite waard had gevonden. Jij bent even saai als je kamer.'

Er verschenen twee rode vlekken in haar hals, maar ze vertrok geen spier, wierp alleen een blik op haar horloge. Sverker glimlachte.

'De tijd is nog niet om.'

Emma vouwde haar handen rond haar linkerknie.

'Dat weet ik. Twee minuten nog.'

'Ja', zei Sverker. 'Twee minuten.'

'U hebt het moeilijk', zei Emma. 'Dat zult u een keer moeten toegeven.'

Hij sloot zijn ogen, het meisje in de bar draaide zich om. Ze keek bang.

'Champagne?' vroeg hij.

'*Thank you*', zei ze.

Hij glimlachte om haar accent. *Tenk joe.* Ze was dus een Russin. Nog beter. Hij had nog nooit een Russin gehad.

Afslag

Een snelle blik in de achteruitkijkspiegel. Hij is er nog, slechts honderd meter achter haar. Zijn witte Renault is in het licht van de snelweg vuilgeel.

Dit is toch belachelijk. Ik word op de snelweg achternagezeten door een aan de dijk gezette dominee.

Wat wil hij?

Ik kon niet meteen vertrekken. Toen ik het portier opende, bedacht ik dat er in Hästerum geen eten in huis was. Als ik morgenochtend een ontbijt wilde, moest ik nu weer bij het tankstation naar binnen om koffie, brood en vruchtensap te kopen. Ik wierp een blik over mijn schouder: de Dominee zat nog in het restaurant en niets wees erop dat hij van plan was mij te volgen, dus sloot ik het portier weer en liep op een drafje door de regen naar de glazen deuren. Ik griste het noodzakelijkste bij elkaar en rekende af.

Toen ik weer terugkwam, stond hij naast mijn auto. Wachtend.

'Het evangelie van Lucas', zei hij. 'De zondares die Jezus' voeten zalfde en vergiffenis ontving.'

Ik wrong me langs hem heen, opende het portier en gooide de plastic tas naar binnen; hij viel van de bijrijdersstoel op de grond.

'En wat zou dat?'

'Daar had ik het met de aannemelingen over.'

'O.'

'Ze kreeg vergiffenis omdat ze veel liefde betoonde. "Maar wie weinig vergeven wordt, die betoont weinig liefde."'

'Dat lijkt me een kromme redenering.'

'Hoezo?'

'Het zou toch eigenlijk andersom moeten zijn. Dat wie weinig

liefde betoont, weinig vergeven wordt. Dat vergiffenis die uit-
blijft een gevolg is van uitgebleven liefde. Weet je zeker dat je je
bijbelteksten goed kent?'

Hij sloeg zijn armen over elkaar.

'Er zijn meerdere vertalingen. Dit is de lutherse. Die van jou is
meer katholiek.'

'Zie je wel.'

Ik ging achter het stuur zitten en draaide het sleuteltje om, liet
de motor een paar keer pruttelen.

'Misschien tot ziens', zei de Dominee.

'Wie weet', zei ik, en ik trok het portier hard dicht.

Sindsdien rijdt hij honderd meter achter mij, heeft hij snelheid
gemeerderd wanneer ik dat deed, en ook verminderd wanneer
ik dat deed. Hij is niet goed snik. Kan niet goed snik zijn. Of hij
moet zich opeens een paar krantenkoppen zijn gaan herinneren. Niemand weet beter dan ik dat krantenkoppen hun uitwer-
king hebben. Niet altijd aangenaam.

Drie keer ben ik stof voor krantenkoppen geweest. Toen ik
werd gearresteerd. Toen ik in hechtenis werd genomen. Toen
het vonnis in de rechtbank werd geveld. In die koppen had ik
drie namen: DE WREKENDE ECHTGENOTE. DE HOOFDRE-
DACTEUR. MARIE SUNDIN. De foto's volgden hetzelfde patroon; bij elke stap in het proces onthulden die meer. Eerst een
pasfoto met balkje, daarna een foto bij de inhechtenisneming
waarop ik een sjaal over mijn hoofd droeg, ten slotte een
glimlachend portret gemaakt op mijn werkkamer bij de krant.
Toen het vonnis in het gerechtshof werd geveld, was het afgelopen met de foto's. Ik was geen nieuws meer en kreeg nog
maar twee kolommen. Katrin glimlachte. Zie je wel! Het is
heel gauw vergeten. Over zes jaar weet niemand er meer iets
van.

Zes jaar. Die woorden alleen al waren onbegrijpelijk. De eerste
nacht in Hinseberg probeerde ik de tijd te meten; ik zat in
kleermakerszit op het smalle bed en ging zes jaar terug in de

tijd, zocht naar wie ik toen was geweest om te trachten te begrijpen wie ik zou worden. Maar ik kreeg slechts stukjes en fragmenten te pakken, losse puzzelstukjes die niet in andere pasten. Ik wist nog dat ik zes jaar geleden in de zomer een paar witte sandalen met hoge hakken had gehad en met dunne riempjes die in mijn voeten sneden. Wanneer ik van mijn werk kwam, schopte ik ze in de hal al uit om over de rode afdrukken te wrijven. De leistenen vloer was koel aan mijn voeten. Sverker was niet thuis. Sverker was bijna nooit thuis.

Het jaar daarop kreeg ik mijn negende miskraam. Dat was een bloederige geschiedenis en wekenlang liep ik rond met dubbel maandverband. De duizeligheid was nog het ergst; wanneer ik 's ochtends opstond, moest ik me aan de muur vasthouden om überhaupt de badkamer te kunnen bereiken. Ik was heel bleek, maar dat stond me wel. Echt, zei Sverker, ik zag er heel goed uit. In september van dat jaar huurden we een huis in Toscane. 's Avonds zaten we onder de donkere sterrenhemel rode wijn te drinken. We bewogen ons traag, spraken weinig, maar bekeken elkaar zonder enige wrok en achterdocht. We waren bijna gelukkig.

Weer een jaar later ging Hamrin, mijn oude gynaecoloog, met pensioen en zat ik tegenover een nieuwe. Eva Andersson. De naam klopte, die was even anoniem als de kleurloze vrouw achter het bureau, die met mollige vingers mijn status zat door te bladeren en me daarna fronsend aankeek.

'Hoe kijkt u aan tegen reageerbuisbevruchting?' vroeg ik tot mijn eigen verbazing. Ik had het immers opgegeven; waarom zat ik hier te doen alsof ik iemand anders was?

'Tja', zei Eva Andersson. 'Ik geloof niet dat dat wat is. De conceptie functioneert immers. Dat is niet het probleem.'

'Wat is dan wel het probleem?'

Ze zuchtte.

'Ja, ik weet het natuurlijk niet, maar ik zou denken dat het immunologisch is.'

'Immunologisch?'

Ze wierp me een vluchtige glimlach toe en ontblootte een spleetje tussen haar voortanden.

'Ja, eigenlijk is het natuurlijk vreemd dat er überhaupt kinderen ontstaan. Dat de vrucht niet als een getransplanteerd orgaan door het moederlichaam wordt afgestoten. Vooral als het een jongen is. In normale gevallen is er immers een mechanisme dat de vrucht beschermt tegen aanvallen door het immuunsysteem van de moeder, maar als dat defect is, ja, dan krijg je herhaalde miskramen.'

Ik was beginnen te zweten en streek snel over mijn bovenlip.

'Dus het is mijn fout? Ik stoot de kinderen af?'

Ze schudde haar hoofd.

'Nee, zo eenvoudig is het niet. Misschien dat het met een andere man wel goed zou gaan. Iemand die volkomen anders is.'

'Hoe bedoelt u?'

Ze keek op van haar papieren.

'Misschien lijken u en uw man te veel op elkaar. Immunologisch gezien althans. Dat kan de reden zijn waarom het niet lukt. En u bent natuurlijk niet meer de jongste.'

Die avond dronken Sverker en ik bier aan de keukentafel en toen we een tijdje hadden zitten zwijgen, deed ik mijn mond open om dit te vertellen, maar ik sloot hem meteen weer. Dit zou hij niet te horen krijgen. Nooit.

Het jaar daarna reisde ik naar India. Alleen. Eigenlijk moest ik voor de opiniepagina verslag uitbrengen van een grote milieuconferentie, maar daar ging ik maar één keer naartoe. De rest van de tijd lag ik roerloos op mijn hotelkamer naar het plafond te staren. Drie keer per dag klopte er een bediende aan de deur die twee vragen stelde: *'You not well? You want food?'* Toen ik thuiskwam, schreef de bedrijfsarts me antidepressiva voor, maar daar stopte ik mee toen Sverker zei dat ik er dik en egoïstisch van werd. Ik wilde niet dik en egoïstisch zijn. Ik wilde slank en mooi, lieftallig en getalenteerd, gul en zelfverzekerd zijn.

Nog weer een jaar later belde ik op een middag in mei een advocatenkantoor, maar nog voordat er werd opgenomen legde ik neer. Het was bijna Midzomer. Als ik ging scheiden, zou ik alleen aan de overkant van het Hästerumsmeer moeten zitten terwijl Biljartclub De Toekomst zich door de midzomernacht zong.

Toen die nacht eindelijk aanbrak, dronk ik meer wijn dan goed voor me was en kon ik niet meer ophouden met lachen. Ten slotte lachte heel Biljartclub De Toekomst met mij mee. Sverker ook. Toen we op onze kamer kwamen, glimlachte hij nog.

'Ik blijf alleen maar bij je vanwege Biljartclub De Toekomst', zei ik tegen hem toen we ons uitkleedden. Hij gaf geen antwoord. Misschien hoorde hij me niet. Maar toen we het licht hadden uitgedaan, legde hij zijn hand op mijn heup en gromde hij tevreden. Ik kroop dicht tegen hem aan en snuffelde even tevreden aan zijn borstkas.

En daarna zat ik opeens in Hinseberg en probeerde ik te begrijpen wat zes jaar betekenden, wie ik was en wie ik zou worden.

En wie ben ik geworden?

Dat weet ik niet. Nog niet.

Ik werp opnieuw een blik in mijn achteruitkijkspiegel. De Dominee zit veel te dicht achter me, ik word verblind door het licht van zijn koplampen. Maar we naderen nu Mjölby; als ik geluk heb, slaat hij daar af en rijdt hij over Tranås naar Nässjö. Dat is een kortere weg, als je tenminste niet in de stad moet zijn. Zelf rijd ik over Jönköping; als je naar Hästerum moet, is dat korter.

Ik verlang naar Hästerum. Naar de stilte en de vergetelheid.

Mary doet haar laptop open, bijt op haar lip en staart geconcentreerd naar het toetsenbord. Torsten zwijgt terwijl zij langzaam de ene toets na de andere indrukt. *Je knt gaan.*

'Wil je dat ik wegga?'

Mary knikt.

'Ben je bang dat Sverker zal horen dat ik hier ben?'

Mary schudt haar hoofd terwijl ze langzaam nog een woord intoetst. *Ik.*

'Jij wilt dat ik wegga?'

Ze knikt weer.

'Waarom?'

Mary spreidt haar armen uit. Waarom moet Torsten in haar werkkamer zitten terwijl hij zich niet op zijn gemak voelt? Dat is toch zinloos. En misschien vindt hij dat ook wel, want hij legt zijn handen op de armleuningen van zijn stoel alsof hij wil opstaan, maar hij maakt zijn beweging niet af. Hij zakt juist terug, wendt zich half af en kijkt met zo'n geconcentreerde uitdrukking uit het raam dat het lijkt of hij verwacht dat zich in de regenachtige tuin opeens een vreemd wezen zal openbaren. Wanneer hij spreekt, is het met een andere stem. Gedempter.

'Heb ik je teleurgesteld?'

Mary fronst haar voorhoofd. Is ze teleurgesteld in Torsten? Nee.

'Ik heb immers niks van me laten horen.'

Ze haalt haar schouders op. Wat maakt dat uit? Zij heeft toch ook niks van zich laten horen. Maar Torsten kijkt haar niet aan; hij praat gewoon door.

'Het was allemaal anders geweest als wij een stel waren geworden.'

Mary schudt haar hoofd. Is hij die mislukte nacht in het Stadshotel van Sigtuna vergeten? Het ontbijt na afloop waarbij geen woord werd gezegd? Zo zou het zijn geworden, hun leven samen. Ze buigt zich weer over het toetsenbord. *Kan nit.*

'Wat kun je niet?'

Opnieuw concentratie. *Leven.* Ze zit naar haar beeldscherm te kijken alsof ze zelf niet begrijpt wat ze heeft geschreven. Torsten schraapt zijn keel.

'Zou je niet met mij kunnen leven? Waarom niet?'

Mary zucht. Hij begrijpt het niet. Eigenlijk begrijpt ze het zelf ook niet; ze weet alleen dat het allemaal niet Torstens schuld is. In haar dromen heeft ze van hem iemand anders gemaakt, ze heeft hem nooit laten zijn wie hij werkelijk is. Misschien zou ze degene die hij werkelijk is niet eens kunnen uitstaan. Ze buigt zich opnieuw over het toetsenbord.

Ik kan niet praten, nit leven.

Nu weet ze wat het betekent. Dat ze zelfs wanneer ze wel kan praten, niet kan praten. Daarom kan ze niet leven. Niet echt. Niet ten volle. Niet zoals een mens moet leven.

'Je leeft toch', zegt Torsten.

Mary glimlacht even en buigt zich weer over het toetsenbord. Nu gaat het typen snel.

Jij vliegt. Maar het doet je verdriet dat je niet kunt vliegen.

Wanneer ze opkijkt, weet ze dat de woorden zijn teruggekomen. Ze zou kunnen praten. Maar ze zegt niets, buigt zich slechts voorover om Torstens rechterwenkbrauw te kussen.

Daar is de afslag. Ik schakel terug en minder gas, gluur even in de achteruitkijkspiegel en probeer te ontdekken wat de Dominee van plan is. En inderdaad, hij mindert ook vaart, maar doet dan zijn knipperlicht aan en slaat rechtsaf. Als afscheid knippert hij even met het groot licht.

O. Hij heeft het opgegeven. Is afgeslagen.

Opeens heb ik een beteuterd gevoel. Wat verbeeldde ik me? Dat hij me helemaal tot het rode huis zou volgen? Dat hij met de crucifix in de aanslag uit zijn auto zou komen struikelen om absolutie te schenken uit naam van God of de inwoners van Nässjö? Belachelijk.

De waarheid is dat ik mezelf voor de gek heb proberen te houden en dat ik daar nog bijna in geslaagd ben ook. Ik was helemaal niet bang dat de Dominee me helemaal tot Hästerum zou achtervolgen. Ik hóópte dat hij dat zou doen. En het was niet alleen maar een vergissing dat ik zo gretig dat woord aangreep; ergens in mijn achterhoofd wist ik precies wat ik deed. De

Dominee had oude hoop nieuw leven ingeblazen. Ik wilde geloven dat hij wist wat vergiffenis is.

Ik had moeten inzien dat dit onmogelijk is. Niemand, absoluut niemand weet wat vergiffenis eigenlijk is.

Ten slotte staat Torsten op. Even is hij weer achttien jaar, licht gebogen staat hij voor Mary, de donkere pony hangt in zijn ogen, de huid van zijn wangen zit nog steeds vol putjes en littekens van de puistjes uit zijn tienertijd.

'Nou', zegt hij. 'Dan ga ik maar.'

Mary knikt.

'Zullen we elkaar weer zien?'

Mary knikt eerst en schudt dan haar hoofd. Ja. Nee. Ze weet het niet. Misschien komen ze elkaar op een dag in mei over een jaar of twee toevallig in Drottninggatan tegen. Misschien zullen ze een keer samen lunchen. Misschien zal heel Biljartclub De Toekomst, of althans het resterende deel daarvan, een keer op een begrafenis bijeenkomen.

'We hadden het samen goed kunnen hebben', zegt Torsten.

Mary vertrekt even haar gezicht. Laat hem dat maar denken. Als dat is wat hij wil geloven.

Hand in hand lopen ze de trap af, hun voetstappen weerklinken in het stille huis. Ergens houdt iemand luisterend de adem in.

Wanneer Torsten zijn jas heeft aangetrokken, legt hij zijn hand op Mary's wang.

'Ik bel je.'

Een vluchtige kus. Hij doet de deur open. Buiten op de stoep staat een jongeman met een fototoestel. Achter hem heeft een andere man net zijn voet op de onderste stoeptrede gezet. Håkan Bergman is terug. Hij geeft zich niet gewonnen.

'Oeps', zegt hij. 'Kijk eens wie we daar hebben!'

De fotograaf tilt zijn camera op. Torsten deinst achteruit en slaat de deur dicht.

Jönköping. Eindelijk.

De afslag is nog hetzelfde, de snelweg is niet breder geworden, er staan ook niet meer of minder huurhuizen. Voor bijna alle ramen branden schemerlampjes. Sommige met een glad kapje. Andere met volants eraan. Een aantal is van glinsterend glas.

Opeens realiseer ik me dat het in Hästerum heel donker zal zijn. Ik heb een zaklamp nodig, anders zal ik vanaf mijn auto het huis niet kunnen bereiken. Dus rijd ik naar een tankstation.

'Tering', zegt Torsten. 'Wie was dat?'

Op de hoedenplank ligt een krant. Mary wijst ernaar.

'*Expressen*?'

Er wordt aangebeld; achter het matglas is een schaduw te zien. Håkan Bergman staat nu vlak voor de deur.

'Verdomme. Wat willen ze?'

Mary wijst naar Sverkers gesloten deur.

'Een interview? Met hem?'

Ze maakt opnieuw een gebaar, wijst naar zichzelf en spreidt dan haar armen uit.

'Met jou ook? Maar je kunt toch niet praten?'

Mary knikt; dat is een leugen, maar ze is niet van plan dat te onthullen. Nog niet. Ze legt haar hand op de deurklink en kijkt Torsten aan.

'Je vindt dat ik toch moet weggaan?'

Opnieuw een knik. Torsten aarzelt. Er wordt weer aangebeld.

'Oké. Pas goed op jezelf.'

Hij zet de kraag van zijn jas op en steekt zijn handen diep in zijn zakken. Aarzelt weer.

'Dit is toch vernederend.'

Mary glimlacht wat. O. Dat vind jij.

'Je zou moeten aftreden. Dan heb je dit gelazer ook niet meer.'

Mary glimlacht nog steeds. Zou dat helpen?

Waarom stuurt ze Torsten weg?

Dat zou ik nooit doen. Ik zou me als een anaconda om hem

heen slingeren en niet meer loslaten, ik zou me aan zijn hals vastzuigen, zijn armen en benen vastklemmen, hem zo stevig vasthouden dat hij me nooit zou kunnen verlaten.

Mary heeft hem dicht bij zich gehad, maar ik heb genoegen moeten nemen met dromen en fantasieën. Toch heb ik tot het eind de hoop levend gehouden. Toen ik de rechtszaal werd binnengeleid met mijn sjaal over mijn hoofd, hield ik mezelf voor dat ik zijn geur rook en zijn aanwezigheid in de zaal voelde. Daarom draaide ik me om toen ik was gaan zitten en mijn gezicht had ontbloot, bestudeerde ik de rijen op de volle publiekstribune achter mij. Iemand stak haar hand op en zwaaide discreet, maar dat was een meisje van de krant. Iemand anders knikte voorzichtig: een oude klasgenoot van de School voor de Journalistiek. Maar Torsten knikte of zwaaide niet. Ik had mezelf voor de gek gehouden. Hij was er niet. Niemand van Biljartclub De Toekomst was er. Zelfs Sissela niet.

Ik draaide me om, vouwde mijn handen als een keurig schoolmeisje en richtte mijn blik op de rechter. Ik was bereid, klaar om schuldig bevonden te worden en mijn straf opgelegd te krijgen. Ik was niet van plan me opnieuw om te keren. Nooit van mijn leven.

Mijn handen trillen een beetje wanneer ik de batterijen in de zaklamp frommel en controleer of die het doet.

Ja, hij doet het.

Oké. Dan hoef ik alleen maar te starten en verder te rijden. Maar mijn handen gehoorzamen niet, ze blijven in mijn schoot liggen. Mijn vingers zitten onophoudelijk met de zaklamp te spelen, doen die aan en uit, aan en uit, in een poging om wat komen gaat uit te stellen.

Ik ben bang. Dat moet ik eigenlijk wel toegeven.

Bang voor het huis in het bos.

Bang voor de duisternis.

Bang voor de eenzaamheid.

Bang voor Maud en Magnus aan de overkant van het meer.

Zal ik in Jönköping blijven en mijn intrek in een hotel nemen? Ik kijk in mijn portemonnee; ik heb alleen nog maar een briefje van vijfhonderd kronen en een paar biljetten van twintig op zak. Dat is niet genoeg. En ik heb nog geen bankpasje of creditcard.

Dat wordt dus de auto of het huis. Ik moet gewoon kiezen.

Maar mijn handen weigeren te gehoorzamen, ze blijven gewoon liggen waar ze liggen.

Zodra Torsten buiten staat, slaat Mary de deur dicht en draait hem snel op slot.

Ze hoort iemand schreeuwen, maar hij krijgt geen antwoord. Een tel later wordt er weer aangebeld.

'Hallo', zegt Håkan Bergman buiten. 'Mary! Ik weet dat je er bent. Doe nou open. Je weet dat je er belang bij hebt om mee te werken.'

Mary schiet in de lach. Is dat zo?

Opeens staat Annabel in de deuropening van de keuken; ze heeft de mouwen van haar trui opgestroopt en droogt haar handen af aan een handdoek.

'Wat is er aan de hand?'

Mary grijpt de krant op de hoedenplank en wijst. Ze begint hier goed in te worden; misschien kan ze zich door de rest van haar leven heen zwijgen.

'Is het *Expressen*?'

Mary vindt de plotselinge glinstering in Annabels ogen niet prettig. Opwinding. Ongetwijfeld. Is dit een dame met dromen over bekendheid? Is ze – om in journalistieke termen te blijven – mediageil?

'Wat willen ze?'

Zal ze iets zeggen? Mary aarzelt even, maar besluit te blijven zwijgen. Ze wijst naar Sverkers deur.

'Willen ze met Sverker praten?'

Mary knikt.

'Wat zegt hij daarvan?'

Mary schudt haar hoofd. Annabel fronst haar voorhoofd; opeens ziet ze eruit als een streng popje.

'Heb je het hem echt gevraagd?'

Mary heft haar hand op. Dat is niet nodig! Maar Annabel heeft
zich al omgedraaid en loopt in de richting van Sverkers kamer,
ze heeft zelfs al aangeklopt voordat Mary haar heeft ingehaald
en een hand op haar schouder heeft gelegd.

'Laat los', zegt Annabel terwijl ze opnieuw aanklopt. 'Raak me
niet aan!'

Geen antwoord. Er wordt weer aangebeld, maar het is stil in
Sverkers kamer. Misschien slaapt hij. Annabel blijft even met
een schuin hoofd staan. Afwachtend. Mary staat vlak achter
haar, ze weet niet of ze het meisje weg wil duwen of opnieuw
een hand op haar schouder zal leggen. Annabel draait zich snel
om.

'Ik ga wel met hen praten', zegt ze.

Mary schudt haar hoofd. Annabel duwt haar weg.

'Jij beslist niet over Sverker. Ik weet heus wel hoe het zit tussen
jullie.'

Jij weet helemaal niets, onnozele gans! Niets!

Die gedachte is rood en giftig als een kwal; hij strekt zijn
tentakels naar Annabel uit en gedurende een nanoseconde is
Mary bereid haar hand op te heffen en Annabel een oorvijg te
geven. Eén tel later beheerst ze zich; dan zou Håkan Bergman
nog een nieuwtje hebben en dat gunt ze hem niet. Daarom blijft
ze met afhangende schouders staan kijken hoe Annabel naar de
voordeur loopt. Het kind strijkt snel door haar haren terwijl ze
haar andere hand naar de klink uitstrekt, ze recht haar rug en
vertrekt haar gezicht tot een glimlachje.

'Hallo.'

Haar heldere meisjesstem is opeens zacht en sensueel.

'Kan ik u ergens mee helpen?'

Håkan Bergman geeft niet meteen antwoord; misschien is hij
zo verbluft over het feit dat de deur eindelijk opengaat dat hij
gewoon niet weet wat hij moet zeggen. Maar dat is snel over.

'Hoi', zegt hij. 'Ik ben Håkan Bergman... Is je vader ook thuis?'

Annabel schiet in de lach.

'Sverker? Dat is mijn vader niet. Ze hebben geen kinderen.'

Håkan Bergman slaat een toon aan die zijn vrouw de rillingen over het lijf zou jagen. Een flirtende oudere man.

'Nee, natuurlijk niet... Dat had ik moeten snappen. Je bent een beetje te knap.'

Annabel begint te giechelen.

'Ik ben de persoonlijk verzorgster.'

'Van wie?'

Annabel giechelt weer.

'Van Sverker natuurlijk. Zij heeft geen verzorgster.'

'Maar zij is op dit moment toch ook een beetje gehandicapt?'

'Die amnesie, bedoelt u? Nee. Daar krijgt ze geen hulp voor.'

'Dus jij helpt hen allebei?'

Geen antwoord, maar een stilte die lang genoeg duurt om tijd te hebben je gezicht te vertrekken. Annabel staat met haar rug naar Mary toe, maar die kan wel zien dat Håkan Bergman nog breder glimlacht.

'Dit is Johan', zegt hij. 'Mijn fotograaf. Laat je ons niet binnen?'

'Tja', zegt Annabel. 'Wat willen jullie?'

'We willen met Sverker Sundin praten. En met jou.'

'Een interview afnemen?'

'Precies.'

Annabel doet een stap achteruit, Mary's mond valt open. Dit kan niet waar zijn! Is die verrekte gans van plan Håkan Bergman binnen te laten? Maar nee, Annabel houdt zich weer in.

'Ik moet het aan hem vragen', zegt ze.

'Ja, doe dat', zegt Håkan Bergman.

'Maar eerst wil ik even een foto van jou maken', zegt de fotograaf.

Annabel giechelt verrukt.

'Van mij?'

'Ja, kun je niet even op de stoep komen staan? Het licht is hier beter.'

Slim. Wanneer Annabel naar buiten stapt, stapt Håkan Bergman naar binnen. Nu staat hij glimlachend in de hal.

'Hoi Mary', zegt hij. 'Ik wist wel dat je je verstand zou gaan gebruiken.'

Ik besta niet, denkt Mary. Wat een geluk dat ik niet besta.

O, nee. Zo gemakkelijk komt ze er niet vanaf. Duizenden keren heeft ze mij verhinderd uit mijn leven in dat van haar te kruipen. Nu is het mijn beurt. Dus blijf ik reerloos de duisternis in zitten staren zonder het startsleuteltje om te draaien. In plaats daarvan sla ik Håkan Bergman gade die in Mary's hal staat. Zijn haar begint wat dun te worden, maar hij draagt nog steeds hetzelfde suède jasje. Aan de ellebogen is dat glimmend versleten; dat zie ik wanneer hij in zijn zakken begint te rommelen op zoek naar pen en notitieblokje. Hij stopt zijn pen in zijn mond om de dop eraf te trekken en laat die als een zwart mondstuk tussen zijn tanden zitten terwijl hij nog breder naar Mary glimlacht.

Håkan Bergman is geen slechte journalist. Integendeel. Hij is een goede journalist. Serieus. Hij gaat niet wroeten in de vuilniszakken van mensen, hij houdt zich niet met goedkope roddel bezig, hij schrijft over belangrijke kwesties en is altijd nauwkeurig in het controleren van de feiten. Toch staat hij hier, in Mary's hal en glimlacht hij op een heel speciale manier.

Wat zijn zijn beweegredenen? Wat drijft hem?

Ik denk dat hij gemakkelijk een voordracht van tien minuten zou kunnen houden over zijn motieven, dat hij zich tot een denkbeeldig publiek zou kunnen richten om heel serieus uit te leggen dat dit onaangename iets is wat hij is genoodzaakt te doen. Het is natuurlijk spijtig als dat pijnlijke gevolgen heeft voor een oud-collega als Mary, maar – helaas – daar moet hij aan voorbijgaan. Hij heeft een opdracht, uitgesproken door de redactieleiding en onuitgesproken door de lezers, een opdracht waarin de kern van het vak zelf vervat is: namelijk blootleggen wat Mary probeert te verhullen. Niemand kan ontkennen dat er een dwingend algemeen belang zit in het onderzoeken van de vraag of de zeer speciale privé-omstandigheden van de minister van Ontwikkelingssamenwerking de beslissingen die ze heeft genomen hebben beïnvloed, of de richting van de politiek die ze heeft bedreven hebben bepaald. Om dat te kunnen vaststellen moet hij dus alles doen om de waarheid over haar privé-omstandigheden boven tafel te krijgen. Helaas. *It's a dirty job but somebody's got to do it.*

Spijtig genoeg – voor Mary – als dat allemaal waar zou zijn.

Maar het is natuurlijk niet de enige reden. Er bestaan evenveel waarheden over Håkan Bergman als over Mary en mij.

Misschien gaat eentje daarvan wel over die momenten waarop hij zich tussen dromen en waken bevindt, de minuten voordat hij 's avonds inslaapt, de minuten voordat hij 's ochtends opstaat. Dan is hij een schildpad zonder schild, een grijs en kwetsbaar schepsel, ten prooi aan zijn eigen blik. Hij denkt aan de redactievergaderingen en de harde oordelen die daar worden geveld, hij telt de dagen sinds hij voor het laatst de voorpagina haalde, hij weegt en evalueert de verkoopcijfers die zijn plek in de hiërarchie van de redactie bepalen. Hij daalt. Dat is een feit. Sinds een aantal maanden daalt hij, en hij wil niets liever dan weer stijgen.

Een andere waarheid betreft misschien de jonge reporters die net komen kijken, die van de ene waarneming naar de andere rennen, in een eeuwige kringloop tussen de vier grote dagbladen. Die hebben geen ethische houding, vindt Håkan Bergman, geen echt respect voor het vak, en geen zelfrespect. Die doen alles voor een kop op de voorpagina en betere verkoopcijfers, omdat ze weten dat alleen de voorpagina en betere verkoopcijfers hun een vaste aanstelling kunnen geven. Daarom maken ze sterren van de halve analfabeten van de docusoaps en lachen ze die achter hun rug uit, daarom gaan ze sympathiek bloemen brengen aan de mishandelde echtgenote van een bekende acteur en jubelen ze vervolgens in de auto op weg naar huis, daarom glijden ze in de trendy bars rond Stureplan van de ene tafel naar de andere en glimlachen ze slijmerig in ruil voor een gerucht of twee. Dat heeft allemaal niets met journalistiek te maken, vindt Håkan Bergman. Toch doet hij er tegenwoordig op de redactievergaderingen het zwijgen toe, opeens bang dat de jonge invallers de volgende keer om hem zullen grijnzen.

Een derde waarheid betreft derhalve vernedering. Håkan Bergman is een man met een goed geheugen. Hij vergeet nooit een spottende blik of een bijtende opmerking. Bovendien heeft hij een dunne huid en beschouwt hij elke keer dat zijn doen en laten ter discussie wordt gesteld als een belediging, en elk verwijt als een krenking. Maar hij is ook geduldig en in staat om lang op zijn revanche te wachten. Heel lang. Jaren geleden werd hij bijvoorbeeld op het matje geroepen bij een vrouwelijke hoofdredacteur die hem in tamelijk kille bewoordingen te verstaan gaf dat de uitleg die hij over een bepaalde reiskosten-declaratie had gegeven nauwelijks acceptabel was, en vandaag staat hij – eindelijk! – weer oog in oog met haar.

'Ik zou met je man willen praten', zegt hij. 'Waar heb je hem gelaten?'

Mary schudt haar hoofd. Buiten op de stoep snatert Annabel: 'De deur aan de linkerkant! Maar misschien slaapt hij.'

Håkan Bergman doet een stap naar voren. Mary schudt weer haar hoofd. Dat helpt niet.

'Ik wil me niet opdringen,' zegt Håkan Bergman, 'maar het lijkt me redelijk dat je man zelf mag beslissen of hij wil meewerken of niet.'

Nu staat hij voor de deur. Nu gaat zijn hand omhoog. Nu klopt hij aan.

Geen reactie.

Håkan Bergman drukt de klink naar beneden en doet de deur open.

'Hallo', zegt hij. 'Is hier iemand?'

De lichten bij het tankstation gaan uit. Ze gaan sluiten. Het is al nacht.

Ik doe het lampje in de coupé aan en bekijk mezelf vluchtig in de achteruitkijkspiegel. Oké. Tijd om de angst te bedwingen. Tijd om te vertrekken.

Ik sluit mijn ogen en roep het beeld op van het huis aan het Hästerumsmeer. De seringen bij de hoek van het huis. De stenen stoep waarop je op zomerochtenden zo lekker kunt zitten. Mijn oude meisjeskamer met gebloemd behang en kanten gordijnen. Dat lukt, maar niet helemaal. Achter die buitengewoon vredige beelden liggen andere op de loer. De diepe duisternis over het meer in het najaar. Het gekraak van de trap dat klinkt als sluipende voetstappen. Het slangennest bij de kelderingang.

Ik haal diep adem en neem een besluit. Ik heb een zaklamp en de koplampen van de auto, dus hoef ik niet bang te zijn voor de duisternis. Ik weet dat het gekraak komt doordat het hout werkt, en dat alle slangen in deze tijd van het jaar in de grond zijn gekropen. Er is niets om bang voor te zijn. Niets behalve mijn eigen fantasieën. Dus start ik de motor en schakel ik naar de eerste versnelling.

De afslag naar Nässjö ligt maar een paar honderd meter verderop. Zonder met mijn hand te trillen draai ik aan het stuur, ik rij iets te snel door de laatste woonwijken de provinciale weg op.

Jönköping dooft langzaam achter mij uit.

'Nu ga ik naar huis', zeg ik troostend tegen mezelf. 'Ik heb namelijk een huis.'

Mogelijke nachtwake

Het lukt niet. Ze kan niet slapen.

Ze ligt lang in het donker te staren, luisterend naar Magnus'
ademhaling, terwijl ze haar gedachten de vrije loop laat. Ze is
niet van plan nu al op te staan; ze staat altijd pas op wanneer hij
echt goed slaapt. Dat doet ze uit voorzorg. Als hij erachter zou
komen wat zij sommige nachten deed, zou hij veel te enthousiast worden, hij zou mee willen doen en dat zou het allemaal
bederven.

De doorwaakte nachten zijn van haar alleen. Die kan ze niet
met hem delen. Die kan ze met niemand delen.

Nu zakt hij dieper weg in zijn slaap, dat hoort ze. Hij jammert
niet meer zoals hij een paar minuten geleden nog deed, ge-
plaagd door God mag weten welke dromen. Dromen over mes-
sen, waarschijnlijk. Dromen over diepe steken in de ingewanden. In het donker vertrekt ze haar gezicht. Ze had tegen hem
gezegd dat hij voorzichtig moest zijn. Een kind kon bedenken
dat die film en tentoonstelling consequenties zouden krijgen.
Maar Magnus heeft nooit beseft dat hij volwassen is. Hij denkt
nog steeds dat hij een zevenjarige belhamel is en dat zijn daden
daarop moeten worden beoordeeld. Dat is de schuld van zijn
moeder; die heeft hem verwend toen hij klein was. En nu is
Maud zijn moeder. Natuurlijk niet in officiële zin, maar in de
praktijk. Hij kijkt haar met dezelfde jongehondenblik aan als hij
ooit zijn moeder aankeek, hij schrikt wanneer ze hem een
standje geeft en is ontzettend blij wanneer ze hem prijst. En
ze laat dat gebeuren, ze weet geen andere manier om met hem
om te gaan. Dit is haar manier om lief te hebben.

Ze verandert op goed geluk van houding, blijft dan roerloos
liggen luisteren. Nee, hij heeft niets gemerkt, hij heeft zich niet
omgedraaid in bed, tastend naar haar; hij ligt er nog net zo
zwaar en onbeweeglijk bij als een paar minuten geleden. Zijn

ademhaling is niet meer te horen. Tijd om op te staan. Tijd om met het spel te beginnen.

De laatste keer is al een tijd geleden, een paar maanden, toch is alles voorbereid en gereed. Haar ochtendjas ligt te wachten in de slaapkamerfauteuil, haar pantoffels staan klaar bij de deur. Op het ladekastje op de overloop ligt naast de grote kandelaar een doosje lucifers; met een vertrouwd gebaar steekt ze haar hand uit en strijkt een lucifer aan. Wanneer ze de kandelaar pakt en begint te lopen, fladderen er schaduwen langs de muur.

Nu is het geen oktober meer: de midzomernacht is begonnen. Een heel bijzondere midzomernacht, zo regenachtig en koud dat ze binnen moeten zitten. Het is goed dat ze de serre afgelopen jaar heeft laten renoveren; nu is er plek voor een lange tafel die groot genoeg is om plaats te bieden aan heel Biljartclub De Toekomst.

Ze zet de kandelaar op de oude buffetkast en kijkt om zich heen. Waar zal ze mee beginnen? Met het tafellaken natuurlijk, het nieuwe tafellaken dat ze afgelopen winter in Jönköping heeft gekocht. Het kostte een paar duizend kronen, maar dat is het waard: het is een exacte kopie van het tafellaken dat bij het diner ter gelegenheid van de uitreiking van de Nobelprijs wordt gebruikt. Ze heeft wel eens overwogen of ze ook het Nobel-servies zou gaan verzamelen, maar dat heeft ze tot nu toe niet gedaan, niet zozeer vanwege de prijs als wel vanwege de spottende opmerkingen die bepaalde leden van Biljartclub De Toekomst zich zouden kunnen laten ontvallen. Sissela bijvoorbeeld. En MaryMarie. Die hebben Maud altijd geminacht, dat heeft ze vanaf het allereerste begin gevoeld; achter haar rug om zaten ze elkaar veelbetekenend aan te kijken of sloegen ze hun ogen ten hemel. Maar ditmaal zal ze hen zo ver uit elkaar zetten dat ze geen seintjes kunnen geven.

Zo. Het tafellaken is perfect; ze blijft even staan om het te bekijken, strijkt een van de scherpe strijkvouwen glad en peinst welke borden ze zal kiezen. Die oude van Rörstrand? Ja, misschien, de bleekblauwe tint zal wel mooi staan op het roomwit van het tafellaken. Ze opent de buffetkast, glijdt met de vingers van haar rechterhand langs een stapel borden – twee, vier, zes, acht – tilt dan de zware borden eruit en begint de tafel te dekken. Vanavond zal heel Biljartclub De Toekomst aan haar tafel zitten. Sverker ook. Vooral Sverker. Hij mag aan het hoofd van de tafel zitten met Anna links van hem en zijn zus rechts. Als een stamhoofd.

Ze snikt even. Er zijn zeven jaren verstreken, maar ze moet nog steeds huilen om Sverker. Als ze haar tafeldeknechten niet had gehad, zou ze het niet hebben overleefd. Maar wanneer de tafel in de oerre voor het midzomerfeest gedekt is, dan komt hij terug, dan komt hij, ook al is het buiten herfst en ook al is hij vermoord en dood.

In het begin probeerde ze een kleinere tafel te dekken, een tafel die zo klein was dat er alleen maar plek was voor een broer en een zus, maar toen kwam hij nooit. Zij moest alleen bij zijn lege bord zitten kijken hoe de kaarsen opbrandden. Dat was eigenlijk logisch. Sverker had nooit genoeg aan één persoon, zelfs niet als dat zijn eigen zus was; zowel levend als dood had hij veel mensen nodig. Dat was een feit, daar viel niets aan te veranderen. Alles was anders geweest als MaryMarie dat ook had gesnapt, als dat mens een greintje bescheidenheid had bezeten.

De glazen? De geërfde borrelglaasjes natuurlijk, waar papa ooit zo verrukt van was, en de grote bierglazen die Sverker cadeau kreeg toen hij eindexamen had gedaan en die ze met extra veel zorg heeft ingepakt toen zij en Magnus samen met dat monster van een advocaat van MaryMarie het huis in Bromma hebben leeggehaald. Bij die herinnering stopt ze even, maar dan haalt ze als laatste de eenvoudige wijnglazen tevoorschijn die ze op midzomeravond altijd uit voorzorg gebruikt. Dat was beter. Wanneer het tijd voor de wijn was, zou iedereen luidruchtig en onhandig zijn.

Vorig jaar hebben Magnus en zij aan wat er over was van Biljartclub De Toekomst een uitnodiging gestuurd om Midzomer te komen vieren. Torsten en Sissela hebben niet eens gereageerd, en Anna en Per kwamen met zo'n doorzichtige smoes dat het ronduit gênant was. Magnus was verbaasd en van streek, maar zelf heeft ze gewoon haar schouders opgehaald en net gedaan of dit precies was wat ze had verwacht. Ze was echter teleurgesteld, meer teleurgesteld dan eigenlijk redelijk was. Ergens in een of ander primitief hoekje van haar hersens had ze zichzelf wijsgemaakt dat Sverker echt weer tot leven zou komen als ze in werkelijkheid voor het midzomerfeest bijeenkwamen. Maar nu weet ze hoe het is. Nu neemt ze genoegen met haar eigen nachtelijke feesten.

Zo, alles is bijna klaar, nu moet ze alleen nog tafeldecoraties neerzetten. Ze kijkt om zich heen; de geraniums bloeien weliswaar nog, maar die staan niet op een midzomertafel. Daarom trekt ze een paar takjes van de klimopplant en legt die op het tafellaken. Vervolgens doet ze de buffetkast weer open om te zoeken naar het meiboompje dat Magnus ooit heeft gemaakt van groen glas en stukjes goudkleurig mozaïek. Sverker vond dat mooi. Het was het enige van Magnus' werk waarvan hij ooit heeft gezegd dat hij het mooi vond.

Ze zet de doos op het buffet, vouwt het vloeipapier open, weegt het zware meiboompje in haar hand en controleert het nauwkeurig. Het is nog steeds helemaal heel. Geen barstjes. Geen stukjes mozaïek die zijn losgeraakt. Ze keert zich om om het op de tafel te zetten, maar haar beweging stokt. Er is iets veranderd, maar eerst weet ze niet wat het is. Het duurt een paar seconden voordat ze zich bewust is van wat ze ziet. Een lichtje aan de overkant van het meer. Een klein lichtje dat langs de oever beweegt, uitdooft en weer aangaat.

MaryMarie is gekomen.

Maud zucht zo diep dat het klinkt als een snik. Dat wordt geen midzomerfeest vannacht.

Water

Sverker zit in zijn rolstoel en heeft zijn ogen gesloten. Håkan Bergman aarzelt even voordat hij de kamer binnenstapt.

'Hallo', zegt hij. 'Bent u wakker?'

Sverker doet zijn ogen open en kijkt hem aan, doet ze dan weer dicht.

'Mary heeft u misschien niet verteld dat we een interview willun?'

Sverker geeft geen antwoord en doet zijn ogen niet open.

'Maar u hebt misschien al gehoord dat het hele verhaal over uw ongeluk nu in de publiciteit is gekomen. Dus daarom is het misschien gewoon tijd dat u uw versie vertelt. Ter wille van uzelf.'

Geen reactie. Buiten in de hal probeer ik Sverkers kunststukje te herhalen: ik doe mijn ogen dicht en tracht van de wereld te verdwijnen.

Sverkers oude sportschoenen staan vlak bij de deur.

Marie blijft staan en staart er even naar, maar doet dan de zaklamp uit en de plafondlamp aan. Er is niets veranderd, je kunt niet zien dat het huis verhuurd is geweest. Het is net of het maar een paar weken geleden is dat ze de deur na een vakantie op slot draaide en achter Sverker aan liep naar de auto, allebei zwijgend en al verzonken in gedachten aan het werk van het najaar. De regenjassen hangen nog steeds aan hun haakjes, die van haar wit, die van hem blauw. Een gebreide trui ligt netjes opgevouwen op de hoedenplank, een zomerpetje met het logo van *Aftonbladet* ligt ernaast. En het ruikt naar hout. Vers hout.

O, zegt Sverker in haar herinnering. Die geur. Weet je nog?

Ze geeft geen antwoord, schopt gewoon de sportschoenen opzij en zet de tas met boodschappen op de mat van de hal. Hij is maar halfvol en zakt zuchtend in elkaar.

Håkan Bergman zet een stap naar de rolstoel.

'Neem me niet kwalijk', zegt hij. 'Hoort u wat ik zeg?'

Geen reactie. Hij zet nog een stap en legt zijn hand op Sverkers schouder.

'We willen u gewoon een kans geven om te vertellen wat er nu eigenlijk is gebeurd.'

Sverker opent zijn ogen, draait zijn hoofd een beetje om en bekijkt de hand op zijn schouder. Håkan Bergman probeert te glimlachen. Buiten op de stoep lacht Annabel en zij neemt een nieuwe pose aan voor de fotograaf. Sverker haalt diep adem.

'Laat me los.'

Ik begin met mijn ogen te knipperen. Ik herken zowel die eenlettergrepige woorden als de toon waarop ze worden uitgesproken. Er staat iets te gebeuren, iets wat al vele malen eerder is gebeurd. Langzaam zak ik in elkaar, ik ga op mijn hurken met mijn rug tegen de muur zitten en sla mijn armen om mezelf heen. Ik bereid me voor.

Håkan Bergman trekt zijn hand terug en stopt die in zijn zak.

'Ik wilde alleen maar even uitleggen...'

Sverker maakt een beweging met zijn hoofd, zodat de rolstoel in beweging komt; die rijdt een paar centimeter naar voren.

'Annabel!' roept hij. Zijn stem is donker en zeer resoluut, maar Annabel hoort hem niet of doet net of ze hem niet hoort. Zij is aan het poseren. Håkan Bergman doet een nieuwe poging: 'Geloof me, u kunt er alleen maar voordeel van hebben wanneer u meewerkt.'

Sverker geeft geen antwoord; hij laat alleen zijn rolstoel nog een paar centimeter verder rijden en stopt pas wanneer een van de wielen bijna de schoenen van Håkan Bergman raakt. Heel even kijken ze elkaar strak aan, dan doet Håkan Bergman een pas opzij. Sverker rijdt door naar de deuropening. Håkan Bergman roept hem na: 'Johan!'

De fotograaf draait zich om, hij heeft zijn camera al in de aanslag. Achter hem dooft Annabels glimlach uit.

'Sverker', zegt ze. 'Ze willen alleen maar...'

De rest is niet meer te verstaan. Er wordt geflitst en het volgende moment vult Sverker het hele huis met zijn gebrul.

Wanneer Marie haar schoenen heeft uitgetrokken aarzelt ze even, maar ze besluit dan haar jas aan te houden. Er is al nachtvorst; toen ze uit de auto stapte, zag ze dat het gras en de struiken glinsterden in het licht van de zaklamp. Het is binnenshuis bijna net zo koud als buiten. Ze moet overal de elektrische kachels aanzetten. Misschien een vuurtje maken in de open haard. De oven in de keuken aansteken en wanneer hij warm is geworden, het deurtje openzetten.

Dat zal ze allemaal doen, zo belooft ze zichzelf, maar eerst moet ze even stilstaan om alleen maar te ademen. Al haar zintuigen moeten bevestigen dat dit echt gebeurt, dat ze er is, dat ze eindelijk terug is in haar eigen huis. Dit is geen droom, geen fantasie, geen hallucinatie; dan zou de geur van vers hout niet zo concreet zijn, dan zou ze niet elke lus van die oude trui op de hoedenplank kunnen onderscheiden, dan zouden haar tenen zich niet onwillekeurig intrekken en strekken om niet in contact te hoeven komen met de koude vloer.

Ze stapt de woonkamer binnen en doet de plafondlamp aan. De kamer is kleiner dan haar bijstond en veel lelijker, maar keurig schoongemaakt. Iemand heeft zelfs al wat hout klaargelegd in de open haard. Vier houtblokken staan tegen elkaar aan, ertussen een paar strategisch neergezette spaanders; het aanknippen van de aansteker die op de schoorsteenmantel ligt, is het enige wat ze hoeft te doen. Als ze dat heeft gedaan, blijft ze op haar hurken zitten en strekt haar handen uit naar het vuur; ze zijn zo stijf en koud dat het bijna pijn doet. Het vuur helpt niet, althans, nog niet; ze moet haar vingers eigenlijk onder heet water houden. Maar staat de pomp aan? En de boiler? Ze staat op, haar bewegingen zijn opeens vanzelfsprekend en vertrouwd, en loopt naar de keuken om de meterkast te openen en een paar schakelaars om te draaien. Even blijft ze onbeweeglijk staan om te luisteren of ze water door de leidingen hoort bruisen, dan strekt ze haar hand uit naar de kraan om te kijken of er wat uitkomt. Jawel, de pomp doet het.

Iemand heeft een ui in de koelkast laten liggen; wanneer ze dat ruikt, vertrekt ze haar gezicht, maar verder is alles in orde. Glazen en kopjes staan netjes op elkaar gestapeld in de keukenkastjes, een gestreken servet ligt als kleedje op tafel, er staat een lege fruitschaal wachtend bovenop. In de voorraadkast vindt ze een paar blikjes gepelde tomaten; verder is het leeg en keurig schoon. In het wijnrek ligt een fles rode wijn; ze trekt hem eruit om het etiket te bekijken. Komt deze uit het oude leven? Of heeft een van de zomergasten die achtergelaten?

Ze weet niet wie er de afgelopen zes zomers in haar huis hebben gelogeerd; wanneer dat onderwerp ter sprake kwam, wuifde Katrin het weg. Gewoon, een paar Duitsers. Hongerend naar bos en stilte, en bereid om echt goed te betalen voor een paar weken in een huisje in Småland. Ze had meer verteld over de ambachtsman die ze had gevonden, een vent uit Nässjö die er werkelijk geweldig in was om onbewoonde huizen in goede staat te houden.

Wanneer Marie naar de bovenverdieping loopt, kraakt de trap. Ze glimlacht even bij het bekende geluid; de angst die haar minder dan een uur geleden nog verlamde, is verdwenen. Er valt hier niets te vrezen, duisternis noch eenzaamheid. Ze is immers in haar eigen huis, in haar eigen duisternis, in haar eigen eenzaamheid. Dit heeft ze verkozen. En nu gaat ze een slaapkamer kiezen. Even blijft ze aarzelend op de overloop staan. De grote slaapkamer? Nee, die is nog steeds van Herbert en Renate. De iets kleinere slaapkamer, die Sverker en zij ooit tot de hunne hebben gemaakt? Nee. Die deur moet gesloten blijven. Dan blijft alleen de meisjeskamer over met zijn oude bureau en zijn behang uit de jaren zeventig met grote bloemen.

Ze doet het licht niet aan, neemt genoegen met de waaier van licht die de lamp op de overloop in de kamer verspreidt, ze kijkt niet eens rond, loopt gewoon naar het raam en leunt met haar voorhoofd tegen het glas. Zag ze daar licht aan de overkant van het meer?

Nee. Het moet een weerkaatsing zijn geweest. Of pure verbeelding. Buiten is er alleen de nacht, een donkere en fluweelzachte nacht, die alles verbergt wat verborgen moet worden.

Wanneer Sverker begint te brullen, is Håkan Bergman degene die het meest nerveus wordt; hij struikelt en pakt de deurpost beet. De fotograaf reageert helemaal niet, die blijft gewoon de ene foto na de andere schieten van de schreeuwende Sverker, wendt dan zijn toestel naar mij en stelt het scherp. Het motief is ontegenzeglijk origineel: een in elkaar gekropen minister van Ontwikkelingssamenwerking met haar handen voor haar oren. Ik voel de flitsen op mijn oogleden slaan en kruip nog meer in elkaar, buig mijn gezicht naar de vloer en sla mijn armen om mijn hoofd. Ik wil mijn spraakvermogen niet opnieuw verliezen. Tot nu toe heb ik nog niets gezegd en zolang Håkan Bergman in huis is, ben ik ook niet van plan wat te zeggen, maar ik wil mijn spraakvermogen niet opnieuw verliezen.

Sverker zwijgt om adem te halen en enkele seconden lang hoor je alleen Annabel.

'Hou op!' schreeuwt ze, maar niemand weet of ze Sverker of de fotograaf bedoelt. 'Hou-op-hou-op-hou-op!'

Sverker begint weer te brullen, maar nu is het geen ongearticuleerd gebulk, nu zitten er woorden in zijn geschreeuw.

'WEG! VERDWIJN! WEG! WEG! WEG!'

De fotograaf is nog steeds doodkalm, hij laat alleen zijn camera zakken en glimlacht wat naar Annabel: 'Volgens mij bedoelt hij jou ook.'

En dan zijn we alleen.

Ik zit nog steeds op mijn hurken tegen de muur gedrukt, maar ik laat wel mijn armen zakken en hef voorzichtig mijn hoofd op om rond te kijken. Ergens tikt een klok. Een krant is op de vloer van de hal gevallen. Verder is alles normaal.

Sverker zit te hijgen, zijn mond hangt open, een ader bij zijn slaap is opgezwollen.

'Hoe voel je je?'

Mijn stem is niet meer dan gefluister. Sverker geeft geen antwoord en kijkt me niet aan; hij maakt alleen een beweging met zijn hoofd zodat zijn rolstoel begint te rijden, hij maakt een draai en rijdt terug naar zijn kamer. Daar maakt hij opnieuw een draai en zet zijn rolstoel vlak achter de open deur. Dan rijdt hij zo hard vooruit dat de deur dicht vliegt.

Alles is weer net als altijd.

Ik drink drie glazen water, giet gulzig het ene na het andere naar binnen, maar toch heb ik wanneer ik de kraan dichtdraai nog steeds dorst. Mijn hart bonst in mijn borst, ik heb het gevoel alsof ik kilometers heb gerend. Ik moet tegen het aanrecht leunen om overeind te blijven.

Misschien heeft Sverker ook dorst.

Ik doe de kast open en pak een kan, laat het water even stromen zodat het goed koud wordt en pak ondertussen ijsblokjes uit de vriezer. Ze laten gemakkelijk los uit het bakje, maar vriezen weer aan elkaar vast zodra ik ze in het water heb gedaan; ze knappen en tinkelen wanneer ik met een glas en de kan door de hal loop en met mijn elleboog de deur van Sverkers kamer open.

Hij zegt niets wanneer ik hem het glas voorhoud, maar drinkt met grote slokken. Ik trek mijn wenkbrauwen op om te vragen of hij nog wat wil. Hij knikt zwijgend en doet zijn mond weer open. Wanneer hij het derde glas op heeft, zet ik de kan op tafel, recht mijn rug en schraap even mijn keel.

'Ik ga nou naar boven. Als je iets wilt, moet je maar schreeuwen.'

Ik ben er bijna zeker van dat ik even een glimlach over zijn gezicht zie schieten. Jawel, zo is het. Voor het eerst in vele jaren glimlacht Sverker naar mij, ook al is het in het voorbijgaan.

Als dank pak ik de afstandsbediening op en richt die op zijn cd-speler. Bekende orgeltonen vullen de kamer. Sverker leunt met zijn hoofd achterover en verdwijnt in de muziek.

Boven, in mijn werkkamer, doe ik mijn laptop open, maar ik blijf leeg voor me uit zitten staren. Wat moet ik schrijven? En aan wie?

Tja. Het is waarschijnlijk het beste om te beginnen met degenen die de besluiten die ik moet nemen het meest aangaan. Caroline en de Bergkoning. Ik buig me over het toetsenbord, maar stop weer en kijk uit het raam. Het is gaan regenen en de halfnaakte takken van de eik bewegen zachtjes in de wind. Ik zucht tevreden. Ik houd van de herfst, ik heb er altijd van gehouden om achter een bureau te zitten en de herfst buiten te bestuderen.

De melodie op de achtergrond is zo bekend dat ik de tekst hoor zonder dat ik hem daadwerkelijk hoor: *'She said: There is no reason and the truth is plain to see...'*

En opeens kan ik Marie zien. Ik kan haar echt zien, me niet alleen maar voorstellen dat ik haar zie.

Ze ligt op bed in de meisjeskamer in Hästerum. Het is nacht, maar ze heeft niet de moeite genomen zich uit te kleden of het bed op te maken, ze is gewoon op de sprei gaan liggen en heeft een deken over zich heen getrokken. Het is zo koud in huis dat haar adem in de donkere kamer een witte schaduw vormt, maar daar trekt ze zich niets van aan. Haar ogen zijn open en onze blikken kruisen elkaar. Voor het eerst sinds die nacht in het ziekenhuis kijken we elkaar in de ogen.

'Nou', zeg ik.

'Wat nou?'

'Is dit wat je wilde?'

Haar gezicht vertrekt even.

'Ik weet niet wat ik wilde. Net zomin als jij.'

Zo gemakkelijk laat ik me niet afpoeieren.

'Mis je hem nooit?'

Ze trekt haar wenkbrauwen op.

'Jij wel?'

'Ik heb hem nog.'

Ze glimlacht even.

'O, warempel. Je hebt hem nog. Gefeliciteerd.'

Ik kan een valse opmerking niet onderdrukken.

'En een goed geweten is een zacht oorkussen.'

Haar ogen vernauwen zich.

'Zeg dat maar tegen hem. Niet tegen mij.'

Het wordt even stil, maar we blijven elkaar aankijken.

'Vergeet haar niet', zegt Marie.

'Wie?'

'"Dat grijze ding".'

Ik schud mijn hoofd.

'Ik ben haar niet vergeten.'

En dat is waar. Althans, gedeeltelijk. Ik ben haar niet vergeten, ik heb haar beeld alleen zo diep in mij verborgen dat ze me bijna nooit lastigvalt. Maar nu komt ze, nu wordt ze langzaam ontwikkeld als een foto in een doka, ze verandert van een vage schaduw in een menselijk wezen met vaste contouren.

Ze zat met een gebogen rug op een stoel op het politiebureau, van onder haar pony opkijkend. Het leek of ze snel wat kleding had aangeschoten of dat iemand net had geprobeerd die van haar lijf te rukken. De rits van haar broek stond open. Een bleek been stak te voorschijn uit de lange split van haar broekspijp om ten slotte te verdwijnen in een afgetrapte laars. Haar blouse was half dichtgeknoopt en heel erg verkreukeld.

Zelf was ze even grijs als de muur achter haar. Haar dunne haar was asblond, haar lippen waren schraal, de wallen onder haar ogen bleekblauw. Haar lichaam was uitgemergeld en doorschijnend, als van een kind, een kind dat al lange tijd honger lijdt maar er nog niet aan doodgaat.

De ondervrager begon te blaffen. Daardoor rechtte ze haar rug en keek ze mij aan. De tolk, een mannetje met een snor wiens naam ik niet had verstaan, legde zijn hand op mijn arm en zei: 'Dat is ze.'

Ik staarde sloom naar haar. O. Was ze dat. En waarom hadden ze me half Vladista doorgesleept om me haar te laten bekijken? Zou ik niet naast mijn bewusteloze man moeten zitten?

'Ze is pas zestien jaar. Maar ze is al hoer... eh... prostituee sinds haar dertiende.'

Het meisje staarde me nog steeds aan; ze had een grijze, lege blik, ze knipperde niet eens met haar ogen toen de ondervrager opnieuw blafte – *gasschf!* – ze deed alleen haar mond open alsof ze iets wilde zeggen, maar deed hem toen weer dicht. De ondervrager, een vierkante man met gemillimeterd haar, pakte iets van zijn bureau – een liniaal? – en gaf haar daarmee een por tegen haar arm, terwijl hij keer op keer dat woord herhaalde: '*Gasschf gasschf gasschf!*'

'Hij zegt dat zij het heeft gedaan', zei de tolk. 'Maar ze ontkent, ze zegt dat het haar pooier was.'

Maar het meisje zei helemaal niets; ze staarde me alleen maar aan met een lege blik. Wist ze wie ik was? Kon haar dat iets schelen?

'Maar de politie zegt dat ze liegt, dat ze geen pooier heeft.'

De ondervrager begon weer te snauwen, het meisje knipperde een paar keer met haar ogen, maar bleef me aankijken. Hij boog zich over haar heen. Ze trok haar ene schouder op bij wijze van verdediging, maar leek zich toch niet echt bewust van hem, zelfs niet toen hij haar arm pakte en aan de manchet van haar blouse begon te frunniken.

'Ze is aan drugs verslaafd', zei de tolk. Hij sprak zijn woorden zeer zorgvuldig uit. Aan-drugs-ver-slaafd. 'Hij zegt dat ze het daarom heeft gedaan. Omdat ze aan drugs verslaafd is, en een krankzinnige...' Hij aarzelde weer even. '...prostituee is.'

Terwijl het meisje haar arm probeerde terug te trekken, schudde ze haar hoofd en jammerde een paar woorden. De ondervrager luisterde niet; hij praatte zo vlug dat het speeksel rond spatte terwijl hij aan de mouw van haar blouse trok en die probeerde op te rollen. Opeens stonden er twee politieagenten in grijze overhemden in de deuropening. Ze sloegen hun armen over elkaar en begonnen te lachen, maar toen ze mij in de gaten kregen, hielden ze daar snel mee op en ze zeiden iets tegen de tolk. Hij maakte een gebaar met zijn hand en antwoordde. Misschien vertelde hij dat ik de echtgenote van het slachtoffer was. Ze knikten en mompelden iets.

De ondervrager was erin geslaagd de mouw op te stropen. Nu trok hij het meisje overeind en hij duwde haar in mijn richting, ondertussen wijzend op de tekens in de plooi van haar elleboog, blauwe en geelgroene littekens en zwarte prikgaatjes. Het meisje probeerde tegenstand te bieden, ze zette zich met haar hakken schrap tegen de betonvloer en weigerde een stap te verzetten, maar dat hielp niet: de ondervrager trok haar achter zich aan. Opeens struikelde ze en viel; ze bleef op de grond liggen en jammerde nog luider. De tolk slikte voordat hij haar woorden begon te vertalen.

'Ze zegt dat ze onschuldig is, dat ze het niet heeft gedaan...'

Ik staarde hem aan. Natuurlijk was ze onschuldig; hoe zou dit kleine meisje Sverker uit het raam naar buiten hebben kunnen gooien? Hij woog minstens twee keer zoveel als zij, zijn polsen waren twee keer zo breed, zijn bovenarmen drie keer zo dik. Waarom begrepen ze dat niet? En wat deed ik hier? Waarom bevond ik me überhaupt in deze ruimte?

Het meisje begon te huilen. Ze bleef op de grond liggen en sloeg haar handen voor haar gezicht, haar dunne ruggetje schudde. Tussen het snikken door praatte ze voortdurend. Ze verhief haar stem en die werd schel, veranderde in geschreeuw. De ondervrager gaf haar een por met zijn voet, maar dat hielp niet, ze gilde nog harder.

'Ze zegt weer dat ze onschuldig is', zei de tolk. Zijn stem trilde een beetje.

Ik stapte naar voren; hij legde zijn hand op mijn arm alsof hij me wilde tegenhouden. Het meisje op de grond hield even op en kroop in elkaar; ze ging op haar knieën zitten en strekte haar armen naar mij uit. Haar gelaatstrekken gingen verborgen onder tranen, snot en speeksel, haar gezicht was vochtig, ze riep iets.

'Help', vertaalde de tolk automatisch. 'Ze roept om hulp. Ze wil dat u haar helpt.'

Ik slikte, probeerde de misselijkheid die opeens bij me opkwam te onderdrukken, maar dat lukte niet. Het enige wat ik deed, was me afwenden met mijn handen voor mijn mond. Het duurde even voordat de tolk doorhad wat er aan de hand was, maar toen legde hij zijn hand op mijn rug en voerde me naar een washak die aan de muur was bevestigd. Mijn handen zaten al onder het braaksel, rood braaksel met witte klonten, en van de stank ging ik bijna onderuit. Ik moest steun zoeken tegen de muur om overeind te blijven. De muur wordt vies, dacht ik toen mijn maag opnieuw samentrok. Dat was het enige wat ik kon denken, hoewel ik hoorde dat er achter mijn rug iets anders gebeurde. Gebulder, een kletsend geluid en agenten die luid lachten. Het gegil van het meisje hield op, nu jammerde ze alleen maar.

Toen ik mij ten slotte omdraaide, waren het meisje, de ondervrager en de agenten weg. Alleen de tolk stond nog naast me; hij was bleek en zat bezorgd op zijn snor te kauwen.

'Wilt u een glas water?'

Ik knikte. Graag. Ik wilde graag een glas water. Terwijl ik mijn mond spoelde, zag ik hoe hij zijn zakdoek onder de kraan bevochtigde en zorgvuldig mijn vieze handafdrukken van de muur waste. Daarna vouwde hij de natte zakdoek even zorgvuldig weer op en verplaatste die van zijn ene hand naar de andere, alsof hij niet wist wat hij ermee moest doen.

'Terug naar het ziekenhuis?' zei hij.

Ik knikte. Ja. Terug naar het ziekenhuis.

Ik kan Marie niet meer aankijken. Ze heeft haar ogen dichtgedaan nu ze daar in haar koude meisjeskamer ligt. Maar ik laat haar niet los. Ik zit roerloos aan mijn bureau en adem in hetzelfde ritme als zij, terwijl ik volg hoe een regendruppel lang-zaam langs het raam loopt.

Ze had me niet aan 'Dat grijze ding' moeten laten denken. Dat is niet goed voor me, daar word ik ziek van. Letterlijk. Ik weet niet waarom. Het was niet alleen het feit dat ze voor me op de knieën ging liggen en mij daarmee veranderde in iemand die ik niet wilde zijn. Haar gezicht had ook iets bekends, iets wat ik toen het gebeurde niet wilde zien en waar ik niet aan wilde denken, maar wat ik me ook later niet heb willen herinneren. Ze leek op iemand. Maar op wie? Niet op Anna of Sissela, niet op Maud en mijn moeder, niet op een oud-klasgenootje uit Nässjö en niet op een van de meisjes en vrouwen die ik in al die jaren als journaliste heb geïnterviewd. Geen van hen was zo grijs als zij. Geen van hen, zelfs niet degenen die in de riolen van Bogota of in de sloppenwijken van Bombay woonden, had dezelfde ver-twijfelde blik in de ogen en geen van hen zou het ooit in haar hoofd hebben gehaald voor mij op de knieën te vallen.

Marie denkt aan Anastasia. Maar destijds wisten we natuurlijk niet wie Anastasia was en bovendien bestond er geen enkele uiterlijke overeenkomst tussen haar en 'Dat grijze ding'. Ana-stasia had geen tranen; zelfs toen ze zich in Hinseberg uit-hongerde, zag ze eruit als een Sneeuwwitje met sproeten. Mis-schien had haar moeder op een winterdag achter het raam zitten borduren en zich in haar vinger geprikt en net als Sneeuwwitjes moeder gewenst dat ze een dochter zou krijgen met precies de kleuren van die dag: haren zo donker als de naakte takken van de bomen, een huid zo wit als sneeuw, lippen zo rood als het pareltje bloed dat opzwol aan haar vingertop.

Het zag er niet naar uit dat iemand ooit naar 'Dat grijze ding' had verlangd.

Behalve Sverker natuurlijk. En honderd of duizend andere hoerenlopers.

Ik krijg hartkloppingen. Ik moet opstaan en diep ademhalen om lucht te krijgen. Dat helpt niet, ditmaal laten de vragen zich niet verjagen, de vragen die ik zeven jaar lang niet heb verkozen te stellen. Hoe kon hij? Hoe kon de man die meer dan twee decennia de mijne is geweest ertoe komen te doen wat hij heeft gedaan met 'Dat grijze ding'?

Al het andere kon ik begrijpen, ook al wekte het bij mij de witte woede die verachting heet. De brieven en foto's die ik onder zijn bureaulegger vond toen ik zijn werkkamer op het reclamebureau leeghaalde, alle e-mails die hij in een aparte map (met de aanduiding xxx) in zijn computer had opgeslagen. Daardoor was ik geschokt, uiteraard, maar dat kwam niet alleen door alle onthullingen over leugens en ontrouw, dat wist ik immers allemaal al, of ik had er een vermoeden van gehad. Het was de obscene manier waarop hij met de taal omging die mij nog het meest trof, het feit dat Sverker en zijn minnaressen vermeend romantische en semi-pornografische clichés op elkaar stapelden en er nog van leken te genieten ook. *Niemand is zo mooi als jij! Je hebt me naar de hemelpoort geleid! Jouw lul is een meesterwerk, hij zou moeten worden tentoongesteld! Ik hou van je kut! Niemand kan vrijen zoals jij, zelfs een hele harem zou een man niet zo kunnen bevredigen als jij mij bevredigt...*

Het waren woorden zonder echte inhoud, dode woorden die de levende probeerden te imiteren, woorden die me des temeer raakten, omdat ze deel uitmaakten van een taal die ik ook beheerste, een taal die ik vanbinnen had gezien en goed kende, een taal die elk greintje echtheid en oprechtheid miste. De taal van de Zweedse avondbladen. Reclameproza. Ik bloosde toen ik besefte dat Sverker die woorden in feite volkomen serieus gebruikte. Dat onthulde een ongevoeligheid en gebrek aan intelligentie die ronduit pijnlijk waren, niet alleen voor hem maar ook voor mij. Ik had me voor de gek laten houden en bovendien mezelf voor de gek gehouden. Zonder me er bewust van te zijn, had ik mezelf wijsgemaakt dat de zelfverzekerdheid waarmee hij zich gedroeg, de nadruk waarmee hij zich over allerlei dingen uitliet, de vanzelfsprekendheid waarmee hij mij beurtelings naar zich toe haalde en van zich afstootte, voortkwamen uit een

bepaalde levenshouding, dat hij ervoor gekozen had de buitenkant gewoon de buitenkant te laten zijn en dat hij daaronder iets
verborg, iets diepers en oprechters, iets wat zich niet gemakkelijk liet formuleren, maar zijn gedachten en daden kenmerkte.

Maar hij was gewoon een fantasieloos type dat moeite had zijn
broek aan te houden. Banaal.

Dat inzicht zou voldoende hebben kunnen zijn. Maar mijn
ontmoeting met 'Dat grijze ding' voegde er een extra dimensie
aan toe, een dimensie die ik tot vandaag niet nader heb willen
beschouwen. In plaats daarvan werd ik getroffen door duizeligheid en misselijkheid zodra haar beeld door mijn hoofd ging, en
ontvluchtte ik alle gedachten door naar het toilet te rennen en
over te geven.

Maar ditmaal niet. Nu ga ik niet overgeven. Nu blijf ik hier bij
mijn bureau staan en probeer ik het onbegrijpelijke echt te
begrijpen.

Wat dacht Sverker toen hij haar ontmoette?

Dat ze dit leven zelf gekozen had? Dacht hij werkelijk dat ze
ervoor gekozen had om dag in, dag uit, maand na maand, jaar na
jaar haar intiemste en meest gevoelige delen voor vreemde
mannen te openen? En dacht hij dat ze hem, een man die drie
keer zo oud was, seksueel aantrekkelijk vond?

Nee. Natuurlijk niet. Hij mag dan onnozel zijn, maar zo
onnozel nou ook weer niet.

Dus wist hij dat dit iets was waartoe ze werd gedwongen, en
dat er duizenden redenen waren waarom die dwang was ontstaan, maar dat je deze redenen ook in slechts een paar woorden
zou kunnen samenvatten. Armoede. Een zwakke positie. Mach-
teloosheid. Zelfverachting. Achter elk van die woorden zit een
historisch, financieel, sociaal en psychologisch verband dat de
zaak zowel vereenvoudigt als compliceert, hele wetenschappen
die de meedogenloosheid van mensen ten opzichte van andere
mensen beschrijven. En dat wist Sverker, dat moet hij hebben
geweten, dat is kennis die hij en ik, en ieder mens die in de rijke
wereld kan lezen bezitten, maar die hij verkoos niet te zien. Hij

kocht haar toch. Hij kocht een mens gewoon omdat ze te koop was.

En juist het feit dat ze te koop was, moet hem hebben opgewonden. Mooi was ze immers niet, lang niet zo mooi als die andere vrouwen. Zelfs haar jonge leeftijd kan niet voldoende reden zijn geweest; onder zijn bureaulegger lagen foto's van meisjes die niet meer dan een paar jaar ouder kunnen zijn geweest dan 'Dat grijze ding'. Er moet iets in haar magere lichaam en hongerige blik zijn geweest wat hem heeft opgewonden, iets wat over koop en verkoop ging, over macht en vernedering, over een spel dat hij zelf elke dag werd gedwongen te spelen en dat nu gespeeld zou worden op het allerintiemste podium van het bestaan, waarbij de rollen waren omgedraaid.

Ik sluit mijn ogen en zie hen voor me, ik zie Sverker achter haar de nauwe trap opgaan. Het is erg donker, de naakte peertjes aan het plafond doen het niet, het weinige licht dat er is, valt van de straatlantaarns door kapotte ramen naar binnen. Hij houdt de trapleuning stevig vast en loopt voorzichtig naar boven, alsof hij bang is dat de trap onder zijn gewicht zal bezwijken. Niettemin glimlacht hij in stilte, glimlacht bij het genot dat schuilt in het feit dat niemand, absoluut niemand weet waar hij op dit moment is. Hij heeft zich aan alle blikken onttrokken, zich verborgen voor de wereld, zich eindelijk vrijgemaakt.

'Dat grijze ding' blijft op de overloop op hem staan wachten, hij neemt twee treden tegelijk om haar in te halen, denkt heel even dat ze bij haar kamer zijn aangekomen, maar wanneer hij bijna boven is, draait zij zich om en beklimt de volgende trap. Nog een etage. Hij blijft even staan om op adem te komen en zet dan zijn voet op de volgende trede om haar te volgen...

Er wordt aangebeld. Ik knipper met mijn ogen en kijk slaapdronken rond.

In mijn werkkamer is alles zoals altijd. Op het beeldscherm van de computer draait de schermbeveiliging, stapels rapporten en memo's van het departement liggen op mijn bureau, de boekenkast puilt uit. Toch duurt het een paar seconden voordat ik weet waar en wie ik ben.

Er wordt weer gebeld, langer nu en resoluter. Weer een journalist? Ik weet niet of ik er nog eentje kan verdragen, dus loop ik naar de overloop en doe de balkondeur open. Zachtjes sluip ik naar de reling en kijk eroverheen, probeer te zien wie er onder mij op de stoep staat. Maar dat heeft geen zin, ik zie helemaal niemand. De bel gaat echter wel weer opnieuw.

'Hallo', zeg ik zachtjes.

Het duurt een paar tellen, maar dan duikt hij op: een jongen in een zwarte jas en met een zwarte pet. Het is Andreas, die al jarenlang in de weekends Sverkers verzorger is. Hij buigt zijn hoofd achterover en kijkt naar me op.

'Is er iets gebeurd?'

Ik schud mijn hoofd.

'Ik zal beneden de deur opendoen.'

Wanneer Andreas over de drempel stapt, kijkt hij een beetje aarzelend en hij wacht even voordat hij zijn jas losknoopt.

'Is Annabel er niet? Ik dacht dat ik haar moest aflossen.'

'Nee', zeg ik. 'Ze moest wat eerder weg.'

Hij zet grote ogen op.

'Kun jij weer praten? Er stond in de krant dat je niet kon praten.'

'Tijdelijke afasie', zeg ik. 'Dat is weer over.'

Andreas studeert medicijnen en fronst dus zijn voorhoofd.

'Ben je al bij de dokter geweest?'

'Ja hoor. Ze denken dat het een soort migraine is. Het is me al eerder overkomen.'

Hij buigt zich voorover en maakt zijn schoenveters los.

'En Sverker?'

'Die is in zijn kamer.'

Andreas zet zijn schoenen aan de kant en wordt opeens ernstig.

'En wat er over zijn ongeluk in *Expressen* stond... Is dat waar?'

'Ik weet het niet', zeg ik.

Andreas strijkt met zijn hand over zijn kin en slaagt erin zowel afstandelijk als bezorgd te kijken, alsof hij al een afgestudeerde arts is.

'Je weet het niet?'

'Nee', zeg ik. 'Hij heeft nooit verteld wat er nu eigenlijk is gebeurd.'

Even staan we elkaar zwijgend aan te kijken, dan sla ik mijn ogen neer. Ik schaam me. Ik schaam me voor Andreas, die me daar met een open blik staat aan te kijken, schaam me dat ik laf ben, schaam me voor mijn fantasieën en geheime luchtkastelen, voor mijn huwelijk, voor het feit dat niets aan mij echt en oprecht is, en dat ook nooit is geweest.

'Ik wil niet meer', zeg ik.

Andreas legt zijn hand op mijn schouder.

'Wat zeg je?'

Ik kijk op en probeer hem aan te kijken. Dat wil niet lukken, mijn blik glijdt vanzelf weg, en opeens hoor ik mezelf iets heel anders zeggen.

'Hoelang blijf je?'

'Tot morgenochtend. Zoals altijd.'

'Wie komt er dan?'

Hij fronst even.

'Birgitta, geloof ik. Hoezo?'

'En jij laat Sverker niet alleen totdat zij er is?'

'Natuurlijk niet. Maar jij dan? Moet je werken?'

Eerst knik ik. Zoals ik gewend ben, rep ik ook nu met geen woord over het besluit waarvan ik tien seconden geleden nog niet eens wist dat ik het had genomen. Maar dan verander ik van gedachten en probeer de waarheid te spreken.

'Het is niet alleen werk, er is ook iets anders. Ik moet weg. Op pad.'

Andreas geeft me een klapje op mijn schouder.

'Het komt wel in orde. Doe maar wat je moet doen, ik blijf hier. Wat doet Sverker? Luistert hij naar Procol Harum?'

'Misschien', zeg ik. 'Als hij niet slaapt.'

Andreas trekt zijn hand terug en kijkt me met een schuin hoofd onderzoekend aan.

'Je zegt toch wel even gedag voordat je weggaat? Tegen ons allebei?'

Opeens komen de tranen los, maar die weet ik met een grimas te onderdrukken.

'Natuurlijk doe ik dat', zeg ik.

Dan draai ik me om en ga de trap op naar mijn werkkamer. Ik moet brieven schrijven.

Mogelijk afscheid

E-mail van Mary Sundin
aan de minister-president
16 oktober 2004

Ik neem ontslag. Met onmiddellijke ingang.

Ik heb al een formeel verzoek om ontslag geschreven, dat ligt hier op mijn bureau, gefrankeerd en al, en ik zal dat vandaag nog op de bus doen zodat je het maandagochtend op je bureau hebt. Je mag zelf kiezen op welke wijze je het openbaar wilt maken, of je het wilt presenteren als een ontslag of als een vrijwillig aftreden. Dat maakt mij niet uit. Daarentegen zal ik niet meewerken aan een persconferentie of aan interviews, hoewel ik sinds een paar uur weer kan praten. Ik heb niets toe te voegen aan wat er de laatste dagen al gezegd en geschreven is over mij en mijn man. Bovendien ga ik vanavond al op reis en ik ga ervan uit dat het een hele poos duurt voordat ik weer in Stockholm terugkeer.

Ik wil echter nog wel iets toevoegen met betrekking tot jou. Een verontschuldiging. Ik had nooit moeten ingaan op jouw aanbod om mij minister te maken; daar heb ik jou, maar evenzeer mezelf, onrecht mee aangedaan. Ik had moeten begrijpen (en ergens begreep ik dat misschien ook wel) dat je waarschijnlijk niet echt aan je aanbod had vastgehouden als ik je de hele waarheid over mijn privé-omstandigheden had verteld. Door te zwijgen heb ik de zaak erger gemaakt en heb ik geheel onnodig de geloofwaardigheid van de regering in diskrediet gebracht. Voor dat feit wil ik je mijn excuses aanbieden. Maar ik had ook om andere redenen moeten weigeren. Ik bezit niet de kwaliteiten die nodig zijn om minister te worden, welke dat ook mogen zijn. Dat had ik van tevoren moeten snappen.

Niettemin heb ik de afgelopen twee jaren het een en ander gezien en opgestoken, onder andere over vernedering, en over de enorme macht die er uitgaat van het dreigement van openbare vernedering. Daarom wil ik er in alle bescheidenheid op wijzen dat jij niet de enige bent die die macht heeft. Anderen bezitten die ook, bijvoorbeeld afgetreden ministers die kunnen praten en schrijven. Daarom stel ik voor dat we elkaar met wederzijds respect en hoffelijkheid behandelen indien en wanneer we in het openbaar over elkaar praten.

Ik wens je een geslaagde ambtstermijn.

Mary

E-mail van Mary Sundin
aan de thuiszorgcoördinator
van Bromma's deelraadkantoor
16 oktober 2004

Dag,
Ik neem aan dat u deze mail pas maandagochtend zult lezen. Dan ben ik weg en zeer moeilijk te bereiken. Daarom zal ik proberen zo duidelijk mogelijk te zijn:

1. Ik zal langer van huis zijn dan normaal. Als u de laatste dagen de kranten hebt gelezen, dan kunt u naar alle waarschijnlijkheid uw conclusies trekken over de redenen. Wat er geschreven is, heeft natuurlijk ook zijn invloed op mijn man, en daarom is het belangrijker dan anders dat hij vierentwintig uur per dag de beschikking heeft over een persoonlijk verzorger. Ik vertrouw erop dat u dat in de gaten houdt.

2. In het vervolg zal mijn man zelf het contact onderhouden met de mensen van de thuiszorg. Ik laat dat los. Ik heb rust nodig.

3. Een van uw medewerkers, Annabel Bolin, had het slechte idee een verslaggever en een fotograaf van *Expressen* in ons huis binnen te laten. Bij die gelegenheid was ik mijn spraakvermogen kwijt, maar ik heb mijn hoofd geschud en ook op andere

manieren kenbaar gemaakt dat ik niet wilde dat er werd open-
gedaan. Aan mijn man heeft ze niet eens iets gevraagd. Hij is
erg van streek geraakt door dit bezoek en het verliep allemaal
nogal chaotisch. Ik denk dat Annabel maar beter niet terug kan
komen.

Verder wil ik u bedanken voor de prettige samenwerking door
de jaren heen.

Met vriendelijke groeten,
Mary Sundin

E-mail van Mary Sundin
aan Caroline Svantesson
16 oktober 2004

Beste Caroline,
Ik heb geprobeerd je op je mobieltje te bereiken, maar er werd
niet opgenomen. Inderdaad, ik kan weer praten. Maar dat was
eigenlijk niet wat ik je wilde vertellen. Ik wilde dat je zou weten
dat ik de minister-president met onmiddellijke ingang mijn
ontslag heb aangeboden. Dat betekent dat ik niet meer op het
departement terugkom. Ik ga vanavond al op reis. Waarschijnlijk blijf ik vrij lang weg.

Ik ben me er natuurlijk van bewust dat dit besluit ernstige
gevolgen voor jou heeft, omdat het betekent dat jij jouw plaats
ook ter beschikking moet stellen. Ik ben er echter van overtuigd
dat jij met jouw competenties en talent geen moeite zult hebben
met het vinden van een nieuwe baan. Ik heb een korte aanbeve-
lingsbrief geschreven, voorzover dat nut heeft, die ik vanavond
nog op de bus doe.

Verder zou ik je willen vragen of je me een laatste-dienst zou
willen bewijzen door mijn persoonlijke bezittingen uit mijn
werkkamer te halen. Veel is het niet: alleen een paar rode
notitieboekjes die in de rechterbureaula liggen en een foto
van een stel vrienden die in de linkerla ligt. Ik zou je heel
dankbaar zijn als je die spullen in een envelop zou willen stop-

pen en naar mijn huisadres in Bromma zou willen sturen.

Ik dank je voor de afgelopen periode. En veel succes in de toekomst.

Mary

E-mail van Mary Sundin
aan Sissela Oscarsson
16 oktober 2004

Sissela,
Er zijn drie dingen gebeurd: ik kan weer praten, ik ben afgetreden en ik heb besloten op reis te gaan. Dat betekent dat ik niet thuis zal zijn wanneer jij uit Straatsburg terugkeert. Ik weet niet precies waar ik me zal bevinden, maar ik weet dat ik mijn mobieltje niet bij me zal hebben. Ik heb rust nodig. Maar er zijn natuurlijk overal internetcafés, dus ik kan mijn mail altijd checken.

We houden dus contact. Denk ik. Hoop ik.

Mary

De laatste dag...

Eindelijk breekt de dageraad aan.

Ik zit aan het raam in mijn kamer over het meer uit te kijken. De mist trekt op en langzaam wordt het ene eilandje na het andere onthuld. De sparren staan er donker bij in het bleke licht, maar ze zullen weldra kleur krijgen. Weldra zal ook de oever aan de overkant zichtbaar worden, maar voorlopig is die nog in ochtendnevelen gehuld en valt er niets van te bespeuren.

Mijn lichaam is zwaar en moe. Ik heb slecht geslapen, ben steeds opnieuw wakker geworden. Toen Mary verdween, was ik opeens bang om mijn ogen te sluiten, bang voor de duisternis en bang voor mijn eigen angst, bang voor de beelden die elke keer dat ik in slaap dreigde te vallen voorbijdreven. Anastasia zoals ze dood en bloederig voor haar cel lag. Het gezicht van Sverker toen hij...

Ik verlang terug naar Hinseberg.

Die gedachte is zo vreemd dat ik mijn voorhoofd frons om mezelf. Dat is toch belachelijk; natuurlijk verlang ik niet terug naar Hinseberg. Ik werp een blik op mijn horloge. De meiden op de afdeling zijn nog niet wakker, de deuren zitten nog op slot en in de cellen liggen Git en Lena, Rosie en Rosita nog in hun bed te wachten op het gerammel van een sleutelbos op de gang. Over een uur zullen ze slaperig tegen elkaar zitten mompelen aan het ontbijt, terwijl de cipiers achter een glazen ruit goed in de gaten houden wat ze doen en zeggen. Maar over mij zullen ze het niet hebben. Ik ben op vrije voeten en weg, ik ben weldra vergeten. Misschien ben ik al een sprookjesfiguur: *Herinneren jullie je hoe-heette-ze-ook-alweer nog, die journaliste, die haar man had doodgemaakt...*

Misschien zou ik weer naar bed moeten gaan. Als ik niet kon slapen toen het donker was, zou dat nu het licht is wel moeten lukken. Anderzijds heb ik ook honger, misschien moet ik maar naar de keuken gaan om een ontbijt klaar te maken. En een lijstje maken van wat ik vandaag allemaal moet doen. De reclassering bellen, zowel in Stockholm als in Jönköping. Naar Nässjö rijden om boodschappen te doen. Oude meubels naar de kelder brengen, zodat er plek is voor mijn eigen spullen wanneer die arriveren.

Maar ik doe niets van dat alles. Ik blijf aan het raam zitten en zie hoe het dag wordt. Misschien besta ik niet. Het heeft immers geen zin om van alles te doen als je niet bestaat.

Mary is haar spullen gaan pakken. Ze heeft een koffer op haar bed gelegd en de kleerkast opengezet, en nu staat ze met afhangende schouders in de kast te kijken en probeert ze zich te herinneren wat ze zojuist dacht.

Kleren, ja. Ze moet beslissen welke kleren ze wil meenemen. Ze strijkt lusteloos met haar hand over een paar rokken en jasjes. Representatieve kleding. Die zal ze niet meer nodig hebben. Ze trekt een zwarte broekspijp te voorschijn en bekijkt die. Ja. Een zwarte broek is altijd goed. En een trui.

De koffer is niet eens halfvol, ook al heeft ze diverse setjes ondergoed ingepakt, een paar extra schoenen en een toilettas. Wanneer ze het deksel heeft dichtgedaan en de koffer oppakt, hoort ze hoe alles naar beneden zakt. Wat maakt het uit.

Ze blijft op de drempel van haar kamer staan en keert zich om om hem te bekijken. Hij is heel netjes. De sprei ligt glad en zonder plooien over het bed, de deuren van de kleerkast zijn dicht. Een opengeslagen boek op het nachtkastje is het enige wat ervan getuigt dat hier ooit iemand heeft gewoond. Buiten is het donker geworden en het lampje voor het raam is aan. Ze aarzelt even, maar besluit het dan te laten branden.

Andreas zit aan de keukentafel te lezen. Hij zit kippig over zijn boek gebogen en ziet Mary pas wanneer ze vlak bij hem staat. Hij glimlacht verontschuldigend: 'Ik heb dinsdag een tentamen.'

324

Mary knikt.

'Ben je al bij Sverker geweest?'

'Ja. Hij sliep. Ik wilde hem niet wakker maken.'

Mary bevochtigt haar lippen.

'Dus je laat hem niet alleen voordat je wordt afgelost?'

Hij schudt zijn hoofd.

'Nee. Dat heb ik toch al beloofd. En het is niet voor het eerst dat je op reis gaat.'

'Ditmaal is het anders.'

'Ja', zegt Andreas. 'Dat heb ik begrepen.'

Nu is het licht en helder geworden. De zon schijnt boven het Hästerumsmeer. Een vlieg zoemt voor de ruit; ik bestudeer hem een tijdje, maar pak dan een boek van de tafel en geef een mep. De vlieg valt op de vensterbank, maar is niet meteen dood; hij blijft op zijn rug met zijn pootjes liggen spartelen. Uit het niets verschijnt er een tweede vlieg, die heftig zoemend over de eerste heen cirkelt, alsof hij zich bewust is van het feit dat die stervende is. Ik geef weer een mep, probeer twee vliegen in één klap te slaan, maar dat lukt niet. Wanneer ik het boek optil, is de eerste vlieg nog aan het spartelen en de tweede verdwenen, hij zoemt niet eens meer ergens in de kamer.

'Zo kan het gaan', zeg ik hardop tegen mezelf terwijl ik opsta. Nu moet ik eens ophouden met peinzen en fantaseren. Nu moet ik eens even gaan douchen en schone kleren aantrekken. Daarna ga ik ontbijten en moet ik met mijn nieuwe leven aan de slag.

In de badkamer stap ik voorzichtig over de rand van het bad en strek mijn hand uit naar de kraan. Alles is hier nog in dezelfde staat als toen het huis werd gebouwd, en de jaren beginnen hun sporen na te laten. Er is een aantal tegels gebarsten en het email van het bad heeft zwarte plekken. Dus moet ik nog een punt aan mijn lijstje toevoegen. Renovatie van de badkamer. Misschien moet ik van de gelegenheid gebruikmaken om ook de keuken aan te pakken. Die blauwe kastjes eruit gooien en nieuwe plaatsen. Het oude linoleum eruit halen. Alle vloeren laten schuren, wanneer ik toch bezig ben. En de woonkamer opnieuw behangen. Dat oude zeewierbehang zuigt al het licht weg. Bovendien staat het hier niet, het heeft hier nooit gestaan...

Ik houd de douche boven mijn hoofd om mezelf tot rust te brengen. Het is namelijk niet zo dat ik over een ongelimiteerde hoeveelheid geld beschik. Verf kan ik best kopen, liters verf, maar het zou niet bepaald verstandig zijn om nieuwe spullen te gaan kopen en een hoop werklui in huis te halen. Bovendien heb ik mezelf al door: ik weet dat ik over veranderingen in huis fantaseer om niet te hoeven denken aan hoe ik hier zal leven. Waar ik mijn dagen mee zal vullen. Hoe ik me moet opstellen ten opzichte van de eenzaamheid.

Ik moet alleen zijn. Ik wil alleen zijn. Tegelijkertijd ben ik bang voor wat de eenzaamheid met mij zal doen. Zal ik vergeten hoe je moet praten? Zal ik ophouden me te wassen en mijn tanden te poetsen? Zal ik mezelf op een dag aan de keukentafel zitten volproppen met chocola, spekkies, koekjes en gebak totdat ik moet overgeven in de gootsteen?

Werk is natuurlijk de oplossing. Maar kan ik werken?

Ik zou kunnen freelancen. Theoretisch gezien. Het probleem is dat ik bij de redacteuren en redactiesecretarissen die mijn afnemers zouden worden mijn naam zou moeten noemen, en dat die naam zou worden herkend, misschien niet direct, maar wel na verloop van tijd. Niet dat ze daardoor minder geneigd zouden zijn mijn teksten te kopen, integendeel, ze zouden er iets te enthousiast over zijn. En dan zou het niet lang duren voordat er voorstellen werden gedaan. Zou ik niet over criminaliteitsbestrijding willen schrijven? Of over mijn herinneringen aan Hinseberg? Over mensenhandel en prostitutie? Of gewoon een groter stuk over mijn individuele geval?

Dat is uitgesloten. Als ik me ergens mee zou prostitueren, zou het dat wel zijn. Dus moet ik iets anders verzinnen. Maar ik kan alleen schrijven, ik weet niet hoe je andere dingen doet, ik ben niet gekwalificeerd om bij een supermarkt achter de kassa te zitten of als ziekenverzorgster in een of ander verpleeghuis te werken.

Ik draai de kraan dicht en blijf in de badkuip staan met mijn armen om mezelf heen. Ik heb het koud. En ik ben vergeten handdoeken in de badkamer neer te leggen; ik moet me af- schudden als een hond en sluip op mijn tenen over de overloop naar de linnenkast die staat in wat ooit de slaapkamer van mij en Sverker was.

Hier heb je geen ochtendzon en geen uitzicht op het meer. Ik kijk rond terwijl ik een oud badlaken omsla; dat is versleten en vertrouwd, ik moet me er als meisje heel vaak mee hebben afgedroogd. En opeens weet ik wat ik moet doen. In de eerste plaats, voordat ik iets over mijn toekomst beslis, moet ik deze kamer leeghalen. Dit is een mausoleum, een schimmige graf- kelder met een witte sprei en even witte gordijnen. Het is weerzinwekkend. Ik wil het niet zien, wil me de mensen die hier hebben gewoond niet herinneren, ik laat de kamer nog liever leegstaan zonder meubels dan als een monument van het verleden.

Wanneer ik naar het raam loop en het openzet, valt mijn handdoek op de grond. Van de ochtendkou krijg ik kippenvel, maar daar trek ik me niets van aan. Ik heb dingen te doen, dingen die meteen moeten gebeuren. Wanneer ik aan de gor- dijnen trek, komt de rail los; er zullen lelijke plekken op de muur achterblijven, maar die kan ik gemakkelijk plamuren, ik moet nu gewoon van deze zooi af. Ik blijf niet lang genoeg bij het raam staan om de gordijnen naar de grond te zien fladderen; ik draai me gewoon om en loop naar het bed, trek aan de sprei en de oude rode doorgestikte dekens, trek de met kant versierde lakens los en gooi de hele boel uit het raam.

Zo. Vanavond ga ik een vuurtje stoken. Maar nu niet. Nu heb ik andere dingen te doen. Ik heb honger en ga nu eindelijk eten.

Ik blijf lang aan de keukentafel zitten, haast me niet, pak niet eens een pen om het witte vel dat naast mijn koffiekopje ligt te beschrijven. De ambtenaren van de reclassering zijn nog niet op kantoor gearriveerd, de winkels in Nässjö zijn nog niet open en de meubels in de woonkamer kunnen daar nog wel even blijven staan. Ik ben rustig. Op dit moment volkomen rustig.

Mary is niet zo rustig nu ze voor Sverkers kamerdeur staat. Ze heeft haar hand opgeheven om te kloppen, maar laat hem weer zakken en haalt even diep adem voordat ze daadwerkelijk aanklopt. Ze krijgt geen antwoord. Dus klopt ze nog een keer en luistert even met een schuin hoofd voordat ze de klink neerdrukt.

Hij slaapt.

Zijn rolstoel staat bij het raam. Hij moet naar de schemering in de tuin hebben zitten kijken toen hij insliep. Zijn hoofd ligt een beetje schuin tegen de neksteun, zijn handen liggen zoals altijd op de armleuningen, alsof hij klaar is om zich elk moment te kunnen afzetten en op te staan.

Sissela heeft gelijk. Hij krimpt. Hij is het laatste jaar vermagerd en zijn spieren zijn dunner geworden. Zijn dikke haar is grijs geworden en hij moet eigenlijk naar de kapper; in de nek ligt het al een paar centimeter over het kraagje van zijn witte overhemd. Zijn gezicht heeft diepe groeven, maar zijn wenkbrauwen zijn nog even donker als vroeger en de lange wimpers lijken wel die van een kind.

Wie ik liefhad. Wie we beiden ooit liefhadden.

Mary legt haar hand tegen zijn wang, maar het is een lichte streling en hij wordt er niet wakker van, hij zucht alleen een keer diep en zakt nog verder weg in zijn slaap. Zijn ogen bewegen onder zijn oogleden. Hij droomt en Mary is van plan hem te laten dromen. Heel voorzichtig pakt ze de stoel op die bij het bureau staat; ze gaat voor de rolstoel zitten en legt haar handen in haar schoot. Ze rust en ziet Sverker rusten.

Buiten is het heel erg donker.

Nee. Buiten is het heel erg licht. Een stralende dag met een blauwe hemel en een herfstzon die de hele wereld in een gouden glans zet. Ik wil naar buiten. Moet naar buiten.

Toch ruim ik eerst netjes de tafel af en zet mijn kopje en bordje in de gootsteen. Op de dag dat ik me niets meer van de vaat en van viezigheid aantrek, ben ik verloren. Opeens sta ik buiten op de stoep, ik sta doodstil en zie hoe het bruine, ijzerhoudende water van het meer blauw is geworden. Ik zie dat de zon schijnt. Dat de esdoorns rood worden. Dat het blad van de seringen verbleekt en bijna wit is geworden. Dat de sparren aan de oever zich spiegelen in het meer.

De lucht zit zo vol zuurstof dat ik er duizelig van word.

Ik word overvallen door een gedachte: dit is de wereld. Dat is niet alleen maar een plek waar we elkaar kwellen. Dit is ook de wereld.

Mary komt pas terug wanneer ik in de auto ben gestapt en zachtjes over het smalle grindweggetje door het bos rijd. Van gesprekken met de reclassering is niets gekomen, op het kantoor in Jönköping werd niet opgenomen toen ik belde. Pas toen ik de telefoon tien keer had laten overgaan, realiseerde ik me dat het zaterdag is. Alle kantoren zijn dicht. En nu ben ik op weg naar Nässjö met een lijstje van wat ik allemaal moet kopen. Eten voor een paar dagen. Zout, suiker, zeep en wasmiddel, planten en nog enkele van de duizend kleine dingen die ervoor nodig zijn om van een huis een echt thuis te maken.

Mary zit nog steeds bij Sverker en bestudeert hem. Ze heeft geen haast, ze zal weldra vertrekken, maar ze hoeft niet op de tijd te letten en weet dat er niemand op haar wacht op de plek waar zij heen gaat. Op dit moment wil ze niet eens weggaan, ze weet alleen dat ze moet. Toch wilde ze dat dit moment voor altijd zou duren, dat ze rustig en stil naast een slapende Sverker mocht zitten tot het universum instortte, dat ze hem dicht bij zich mocht hebben en tegelijkertijd ver weg. Maar het gaat anders:

er gaan trillingen over zijn gezicht en hij slaat zijn ogen op. Hij kijkt haar aan.

'Wat doe je?' zegt hij.

'Niets', zegt Mary, maar ze corrigeert zichzelf meteen. 'Ik wacht.'

Hij kijkt weg.

'Waarop dan?'

'Tot jij wakker wordt.'

Hij maakt een beweging met zijn nek, zodat de rolstoel start; die rijdt een paar centimeter naar achteren.

'Waarom?'

'Ik ga op reis. Ik wilde even afscheid nemen.'

Hij wordt waakzaam, zijn ogen vernauwen zich.

'Waarom? Je gaat toch voortdurend op reis en daar doe je nooit zo plechtig over.'

Mary recht haar rug. Ze zet zich met heel haar lichaam schrap.

'Maar ditmaal weet ik niet wanneer ik terugkom. Of ik terugkom.'

Hij maakt weer een beweging met zijn hoofd, rolt nog een paar centimeter naar achteren. Verder weg kan hij niet komen; de wielen van de rolstoel raken de muur al.

'O. Je gaat me dumpen.'

Mary geeft eerst geen antwoord, ze kijkt alleen maar naar haar handen. Die pakken elkaar beet; ze houdt zichzelf bij de hand.

'Ik ben afgetreden.'

'En dat is natuurlijk mijn schuld.'

'Dat is jouw schuld niet.'

Hij haalt zijn neus op.

'Natuurlijk is dat mijn schuld. Ik ben immers de veroorzaker van het schandaal.'

Zijn stem is opeens schel en klagerig. Mary kijkt naar hem op, bestudeert de gekrulde bovenlip en de ontblote tanden. Ze moet moeite doen om het gevoel van verachting dat even bij haar opkomt niet te tonen, maar misschien ziet hij dat toch, want hij werpt haar een snelle blik toe en wendt zich dan af naar het raam.

'Ik heb het altijd al geweten', zegt hij.

'Wat?'

'Dat je me zou verlaten. Vroeg of laat.'

'Dan weet je meer dan ik.'

'Onzin. Ga je met Torsten samenwonen?'

Mary zucht. Zo had ze zich dit niet voorgesteld; ze zouden kalm met elkaar praten, behoedzaam en met gedempte stem. Hij zou inzien en toegeven dat er geen weg terug was, hij zou het misschien zelfs goedvinden dat ze haar wang tegen de zijne legde wanneer het moment gekomen was om uiteen te gaan. In plaats daarvan zit hij hier te ruziën. Opeens krijgt ze zin om hem pijn te doen.

'Nee. Ik ga niet met Torsten samenwonen. Maar wie zou het me kwalijk nemen als ik dat wel deed? Jij?'

Ik stop midden op de bosweg, haal mijn voet van het gas en leun met mijn hoofd tegen het stuur. Ik wil Sverker niet zien. Ik wil niet dat Mary zo dicht bij hem zit dat ik gedwongen ben zijn gezicht te zien. Hij is dood. Ik heb hem omgebracht. Hij is rook uit een schoorsteen, as in een urn, hij ligt onder een gedenksteen op het kerkhof van Råcksta. Hij kan niet in Bromma in een rolstoel zitten kijken naar degene die ik zou zijn geweest als alles anders was geweest. En Mary kan niet bij hem zitten, opeens bleek, en bang voor wat ze tegen elkaar zullen zeggen.

Nu klinkt zijn stem als vroeger. Bijna als vroeger: 'Je had gewild dat ik doodging.'

Ze schudt haar hoofd.

'Dat is niet waar.'

'Dat is wel waar. Ik heb je gezien. Ik weet dat je je over mijn bed boog en van plan was de stekker uit het beademingsapparaat te trekken. Dat is het enige wat waar is tussen ons.'

Hij beschuldigt haar. Opnieuw. Hij. De leugenaar. De hoerenloper. De notoir ontrouwe echtgenoot. Ze voelt dat ze verhardt en terwijl ze verhardt, ziet ze welke macht ze in feite over hem heeft. En Sverker ziet dat ook. Hij wordt bleek, ze kan de kleur letterlijk uit zijn gezicht zien wegtrekken. Hij is bang, denkt ze. Sverker Sundin is echt bang voor me. En daar heeft hij ook reden toe. Ik zou hem kunnen doodslaan met slechts enkele woorden, hem de keel kunnen doorsnijden met een repliek...

Maar dat doet ze niet. Ze is niet van plan dat te doen.

'Je maakt het me wel makkelijk', zegt ze daarom.

Sverker geeft geen antwoord. De zin om te kwetsen is als jeuk in haar keel; Mary probeert haar keel te schrapen, maar dat helpt niet.

'Je beschuldigt mij van wat jij denkt dat ik van plan was. Maar jij weet niet wat ik van plan ben. En ik heb je niet vermoord, ik ben niet eens bij je weggegaan.'

'Maar nu ben je wel van plan bij me weg te gaan.'

'Ja. Nu ben ik wel van plan bij je weg te gaan.'

'Waarom nu?' zegt Sverker. 'Is dat vanwege de kranten?'

Mary zwijgt een poosje. Peinst oprecht over die vraag.

'Nee', zegt ze dan. 'Het is omdat ik me heb gerealiseerd dat ik niet kan vergeven.'

Sverker haalt diep adem.

'Ben ik nog niet genoeg gestraft?'

Mary wipt ongeduldig op haar stoel heen en weer, maar beheerst zich. Je kunt het iemand niet verwijten dat hij iets niet begrijpt. Zelfs Sverker niet.

'Ben je gestraft?'

Zijn stem wordt weer schel en verwijtend.

'Dat is toch zo!'

'En omdat jij gestraft bent, zou ik je moeten kunnen vergeven? Het is allemaal betaald en vergolden?'

Hij geeft geen antwoord, vertrekt alleen zijn gezicht tot een grimas. Mary kan zich niet inhouden: 'Dus dat je je nek hebt gebroken, komt niet doordat iemand je uit het raam heeft gegooid. Het is een straf. Maar wie straft je dan? God? Je hebt toch nooit in God geloofd.'

'Nee, maar...'

'Een Grigirische pooier? En waarom wilde hij je straffen?

332

Probeerde je ervandoor te gaan zonder te betalen?'

Sverker begint te snikken.

'Ik weet het niet, ik kan het me niet herinneren...'

'Want dat meisje zal het vast niet hebben gedaan. Toch?'

Ze hoort haar eigen stem, scherp en hard als tijdens een debat, en ze houdt zich in. Ze heeft altijd de neiging gehad in debatten te ver te gaan. Te verwoesten. Ze wil Sverker niet verwoesten. Jawel, dat wil ze wel, maar ze is niet van plan zichzelf dat toe te staan.

Nu praat hij met een brok in zijn keel.

'Ik weet niet wat er is gebeurd. Ik kan het me niet herinneren,'

'Maar je herinnert je wel dat je met haar bent meegegaan?'

Hij aarzelt even, maar knikt dan. Mary zucht.

'Dat wilde ik alleen maar weten.'

Dan wordt het stil tussen hen. De regen fluistert tegen de ruit.

'Ik heb geprobeerd het te begrijpen', zegt Mary na een poosje. 'Maar ik begrijp het niet.'

Ze kijkt hem niet aan. Sverkers stem is vermoeid. Gelaten.

'Er valt niets te begrijpen.'

'Wat dacht je?'

'Ik dacht niet.'

Mary knikt. Hij dacht niet. Dat is vast waar. Dat is de enige redelijke verklaring. Ze staat op.

'Ga niet weg', zegt Sverker.

Ik houd mijn adem in. Ze zal toch niet blijven? Ze aarzelt even, buigt zich over hem heen, legt haar hand op de zijne.

'Ik moet gaan', zegt ze.

Sverker begint met zijn ogen te knipperen.

'Waarom heb je me laten leven?'

Op die vraag zijn vele antwoorden, antwoorden die even door haar hoofd schieten. Omdat ze laf was. Omdat ze bang was voor de schande en de straf. Omdat elke vezel in haar lichaam wist dat ze net zomin het recht had hem te doden als hij het recht had om een mens te kopen. Omdat ze van hem hield en wist dat ze altijd van hem zou houden. Maar ze zegt niets van dat alles, ze is niet in staat iets daarvan te zeggen. Daarom haalt ze haar schouders op.

'Dat weet ik niet.'

Ze recht haar rug. Even kijken ze elkaar aan, maar dan leunt Sverker met zijn hoofd tegen het neksteuntje en wendt hij zijn blik af.

Mary hoort haar eigen hakken op de vloer weerklinken wanneer ze naar de deur loopt.

Ik start de auto en laat die zachtjes vooruit rollen over de smalle bosweg; ik bijt hard op mijn lip in een poging mijn eigen realiteit te pakken te krijgen. Dat wil niet lukken. Ik kan het niet laten Mary te volgen zoals ze in de hal haar jas staat dicht te knopen; ik moet zien hoe ze een blik in de spiegel werpt voordat ze deur opendoet, ik moet zien hoe ze die achter zich dichttrekt en daadwerkelijk de stoep begint af te lopen.

Dat doet ze.

Terwijl ze naar de garage loopt, pakt ze de sleutelbos in haar zak en laat haar vingertoppen sorteren en zoeken. Daarom heeft ze de sleutel in de aanslag wanneer ze bij de garagedeur komt. Ze opent die meteen en doet het licht aan. Er staan twee auto's, een aangepaste bestelwagen en een rode Passat. Haar auto. Haar eigen auto, die ze al maanden niet meer heeft gebruikt. Toch doet hij het meteen wanneer ze het sleuteltje omdraait, en op de radio begint een man midden in een zin te praten. Mary zet de auto in zijn achteruit en rijdt heel voorzichtig de garage uit.

Zelf ben ik eindelijk aangekomen bij het asfalt en de provinciale weg. Ik schakel naar de derde versnelling en druk het gaspedaal in.

Het verwondert me dat het zo moeilijk is om een parkeerplaats te vinden in het centrum van Nässjö, het is immers maar een klein stadje, maar overal staan auto's. Zaterdag. Shoppingdag. Ik moet een poosje rondrijden voordat ik een leeg vak vind in

Mariagatan, vlak naast de grote kerk. In Nässjö heb je op elke straathoek kerken en wijkgebouwen. Maar de inwoners van Nässjö aanbidden niet alleen God, ze hebben ook altijd een vrome relatie met de mammon gehad. En zo is het nog steeds, dat zie ik als ik uit mijn auto stap en rondkijk. Er is geen mens op straat, maar langs de trottoirs staan blinkend nieuwe auto's in een rij. Mijn Toyota ziet er opeens een beetje armoedig uit. Ik kijk naar mijn jas. Ziet die er ook armoedig uit? Ben ik wel verzorgd genoeg om op een zonnige zaterdagochtend tussen alle verzorgde inwoners van Nässjö te kunnen rondlopen?

Ik hang mijn tas over mijn schouder en ga op pad. Ik kan ermee door. Er is niets om bang voor te zijn: het is meer dan dertig jaar geleden dat ik Nässjö verliet en twintig jaar dat Herbert en Renate stierven. Niemand zal mij herkennen.

Ik ben echter één persoon vergeten, een persoon met wie ik rekening had moeten houden. Daarom bevries ik wanneer ik van Mariagatan afsla en opeens een stem hoor.

'Hoi MaryMarie.'

Ik staar naar een man van mijn eigen leeftijd met gemillimeterd haar, een wildvreemde man die nonchalant tegen de etalageruit leunt die ooit toebehoorde aan Sonja's Hoedenwinkel, de zaak waar mijn moeder in mijn jeugd om de drie jaar langsging. Hij glimlacht.

'Dat is een tijd geleden', zegt hij. 'Waar heb je gezeten?'

Pas dan besef ik wie het is. Stanley Östberg. Een sociaal genie. Een wandelend bevolkingsregister. Een mollig, beetje apart figuur met maar één talent: het talent om zich de namen en gezichten te herinneren van iedereen die hij tegenkomt. Ooit was hij de tiener die alle andere tieners in Nässjö kende, een vreemde jongen die stille en eenzame meisjes zoals ik verbaasde door opeens te groeten en te praten alsof we al vanaf de kleuterschool bevriend waren. Ik heb hem jaren niet gezien, toch staat hij daar naar mij te glimlachen, een jongen van middelbare leeftijd die zich het meisje herinnert dat ik ooit was. Ik glimlach aarzelend terug. Wat herinnert hij zich nog meer?

'Overal en nergens.'

'Hoe is het met Sverker? En met de anderen van je clubje?'

Ik staar hem verbijsterd aan, maar dan schiet me te binnen dat Stanley Östberg heel Biljartclub De Toekomst heeft ontmoet. Dat was op een zomerdag toen we naar de markt waren gegaan om fruit en groente te kopen. Net als nu stond hij toen nonchalant tegen een gevel te leunen en riep hij toen hij me in de gaten kreeg. *Mary! Of Marie!* Uit gewoonte bleef ik staan; in Nässjö blijf je altijd staan wanneer Stanley Östberg je naam roept. Hij zag er duidelijk opgelucht uit toen Sverker zijn arm om mijn schouders sloeg en verklaarde dat ik tegenwoordig MaryMarie heette. Volgens mij had de onduidelijkheid rond mijn naam hem verontrust, maar dat liet hij niet blijken; hij leunde gewoon nonchalant tegen de gevel en informeerde toen naar de anderen, registreerde Maud en Magnus, Anna en Per, Sissela en Torsten. Dat is meer dan vijftien jaar geleden, maar tijd heeft geen betekenis voor Stanley Östberg. Hij herinnert zich iedereen voor altijd.

'Maud heeft zich hier gevestigd', zegt hij. 'Ze heeft een tandartspraktijk in Långgatan.'

Ik knik. Inderdaad. Dat is al bijna tien jaar zo.

'En Magnus is een soort kunstenaar. Ze wonen in Hästerum.'

'Dat weet ik.'

'Maar vandaag zijn ze in de stad', zegt Stanley Östberg. 'Ze liepen hier net langs.'

Ik probeer onbekommerd te kijken.

'Welke kant gingen ze op?'

'Naar de markt', zegt Stanley Östberg. 'Denk ik. Het is immers zaterdag.'

Oké. Dan weet ik waar ik niet naartoe moet gaan.

Het is zeven jaar geleden dat ik in een echte supermarkt ben geweest en eerst ben ik bijna ademloos; ik vergeet dat ik me alledaags en onzichtbaar moet maken, maar blijf gewoon met mijn boodschappenwagentje de overvloed aan fruit staan bekijken. Appels. Sinaasappels. Meloenen. Roodgroene mango's. Aardbeien in kleine doosjes. Frambozen in nog kleinere doosjes. Kiwi's. Druiven. En vooral: kleine gele baarmoeders met ingewanden die druipen van het sap. Rijpe papaja's. Echt goed rijpe papaja's.

Dat wil ik allemaal hebben. Dat wordt allemaal van mij.

Ik gris een paar plastic zakken naar me toe en begin die te vullen, ik leg de ene na de andere in mijn wagentje, maar realiseer me dan opeens dat ik voorzichtig moet zijn. Ik ben bijna door mijn cash heen. Ik mag voor niet meer dan vierhonderd kronen boodschappen doen; ik heb slechts een briefje van vijfhonderd in mijn portemonnee en ik moet minstens honderd kronen achter de hand houden totdat de bank maandag opengaat.

Ik kijk naar het fruit in mijn wagentje; ik heb geen idee wat dit gaat kosten. Is fruit de laatste jaren veel duurder geworden? Terwijl ik voel hoe een paar druppels zweet uit de poriën van mijn neus komen, buig ik me voorover om met een kippige blik de prijskaartjes van de fruituitstalling te lezen. Ik moet natuurlijk ook nog geld overhouden voor andere dingen dan fruit en als ik gedwongen ben om bij de kassa spullen terug te leggen, dan zal dat onvermijdelijk de aandacht trekken. Ik ken de inwoners van Nässjö. Er zal iemand in de rij achter mij staan die het hele proces gadeslaat en zich opeens herinnert wie ik ben en wat ik heb gedaan, en binnen een uur zal diegene met een aantal anderen praten en dan ligt het op straat, dan weet heel Nässjö dat MaryMarie Sundin terug is. Die heel lang geleden bij de sporthal woonde en over wie een paar jaar geleden zoveel in de kranten heeft gestaan. De moordenares.

Wat had ik hier te zoeken? Ik had toch naar Jönköping kunnen rijden? Daar weet niemand wie ik ben en wat ik ben geweest.

Ik heb net de zak met sinaasappels opgetild om die te bekijken, overpeins hoeveel die weegt en wat die kan kosten, wanneer weer iemand mijn naam noemt. Ik herken de stem, weet nog voordat ik me heb omgedraaid wie het is. De Dominee. Snel neem ik een besluit. Voortaan ga ik boodschappen doen in Jönköping. Altijd.

Hij heeft ook vandaag een zwarte coltrui aan, maar toch ziet hij er minder domineeachtig uit dan gisteravond, eerder moe en een beetje afgemat. Hij heeft een rood boodschappenmandje in zijn ene hand en een groene tas van de slijterij in zijn andere. Drinkt hij? Hij kijkt belangstellend in mijn karretje, maar maakt geen opmerkingen over de inhoud.

'Ben je goed aangekomen?' zegt hij.

Ik glimlach beleefd.

'Jawel. Je ziet het.'

Hij blijft me aankijken.

'Zijn we uitgepraat?'

Ik recht mijn rug een beetje, probeer me te verzetten.

'Ja, dat denk ik wel.'

'Dat denk ik niet', zegt de Dominee. 'Dat denk ik helemaal niet.'

Mogelijke eenzaamheid

Per tikt bij het ontbijt tegen zijn eitje. Een opengeslagen krant ligt naast hem op tafel, maar hij kijkt er niet in. Het is zaterdag en Minna is vrij, ze zit niet aan zijn zijde, ze wijst niet met haar bleke wijsvinger naar een kop om aarzelend een vertaling in het Zweeds te mompelen.

Hij mist haar.

Licht stroomt door de grote ramen van de eetkamer. Vandaag schijnt de zon boven Vladista.

Anna zit aan de andere kant van de glimmende tafel met een haarlok te spelen. Ze droomt. Haalt herinneringen op. Denkt aan een midzomeravond langgeleden, en ze voelt Sverkers hand op haar heup, geniet van het gewicht en de warmte. Dan vermant ze zich en pakt haar koffiekopje. Wat zou ze vandaag ook alweer gaan doen?

Niets. Helaas. Helemaal niets.

Maud houdt een bloemkool in haar hand en bekijkt die.

Het is een buitengewoon mooie bloemkool, dat ziet ze wel, helemaal wit, zonder een spoor van die donkere plekjes die op schimmel lijken en die je bijna altijd op bloemkool ziet. Toch laat ze haar hand zakken en laat ze de bloemkool terugrollen op de marktkraam.

Wat moet ze met bloemkool? Ze is niet van plan eten te koken.

Magnus steekt een sigaret op en kijkt naar haar.

Ze heeft de hele dag nog niet meer dan een paar woorden gesproken, ze wilde niet eens naar zijn atelier komen om zijn nieuwe schetsen te bekijken. Is dat een straf? Is ze boos over iets wat hij heeft gezegd of gedaan? Of schaamt ze zich voor hem, schaamt ze zich dat ze op de markt in Nässjö naast een man staat van wie iedereen vindt dat het een klootzak is?

Hij kijkt om zich heen, slaat de mensen om hem heen gade om te zien of ze hem gadeslaan. Maar niemand kijkt naar hem; de inwoners van Nässjö die zich voorbij haasten letten goed op dat ze niet naar hem kijken.

Torsten zit in de metro met zijn handen in zijn zakken; hij bestudeert het spiegelbeeld van zijn medepassagiers in het donkere raam. De metro stopt bij Odenplan. Daar moet hij eruit, hij zou moeten opstaan en uitstappen. Maar hij staat niet op, hij beweegt zich helemaal niet, hij blijft gewoon zitten wachten totdat de deuren weer dichtgaan.

Op weg van de luchthaven naar het hotel in Straatsburg schrijft Sissela met haar wijsvinger op de beslagen ruit van de taxi. Ze schrijft één woord, laat haar hand dan zakken en kijkt naar beneden om haar zwarte handschoenen te bestuderen. Op de voorbank buigt de chauffeur zich over het stuur en hij knippert met zijn ogen tegen de duisternis.

Iemand.

Het woord beslaat. Nu is het niet meer te zien.

Sverker schreeuwt. Maar dat hoor je niet.

Dat zie je ook niet. Zijn gezicht is niet verwrongen, zijn mond geen zwart gat. Hij heeft zijn lippen gesloten. Hij kijkt ernstig en een beetje gedeprimeerd, maar niet ernstiger en gedeprimeerder dan je zou kunnen verwachten.

Desondanks schreeuwt hij. Hij zit gevangen in zijn schreeuw. Die weerkaatst tegen zijn schedel, dreigt zijn trommelvliezen te scheuren, die slaat elke gedachte in zijn hoofd kapot en vernietigt hem.

Andreas zit in de keuken te studeren. Het is stil in huis.

...en de eerste

Ik pel het ene stukje na het andere af. Vil mezelf tot op het bot. Eerst Torsten. Daarna de regering en de politiek. Dan Sverker. Ten slotte mijn huis.

Er rest mij nog één taak. Ik parkeer de auto bij een krantenkiosk en ren met opgetrokken schouders door de regen naar de brievenbus om twee enveloppen te posten.

Zo. Dat zit erop.

Op de snelweg gekomen zet ik de cruisecontrol aan en ontdoe me van alle gedachten, ik weet niet meer wie ik ben en waarheen ik op weg ben. Orgelmuziek vult de auto, maar het duurt even voordat tot me doordringt waar ik naar luister. Bach. Het origineel van de melodie waar Sverker al dertig jaar naar luistert.

Zo werd het toch nog een lang afscheid. Ondanks alles.

In de buurt van Norrköping stop ik bij een tankstation. Het is opgehouden met regenen, maar er staat een koude wind. Rillend en met opgetrokken schouders sta ik te tanken, en even vergeet ik op mijn hoede te zijn. Dan zie ik ze. De aanplakbiljetten met het belangrijkste nieuws uit de kranten. Ik wend me meteen af, maar dat helpt niet. Er zijn toch een paar woorden op mijn netvlies blijven hangen. HET GEHEIM VAN DE MINISTER — HAAR ECHTGENOOT..

Vlak onder de aanplakbiljetten liggen gele netten met hout erin. Mooi. De laatste jaren lag er geen hout meer in het houtschuurtje. Het huis in Hästerum was niet aangepast voor bewoning door een gehandicapte, en gemeenschappelijke vakanties in ons huisje waren niet aan de orde. Daarom heb ik af en toe in mijn eentje een bezoek gebracht om te kijken of alle dakpannen er nog wel op lagen en de kozijnen niet begonnen te rotten. Maar nu zal ik hout nodig hebben. Daarom open ik de kofferbak en sleep een zak over het asfalt. Steunend werk ik die naar binnen. Nog eentje? Ja. Of twee.

Elke keer dat ik me over de houtzakken buig, maakt mijn lichaam zo'n hoek dat ik de zwarte letters niet kan vermijden. Ik knijp mijn ogen dicht, maar dat helpt niet. De woorden staan daar toch. Wanneer ik de winkel binnenstap om af te rekenen, kijk ik met een waakzame blik rond om te lokaliseren waar de rekken met kranten staan. Heel even ontwaar ik het woord PROSTITIEBEZOEK, maar nu ben ik voorbereid en ik kan mijn blik verder laten glijden voordat de hele kop zich op mijn netvlies heeft geëtst.

Het meisje achter de toonbank vertoont geen tekenen dat ze me herkent. Ze zit op een krukje een roddelblad te lezen en kijkt pas op wanneer ik voor de toonbank sta.

'Drie zakken hout', zeg ik. 'En benzine.'

Het meisje knikt en glimlacht wat terwijl ze de cijfers van de kassa intoetst.

Slechts een paar honderd meter verderop ligt een motel. Ik ben verbaasd wanneer de auto van de snelweg draait, de parkeerplaats oprijdt en stopt. Ik blijf even roerloos met mijn handen op het stuur zitten voordat ik een blik op mijn pols werp. Daar is niets te zien. Mijn horloge ligt nog in de badkamer in Bromma.

Het maakt niet uit. Mijn lichaam voelt dat het laat is. Ik moet slapen.

Er wordt gedanst in het restaurant. Ik sta op de rode vloerbedekking in de foyer de donkere ruimte in te kijken, zie hoe armen omhooggaan en heupen wiegen, hoe een vrouw in een zwarte blouse haar wang tegen een wit front van een overhemd legt, hoe een man met zijn rug tegen de bar leunt en bijna plechtig een glas naar zijn lippen brengt, hoe een eenzaam meisje het lampje dat voor haar op het tafeltje staat aanknipt en dan weer uit, aan en uit, aan en uit. Het lijkt alsof ze noodsignalen uitzendt.

'Ja?' zegt een stem achter mijn rug.

Ik draai me om.

'Een kamer', zeg ik. 'Het liefst zo ver mogelijk van de muziek.'

De portier knikt. Natuurlijk.

Marie haast zich met een boodschappentas in elke hand naar haar auto en ze vervloekt zichzelf dat haar wangen gloeien. De lucht is immers koel en het is tientallen jaren geleden dat ze een tiener was. Toch bloost ze, ze voelt hoe elk adertje in haar gezicht opzwelt, hoe ze vlekkerig wordt aan haar hals en op haar wangen, hoe haar poriën groter en wijder worden. Niemand mag haar zo zien.

Ze maakt zich onnodig ongerust. Er zijn geen mensen op straat; hier staan alleen maar rijen auto's en hoge bomen. Het is heel stil. Het gazon bij de kerk is pas geharkt en gemaaid; er ligt geen enkel herfstblaadje meer op het groene oppervlak, en geen grasprietje is langer dan de andere grassprieten. De tuinen aan de overkant van de straat zijn al even keurig; het lijkt wel of de bomen en struiken hun best doen om geen blad te verliezen, uitgebloeide rozen houden resoluut de bruine kroonblaadjes vast die onlangs nog rood waren.

Even schiet er een herinnering door Maries hoofd en ze blijft naast haar auto staan, vergeet het portier open te maken. Ooit is ze in een van die keurige huizen binnen geweest; ze heeft onder een kristallen kroonluchter gestaan, een knixje gemaakt en haar excuses aangeboden.

In dat huis woonde Elsa Lindström. Lerares geschiedenis en godsdienst, een vrouw met een hoge boezem in een korset, en met psychische problemen. Ze werd gepest door de middelbare scholieren. De meisjes zaten tijdens haar lessen te fluisteren en te kletsen, de jongens keerden haar de rug toe, schreeuwden en stoeiden, gooiden briefjes naar elkaar en deden haar na. Elsa Lindström probeerde net te doen of dat allemaal niet echt gebeurde. Ze zat met een rechte rug achter haar lessenaar, soms las ze voor uit een boek en sprak met haar licht nasale stem, zelden over iets wat met geschiedenis of godsdienst te maken had, maar over haar eigen schooltijd. Ze was de beste van de klas geweest, althans, in belangrijke vakken als godsdienst en geschiedenis. Slechts twee leerlingen luisterden. Een jongen die dominee wilde worden. Een meisje dat een beetje een buitenbeentje was.

Aan het eind van het voorjaarssemester begon de klas zich een beetje zorgen te maken. Hoe zou dat gaan met de rapporten? Een jongen wiens vader leraar was, sloeg het lesprogramma erop na en werd door een lichte paniek overvallen. Ze hadden immers niets geleerd van wat ze hadden moeten leren. Niets over de Dertigjarige Oorlog en het Europa van de zeventiende eeuw. Niets over het vroege Zweedse christendom.

Er moest iets gebeuren. Kon Mary – of Marie – die zo goed kon schrijven, geen brief aan de rector schrijven? En gevleid door de plotselinge aandacht schreef Mary – of Marie – een brief aan de rector; ze las die voor aan de klas en hij werd goedgekeurd. De leerlingen maakten zich ernstige zorgen over de lacunes in het onderwijs. Ze verzochten om een andere leraar voor het volgende semester.

Ze wisten niet wat ze deden. Mary – of Marie – wist niet wat ze deed.

Elsa Lindström vond alles goed, behalve vernedering in het openbaar. Ze rukte de deur van de werkkamer van de rector open en dreef hem in het nauw. Wat was hij van plan? Moest ze dit slikken? Zij, die dertig jaar ervaring had als lerares, wat warempel meer was dan waar hij zich op kon laten voorstaan? Zij, die een degelijke academische opleiding had en ooit zelfs van plan was geweest te promoveren?

Drie dagen later stond Mary – of Marie – onder de kristallen kroonluchter in de salon van Elsa Lindström een knixje te maken en excuses aan te bieden, zoals de rector haar had bevolen. Op het laatste moment probeerde ze iets van haar zelfrespect te redden door eraan toe te voegen dat het excuus het gedrag van de klas betrof en niet de kritiek die ze naar voren hadden gebracht, maar ze zweeg toen de rector zijn hand op

344

haar schouder legde. Elsa Lindström, gekleed in een zijden peignoir en met papillotten in het haar, vouwde haar handen en legde die op haar boezem. De excuses werden aanvaard. Ze zei er niets over dat Mary's – of Maries – rapportcijfer naar beneden zou gaan. Dat was nog een verrassing.

Marie zucht even wanneer ze daar staat, en kijkt naar het grijze huis. Waarom deed ze dat? Waarom nam ze de schuld op zich voor iets waarvoor ze niet verantwoordelijk was? Zij zat immers niet te kletsen tijdens de lessen. Zij trok nooit gekke bekken achter Elsa Lindströms rug. Zij gooide geen briefjes door het lokaal.

Het antwoord was eenvoudig. Ze was toch schuldig. Schuld was een kant-en-klaar kostuum dat al vanaf het begin in haar kast hing en dat ze elke ochtend aantrok. Zonder dat kostuum voelde ze zich naakt.

Het is een sjofele kamer. Triest.

Ik ga op de geelbruine sprei liggen en staar naar het plafond, doe mijn best om de weg terug te vinden naar mijn eigen werkelijkheid. Ik wil niet langer in Maries wereld zijn, ik wil hier een poosje blijven, nadenken en proberen te begrijpen, niet fantaseren.

Ik ben bij Sverker weggegaan. Wat voel ik? Schuld?

Nee. Ik voel geen schuld. Ik ben niet schuldig. Wat ik vroeger schuld noemde, het gevoel waar ik mij een heel leven mee getooid en achter verstopt heb, is vals. Het is een soort omgekeerde vleierij van jezelf, een aflaat waarvan het bestaan alleen al de zondaar van zonde bevrijdt, en waarvan de pijn zowel troost als bevestiging bevat. Dat gevoel garandeert dat wie schuld voelt, niet alleen maar slecht kan zijn, en juist om die reden bevrijdt het ook van verantwoordelijkheid. Zo heb ik de schuld gebruikt. Ik heb die over mijn werkelijke gevoelens gedrapeerd, om die niet te hoeven zien, om niet verantwoordelijk te hoeven zijn voor mijn woede, om mijn schaamte niet te hoeven verdragen.

Ja. Ik ben razend. Ik ben gewoon woest op mannen die het

recht nemen macht over vrouwen uit te oefenen. Ik zou met mijn woede hele steden met de grond gelijk kunnen maken, de zure kardinalen van De Heilige Stoel samen met een bende moslimfundamentalisten kunnen villen en hun huiden aan de muur kunnen spijkeren, ik zou autoritaire klootzakken van kerels op mijn oever op de brandstapel willen zetten en het vuur aansteken, ik zou elke vent in de wereld die zijn vrouw mishandelt in elkaar willen slaan, alle pooiers scalperen en brandende lucifers onder de nagels van hoerenlopers willen steken. Vooral bij een van hen.

Maar dat doe ik niet. Natuurlijk doe ik dat niet. In plaats daarvan schaam ik me voor mijn woede. Daar schaam ik me voor, net zoals ik me schaam dat ik ben wie ik ben, omdat ik de naam draag die ik draag, omdat ik werd geboren voor het leven dat ik leef. Daar schaam ik me voor, zoals ik me schaam dat ik laf ben, omdat ik de geschiedenis niet ongedaan kon maken en mijn ouders gelukkig maken, omdat ik nooit heb begrepen waarom Sverker me wilde hebben en omdat ik me niet heb afgevraagd waarom ik hem nodig had. Daar schaam ik me voor, zoals ik me schaam dat ik twee gezichten heb gehad en dat ik een heel leven heb gepraat, maar nooit heb leren spreken.

Nu zie ik wel in dat mijn schaamte niet alleen die van mij is. Die is ook een gevolg van de schaamteloosheid van andere mensen. Van Herbert. Van Renate. Van Sverker.

En toch. Achter Herberts zwijgzame woede zat een eeuwigheid van stilte. Achter Renates harde woorden een kathedraal van lijden. En achter Sverkers onvermogen om zijn broek aan te houden heb ik altijd Holgers spot en Elisabeths afgewende blik bevroed.

Ze verdienen medelijden. Maar dat verdien ik ook. En Marie.

Er komt iemand bij haar eten. Ze weet niet hoe dat in zijn werk is gegaan, en ze verdenkt de Dominee ervan dat hij zichzelf op subtiele en slinkse wijze heeft uitgenodigd, maar dat doet aan het feit niets af. Hij zal vanavond naar haar huis in Hästerum komen. Daarom bloost ze. Hij verontrust haar, ze begrijpt niet wat hij wil.

Toch neemt ze de tijd voor een omweg, laat haar auto zijn weg zoeken langs Anneforsvägen, rijdt langzaam voorbij haar ouderlijk huis en trekt een onthutst gezicht wanneer ze ziet dat het huis een andere kleur heeft gekregen.

Roze? Ze schiet in de lach. Ja. Zo moet je tegen het verleden aankijken. Verf het roze!

Ik zou toch nadenken. Niet over Marie fantaseren.

Bovendien heb ik slaap nodig. Als ik te moe word, kan de afasie weer toeslaan en ik wil niet weer met stomheid zijn geslagen. Ik wil kunnen praten, ook al kan ik niet praten. Maar dat kan ik misschien leren.

Ik wrijf in mijn ogen en ga rechtop zitten. Ik ga mezelf eens verwennen, lekker verwennen en aandacht geven. Ik ga een warme douche nemen, een schoon nachthemd aantrekken en tussen schone lakens kruipen. Slapen. Rusten. Vergeten.

Wanneer ik mijn trui over mijn hoofd trek, ruik ik een zweem van een geur; even blijf ik doodstil staan, dan breng ik de trui naar mijn gezicht en snuif die geur weer op. Sandelhout. Een vleugje citroen. De geur van Sverker.

Ik ben bij hem weggegaan. Na al die jaren ben ik nu echt bij hem weggegaan.

Het water is heet. Heel heet.

Dat is goed. Heet water doet pijn aan je ogen. Door heet water gaat je mond trillen en worden je gelaatstrekken uitgewist. Heet water loopt over je wangen.

Ik huil niet. Ik denk na. Probeer na te denken.

Toch kan ik niet goed onder woorden brengen wat ik denk. De wijsheid die me opeens vervult, bestaat niet uit woorden en zinnen die systematisch in mijn hoofd zitten. Die is een plotselinge beweging door mijn zenuwstelsel, een gewicht in mijn hartstreek, een plotselinge pijn in mijn onderlichaam. Er bestaat vergeving, zegt die, maar die laat zich niet definiëren en niet commanderen. Het ligt niet in de macht van een mens om te beslissen dat hij vergeeft. Het vermogen tot vergeving is een genade op zich, misschien de enige werkelijke genade. Op een ochtend word je gewoon wakker en weet je dat je vergiffenis hebt geschonken. Je hebt niet vergeten, maar de aanklacht is neergelegd, de verwijten zijn allemaal onbelangrijk en de verbittering is slechts een nare nasmaak op de tong. Je wordt zelf begenadigd. Je moet begenadigd worden om te kunnen vergeven.

Zover ben ik nog niet. Maar nu weet ik waarheen ik op weg ben. Of althans waarheen ik op weg zou willen zijn. Ik draai de kraan dicht en sla het badlaken om me heen, droog me lang en zorgvuldig af als een moeder haar kind. Ik ben mijn moeder. Ik ben mijn ongeboren kind.

Wanneer ik naar bed ben gegaan en het licht heb uitgedaan, vouw ik mijn handen. Ik bid niet, maar ik wenste dat ik zou kunnen bidden.

Marie vult de schaal op de keukentafel met fruit en zet die op het aanrecht. Ze legt een wit tafellaken op de tafel. Bekijkt een paar borden op zoek naar barstjes en verkleuringen. Ze spoelt een paar glazen om en droogt ze glimmend af. Zet een kandelaar op tafel.

Op het fornuis staat een vissoep te pruttelen. Ze kende het recept nog precies, elk ingrediënt en elke hoeveelheid. Dat verbaast haar.

Voordat ze naar boven loopt, blijft ze in de deuropening rondkijken. Maar ze hoeft zich geen zorgen te maken. Alles is in orde.

Kleren uit een ander leven.

Ze heeft de kledingzakken op het bed gelegd dat ooit aan Herbert en Renate toebehoorde, maar nog niet opengemaakt. Nu trekt ze de kleren er een voor een uit om ze te bekijken. Ze haalt herinneringen op. Daar is dat rode vest dat altijd op een kleerhanger op de redactie hing. Die lichtblauwe jurk met stofknopen was met grote zorg uitgekozen voor wat het laatste midzomerfeest zou worden. Ze voelde zich toen mooi. Ze houdt de jurk voor zich en bekijkt zichzelf in Renates vlekkerige spiegel, maar nee, het is geen kledingstuk dat ze nog kan dragen. Er is iets met haar kleuren gebeurd; deze blauwe tint maakt haar mat en flets, ze lijkt erin te verbleken en te verdwijnen. Bovendien kun je in oktober geen mouwloze jurk dragen, dat is niet alleen koud, het is ronduit belachelijk. Daarom pakt ze het witte colbertje en houdt dat tegen het licht. De vlek op de revers zit er nog, een herinnering aan het laatste kreeftenfeest met Biljartclub De Toekomst. Toen ze aan de koffie en appeltaart waren toegekomen, legde Sverker opeens zijn hoofd op haar borst...

Nee. Ze wil die oude kleren niet dragen. Die moeten buiten met het beddengoed worden verbrand. Bovendien is ze niet van plan zich voor het eten om te kleden; de Dominee moet haar maar nemen zoals ze is.

Precies op het moment dat zij met haar armen vol door de voordeur naar buiten komt, verlichten de koplampen van zijn auto het erf. Ze blijft op de stoep in het gele licht van de buitenlamp staan, terwijl hij nogal omstandig de motor uitzet en zich uit zijn auto wurmt. Hij heeft een fles wijn in zijn hand. Een cadeau voor als je op visite gaat.

'Wat doe je?' vraagt hij glimlachend.

Marie glimlacht niet terug, maar ze probeert vriendelijk te kijken.

'Opruimen.'

'Moet ik je helpen dragen?'

Ze heeft inderdaad hulp nodig, haar armen kunnen de bundel nauwelijks omvatten.

'Ja, dank je.'

Hij zet de wijnfles op de stoep en strekt zijn armen naar haar uit, probeert de hele bundel in één keer te pakken. Maar Marie stribbelt tegen; ze wil de helft houden.

'Waar moet het heen?'

Ze maakt een beweging met haar hoofd.

'Om de hoek.'

De Dominee blijft staan wanneer ze bij de zijkant van het huis komen, maar niet lang. Het is heel donker, maar de lampen in de keuken zijn aan en de ramen tekenen lichte vierkanten in het gras. Twee schaduwen van licht. Ertussen ligt een stapel witte gordijnen en kanten lakens, rode doorgestikte dekens en gestreepte kussens.

'Wat is dit?'

Marie laat de kleren op de grond vallen.

'Dit wordt een brandstapel.'

Hij kijkt verbaasd.

'Ga je dit verbranden?'

'Ja.'

'Waarom?'

De Dominee heeft zijn armen nog vol kleren.

'Gooi die spullen hier maar neer', zegt Marie. 'Ik heb nog meer werk voor je.'

De bank in de woonkamer is zwaar. Heel zwaar. Het lijkt wel of die een heel decennium in zijn bekleding heeft zitten, alsof de jaren zeventig waaruit hij afkomstig is, zich verstoppen onder de pluizige stof. Bovendien is hij lelijk. Bruin, beige, zwaar en lelijk.

'Ga je deze ook verbranden?' vraagt de Dominee terwijl hij de ene armleuning probeert vast te pakken. Vanavond is hij niet gekleed in een coltrui; zijn magere hals steekt boven een witte overhemdkraag uit en over zijn schouders hangt een blauw corduroy jasje. Hij heeft zich opgedoft.

'Nee', zegt Marie. 'Ik had gedacht dat we deze in de kelder zouden kunnen zetten.'

Ze moeten heel wat wringen, wroeten en prutsen om het ding de hal in te krijgen en dan verder door de buitendeur naar buiten. De Dominee laat zijn kant los en de bank glijdt van de stenen stoep af, slaat om en blijft scheef op het pad liggen.

'Ik vind dat hij daar mooi ligt', zegt de Dominee. 'Weet je echt zeker dat je hem niet als tuinbank wilt?'

Marie glimlacht.

'Absoluut.'

De Dominee wist zijn voorhoofd af met een zakdoek.

'En je zou hem niet aan de missie willen schenken?'

Marie trekt haar neus op.

'Wat heeft de missie misdaan?'

De Dominee stopt zijn zakdoek terug.

'Een heleboel. Wil je het allemaal horen?'

'Nee, dank je.'

Wanneer ze naar de keldertrap loopt, wrijft ze met haar duim over de sleutel; ze probeert zich te verzetten tegen het gevoel dat haar opeens bekruipt. De sterrenhemel fonkelt boven haar, de koude lucht is helder. De vorst komt eraan en over een uurtje of wat zal de hele tuin verzilverd zijn. Ze probeert het plotselinge gejubel vanbinnen – ik woon in een zilveren tuin! – te onderdrukken en steekt de sleutel in het slot van de kelderdeur. De deur piept wanneer ze hem opent. Wanneer ze haar hand naar binnen steekt en op de tast naar het lichtknopje zoekt, doet ze haar ogen dicht. Ze heeft een hekel aan die kelder. Ze heeft altijd een hekel gehad aan die kelder.

Grijze muren van cement. Een grijze vloer. Een naakte gloeilamp aan het plafond. Twee kajaks staan omgekeerd op de grond; ze zien er wit en kwetsbaar uit, als vissen met een ontblote buik. Verderop halfopen deuren, deuren die op een kier staan naar andere ruimtes. Ze heeft zich nooit goed weten te oriënteren in deze kelder; elke keer dat ze dacht dat ze alle hoeken kende, was er weer een nieuwe deur die nog een donkere ruimte onthulde. De Dominee leunt boven tegen de trapleuning en kijkt op haar neer.

'Is die trap wel breed genoeg?'

Ze kijkt naar hem op.

'Jawel hoor. Maar we moeten de kajaks eruit halen, anders is er geen plaats voor de bank.'

Hij fleurt op.

'Kajaks?'

Ze knikt. Hij laat de leuning los en vliegt de trap af.

'Kun jij kanoën?'

Ze knikt.

'Ja. Maar het is wel een paar jaar geleden.'

Dat is zowel de waarheid als een leugen. Tijdens de jaren in Hinseberg heeft ze vele nachten in haar kajak doorgebracht, in gedachten heeft ze in zonneschijn en mist, in regen en in sneeuw over het Hästerumsmeer gepeddeld, is ze zachtjes tussen de eilandjes door gegleden, vlak bij rietkragen en stenen gekropen, heeft ze zich laten opschrikken door een slingerende slang die opeens over het wateroppervlak gleed. Misschien heeft ze meer genoten van haar dromen over de kajak dan van het daadwerkelijke gebruik ervan. Wanneer zij en Sverker over het meer peddelden, was het altijd zomer en warm, en ze moest er flink aan trekken om hem te kunnen bijhouden.

'Ik heb nooit in een kajak gevaren', zegt de Dominee. 'Maar ik heb er altijd over gedroomd.'

Marie glimlacht.

'Je mag het deze zomer wel eens proberen.'

'Dan pas?'

'Ja. In deze tijd van het jaar is het te koud voor beginners. Als je midden op het meer omslaat, kan het slecht aflopen. Dan moet je een wetsuit dragen.'

'Die kan ik aanstaande maandag vast wel huren.'

Ze trekt haar wenkbrauwen op bij zijn enthousiasme.

'Natuurlijk. Je bent welkom.'

Ze klinkt nonchalanter dan ze zich voelt. De Dominee zoekt iets te gretig haar nabijheid. Wat wil hij eigenlijk? Haar verleiden? Haar bekeren? Of is hij gewoon een eenzaam mens die naar gezelschap verlangt?

De kajaks zijn licht maar onhandig; Marie en de Dominee moeten elkaar helpen om te voorkomen dat ze de bodem beschadigen wanneer ze voorzichtig door de kelderdeur naar buiten gaan. Daarna leggen ze de kajaks een voor een aan de oever. Ze blijven in het donker over het meer staan uitkijken. Aan de overkant glinsteren een paar lampen.

'Je hebt in elk geval buren', zegt de Dominee.

Marie knikt.

'Inderdaad. Een paar.'

'Het is fijn om niet helemaal alleen te zijn.'

Marie draait zich om en loopt terug naar het huis.

'Ik vind het prettig om alleen te zijn', zegt ze.

De Dominee haast zich achter haar aan.

'Ja, dat begrijp ik best.'

(). Wat begrijpt hij eigenlijk?

De bank dondert de keldertrap af, een poot breekt af, de kussens vliegen in het rond. Ze moeten lachen, Marie onder aan de keldertrap en de Dominee bovenaan.

'Waarom ga je die eigenlijk bewaren?' zegt hij dan.

Ze haalt haar schouders op.

'Ik ben niet van plan hem te bewaren. Uiteindelijk niet, maar er wordt niet zo vaak grofvuil opgehaald. Tot die tijd wil ik hem uit het zicht hebben.'

Ze pakken allebei weer een uiteinde van de bank beet, slepen hem verder en zetten hem midden in de kelder. De Dominee slaat het stof van zijn broekspijpen af.

'Ga je een nieuwe bank kopen?'

Marie schudt haar hoofd.

'Nee. Over een paar dagen komen er wat meubels uit Stockholm.'

'En dan begint de rest van je leven', zegt de Dominee. 'Of niet?'

Marie fronst haar voorhoofd. Wat bedoelt hij?

Terwijl hij zijn stoel achteruit trekt, kijkt hij waarderend rond.

'Wat heb je het hier mooi.'

Marie roert in de vissoep.

353

'Tja. Het is nog niet bepaald een esthetische droom. Maar dat kan het best worden.'

Ze zet een dampend bord soep voor hem neer. Hij snuffelt even, kennelijk zonder dat zelf te merken.

'Blijf je hier?' vraagt hij dan. 'Blijf je hier voor altijd wonen?'

Marie geeft niet meteen antwoord; ze heeft haar aandacht gericht op haar eigen bord, dat ze van het fornuis naar de tafel brengt. De Dominee wacht met een schuin hoofd af.

'Tja', zegt ze ten slotte. 'Ik weet het echt niet. Voorlopig in elk geval wel.'

Hij blaast in zijn lepel.

'En van hieruit freelancen?'

'Misschien. Ik zie wel.'

'Wanneer ben je vrijgekomen?' zegt de Dominee.

Marie sluit haar ogen. Heeft ze dit goed gehoord?

'Sorry', zegt ze dan. 'Wat zei je?'

De Dominee glimlacht even.

'Ik vroeg alleen wanneer je bent vrijgekomen.'

Marie legt haar lepel weg. Ze is opeens misselijk.

Het blijft een poosje stil. Een tamelijk lange poos. Buiten is het gaan waaien en door de tocht flakkeren de kaarsvlammen. De Dominee doet zijn lepel in de soep.

'Toen je er zo vreemd snel vandoor ging, schoot het me te binnen', zegt hij. 'Eerst wist ik niet goed meer hoe het zat, maar toen...'

Haar stem is hees.

'O.'

'Hij houdt zijn hoofd schuin.

'Ik dacht dat je dat gisteren al doorhad. Op die parkeerplaats dus.'

Marie schudt haar hoofd een beetje, maar zegt niets. Hij blijft haar aankijken.

'Ik dacht dat je daarom over vergiffenis wilde praten...'

Ze schraapt haar keel even. Probeert haar stem te hervinden.

Zichzelf te pakken te krijgen.

'Nee', zegt ze dan. 'Ik wil niet praten over vergiffenis.'

Haar stem is meer dan hees. Troebel. De Dominee houdt zijn hoofd nog steeds schuin.

'Mijn ervaring is dat het helpt om over moeilijke dingen te praten.'

Marie haalt diep adem. Hoe heeft hij het lef? Hoe durft hij aan haar tafel onbescheiden holle frasen te spuien? Ze heft haar glas.

'Mijn ervaring daarentegen is dat je je niet moet bemoeien met dingen waar je niets mee te maken hebt.'

Hij fronst zijn voorhoofd, lijkt oprecht verbaasd

'Heb ik je beledigd?'

'Ja.'

Hij tilt zijn lepel op.

'Uitstekende soep.'

Marie verroert zich niet.

'Dank je. Maar ik denk niet dat je moet blijven voor het dessert.'

De Dominee fronst, maar blijft dooreten.

'Heb ik je zo beledigd?'

'Ja.'

Hij probeert haar blik te vangen.

'Wat had je dan verwacht?'

'Wat bedoel je?'

'Had je serieus gedacht dat je naar Nässjö terug kon keren zonder dat de mensen zich het een en ander zouden gaan herinneren?'

'Ik dacht niets. Ik wil met rust gelaten worden.'

'En toch heb je mij uitgenodigd om te komen eten?'

'Je hebt jezelf uitgenodigd.'

Hij glimlacht wat en pakt zijn wijnglas.

'Ja', zegt hij en hij neemt een slok. 'Misschien is dat zo. En nu heb ik zoveel wijn gedronken dat ik voorlopig niet meer naar de stad terug kan rijden. Jammer.'

Maries ogen vernauwen zich. Maar ze zegt niets.

De Dominee eet rustig verder, gaat met een stukje brood over zijn bord, maar staat dan op, loopt naar het fornuis en vult zijn bord opnieuw. Hij beweegt zich alsof hij hier thuis is, alsof dit zijn eigen keuken is.

'Wat wil je eigenlijk?' zegt Marie wanneer hij weer is gaan zitten.

Hij kijkt op van zijn bord.

'Ik wil met je praten.'

Marie kijkt weg, kijkt naar haar bord. Dat ligt vol kruimels; zonder dat ze er erg in had, heeft ze een heel sneetje brood verkruimeld. De soep is een pap geworden, maar dat maakt niet uit. Ze heeft geen trek. Ze recht haar rug en spreekt met scherpe stem.

'Maar ik wil niet met jou praten. Vooral niet over God en vergeving.'

De Dominee glimlacht even, maar blijft zijn soep naar binnen lepelen.

'Dat begrijp ik best. Maar je hoeft je geen zorgen te maken, ik heb niet zoveel behoefte om daarover te praten. Ik wilde je gewoon een ruil voorstellen. Jij zou een theologische basiscursus krijgen en ik zou deelgenoot worden van een ervaring.'

De rillingen lopen Marie over de rug, maar ze vouwt rustig haar handen in haar schoot.

'Een ervaring?'

De Dominee neemt een grote slok wijn en antwoordt niet meteen.

'Ik wil weten hoe het voelde', zegt hij. 'Ik wil weten hoe het voelt om een ander mens om te brengen.'

Ik heb hartkloppingen, ik vlieg het bed uit, mijn handen tasten naar steun. Ik knipper met mijn ogen in de duisternis. Waar ben ik?

Dan zie ik de gele lantaarns van de snelweg buiten voor het raam en weet het weer. Ik ben Mary, niet Marie. Ik bevind me in een motel in de buurt van Norrköping. Ik zak weer neer op het bed en doe het licht aan, sla mijn armen om mezelf heen, wieg een beetje heen en weer alsof ik mezelf wil troosten.

Maar ik ben natuurlijk niet de enige die troost nodig heeft. Daar heeft Marie ook behoefte aan.

De Dominee is eindelijk opgehouden met eten, schuift zijn stoel een paar centimeter van de tafel achteruit en slaat zijn benen over elkaar. Fronsend kijkt hij naar de deur. Het lijkt of hij op iemand wacht, maar hij heeft natuurlijk niemand op wie hij kan wachten. Hij denkt na. Wacht op zijn eigen woorden.

'Het gaat om een filmrol', zegt hij. 'Klein, maar belangrijk. Volgende week worden er proefopnames gemaakt.'

Hij wendt zich tot Marie. Zij zit bleek en stil aan de andere kant van de tafel; de vingers van haar rechterhand spelen met de kruimels op het tafellaken. De Dominee schraapt zijn keel, opeens heeft hij een smekende blik in zijn ogen.

'Het is nog niet te laat. Het hoeft niet te laat te zijn.'

Maries stem is niet meer dan gefluister.

'Wat?'

'Alles. Een goed figuur slaan. Een goede rol neerzetten die tot meer goede rollen leidt.'

Hij pakt de wijnfles, vult zijn lege glas. Marie volgt zijn beweging met haar blik.

'Ik weet bijna niets over moordenaars', zegt hij. 'Niet meer dan wat ik op tv heb gezien. Maar ik zou van de moordenaar in deze film een echt mens willen maken. Zoals jij. Ik zou willen weten wat er in een mens omgaat op het moment dat hij besluit een ander te doden.'

Marie begint met haar ogen te knipperen. Het verdriet schiet als een pilaar uit de grond, duwt alles opzij, gedachten en gevoelens, bloed en ingewanden. Ze kan niet ademen, er is geen plek voor haar in haar eigen lichaam. De Dominee neemt een slokje wijn en kijkt haar aan. Zijn magere gezicht is opeens naakt.

'Goeie genade', zegt hij dan. 'Moet je huilen?'

357

Mogelijke wroeging

Het is nacht. In het huis aan de overkant van het meer slaapt Maud, en ze droomt over een middag van langgeleden, een warme middag waarop de zwaluwen als muzieknoten op de telefoonleidingen zaten. Naast haar ligt Magnus in het donker te staren. Nervositeit houdt hem wakker, die kruipt onder zijn huid, jeukt in zijn handpalmen, die plakt zijn tong tegen zijn verhemelte. En die heeft een naam en een gezicht.

Anastasia.

Er zijn drie dagen verstreken en er is nog steeds geen woord over haar zelfmoord geschreven in de culturele bijlagen. Hij heeft kunnen volgen hoe haar dood van de prominente plaats in de ochtendbladen en de dubbele pagina's in de avondbladen naar eenkolomsartikelen en berichten waar je naar moest zoeken is gegleden. Maar de culturele bijlagen zwegen. Dat weet hij zeker, want hij heeft ze zeer grondig gelezen. Kolom na kolom. Artikel na artikel. Een paar keer meende hij verborgen boodschappen te vinden, suggesties en insinuaties, maar nadat hij de kop en het artikel nog een keer gelezen had, moest hij toegeven dat hij ongelijk had. Het ging niet over hem.

Dat is onverdraaglijk. Hij verlangt naar de eerste openlijke aanvallen, kritiek waar hij tegen in kan gaan, hij verlangt ernaar te strijden en vechten, opnieuw zijn beweegredenen te formuleren en zijn idee te rechtvaardigen. Hij weet niet hoe hij zich tegen de stilte moet verdedigen. Die zal hem vernietigen.

Opeens gaat hij overeind zitten. MaryMarie zat ook in Hinseberg. En nu bevindt ze zich aan de overkant van het meer. Ze zal hem beschuldigen.

Heeft hij een warme trui?

Een paar minuten later staat hij in zijn roeiboot met een stuk touw te prutsen. Zijn ogen zijn al aan de duisternis gewend, hij ziet, maar hij ziet niet goed genoeg om de zorgvuldig gemaakte knoop te kunnen ontwarren. Hij heeft een mes nodig, hij moet het touw doorsnijden.

Hij springt de steiger op, steekt zijn handen in zijn zakken en gaat op een drafje naar zijn atelier. Het is koud, hij had eigenlijk een paar handschoenen moeten aantrekken, maar hij wil niet terug het huis in. Wat maakt het uit; een beetje kou aan zijn handen kan hij best verdragen, als hij die boot maar los krijgt.

De deur klemt. Hij moet er met zijn heup tegenaan duwen om binnen te kunnen komen in wat ooit een schuur was, maar nu zijn atelier is. De tl-buizen knipperen een paar keer voordat ze aangaan en Magnus knijpt snel zijn ogen dicht om niet te worden verblind. Wanneer hij ze weer opendoet, kan hij zijn hele leven zien, zo lijkt het. De schroothoop in de hoek, vol met onvoltooide experimenten. De oude engelenmobiel aan het plafond, die hij dertig jaar geleden al heeft gemaakt. En het allerlaatste: een doek van gigantische afmetingen dat half voltooid is en tegen de muur staat. Werknaam: *De stervende lichtekooi*. Geschilderd met inlevingsvermogen en compassie. Ondanks de titel. Dat wil hij graag onderstrepen, al was het maar voor zichzelf.

Maar het mes? Waar is het mes?

Daar. Op de grote tafel.

Magnus snijdt in het touw, trekt, rukt en probeert het door te zagen, maar dat helpt niet. Het mes is bot. Er steekt een windje op, heel zacht, nauwelijks meer dan een snelle beweging door de bomen aan de oever, maar toch kruipt die tussen de lussen van zijn trui en strijkt over zijn rug. Hij begint te rillen en stopt.

Waar is hij mee bezig? Is hij krankzinnig aan het worden?

Hij laat het mes los en hoort het met een zacht plonsje in het water vallen. Hij blijft een paar tellen roerloos staan, maar laat zich dan op het zitplankje zakken. Nou dan. Dat is dan beslist. Zonder mes kan hij de boot niet loskrijgen. Zonder boot kan hij het meer niet oversteken. Zonder het meer over te steken kan hij zijn tegenargumenten niet naar MaryMarie schreeuwen. En dat is misschien maar goed ook. Het hele project is immers zinloos. MaryMarie kan hem niet bevrijden. Niemand kan hem bevrijden.

Grijze wolken beginnen langs de hemel te trekken, de sterren doven een voor een uit. Magnus zit een poosje stil, ingezakt en moe naar zijn eigen laarzen te staren, hij hoort niet dat de deur van het huis dichtgaat en dat er iemand over het pad loopt, hij kijkt pas op wanneer Maud haar voet op de steiger zet. Ze heeft een donsjack over haar nachthemd aangetrokken en draagt sportschoenen aan haar blote voeten. Nu staat ze met haar armen om zichzelf heen naar hem te kijken. Magnus blijft een poosje zwijgend zitten, maar dan staat hij abrupt op en slaat met zijn vuist op de steiger, zo hard dat het vermolmde hout ervan trilt.

'Het kan me niet schelen wat jij zegt!' brult hij. 'Het was niet mijn schuld!'

Maar Maud zegt niets.

Ontknoping

Ik kon niet met huilen ophouden. Het ging zoals ik altijd al had geweten dat het zou gaan: wanneer ik eenmaal was begonnen, kon ik niet ophouden. Ik geloof dat de Dominee nog een tijdje bleef zitten, excuses mompelend en pogend mij te troosten, maar ik hoorde hem niet. Ik huilde. Opeens was hij weg. Het kon me niet schelen. Ik ging door met huilen, maar stond op en liep huilend door het huis, ik sloeg met mijn vuist tegen muren en deuren, schopte tegen stoelen en tafels terwijl ik Renates geborduurde kussens tegen mijn ogen drukte en erin snikte. Plotseling hielden mijn tranen op en ik kwam mezelf in de halflege woonkamer tegen. Mijn keel deed pijn. Mijn ogen schrijnden. Ik drukte een kussen tegen mijn borst, een kussen met halve kruissteekjes in rood en grijs. Ik liet het los en het viel op de grond.

Daarna liep ik de nacht in. Ik vergat de vaat af te ruimen. Toen me te binnen schoot wat ik eerder die dag had gedacht, lachte ik luid.

Ik was verloren. Nu was ik werkelijk verloren.

Nu zal ik niet meer huilen. Nooit meer.

Ik heb het recht niet om te huilen. Ik heb het recht niet om verdriet te hebben. Dat heb ik niet, en heb ik zeven jaar lang niet gehad. Ik zal dat nooit hebben. De vraag is of ik ooit nog opnieuw in dat huis dat zo vol tranen zit naar binnen kan gaan. Ik moet hier op de oever blijven zitten en kou lijden. Het maakt niet uit.

De tijd is opgehouden. Zeven jaren zijn weg. Alles wat ooit is gebeurd en alles wat zou hebben kunnen gebeuren, gebeurt nu tegelijkertijd en voor altijd.

Het Lucia-feest. De kortste dag van het jaar.

Juist daarom brandden er overal kaarsjes. Elektrische kandelaars voor elk raam. Kaarsen op elke tafel in de cafetaria van het ziekenhuis. Het meisje achter de kassa droeg een witte hemdjurk en een Lucia-kroon met vossebessentwijgen en rode linten. Een van de kaarsen zat een beetje los, zodat hij flikkerde zodra zij haar hand uitstrekte om geld aan te nemen.

Aan een van de tafels in de cafetaria zat een vrouw, een blonde, tamelijk onopvallende vrouw, die langzaam een saffraanbroodje verkruimelde op het schoteltje voor haar. Er stond een kop koffie op de tafel, maar die raakte ze niet aan; ze zat stijf en recht het broodje in steeds kleinere stukjes te knijpen, met een verwrongen en vertrokken gezicht. Ze huilde, maar ze huilde zachtjes, zonder gesnik en tranen.

Een oudere vrouw aan een tafel naast haar stond opeens half op en stak haar hand uit, alsof ze de jongere vrouw wilde aanraken en troosten, maar even plotseling stopte ze en ze liet zich terugzakken op haar stoel.

Drie verdiepingen hoger zat een man aan het ziekbed van een andere man; hij had zijn overjas opengeknoopt, maar niet uitgetrokken. Hij was zeer goed gekleed. Achter hem stond een even goed geklede vrouw. Ze had de rugleuning van de stoel zo stevig beetgepakt dat haar knokkels er wit van waren, en haar bruine ogen gingen van het bed naar het beademingsapparaat, van de bewusteloze man naar het infuus dat naast hem hing.

Aan de andere kant van het bed zat de zus van de bewusteloze man. Ze was erg bleek en streek de hele tijd met haar hand over zijn arm. Haar eigen man zat in een bezoekersstoel in de hoek; hij had zijn benen over elkaar geslagen en zijn handpalmen tegen elkaar gedrukt, in een Lucia-gebaar. Hij droeg bruine schoenen met zwarte veters.

Opeens stond Jennifer in de deuropening. Ze droeg een blauwgestreept verpleegstersuniform en had een glitterkrans in haar haren.

'Het is zover', zei ze.

De vrouw met de bruine ogen draaide zich om. Haar handen waren nog steeds gebald.

'Waarvoor?'

'Hij gaat naar een gewone afdeling.'

'Maar...' zei de zus.

'Dat is goed nieuws', zei Jennifer. 'Zijn toestand is eindelijk stabiel.'

Ze legde een map met de status op het gestreepte dekbedovertrek en bleef even staan om naar de bewusteloze man te kijken.

'Waar is zijn vrouw?'

Eerst gaf niemand antwoord; ze keken elkaar aan.

'In de cafetaria', zei de man met de overjas. 'We hebben haar naar beneden gebracht om wat te eten.'

Jennifer knikte.

'Goed. We maken ons een beetje zorgen om haar.'

'Waarom?'

Dat was opnieuw de bleke zus. Jennifer aarzelde even.

'Ze eet niet en slaapt niet. Gaat nooit naar huis, zelfs niet om te douchen of andere kleren aan te trekken. En dan is er natuurlijk nog het feit dat ze niet praat...'

De vrouw met de bruine ogen knikte.

'Wij zullen haar wel helpen.'

'Fijn. En daar zijn de mannen.'

Drie jongemannen stonden in de deuropening.

'Hij moet naar neurologie', zei Jennifer. 'Het infuus en het beademingsapparaat moeten mee.'

Een van de jongemannen pakte het hoofdeinde van het bed en gaf het een duwtje, de tweede trok het beademingsapparaat mee, de derde hield het infuus vast. Het bed werd naar de gang gereden.

In de deuropening stonden Maud en Magnus, Anna en Per het na te kijken, alsof ze aarzelden alvorens te besluiten erachteraan te lopen. Maud droeg een tas in haar armen, een tas met

Sverkers spullen. Eerder die dag had ze MaryMaries handtas opengemaakt en er de sleutel van het huis in Bromma uitgevist, daarna was ze daar in een taxi naartoe gereden. Sinds het ongeluk was gebeurd, was niemand daar meer geweest: de brievenbus puilde uit en er hing een bedompte lucht in huis. Maud haalde de post uit de bus, leegde de afvalbakken en pakte daarna een gestreepte ochtendjas en een zwarte toilettas in; daarbovenop legde ze een pas verschenen boek. Ze wist natuurlijk wel dat Sverker niets van wat zij had ingepakt nodig had of kon gebruiken, maar dat maakte niet uit. Zij wilde dat hij een tas had.

Anna nam een andere lift dan de anderen; zij ging naar beneden toen Per, Maud en Magnus omhooggingen naar de nieuwe afdeling. Zij moest naar de cafetaria. MaryMarie zat nog steeds aan een tafeltje grimassen te trekken, ze huilde zonder te huilen. Kruimels die daarvoor een saffraanbroodje hadden gevormd, lagen overal om haar heen op de tafel, haar vingers speelden ermee, maar ze keek er niet naar, ze staarde recht voor zich uit. Anna liet zich op een stoel tegenover haar neervallen. Zuchtend.

'MaryMarie. Dit kan zo niet.'

MaryMarie knikte. Dat was waar. Dit kon zo niet.

In een heel andere tijd zoekt een zonnestraal zijn weg naar binnen door een raam en wekt Mary. Ze doet haar ogen half open, geniet een moment van het geheugenverlies van de slaap, maar slaat dan haar ogen helemaal op en kijkt rond. Een motelkamer. Nogal troosteloos.

Nu komt haar geheugen terug. Ze is bij Sverker weggegaan. Ze is onderweg ergens naartoe.

Ze komt overeind en staart verbijsterd naar de wekkerradio op het nachtkastje. Heeft ze werkelijk twaalf uur geslapen?

Inderdaad. Het is bijna middag.

Nee. Het is nacht.

Lichte wolken drijven langs een donkere hemel. Dat ziet er

vreemd uit. Net een negatief. De nachtvorst heeft serieus inge-
zet; het huis achter mij kraakt ervan en de tuin wordt langzaam
geglazuurd. Wanneer ik mijn hand uitstrek, kan ik voelen hoe
de vorst zich als een dun vlies rond elk grassprietje heeft gelegd,
een vlies dat smelt tussen duim en wijsvinger wanneer ik het
pak, om meteen weer te ontstaan wanneer ik loslaat.

Op de oever aan de overkant begint een lichtje te glinsteren. Ik
sta op en loop naar de steiger, turend door het duister in een
poging te zien wat het is. Ik zie het niet.

De kou kruipt door mijn huid en spieren tot op het bot.

MaryMarie begon met haar tanden te klapperen, ze kreeg kippenvel op haar armen, haar handen waren ijskoud. Ze had het
koud, hoewel het in de cafetaria warm was.

'Dit kan zo niet', zei Anna weer. 'Je moet naar huis.'

MaryMarie schudde haar hoofd. Ze kon niet praten, kon niet
meer dan één enkel woord uitbrengen en dat wilde ze niet
zeggen.

'Jawel', zei Anna. 'Je moet rusten. Je moet eten. En je moet...'

Ze pauzeerde even, zette zich schrap voor de onaangename
boodschap die ze moest doorgeven.

'...je moet je echt wassen en je tanden poetsen.'

Ze stond op.

'Ik ga het even tegen de anderen zeggen. Daarna nemen we
een taxi.'

'Wat is er aan de hand?' zei Sissela.

Anna en MaryMarie keken allebei verbaasd. Ze hadden haar
niet horen of zien aankomen.

'Waar heb jij gezeten?' zei Anna. 'We hebben zo vaak gebeld.'

'In Parijs', zei Sissela. 'Maar zodra ik mijn antwoordapparaat
had beluisterd, ben ik hierheen gekomen. Wat is er gebeurd?'

'Albatros', zei MaryMarie.

'Wat?' zei Sissela.

'Iets verschrikkelijks', zei Anna.

Ik zit op mijn hurken aan de oever, strijk over mijn kajak en inspecteer de romp; vervolgens draai ik hem om en steek mijn arm in de kuip. Daar ligt de peddel. Zoals het hoort.

Het is een mooie kajak. Slank en sterk, wit en mooi. Net een albatros.

Ik heb hem ooit langgeleden van Sverker gekregen. Het is een cadeau.

Mary staat bij de receptie met haar creditcard in haar hand, een beetje gegeneerd over het feit dat ze zich heeft verslapen. Eigenlijk, zei de receptioniste zojuist, zou ze voor twee overnachtingen moeten betalen. De kamers moeten om twaalf uur ontruimd zijn. Mary mompelt slechts verontschuldigend en de receptioniste is tot onderhandelingen met zichzelf overgegaan. Nou ja, ze zou natuurlijk genade voor recht kunnen laten gelden, maar...

'Dank u wel', zegt Mary.

'Graag gedaan', zegt de receptioniste.

De kranten van die dag liggen op de balie. Geen van beiden kijkt ernaar.

In de cafetaria van het ziekenhuis heerste onenigheid.

'Ze gaat met mij mee naar huis', zei Sissela.

Anna zuchtte: 'Maar kijk eens hoe ze eruitziet; volgens mij heeft ze zich sinds het is gebeurd niet meer gewassen of haar tanden gepoetst. Ze zou naar huis moeten. Een beetje een normaal ritme oppakken.'

'Ja, maar dat wil ze toch niet. Ze kan bij mij thuis douchen. Als ze daarna naar huis wil, breng ik haar wel.'

Een stukje verderop ging een liftdeur open. Per, Maud en Magnus stapten eruit.

'We gaan allemaal naar mijn huis', zei Sissela. 'En we halen onderweg pizza.'

Maud trok een gezicht van afkeer.

'Pizza?'

366

Sissela knikte.
'Pizza. En dan bellen we Torsten.'

Zo ging Biljartclub De Toekomst – of althans het resterende deel van Biljartclub De Toekomst – opnieuw rond een tafel zitten om pizza te eten. De laatste keer was vijfentwintig jaar geleden, maar dat deed er niet toe. De tijd was stil gaan staan, toekomst en verleden waren samengevloeid. Gekleed in Sissela's witte badjas zat MaryMarie aan tafel; ze had zich net gedoucht en was schoon, en ze ging met haar tong langs glimmende tanden alsof dat een nieuwe en verbazingwekkende ervaring was.

'Albatros', zei ze.

Maud wierp haar een vijandige blik toe.

'Kun je daar niet mee ophouden? Als je niets te melden hebt, kun je toch je mond houden.'

'Sst!' zei Per. 'Rustig nou. Laten we nou allemaal rustig doen!'

'Ik ben anders wel mijn broer kwijtgeraakt', zei Maud.

'Nee', zei Sissela. 'Je bent hem niet kwijtgeraakt. Hij leeft nog.'

Maud begon te snikken.

'Hij zal totaal verlamd blijven. Niets wordt meer zoals vroeger.'

Ditmaal sprak niemand haar tegen.

Na het eten moest MaryMarie rusten. Daar was iedereen het over eens.

Ze mocht wel op Sissela's bed gaan liggen. Dat was ook een nieuwe en heel aparte ervaring. Ze had etmalen lang niet kunnen slapen, maar nu hoefde ze haar hoofd maar op de rode sprei te leggen of haar ogen vielen dicht. Sissela legde een plaid over haar heen. In de woonkamer zat de rest van Biljartclub De Toekomst zachtjes te praten. MaryMarie kon slechts flarden verstaan van wat ze zeiden: '...geweldige onderzoeksresultaten...'

'...in elk geval een goed leven...'

'...meewerken...'

'...toch deze levenscrisis serieus nemen...'
Daarna viel ze in slaap.

Mary rijdt te hard. Veel harder dan ze eigenlijk mag rijden.
Ze is Linköping al gepasseerd. Weldra is ze in Mjölby. Ze weet
zelf niet waarom ze opeens zo'n haast heeft. Dat komt niet
alleen door het korte nieuwsbericht aan het eind van de laatste
*Echo-uitzending, waarin werd beweerd dat de minister van Ontwik-
kelingssamenwerking plotseling was afgetreden. De minister-president weigerde commentaar te geven, maar uit betrouwbare bronnen
was vernomen...*
Caroline is een betrouwbare bron. De enig mogelijke.

Mary drukt het gaspedaal nog wat steviger in, probeert zowel
het heden als het verleden te verdringen, probeert de herinnering te ontvluchten aan die vrouw die ooit lag te slapen onder
een plaid in Sissela's slaapkamer terwijl Biljartclub De Toekomst zachtjes zat te praten in de woonkamer.

Ik wil ook niet aan haar denken. Ze was gek, kon niet goed
nadenken, had alles wat juist en goed, vertrouwd en echt was
door elkaar gehaald. Een dagdromer. Iemand die ik niet wilde
zijn en ook nooit had willen worden.

Toch ontkomen we niet aan haar. Ze blijft koppig bestaan.

Toen MaryMarie wakker werd, bleef ze een poosje roerloos
liggen, nog steeds met haar handen onder haar wang. Ze probeerde zich iets te herinneren. Er was iets gebeurd. Maar wat?
Toen wist ze het weer.

Ze schoof de plaid opzij, ging rechtop zitten en wreef over haar
gezicht. Een klein lichtje glinsterde in het donker; ze moest een
paar keer met haar ogen knipperen voordat ze begreep wat het
was. Het sleutelgat. In de hal brandde licht. Sissela was vast nog
wakker.

Ze stond op, wankelde even en kwam in de verleiding om op
het bed te gaan liggen en weer in slaap te vallen, maar ze wist
ook dat dit niet kon. Ze moest terug naar Sverker.

Biljartclub De Toekomst zat nog steeds in Sissela's woonkamer. Anna lag half op de bank met haar hoofd tegen Pers schouder, Maud zat met haar hoofd in haar handen, Torsten zat in een fauteuil leeg voor zich uit te staren. Magnus had iedereen de rug toegekeerd en stond uit het raam te staren. Op de tafel stonden koffiekopjes en halflege wijnglazen. Sissela kwam net uit de keuken; ze glimlachte en legde haar hand op MaryMaries schouder.

'Voel je je nu wat beter?'

MaryMarie knikte.

'Wil je koffie?'

MaryMarie knikte weer. Ja, graag. Ze wilde graag koffie.

'Ik heb je kleren gewassen. Ze zitten op dit moment in de droger.'

MaryMarie glimlachte. Wat fijn. Dank je wel.

Sommige dromen gaan echt in vervulling.

De kajak glijdt het water in, legt zich keurig naast de steiger zoals het hoort.

Nu komt het erop aan erin te gaan zitten zonder dat hij omslaat. Als ik nat word, moet ik het huis weer in en dat wil ik niet. Nooit meer.

Ik voel de punt van mijn tong tegen mijn onderlip, die tong is mijn roer, die helpt mij in evenwicht te blijven terwijl ik me langzaam over de rand van de steiger de kuip in laat glijden.

Ah! Op mijn plaats. Droog op mijn plaats in mijn eigen kajak. De peddel in een vaste greep.

Ik glimlach, opeens bijna met tranen in mijn ogen van dankbaarheid. Het is nacht en ik ga op het Hästerumsmeer peddelen.

Sneeuw? Zo vroeg in het jaar al?

Mary zet de ruitenwissers aan en werpt een snelle blik opzij; pas nu beseft ze dat ze Gränna al gepasseerd is. Het water van het Vättern is grijs, even grijs als de rotsen en het gesteente, even grijs als ijzer en lood. De schemering is al ingevallen. De sneeuw boven het water is niet meer dan een nevel.

Weldra is ze in Jönköping. Daar zal ze stoppen om boodschappen te doen voordat ze afslaat en de weg naar Nässjö en Hästerum neemt.

Terwijl MaryMarie een kop koffie dronk en een boterham at, sloeg Biljartclub De Toekomst haar zwijgend gade. Ze probeerde naar hen te glimlachen, maar dat lukte niet zo goed; veel verder dan het vertrekken van haar ene mondhoek kwam ze niet. Toen ze was uitgegeten, borstelde ze voorzichtig de kruimels van de badjas, keek fronsend naar Sissela en wees op haar horloge.

'Wil je weten hoe laat het is?' vroeg Sissela.

MaryMarie schudde haar hoofd en liet haar wijsvinger en middelvinger over haar handpalm wandelen.

'Wil je weg?'

MaryMarie knikte. Torsten boog zich naar voren en keek haar aan: 'Naar huis of terug naar het ziekenhuis?'

MaryMarie wees over haar schouder. Torsten trok zijn wenkbrauwen op.

'Naar het ziekenhuis?'

MaryMarie knikte. Mauds stem was hees en verwijtend.

'Ze kan niet terug naar het ziekenhuis. Niet op dit tijdstip.'

Ze zat met een rechte rug in een fauteuil. Magnus ging op de armleuning naast haar zitten.

'Zou ze zelf eigenlijk geen ziekenhuisverzorging nodig hebben?'

Sissela wierp hem een boze blik toe.

'Zij, zij... Er mankeert anders niets aan haar gehoor, hoor. Of wel, MaryMarie?'

MaryMarie knikte. Maud gaf zich al gewonnen en leunde achterover in haar stoel.

'Misschien kunnen we elkaar aflossen. Als zij vannacht bij Sverker waakt, dan kan ik het morgenochtend overnemen. Ik ben bekaf.'

Magnus legde zijn hand op haar schouder en knikte.

'Wij gaan wel in Bromma slapen, dan komen we morgenochtend naar het ziekenhuis.' Hij richtte zijn blik op MaryMarie: 'Dan kun jij een paar uur naar huis. Is dat goed?'

MaryMarie knikte. Ze had niet goed begrepen wat hij zei, maar ze knikte toch.

Mary parkeert bij een supermarkt en loopt op een drafje naar de ingang. Haar schoudertas slaat tegen haar heup.

Eens even kijken. Wat heeft ze nodig? Eten voor een paar dagen. Koffie en thee. Zeep. En een zaklamp, net als Marie. Met batterijen.

Ze blijft niet staan om op de prijzen te letten, maar loopt juist snel en geroutineerd door de paden terwijl ze haar winkelwagentje vult. Ze heeft niet in de gaten dat een jongeman haar begint te volgen, eerst op een paar meter afstand, dan steeds dichterbij. Wanneer ze een pak koffie wil pakken, zegt hij haar naam.

'Mary Sundin?'

Ze draait haar hoofd om en beseft op hetzelfde moment dat dit een vergissing is. Ze kent die jongeman niet. Maar ze kent het type wel.

'Hallo', zegt hij glimlachend. 'Ik dacht al dat u het was. We hebben elkaar niet eerder ontmoet, maar ik ben Matthias Svensson. Ik werk voor Radio Jönköping. Zou u commentaar willen geven op de geruchten over uw aftreden?'

Ze staart hem even aan, ziet zijn hoopvolle blik, de dromen over een primeur en ze wacht op de paniek in haar eigen borst en op een impuls om op de vlucht te slaan. Die komt niet. In plaats daarvan ziet ze haar hand opnieuw in de richting van een pak darkroasted koffie gaan en die in haar wagentje leggen.

'Nee', zegt ze. 'Daar heb ik echt geen zin in.'

Daarna loopt ze heel rustig naar de kassa, waar ze in de rij gaat staan.

Torsten en Sissela stonden allebei naast haar in de lift; ze keken niet naar haar, maar naar haar spiegelbeeld. Torsten raakte haar arm aan.

'Weet je zeker dat je het aankunt?'

MaryMarie knikte.

'En dat je het echt wilt?'

Dat was Sissela. MaryMarie knikte opnieuw. De lift stopte.

Het licht in de gang was gedempt. De nachtzuster zat gebogen over wat papieren in de zusterpost op een pen te kauwen en ze keek pas op toen Sissela haar keel schraapte.

'Sverker Sundin?'

'Ja?'

'Dit is zijn vrouw. Ze wil vannacht bij hem waken.'

De nachtzuster streek een haarsliert van haar voorhoofd.

'Hij ligt op nummer drie.'

Torsten keek MaryMarie aan: 'Ligt hij alleen op de kamer?'

De nachtzuster knikte.

'Voorlopig nog wel.'

Ze wendde zich tot MaryMarie. Fronste haar voorhoofd.

'Gaat het wel goed met u?'

'Het gaat goed met haar', zei Sissela. 'Ze is alleen een beetje geschokt door het ongeluk van haar man.'

'Oké', zei de nachtzuster. 'Ik heb vannacht twee afdelingen, dus het komt helemaal niet slecht uit dat er iemand bij hem zit.'

Sissela glimlachte: 'Kamer drie, zei u?'

'Inderdaad', zei de nachtzuster.

Sneeuw? Zo vroeg in het jaar al?

Ik laat mijn peddel rusten en houd mijn handpalm op. Inderdaad. Het sneeuwt. De vlokken zijn groot en zacht, ze raken maar heel even het wateroppervlak voordat ze smelten en van de ene werkelijkheid in de andere overgaan.

Mijn ogen zijn aan het duister gewend geraakt en de sneeuw maakt het gemakkelijker om te zien. Op het land smelt de sneeuw niet meteen; die trekt witte contouren over stenen en eilandjes, maakt dat rietkragen de duisternis uit glijden en zichtbaar worden.

Het is heel stil. Ik ben alleen. De wereld is eindelijk een veilige plaats.

MaryMarie keek rond. Twee bedden. Eentje bezet, het andere opgemaakt en wachtend. Op het nachtkastje stond een roestvrijstalen vaas met twintig rode rozen; sommige daarvan lieten hun kopje al hangen. Een halfopen tas stond op de grond; ze herkende haar eigen leren tas die ze ooit in een hotelboetiek in Montevideo had gekocht. Ze zag dat Sverkers badjas erin zat. Bij het raam stonden een fauteuil en een tafeltje, en naast het bed een infuus en een beademingsapparaat. Dat was doodstil, alleen een groen lampje liet zien dat het werkte. En achter het beademingsmasker: Sverker. Bleek en met zijn ogen dicht. Zijn borstkas ging langzaam op en neer, op en neer...

Sissela hielp MaryMarie op het vrije bed te gaan liggen en legde een deken over haar heen. Torsten deed het bedlampje aan.

'Red je het zo?'

MaryMarie knikte. Torsten boog zich voorover en streek even met zijn lippen over haar wang, Sissela pakte haar hand en drukte die. In de deuropening bleef ze staan; ze keek over haar schouder en glimlachte even als afscheid.

Toen waren ze eindelijk alleen. Sverker en MaryMarie.

Mary staat in de rij voor de kassa in de supermarkt en kijkt om zich heen. Dat is onvoorzichtig. De foto treft haar het eerst in haar buik. Het gevoel is er eerder dan de gedachte, ze ziet en weet wat ze ziet, maar toch duurt het een paar seconden voordat het besef haar bewustzijn bereikt.

Sverker schreeuwt op de voorpagina van *Expressen*. Zijn gezicht is verwrongen en grotesk, zijn blik starend en krankzinnig. Een kleinere foto toont een in elkaar gedoken vrouw met verfomfaaid haar, een vrouw die op de grond zit en haar armen om haar hoofd heeft geslagen.

Mary pakt de stang van haar winkelwagentje steviger vast, zucht diep en probeert zichzelf ernstig toe te spreken. Het is niet erg. Het is dom en ondoordacht om die foto's te publiceren, en iemand in de redactionele hiërarchie zal hiervoor vast een flinke reprimande krijgen, maar haar doet het niets. Zij is afgetreden en voor haar kan het geen enkele consequentie meer hebben, zij hoeft zich geen donder meer aan te trekken van alle vernederingen, zij gaat op zichzelf wonen op een plaats waar het niet uitmaakt wat er geschreven en gezegd wordt...

Dat helpt niet. Haar handen laten het winkelwagentje los, ze schuift het aan de kant en verlaat de rij, wringt zich langs de kassa en staat opeens op de parkeerplaats.

Ze rent. Het is nog harder gaan sneeuwen.

MaryMarie ging rechtop in bed zitten. Had ze geslapen en gedroomd? Droomde ze nog steeds?

Sverker lag er nog net zo bij als toen ze was gekomen. Op zijn rug met zijn armen langs zijn lichaam. Halfgeopende handen. Gesloten ogen. Een sprookjeskoning in afwachting van de kus die de betovering zou verbreken.

Van wie ik hield, dacht ze.

Van wie wij beiden hielden, antwoordde een stem vanbinnen.

Als reactie knikte ze zwijgend, opeens getroost door het feit dat ze kon praten zonder te hoeven praten.

We hadden alles, zegt ze dan. Echt alles.

Nee, zegt die stem. Niet echt alles.

Nu meen ik Mary's auto te horen. Dat is niet onwaarschijnlijk. Ze rijdt door een stil bos. Ik wacht op open water. Ik zou haar moeten kunnen horen. Ik hoor haar.

Ze neemt de afslag, schakelt naar een lagere versnelling en rolt de parkeerplaats op. Ze zet de motor uit, doet de lichten uit. Ze blijft een poosje bewegingsloos door de voorruit zitten kijken voordat ze het portier opent en uitstapt.

Ze heeft het koud. Zij ook.

MaryMarie stond op, liep naar het raam en leunde met haar hoofd tegen het koele glas. Het duurde even voordat het tot haar doordrong dat het was gaan sneeuwen. De duisternis in het park buiten was erg compact, maar onder de straatlantaarns een stukje verderop kon ze zien hoe de sneeuw wervelde en naar beneden kwam: met grote, wollige vlokken die weldra de hele wereld zouden bedekken en elk geluid zouden dempen.

We hielden van elkaar, zei ze. Dat deden we echt.

Ze bleef een tijdje roerloos op een antwoord wachten, maar er kwam geen antwoord. Daar werd ze nerveus van; ze draaide zich om en sloeg haar armen om zichzelf heen, probeerde te argumenteren en te overtuigen.

We hadden elkaar lief, zei ze weer. We misten alleen het talent om te laten zien dat we elkaar liefhadden. We waren beiden beschadigd, we dachten dat ieder mens die te dichtbij kwam, kwam om te verwoesten, om te bezetten en te vernietigen. En om die reden hebben we elkaar gekozen. Sverker wist al vanaf het begin dat ik nooit alles van hem zou verlangen en ik wist van hem hetzelfde. We konden niet eens alles verlangen, daar waren we niet toe in staat en juist om die reden hadden we elkaars onvermogen nodig.

Dat is niet waar, zegt de stem vanbinnen.

Het is wel waar.

Het is niet de hele waarheid. En dat weet je.

Mary gedraagt zich een beetje vreemd.

Ze stampt voorzichtig in de sneeuw, stopt dan en bekijkt haar voetafdruk, vervolgens stampt ze nog een keer en bestudeert dan geconcentreerd hoe de ene afdruk de andere bijna bedekt. Achter haar staat het autoportier nog open, het lampje in de coupé brandt. Straks is de accu leeg. Ze zou het portier moeten sluiten.

Maar dat doet ze niet. In plaats daarvan loopt ze naar de oever van het meer en gaat op haar hurken zitten. Ze laat haar rechterhand de witte buik van de kajak strelen, keert hem dan om en tast met haar hand in de kuip naar de peddel. Daar ligt hij. Op zijn plaats.

De kajak glijdt het water in, legt zich keurig naast de steiger zoals het hoort.

In de ziekenkamer zocht MaryMarie steun tegen de vensterbank, ze leunde tegen het koele marmer. Ze sloot even haar ogen en probeerde zichzelf wijs te maken dat ze daar niet was, dat ze eigenlijk thuis in de woonkamer in Bromma stond, dat alles net als anders was en dat er niets was gebeurd, dat het weldra ochtend zou worden en dat daarmee ook het leven van alledag begon.

Dat helpt niet, zei de stem vanbinnen. Wat er is gebeurd, kun je niet wegdenken.

Ze sloeg haar ogen op en keek rond. Dat was waar. Het was gebeurd. Sverker lag nog steeds in een ziekenhuisbed, het infuus en het beademingsapparaat stonden ernaast.

MaryMarie liep naar het bed en liet zich op haar knieën zakken, ze legde haar hoofd naast het zijne en bestudeerde hem. Hij was zo bleek. Ze tilde haar hand op om zijn wang te strelen, maar toen schoot de herinnering aan 'Dat grijze ding' opeens door haar hoofd en daardoor kon ze niet anders dan terugdeinzen en snel weer opstaan.

Rustig, zei ze tegen zichzelf. Rustig nou.

De stem vanbinnen antwoordde meteen.

Waarom? Wat voor redenen zijn er om rustig te zijn? Te verklaren en te begrijpen?

Ik probeer alleen maar rechtvaardig te zijn.

Onzin. Je bent gewoon laf. Je durft er niet voor uit te komen dat je woedend bent. Je durft niet toe te geven dat je hem haat en veracht.

Hij is bewusteloos. En voor het leven verlamd.

Hij is een bedrieger. Hij liegt, hij ontloopt zijn verantwoordelijkheid en hij bedriegt. Bovendien is hij vrekkig.

Vrekkig?

Ja. Hij heeft nooit willen geven. Hij wil alleen hebben. Alles. Iedereen.

Mary zit op de steiger.

Nu komt het erop aan in de kajak te gaan zitten zonder dat hij omslaat. Als ze nat wordt, moet ze terug naar de auto en dat wil ze niet. Nooit meer.

Ze steekt de punt van haar tong naar buiten, die is haar roer, die helpt haar in evenwicht te blijven terwijl ze zich langzaam over de rand van de steiger de kuip in laat glijden.

Ah! Op haar plaats. Droog op haar plaats in de kajak. De peddel in een vaste greep.

Het is nacht en Mary gaat op het Hästerumsmeer peddelen.

Het was stil in Sverkers ziekenkamer. MaryMarie stond midden in de kamer met haar ogen te knipperen; ze probeerde haar verstand te laten spreken om die stem te overstemmen die net nog zo troostend was geweest.

Hij heeft mij wel wat gegeven! Dat is wel zo!

Ze haalde haar neus op om zichzelf.

Wat dan? Een kajak? Een paar gouden kettingen? Tienduizend leugens?

Wat ik nodig had.

En wat had jij nodig? Uiterlijk vertoon waar je je achter kon verschuilen? Het recht om niet te hoeven leven?

Ik heb toch geleefd!

Ik heb het over werkelijk leven. In goed en kwaad. Dan zit je niet aan de keukentafel te zwijgen en te grijnzen, dan slik je niet zomaar alle rotleugens.

MaryMarie sloeg haar armen om zichzelf heen.

Jij zat ook aan die keukentafel!

De stem vanbinnen klonk opeens moe. Heel moe.
Ja, zei die. Ik zat daar ook.

De minuten verstreken. Een druppel sondevoeding zwol lang-zaam aan en viel neer in het slangetje. Sverkers borstkas ging op en neer.
En nu?
Mary's stem was slechts een fluistering. Marie zuchtte.
Ik weet het niet.
Ik hou van hem.
Ik haat hem.
Ik wil dat hij blijft leven. Hoe dan ook.
Ik wil dat hij doodgaat. Hoe dan ook.
En wat zal zijn dood met mij doen? Wat zal ik worden?
Vrij.
Nee. Wat dan ook, maar niet vrij.
Bevrijd van hem. Dat in elk geval.

Marie stak haar hand uit naar het beademingsapparaat, maar hield zich in, boog zich in plaats daarvan over Sverker en maakte het beademingsmasker los. Ze keek naar hem. Zijn lippen waren bleek en schraal, zijn kin was bedekt met stoppels. Heel even overwoog ze de mogelijkheid met haar lippen de zijne te beroeren, maar ze besloot dat niet te doen. Zijn oogleden be-gonnen te trillen. Zijn lippen begonnen blauw te worden. Hij had slechts zwakke ademreflexen. Die situatie kon nog verbe-teren, hadden de artsen gezegd, maar dat zou nog even duren. Voorlopig had hij de beademing nog nodig.

Ze begreep zelf niet waarom ze het masker weer op zijn plaats zette. Ze deed dat gewoon, en daarna stond ze stil bij zijn bed toe te kijken hoe zijn borstkas opnieuw op en neer ging. Ze liet hem zeven keer ademen. Daarna pakte ze de stekker en gaf er een ruk aan. Het groene lampje ging uit.

Hij stierf niet meteen. Het duurde een paar minuten, een paar eeuwigdurende minuten van verstikking, waarin de zuurstof in zijn bloed langzaam werd afgebroken en in kooldioxide veranderde. Misschien dat hij in die tijd nog even het bewustzijn terugkreeg, maar misschien waren het ook alleen de reflexen van een stervende die maakten dat hij opeens zijn ogen opsloeg en begon te staren, te zien zonder te zien.

Marie stond roerloos voor hem, ze zag hem sterven en wist op hetzelfde moment dat ze niet wilde dat hij doodging, ze zag zichzelf veranderen en wist dat ze niet wilde veranderen, ze luisterde naar haar eigen stomme kreten en naar haar eigen gehuil, maar was toch niet in staat haar hand op te tillen en de stekker terug in het stopcontact te doen.

Tegelijkertijd streek Mary over zijn voorhoofd en kuste zijn wangen, ze pakte zijn hand en hield die tussen haar beide handen, ze voelde opeens hoe koud die hand was en ze werd bang, maar kalmeerde toen ze het groene lampje van het beademingsapparaat zag.

Dat was aan. Hij ademde.

Om te ademen kreeg hij nog steeds hulp van het apparaat.

En daarna?

MaryMarie kroop in elkaar op het tweede bed, deed het nachtlampje uit en keerde Sverker de rug toe.

Het was gebeurd. Toch was het misschien niet gebeurd.

Ze durfde zich niet om te keren om te kijken of het groene lampje echt brandde. Dat wilde ze ook niet. Ze was te moe, ze wilde gewoon slapen. Dagen- en wekenlang. Maanden- en jarenlang. Ze wilde slapen tot de dag waarop de tijd omkeert en alles opnieuw begint.

Op het meer

Ik houd van peddelen. Ik houd van die stille geluiden die ontstaan wanneer de peddel in het water wordt gedoopt en er weer uit wordt opgetild, ik houd van het gevoel van vaart maken en het borrelende geluid van de voorsteven. Maar van 's nachts peddelen houd ik het meest. Dat weet ik nu. Ik heb het nooit eerder gedaan, niet in werkelijkheid, alleen in mijn droom, maar nu weet ik dat er niets gaat boven glijden over donker water, diep doordringen in de duisternis en de stilte, beschermd worden door de zware hemel boven je.

Ik houd zelfs van de sneeuw en de kou. De sneeuw maakt de wereld schoon. De kou herinnert mij eraan dat ik echt leef. Bovendien zorgt die ervoor dat ik mijn vingers om de peddel sluit, hij dwingt mij tot een echt vaste en stevige greep, spoort mij ertoe aan een stevig tempo aan te houden en hij scherpt mijn blik. Hij zorgt dat ik wakker ben. Ja. Voor het eerst in heel lange tijd ben ik werkelijk wakker. Volledig mijzelf. MaryMarie.

Wanneer ik bij de oever terug ben, zal ik het huis binnengaan en het echt tot het mijne maken. Alleen van mij. Ik zal een deken om mijn schouders slaan, de open haard aanmaken en daarvoor kruipen, ik zal daar lang in het vuur blijven zitten staren zonder ook maar één gedachte te hebben, niet dromen en fantaseren, niet terugdenken en niet bang zijn voor de toekomst. Ik zal daar gewoon zitten en warm worden.

Ik glimlach naar de duisternis; ik weet nu al hoe lekker het straks zal zijn, ik kan het vuur bijna horen knetteren, en voelen hoe mijn bloedvaten zich verwijden, hoe mijn bloed eindelijk door mijn lichaam zal gaan circuleren, hoe het in elke spier zal doordringen en hoe alles wat koud en hard was, eindelijk warm en zacht zal worden.

Maar nu nog niet. Nog niet helemaal. Eerst zal ik het Hästerumsmeer doorkruisen met mijn albatros.

Het bos is slechts enkele meters bij me vandaan, dat zie ik nu. Instinctief ben ik dicht bij de kant gebleven. Het is even donker als stil, er valt geen blaadje van de bomen, er gaat geen windvlaag door het riet, maar er valt nog steeds sneeuw en die helpt mij om te zien. Alle stenen en eilandjes hebben witte contouren, ik zal ze van verre kunnen zien, ik hoef niet bang te zijn dat ik er in het donker tegen op zal botsen of zal verdwalen. Integendeel. Op mijn eigen oever branden lichten, die zullen mij terugvoeren wanneer ik naar huis wil.

Ik laat mijn kajak de steven in westelijke richting wenden, richt die op de andere oever. Zojuist meende ik dat ik daar een licht zag, een flakkerend lichtje dat oplichtte en verdween, maar nu is het helemaal donker. Maud en Magnus zullen wel slapen, ze merken niet dat een witte kajak hun oever nadert, dat er vannacht iemand langs glijdt om voor het laatst de plek te bekijken waar zoveel is gebeurd.

Voor het laatst? Ik trek een grimas naar mezelf. Dat weet ik toch niet. Dat kan ik toch niet weten.

Er valt nu meer sneeuw. En het waait. Er staat nu echt een koude wind, zo koud dat het moeilijk is om het juiste ritme in de bewegingen vast te houden en zo koud dat het moeilijk is om die souplesse te vinden die nodig is om in balans te blijven. Misschien komt dat doordat ik nu midden op het meer zit, dat denk ik althans, ik kan niet echt goed zien, hoewel het opeens lichter is geworden. De hemel is niet zwart meer, eerder donkergrijs, echt veel donkerder dan hij altijd is tijdens midzomernachten.

Nu hoor ik hen. Lang voordat ik hen kan zien, kan ik hen horen. Ze zitten aan een lange tafel op de steiger te zingen. Met mijn peddel in de lucht stop ik. Wat zingen ze? Niet Taube en niet Bellman, geen van de parels uit de schat aan Zweedse liederen waarmee Maud en Magnus de gestencilde liedbundels plachten te vullen. Het is iets anders, een melodie die meer dan twintig jaar lang in mijn huis altijd op de achtergrond te horen is geweest. Niet bepaald geschikt voor samenzang. Toch is dat het lied dat ze zingen. Een man met een donkere stem leidt; ik hoor zijn diepe bas boven alle andere stemmen uit. Hij zingt niet bijzonder mooi en is niet bepaald toonvast, maar dat compenseert hij met gloeiend inlevingsvermogen:

One of sixteen vestal virgins
who were leaving for the coast
and although my eyes were open
they might just as well've been closed...

Ik schiet in de lach en laat mijn peddel in het water zakken, probeer weer vaart te maken. Sverker. Altijd dezelfde. En waar Sverker is, daar is vast ook Biljartclub De Toekomst.

Ze wachten op me. Mijn vrienden. En de man van wie ik hield.

Majgull Axelsson bij De Geus

Aprilheks (roman)

De lichamelijk gehandicapte Desirée is als baby door haar moeder in een inrichting geplaatst. Terwijl Desirée in eenzaamheid opgroeide, bracht haar moeder drie pleegdochters groot zonder hun te vertellen dat zij een eigen dochter heeft. Als Desirée het leven van haar 'zussen' binnendringt, wordt het evenwicht tussen de vrouwen ernstig verstoord.

Augusta's huis (roman)

Het huis waar Augusta en haar man Isak moeilijke, maar ook gelukkige jaren beleefden is na honderd jaar nog altijd in het bezit van de familie. Het fungeert als vakantiewoning voor Augusta's kinderen, kleinkinderen en achterkleinkinderen, en voor sommigen ook als toevluchtsoord.

Huis der nevelen (roman)

Cecilia Lind, diplomate, keert vanuit de Filipijnen terug naar het Zweedse dorp van haar jeugd om voor haar stervende moeder te zorgen. Aan haar moeders sterfbed wordt ze overspoeld door herinneringen, met name aan de tragische gebeurtenissen rondom het Filipijnse meisje Dolores, dat zij had willen adopteren.

Rosario is dood (documentaire roman)

Rosario Baluyot is een Filipijns straatkind dat in het stilzwijgend getolereerde sekstoerisme werkt en in 1987 op elfjarige leeftijd sterft. Het meisje is het slachtoffer van een Oostenrijkse arts, die zodanig gruwelijk misbruik van haar maakt dat zij maanden later aan de gevolgen overlijdt. Axelsson reconstrueert het korte leven van Rosario.